Von Sandra Regnier außerdem bei Carlsen erschienen:
Das Flüstern der Zeit
Das geheime Vermächtnis des Pan
Die dunkle Prophezeiung des Pan
Die verborgenen Insignien des Pan

Von Sandra Regnier außerdem als E-Book bei Im.press erschienen:
Die Stunde der Lilie
Die Nacht der Lilie

MIX
Papier aus verantwortungsvollen Quellen
FSC® C014496
www.fsc.org

Originalausgabe
Veröffentlicht im Carlsen Verlag
November 2015

Lektorat: Rebecca Wiltsch
Umschlagbild: shutterstock.com © bawan / happykanppy / pun photo
Umschlaggestaltung: formlabor
Corporate Design Taschenbuch: bell étage
Herstellung: Karen Kollmetz nach einem Entwurf von Gunta Lauck
Satz: Pinkuin Satz und Datentechnik, Berlin
Druck und Bindung: GGP Media GmbH, Pößneck
ISBN 978-3-551-31440-6
Printed in Germany

SANDRA REGNIER

DIE WELLEN DER Zeit

CARLSEN

Für meine Schwester Tina
In Erinnerung an unsere supergeniale Reise nach Wiltshire
– inklusive Traktor und Stonehenge (in dieser Reihenfolge)

Prolog

Die Steine im Kreis standen seit Jahrtausenden. Kein Unwetter, kein Krieg hatte ihnen etwas anhaben können. Nie waren sie gekippt, nie ins Wanken geraten. Im Gegensatz zu Stonehenge, wo schon jeder Stein hatte bewegt werden müssen, verharrten diese hier seit urewigen Zeiten stolz und aufrecht in ihrer Position.

Bis jetzt.

Noch war niemandem die kleine Neigung aufgefallen, die zwei der Steine seit dem Gewitter in der Mainacht acht Wochen zuvor aufwiesen. Mit bloßem Auge war sie kaum wahrnehmbar.

Doch das war erst der Anfang.

Es war nur noch eine Frage der Zeit, bis die Steine kippten.

Und dann war es zu spät. Die Menschen von Lansbury würden den Steinkreis nicht mehr aufrichten können. Die alten Schriften, die ihnen verraten könnten, wie das drohende Unheil abzuwenden wäre, waren verschollen.

Der Mann in der Kapuze wandte den Blick zum Himmel. Das Sternbild des Großen Hundes war an diesem Abend ganz deutlich zu erkennen. Das Sternbild, das bei den alten Ägyptern den Untergang der Welt vorhergesagt hatte, strahlte heller als je zuvor. Er konnte in der Ferne die Menschen sehen, die zum Himmel emporschauten, um die funkelnden Sterne zu bewundern. Wenn sie wüssten, in welcher Gefahr sie sich befanden, würden sie panisch davonlaufen. Doch dann sah er eine Frau, die auf einen Punkt am Horizont deutete. Er folgte ihrem Blick und seine Augen weiteten sich überrascht. In den zwölfhundert Jahren, die er hier wachte, hatte er dieses Spektakel erst ein Mal gesehen.

Ein einzelner Stern war dort aufgetaucht.

Viel zu früh. Viel zu nah. Und er flackerte unsteter als jeder andere Stern am Firmament.

Der Mann in der Kapuze konnte nicht genau erkennen, ob er bereits am Erlöschen war. Doch er wusste genau, was es bedeutete: Der Untergang der Welt konnte nur von einem Menschen verhindert werden und es war ungewiss, ob dieser Mensch es schaffen würden.

Denn es handelte sich dabei um ein Mädchen von siebzehn Jahren.

1. Kapitel

Ich war keine Heldin. Diese Feststellung war so sicher wie das nächste Gewitter. Mein Kopf war hohl und ich konnte keinen klaren Gedanken mehr fassen. Und das bei einem erwiesenen IQ von 140, mit dem ich meine Mathe- und Physiklehrer immer verblüfft hatte. Sie wären erstaunt, wie unnütz mein Hirn in gewissen Situationen sein konnte. Colin würde vermutlich sagen: *Kein Wunder, wenn du in den Lauf einer Pistole starrst, Meredith.*

Wie hatte es so weit kommen können? Alles hatte doch relativ harmlos angefangen. Nun ja, mehr oder weniger. Mein bester Freund Colin, der für mich immer wie ein Bruder gewesen war, hatte mich geküsst. Colin, mit dem ich den Großteil meiner Zeit verbrachte und von dessen Geheimnis nur ich wusste. Er konnte allein mit der Kraft seiner Gedanken Sachen bewegen. Und er hatte Visionen. Bei der Berührung eines anderen Menschen sah er ebenjenen kurz vor seinem Tod. Zumindest war es über viele Jahre hinweg so gewesen. Seit der Gewitternacht – und dem Kuss – blieben die Schreckensbilder aus. Aber das war längst nicht alles.

Für meinen heimlichen Schwarm Brandon war ich mit einem Mal keine Unsichtbare mehr. Und dann war auch noch diese Elizabeth aufgetaucht mit ihren feuerroten Haaren und ihrem noch feurigeren Temperament. Sie hatte Colin angebaggert und mit ihrem außergewöhnlichen Talent, Flammen allein durch ihren Willen zu entfachen, Stuart Cromwell auf sich und uns aufmerksam gemacht. *Den* Stuart Cromwell, Multimillionär und einflussreicher Firmeninhaber. Viele würden sich geschmeichelt fühlen, so jemandem aufzufallen. Ich nicht. Brandon, der genau wie Elizabeth und Colin ein Element mit purer Willenskraft steuern konnte, hatte mir erklärt, wie gefährlich Stuart Cromwell war, denn er war einer von ihnen – ein Elementträger.

Bei Brandon war es Erde, bei Elizabeth Feuer (was sonst) und bei Colin aller Wahrscheinlichkeit nach Wasser. Und Cromwell befehligte die Luft. Damit waren keine Blähungen gemeint, sondern vielmehr seine Fähigkeit, die Gefühle und Gedanken anderer zu manipulieren. Mit dieser Begabung hatte er zweifelsfrei sein Geschäftsimperium errichtet.

Und weil Cromwell überzeugt war, mehrere Platoniden am selben Ort stellten eine Gefahr dar, hatte er bislang jeden potenziellen Elementträger eliminiert. Das behauptete zumindest Brandon. Ich hatte ihm nicht geglaubt, bis ich mit eigenen Augen dabei zusehen musste, wie Cromwell Elizabeth ein Messer in den Bauch rammte. Sie hatte zwar überlebt und lag jetzt im Krankenhaus, aber ausgerechnet ich war ihm in die Hände gefallen. Ich, Meredith Wisdom, siebzehn Jahre alt, dunkle Haare, Brille, mit einer Vorliebe für dunkle Klamotten. Für die meisten Mitschüler am College langweiliger als ein Dr. Dr. Sheldon Cooper. Ich wurde nur interessant, wenn es auf irgendwelche Arbeiten in Physik oder Mathe zuging.

Und ausgerechnet jetzt war der Multimillionär Stuart Cromwell hinter mir her. Dafür gab es einen einfachen Grund: Er hielt mich für eine Platonidin. Er glaubte, ich beherrsche ein Element und könnte allein durch meinen Willen Gegenstände bewegen oder Wasser schneller fließen lassen.

Deshalb hatte er mich vor dem Krankenhaus, in das wir Elizabeth gebracht hatten, abgefangen. Jetzt saß ich in seiner Limousine ihm gegenüber und er zielte mit einer Pistole auf mich. Kein Wunder also, dass sich mein Hirn auf Stand-by geschaltet hatte.

»Ich habe ein wenig nachgeforscht, Meredith«, sagte er mit seiner einnehmenden Stimme, die jeden in seiner Nähe verzauberte. Obgleich sie im Moment ein wenig nasal klang. Mit Genugtuung sah ich seine geschwollene Nase. Er hatte Elizabeth zu töten versucht und mit Brandon gekämpft. Der hatte ihm dabei die Nase gebrochen. »Du bist erst vor wenigen Jahren hierhergezogen. Nach dem Tod deines Bruders, um genau zu sein. Du bist im ersten Jahr am College in Lansbury. Vor eurem Umzug habt ihr in Warwickshire gewohnt, wo dein Bruder laut den Unterlagen der Polizei während eines Gewitters von einem Megalithen erschlagen wurde.«

Ich schluckte und langsam begann mein Gehirn wieder zu arbeiten. Allerdings in die falsche Richtung. Denn es suchte nicht nach einem Ausweg oder Hilferuf, sondern wünschte sich einfach nur, ich möge mich in Luft auflösen.

Was nutzte mir mein hoher IQ, wenn ich in einer Gefahrensituation nicht kühl und überlegt denken konnte?

Cromwell machte eine Pause und ich hatte das Gefühl, etwas sagen zu müssen. »Toll. Fakten, die jeder in Lansbury weiß und die man in den Schulakten oder im Rathaus nachlesen kann«, log ich.

Natürlich wusste das nicht jeder in Lansbury. Genau genommen wusste es niemand hier. Mein Bruder war in unserer Familie seit jeher ein Tabuthema. Meine Eltern sprachen nie über ihn und es gab nur ein Foto. Das lag versteckt in Mums Nachttischschublade.

Einzig Mum hatte das Bedürfnis, alle paar Wochen sein Grab zu besuchen. Sogar als Elizabeth es betrunken in der Johannisnacht ausplauderte, hatte ihr niemand geglaubt, weil ich meinen Bruder noch nie erwähnt hatte.

»Dann kommen wir doch einfach zu den Fakten, die in keiner Schulakte stehen.« Cromwell lehnte nach wie vor lässig in dem Sitz mir gegenüber, die Pistole unverwandt und ohne auch nur zu wackeln auf mich gerichtet. »Dein Bruder Oliver beherrschte Telekinese, nicht wahr?«

Ich starrte ihn an.

»Nicht wahr?«, wiederholte er ungeduldig.

»Ich weiß es nicht«, antwortete ich.

»Falls du es noch nicht bemerkt haben solltest, die Zeit für Spielchen ist vorbei. Wir können die Karten offen auf den Tisch legen. Für dich gibt es sowieso keinen Ausweg mehr. Also noch einmal: Dein Bruder konnte Gegenstände mit der Kraft seiner Gedanken bewegen.«

»Ich weiß es wirklich nicht«, antwortete ich, so fest ich konnte. »Ich war vier Jahre alt, als er starb. Ich weiß nichts mehr von dem, was vorher war.«

Das stimmte beinahe. Ich konnte mich weder an meinen Bruder Oliver erinnern noch an unser Haus in dem Ort, wo ich geboren wurde. Meine allererste Erinnerung war die an meine Mutter, wie sie auf der Couch (die auch jetzt noch im Wohnzimmer stand) zusammengekrümmt schluchzte. Ein Gedanke, den ich meistens entschieden beiseiteschob. Auch jetzt.

Dann erst kamen schwache Eindrücke von dem Umzug nach Lansbury – schemenhafte Bilder einer Autofahrt –, und vor allem von meinem ersten Schultag. Und damit auch an Colin.

Colin gehörte tatsächlich zu meinen ersten Erinnerungen. Er war eine, an die ich mich gern klammerte.

Meinen Bruder Oliver kannte ich nur von dem Foto aus Mums Nachttischschränkchen. Das zeigte einen vierzehnjährigen Jungen, mir sehr ähnlich, nur ohne Brille und etwas kräftiger, als ich es mit vierzehn gewesen war.

»Dann will ich dir mal ein wenig unter die Arme greifen«, sagte Stuart Cromwell gedehnt. »Dein Bruder Oliver war ein Platonid. Oder zumindest dachte ich das, als … Warum halten wir, Tom?«

Die blinde Verbindungsscheibe vor mir summte und ich hörte den Chauffeur sagen: »Da ist ein großes Loch in der Straße direkt vor uns.«

Der Satz war kaum beendet, da barsten die Fensterscheiben mit einem lauten Knall. Erschrocken riss ich meine Arme hoch, um mein Gesicht zu schützen.

Ich hörte ein Röcheln und Pfeifen und spürte einen scharfen Lufthauch neben mir. Die Tür wurde aufgerissen. Ich linste unter meinem Ellbogen hindurch und sah, wie ein langer Stab Cromwell mit voller Kraft ins Gesicht schlug.

Der schrie vor Schmerzen auf und seine noch immer geschwollene Nase begann augenblicklich zu bluten. Er hob erneut die Waffe. Aus Reflex riss ich das Bein hoch und trat gegen seinen Arm.

Keine Sekunde zu früh, denn ein weiteres *Pfff* zischte und Metall schlug auf Metall. In den Rahmen der offenen Tür hatte eine Kugel eingeschlagen und jetzt erkannte ich, wer dort vor dem Wagen stand. Brandon hielt einen Schrubber in der Hand.

»RAUS HIER!« Er knallte den Schrubberstiel ein weiteres Mal in Cromwells Visage. Der ließ endlich die Pistole fallen und hielt sich beide Hände vor sein ansonsten perfekt gemeißeltes Gesicht. Ich hatte genug gesehen, packte Brandons ausgestreckte Hand und sprang aus dem Wagen.

Mit festem Griff umfasste er meine Finger und rannte sofort los. Jetzt erst fiel mir auf, dass Swindon hinter uns lag und wir vor Badbury standen. Wir waren einen geteerten Feldweg entlanggefahren. Ich wollte gar nicht wissen, warum, aber ich ahnte es. Tatsächlich begann es zu *piffen* und die Blätter einer Hecke neben uns zerfetzten ohne ersichtlichen Grund. Das verlieh mir Flügel, zumindest bis wir die Autobahn erreichten.

»Bist du verrückt?«, schrie ich, als Brandon über die Leitplanke zur M3 kletterte und mich mitzog. Wenn ich nicht aufs Gesicht fallen wollte, musste ich hinterher. Es war, als hätte man mich mit Kabelbindern an ihn gebunden.

Er lief mit einem schnellen Blick nach rechts. Ich konnte meine Hand der seinen nicht entziehen und tat das Einzige, was mir übrig blieb: Ich rannte los.

Autos hupten und ich sah die ungläubigen Gesichter der Insassen. Doch wir überquerten die Autobahn, ohne eine Massenkarambolage auszulösen oder angefahren zu werden. Hinter der Leitplanke kämpften wir uns durch ein paar Hecken und dann lagen die üblichen Felder und Wiesen von Wiltshire vor uns. Meine Brille rutschte und ich schob sie hektisch zurück auf das Nasenbein. Zum ersten Mal in meinem Leben wünschte ich mir Kontaktlinsen, die ich bislang strikt verweigert hatte. Ich schwitzte und meine Gläser beschlugen, aber ich hatte keine Möglichkeit, sie sauber zu wischen.

Wir rannten querfeldein, sprangen über einen Zaun, über einen Bach – ich landete mit einem Fuß darin. Doch das war jetzt auch schon egal, denn ich bekam heftiges Seitenstechen, der Schweiß rann mir über die Stirn in die Augen und ich glaubte, meine Lunge würde jeden Moment platzen. Trotzdem hielt ich weiter mit Brandon Schritt. Er rannte nach rechts auf einen Wald zu. Aber erst als die Bäume richtig dicht standen, wurde Brandon langsamer und blieb endlich – ENDLICH – stehen.

Ich beugte mich vornüber, um besser Luft zu bekommen. Hatten wir Cromwell abgehängt?

»Der leckt erst einmal seine Wunden«, sagte Brandon abgehackt. Er ließ sich gegen einen Baum sinken.

»Wie … hast …« Weiter kam ich nicht. Ich hatte nicht genug Luft.

»Stockkampf war Teil meiner Ausbildung«, sagte Brandon ein wenig kurzatmig. »Cromwells gebrochene Nase muss wieder gerichtet werden. Deswegen konnte er mit Sicherheit nicht richtig zielen.«

Donnerwetter. Für so kaltblütig hätte ich den Barkeeper des Circlin' Stone überhaupt nicht gehalten. Er wirkte immer so … so … *freundlich*. Aber jetzt sprach er mit großer Genugtuung von den Schmerzen, die er jemand anders zugefügt hatte.

Und er grinste auch so zufrieden.

»Was ist?«, fragte er mit einem Blick auf mich.

»Du machst mir Angst«, gestand ich, noch immer außer Puste. »Es sieht so aus, als würdest du gern anderen wehtun.«

»Ich bin zum Ritter ausgebildet worden«, gab er ganz unbescheiden zu. »Hast du etwa gedacht, wir sind mit Watte gefüttert, wenn wir üben?«

Ich hatte überhaupt nichts gedacht, musste ich mir eingestehen. »Eigentlich hatte ich wissen wollen, wie du mich gefunden hast«, sagte ich und fuhr mir über die Stirn. Mein Handrücken war nass vor Schweiß. Igitt. Ich wischte ihn an meiner Jeans ab.

»Ich hatte im Krankenhaus noch was vergessen und bin dir hinterher. Gerade rechtzeitig, um dich in den Bentley steigen zu sehen. O Mann, ich habe einen Bentley zerstört! Querfeldein konnte ich euch einholen. Schnelligkeit und Lauftraining gehören auch zur Ausbildung eines Ritters.«

Unser Barkeeper war ein Ritter. Ein waschechter Ritter aus dem sechzehnten Jahrhundert, den es in einer anderen Gewitternacht vor fünf Jahren in diese Zeit katapultiert hatte.

Und er war mein Retter. Welches Mädchen wollte nicht einmal von einem Ritter in schimmernder Rüstung auf einem weißen Pferd gerettet werden? Hatte ich auch irgendwann einmal davon geträumt? Oder erinnerte ich mich jetzt nur an die Fantasien meiner Freundin Rebecca, die noch immer leidenschaftlich gern reiten ging? Eher Letzteres, denn dieser Ritter hier hatte keine schimmernde Rüstung, sondern verwaschene Jeans und Schweißflecke an seinem Shirt.

»Und was hattest du vergessen? Mir den Schrubber zu geben? Ich hatte keinen Schrubber dabei, als wir ins Krankenhaus gefahren sind.« Ich wischte meine Brille mit dem Saum meines Tops etwas sauber. Die Sicht wurde ein wenig besser.

»Ich wollte dir nur sagen, dass du meine Handynummer nicht weitergeben sollst.«

Aha. Nun ja, ich war davon überzeugt, weniger Anrufe zu erhalten als er. Von daher …

Denn dank der sauberen Brillengläser musste ich mir eingestehen, dass Brandon auch verschwitzt verdammt gut aussah. Mal abgesehen von den dunklen Stellen an Brust und Achseln schien er nämlich nicht sonderlich außer Puste. Nur seine Haare waren noch verwuschelter als sonst. Gepaart mit dem breiten Lächeln, das seine weißen, wenn auch ein wenig schiefen Zähne zeigte, wirkte er wieder wie ein Hollywoodstar nach einer leichten Stuntübung.

»Und den Schrubber hat ein Ritter dann immer im Handgepäck?«

»Nee, den hatte die Putzfrau glücklicherweise direkt am Eingang stehenlassen, als ich dich einsteigen sah.« Brandons blaue Augen blitzten.

Ganz offensichtlich genoss er die Situation.

»Du genießt das«, warf ich ihm vor. Das war unglaublich. Wir wären beinahe erschossen worden und er strahlte übers ganze Gesicht, so als wäre Weihnachten früher gekommen.

»Endlich passiert noch mal etwas«, sagte er und grinste noch breiter.

»Wir sind in Lebensgefahr und es ist noch lange nicht vorüber. Cromwell weiß, wo wir wohnen, und kann die Polizei manipulieren. Toll, dass wenigstens du deinen Spaß hast.«

Ich lehnte mich an einen Baumstamm und atmete ein letztes Mal tief durch. Dann richtete ich mich wieder auf.

Brandons selbstgefälliges Grinsen hatte sich verflüchtigt.

»Du hast Recht. Wir müssen unbedingt zurück ins Krankenhaus und sehen, dass Elizabeth da rauskommt.«

Ich schluckte. Nur darum ging es ihm also: Elizabeth schützen.

Elizabeth hatte es vor wenigen Wochen in jener berüchtigten Gewitternacht im Mai hierher verschlagen. Sie stammte genau wie Brandon aus dem sechzehnten Jahrhundert. Ich hatte nur noch nicht herausgefunden, ob Brandon und sie sich schon vorher in ihrer Zeit gekannt hatten oder ob doch fünfzig Jahre dazwischenlagen. Denn er hatte noch so gut wie nichts darüber erzählt.

Brandon schien meinen offenen Mund überhaupt nicht zu registrieren, denn er sagte: »In der Zwischenzeit kannst du mir von deinem Bruder berichten.«

»Da gibt es nichts zu berichten.« Frustriert kickte ich einen Stein weg. Der Stein verpuffte noch im Flug zu Sand.

Und der Sand drehte sich im freien Flug und kam zu uns zurück!

Brandon war schneller auf den Beinen, als dass ich verstand, was hier vor sich ging.

»Ihr dachtet doch nicht, ihr könntet mir so leicht entkommen.«

Stuart Cromwell, Gesicht und Hals blutverschmiert, trat aus dem Unterholz und zielte mit seiner Pistole auf uns.

Ich sah bereits seinen Finger zucken, als Cromwell unerwartet stehen blieb. Er sah nicht länger uns an. Er sah an uns vorbei.

Ich folgte seinem Blick und krallte meine Hand in Brandons Arm. Wir waren nicht allein mit ihm. Unter den Bäumen stand der Kapuzenmann.

2. Kapitel

Der Kapuzenmann war mir in der letzten Zeit des Öfteren begegnet. Ich hatte ihn zuerst für einen Spinner gehalten, der sich zu früh fürs Sachsen-Festival eingefunden hatte. Er sah aus wie ein mittelalterlicher Mönch in einer einfachen Kutte, mit der typischen Tonsur auf dem Kopf, und war über den College-Campus gestromert. Doch dann hatte er mir aus einem Spiegel entgegengeblickt. Das war die unheimlichste Begegnung meines Lebens gewesen. Deswegen hatte ich auch gedacht, nur ich würde ihn sehen, als eine Art persönliche Nemesis. Augenscheinlich war das nicht der Fall, denn Stuart Cromwell starrte ebenso entgeistert in seine Richtung.

Ich konnte nicht glauben, was ich sah, und blickte abwechselnd zu Cromwell und dem Kapuzenmann. Cromwell, der vorgestern noch beim Premierminister zu Abend gegessen hatte und eine geladene Waffe in der Hand hielt, schien vor dem Kapuzenmann Angst zu haben.

Seine Hand zitterte, die Nase begann wieder stärker zu bluten.

»Wie kommst du hierher?«, fragte Cromwell, und mit einem Mal war seine Stimme überhaupt nicht mehr einschmeichelnd oder fest. Sie klang nur noch ängstlich und kleinlaut und dadurch etwas quietschig. »Ich habe dich beseitigt.«

Zu meiner Angst gesellte sich noch eine gehörige Portion

Panik. Cromwell hatte gerade zugegeben, eine weitere Person getötet zu haben.

»Du kannst nicht beseitigen, was schon lange tot ist«, sagte der Kapuzenmann und ich hörte zum ersten Mal seine Stimme. Seine grünen Augen funkelten, um seinen Mund lag ein entschlossener Zug.

»Was geht hier vor?«, rief Brandon hinter mir erschrocken. »Was ist los? Ist da noch jemand?«

Ich sah erstaunt zu Brandon, der suchend in den Wald blickte.

Doch eine Bewegung lenkte meine Aufmerksamkeit wieder zurück zu Cromwell. Er hatte wieder die Pistole gezückt und richtete sie *... Er würde doch nicht ...*

Doch Cromwell hatte die Fassung verloren.

»Ich habe mich genau an die Anweisungen in den Aufzeichnungen gehalten. Du bist tot. Ein für alle Mal tot!«, rief Cromwell aufgebracht und betätigte den Abzug der Pistole. Mehrmals.

Ich schrie auf und wurde zu Boden gerissen. Brandon lag auf mir und ich brauchte einen Moment, um unter seinem schützenden Arm hindurchsehen zu können.

Der Mönch stand noch und zuckte nicht mal mit der Wimper.

Das war unmöglich.

Cromwell hatte aus nur vier Metern Entfernung geschossen. Selbst ich hätte getroffen, wenn ich es versucht hätte. Sogar ohne Brille.

Und da wurde mir klar: *Er war ein Geist!* Der Kapuzenmann war ein Geist!

»Du kannst mich nicht töten und du darfst ihr nichts zu Leide tun. Sie ist der Schlüssel. Vergiss das nie.«

»Was geht hier vor?«, raunte Brandon wachsam in mein Ohr.

Er ließ Cromwell nicht aus den Augen.

»Der Schlüssel, wozu?«, fragte Cromwell zittrig. »Es ist zu gefährlich. Es sind zu viele Platoniden hier. Sie muss fort.«

Ich hörte die feste Stimme des Mönchs und konnte trotzdem noch nicht fassen, was sich hier gerade abspielte.

Er war ein Geist!

»Nur sie kann es jetzt noch abwenden. Du solltest sie schützen, statt sie zu bedrohen. Geht sie unter, gehst du unter.«

»Meredith, was ist hier los? Mit wem redet er?«

Brandon konnte ihn weder sehen noch hören, aber ich wollte kein einziges Wort verpassen.

»Pst. Gleich«, flüsterte ich zurück.

»Wir gehen alle unter«, rief Cromwell entschlossen. »Mit ihr sind drei Elementträger zur selben Zeit am selben Ort. Die Schwerkraft der Erde lässt bereits nach. Ich spüre es.«

»*Du* bist zur falschen Zeit am richtigen Ort«, korrigierte der Kapuzenmann streng. »Du musst in deine Zeit zurückkehren und deine Aufgabe dort vollenden.«

»Nein«, knurrte Cromwell. »Ich werde das hier nicht aufgeben. Niemals!« Entsetzt sah ich, wie Cromwell den Arm mit der Waffe hob und auf uns richtete, Brandon und mich.

Brandon reagierte blitzschnell, ohne auch nur eine Sekunde zu zögern. Er rollte uns beide aus der Schusslinie. Ich spürte einen spitzen Stein an meinem Rückgrat, konnte aber nicht mal ein »Au« von mir geben, denn Brandon schien eine verdrehte Sprungfeder zu sein und rollte uns in einer Geschwindigkeit weiter, dass mir übel wurde. Ich hörte die Kugel über unsere Köpfe hinwegsurren.

Als er endlich anhielt, brauchte ich ein paar Sekunden, ehe ich die Augen öffnen konnte. Durch die verschmierten Gläser meiner Brille hindurch sah ich, dass sich der Kapuzenmann zwischen Cromwell und uns gestellt hatte.

»Tötest du die Gaianidin, ist der Magnetismus der Erde irreparabel gestört. Halte dich an den Kodex. Vollende deine Bestimmung«, sagte der Kapuzenmann eindringlich.

Cromwells irrer Blick glitt zu mir. »*Sie?* Sie ist die Gaianidin?«

Der Kapuzenmann nickte. »Ganz recht. Du weißt sehr wohl, was das bedeutet. Schütze sie. Notfalls mit deinem Leben. Du gehörst nicht hierher. Nur einer stammt aus dieser Zeit, drei Elementträger müssen wieder zurückkehren. *Du* musst zurückkehren.«

Cromwell sah noch immer mich an und ich war mir nicht sicher, ob er begriff, was der Mönch ihm gerade erklärt hatte. Ich hatte es ja selber nicht verstanden. Was war eine *Gaianidin*?

Es klang wie eine Pflanzensorte, aber ich hatte das ungute Gefühl, *ich* war mit Gaianidin gemeint. Schließlich war hier nur eine weibliche Person anwesend – sofern sich nicht ein Hase im Gebüsch versteckt hielt.

»Wirst du sie schützen, Stuart?«, fragte der Mönch und trat näher an Cromwell heran. Der wich zurück, so als müsse ein Blinder Hitze ausweichen. Interessant. Es gab etwas, vor dem Stuart Cromwell Angst hatte.

»Was ist da los, Meredith?«, fragte Brandon wieder leise, rückte allerdings keinen Zentimeter von mir ab. Ich konnte ihm nicht antworten, denn ein grelles Licht erstrahlte. Brandon schien noch immer nichts von diesem seltsamen Spektakel wahrzunehmen. Trotz der dreckigen Gläser erkannte ich: Der Mönch leuchtete. Der Kapuzenmann erstrahlte in einem gleißenden Licht wie ein Heiligenschein in den Apostelgemälden. Doch Cromwell blinzelte nicht einmal.

»Stuart?! Hast du verstanden?«, wiederholte er und seine Stimme hallte auf der Lichtung wider, als hielte er ein Megafon in der Hand.

Jetzt endlich wandte Cromwell den Blick von mir zu der Stelle, wo der Mönch zuerst gestanden hatte, und mir ging auf, dass auch er den Geist nicht wirklich sehen konnte. Im Gegensatz zu Brandon hörte er ihn klar und deutlich und er musste ihn fühlen. Wie sonst hätte er ihn wahrnehmen können, ehe der Geist gesprochen hatte? Auf alle Fälle schien er ihm zuzuhören und seine Worte ernst zu nehmen.

»Ich werde ihr nichts tun«, sagte er in Richtung des Mönchs. Er blickte definitiv an ihm vorbei.

In der Swindon Mall hatte ich mal mit einem Blinden gesprochen. Cromwell fixierte genau wie der Blinde keinen bestimmten Punkt, als er nun mit dem Geist sprach.

Der Mönch nickte noch einmal, und dann war er verschwunden.

Von jetzt auf gleich war da nur noch Luft.

Verdammt.

Er konnte uns doch nicht einfach im Stich lassen! Woher wusste er, dass Cromwell jetzt nicht die Pistole zückte und uns rücksichtslos abknallte?

Doch Cromwells Pistolenhand blieb unten. Er atmete heftig, Blut lief ihm noch immer als feines Rinnsal aus der Nase. Er starrte in die Richtung, in der er den Geist vermutete. Wie hatte er dessen Anwesenheit gespürt? Ob das auch mit seinem Element Luft zusammenhing?

So viele Fragen, keine Antworten. Es war frustrierend. Brandon jedenfalls fand, er habe lange genug auf mir gelegen. Er sprang auf und zog mich hoch. Ich taumelte ein wenig und fing damit Cromwells Blick ein.

»Vier Elementträger zur selben Zeit … *Vier!*«, wiederholte er fassungslos die Worte des Kapuzenmanns. Er schüttelte leicht den Kopf, und das schien ihn wieder zur Besinnung zu bringen.

Der Moment der Unsicherheit war gewichen und der eiskalte Firmenmagnat trat wieder zum Vorschein. »Ich werde nicht zurückkehren. Wenn die Gaianidin auch leben muss, um die Bestimmung zu erfüllen – die anderen drei Elementträger müssen es nicht.«

Ich wollte mich schon schützend vor Brandon stellen, aber er hielt mich zurück.

Cromwell kam näher und blieb einen Meter vor mir stehen. Ich rückte nervös meine Brille zurecht. Cromwell schob seinen Kopf vor, so als würde er ein seltenes Insekt betrachten. »Du bist die Gaianidin. Und ich dachte, dein Bruder sei ein Elementträger. Wie gut, dass ich mich getäuscht habe, denn hätte ich dich dafür gehalten, wäre alles umsonst gewesen.«

Was zum Teufel …?

»Wir sehen uns wieder, *Gaianidin*. Ich werde ab sofort immer in deiner Nähe sein.«

»Hoffentlich nicht«, rutschte es mir raus. Doch er ignorierte das.

»Du musst beschützt werden. Ich werde dich bald brauchen. Sobald die drei Platoniden gefunden und beseitigt sind.«

Ein sanfter Wind umwehte mich. Ein Gefühl der Geborgenheit, des Friedens und der Zuflucht schwang darin mit.

Cromwell meine Zuflucht?

Schlagartig ging mir auf, dass er gerade von seiner Fähigkeit Gebrauch machte und mich manipulierte.

Es bedurfte nur der Erinnerung an Cromwells Element, und schon verflog das Gefühl. Allerdings nicht für Brandon, denn er machte einen Schritt auf Cromwell zu. Sofort ergriff ich seine Hand und drückte sie. Brandon blieb stehen.

Cromwell allerdings war die Geste nicht entgangen.

»Auch wenn du meine Gabe übergehen kannst, werde ich ab sofort dein bester Freund sein. Deine Stärke ist gewaltig. Wer hätte gedacht, dass du ohne Übung so die Autoscheiben zerplatzen lassen kannst?«

Aber nicht ich hatte die Autoscheiben zerplatzen lassen! Das war Brandon gewesen …

Aber ich würde mich hüten und Cromwell jetzt auf die Nase binden, dass bereits ein Platonid direkt vor ihm stand. Sollte er ruhig glauben, ich wäre zu so was fähig.

Stuart Cromwell lächelte ein letztes Mal siegesgewiss. Unter all diesem Blut in seinem geschwollenen Gesicht wirkte es wie ein Zombiegrinsen. Dann wandte er sich um und verließ mit großen Schritten die Lichtung in Richtung Straße.

Mit ihm verschwand auch seine einnehmende Magie. Zurück

blieben ein erstarrter Brandon und eine stocksteife Meredith, die ihm hinterherstarrten.

Vermutlich hatten wir beide Angst, Cromwell würde es sich bei der kleinsten Bewegung oder dem leisesten Geräusch von uns anders überlegen und seine Kugeln doch noch auf ein lebendiges Ziel abfeuern. Und wir stünden kerzengerade wie auf dem Übungsplatz aufgestellte Flaschen da.

Der Gedanke an Flaschen brachte mich zur Vernunft. Meine grauen Zellen konnten unter Druck also doch ein wenig arbeiten.

»Lass uns abhauen«, murmelte ich und steuerte in die entgegengesetzte Richtung.

»Wir müssen zu Elizabeth«, wiederholte Brandon drängend und überholte mich.

Natürlich, zu wem sonst.

»Du kapierst es nicht, richtig?«, fragte er und warf mir einen Blick über die Schulter zu.

»Doch«, antwortete ich mürrisch. Zu der elfenhaften Elizabeth, die alle mit ihrer Schönheit und ihrem dominanten Temperament bezauberte. Alle Jungs wollten in ihrer Nähe sein. Sogar Colin.

»Ja, das sehe ich«, sagte Brandon sarkastisch. »Cromwell wird so schnell wie möglich Elizabeth aus dem Weg räumen wollen, weil er weiß, dass sie eine Elementträgerin ist. Wir müssen sie aus dem Krankenhaus holen und in Sicherheit bringen.«

Unsicher sah ich ihn an – beziehungsweise, blickte ich ihm auf den Rücken, denn er hatte wieder die Siebenmeilenstiefel an. Stimmte ja, Cromwell wusste von Elizabeths Fähigkeiten. Sie hatte sie dämlicherweise ganz offen beim Sachsen-Festival gezeigt und sich ihm damit in die Hände gespielt.

»Was ist eine Gaianidin?«, fragte ich Brandon.

»Was?« Er war schon mehrere Meter vor mir, ohne darauf zu achten, ob ich ihm folgte oder nicht.

»Eine Gaianidin. Hast du schon mal davon gehört?«

»Nein«, lautete die knappe Antwort. Brandon zuckte mit den Schultern. Keine Frage, er wollte so schnell wie möglich zurück ins Krankenhaus.

»Was hast du vor, wenn wir bei ihr sind?«, fragte ich Brandon.

»Sie mitnehmen«, erwiderte er.

»Und wohin? Cromwell findet doch sofort raus, wo du wohnst. Das weiß jedes weibliche Wesen im Umkreis von vierzig Meilen.«

Er warf einen genervten Blick über die Schulter. »Entgegen deiner Vermutung nehme ich nicht jedes weibliche Wesen mit in meine Wohnung.«

»Aber die träumen alle davon und sind schon mal vorbereitet«, konterte ich und sah für einen Moment seine Mundwinkel zucken. »Brandon, sie kann nicht dahin zurück. Sie muss weg.«

»Das weiß ich auch. Wir werden beide gehen.«

»Und wohin?«, wiederholte ich meine Frage. »Nimm's mir nicht übel, aber wie lange wird dein Geld reichen? Und außerdem reden wir hier von Cromwell, der vorgestern noch mit dem Premierminister an einem Tisch saß. Er hat nicht nur die besten Beziehungen zur Regierung, sondern kann auch noch die Polizei beeinflussen. Wir haben gesehen, was er mit den Sanitätern gemacht hat.« Die hatten die verblutende Elizabeth überhaupt nicht zur Kenntnis genommen und sich ausschließlich auf Cromwells Nase konzentriert.

»Der MI 5 schnappt euch innerhalb von einer halben Stunde.«

»Du siehst zu viele Krimiserien«, sagte er barsch. »Ich bin kaum so blöd und werde in England bleiben.«

Das war doch zum Verrücktwerden. »Womit wir wieder beim Thema sind: Wohin willst du mit deinem mageren Einkommen? Ich kann dir nichts leihen. Ich bin auf ein Stipendium fürs Studium angewiesen.«

Und damit hatte ich seinen wunden Punkt erwischt. »Verdammt noch mal, hast du etwa eine bessere Idee?«

»Tatsächlich«, sagte ich lächelnd, »habe ich eine.«

3. Kapitel

»Chris? Ich bin's, Meredith.«

»Hey, wie geht es dir, du Heldin?«, flötete die Stimme meines Mitschülers, guten Freundes und selbst ernannten Playboys. Im Hintergrund waren viel Musik, Trommeln und Menschenstimmen zu hören. Er war noch auf dem Sachsen-Festival, dem größten Altertumsfest von Wiltshire, und bei diesem herrlichen Wetter waren bestimmt an die achttausend Menschen ebenfalls dort. Ein Wunder, dass Chris überhaupt ein Wort von mir verstand.

Hier im stillen Krankenzimmer waren seine Stimme und die Hintergrundgeräusche überdeutlich zu hören. Wir waren vor zwei Minuten auf der Station angekommen, wo Elizabeth lag. Zum Glück war von Cromwell nichts zu sehen. Wir waren also noch rechtzeitig. Elizabeth allerdings lag matt und teilnahmslos im Bett. Die Augen fielen ihr andauernd zu und sie hatte noch kein Wort gesprochen. Ein eindeutiges Zeichen dafür, dass es ihr wirklich mies ging.

»Heldin?«, fragte ich verblüfft.

»Ja, hier auf dem Festival wurde vorhin erzählt, Cromwell und du hättet Elizabeth vor sich selber gerettet«, sagte Chris und fügte ein wenig ernster hinzu: »Die Gute darf wirklich keinen Alkohol mehr trinken.«

Ich zog eine Grimasse. Wenn er wüsste …

Mir war die Idee gekommen, Elizabeth bei Chris unterzubringen, und ich fand sie genial. Die meiste Zeit lebte er allein, nur eine Haushälterin kam zweimal die Woche vorbei, um Wäsche zu waschen und zu putzen und Chris mit selbst gebackenem Kuchen zu versorgen. Mr Harris war ständig geschäftlich unterwegs. Er hatte auch nie etwas gegen Chris' *Freundinnen* und deren Übernachtungsbesuche einzuwenden.

»So lala. Der Vorfall verlief nicht ganz so, wie du es gehört hast. Chris, ich brauche deine Hilfe. Oder besser gesagt, Elizabeth braucht deine Hilfe.«

»Aber immer doch!«, erwiderte er erfreut. »Wo brennt's denn?«

»Kann sie ein paar Tage bei dir wohnen? Es muss aber geheim bleiben. Ich erklär dir gleich, wieso und warum.«

»Aber immer doch«, wiederholte er sich, noch eine Spur fröhlicher als zuvor. »Wir haben nur kein Zimmer mehr frei und sie müsste mit mir in einem Bett schlafen.«

»Chris!«, rief ich warnend, wohl wissend, dass in dem uralten Herrenhaus mehr als zwanzig Zimmer nie genutzt wurden. Er lachte nur.

»Ach, Meredith, du bist so durchschaubar. Sie wird das Königszimmer bekommen. Angeblich hat Queen Anne mal da drin übernachtet.«

»Ehrlich?«, fragte ich überrascht. »Das wusste ich gar nicht.«

»Ist auch nicht wahr. Es klingt aber immer gut, wenn Dad Geschäftspartner einlädt. Vor allem die Amerikaner stehen auf solche Storys.«

Ich rollte mit den Augen und Brandon begann ungeduldig auf und ab zu gehen.

»Noch eine Frage, Chris: Könnte Elizabeth noch in der nächsten Stunde kommen und wärst du so nett, uns alle im Krankenhaus von Swindon abzuholen?«

»Holla! Das sind zwei Fragen, meine Liebe. Und bei beiden lautet die Antwort Ja. Ich mach mich sofort auf den Weg.«

»Danke!« Ich atmete erleichtert aus. »Wir warten dann an der Eingangspforte. Und noch was: Du darfst niemandem davon erzählen, ja? Cromwell lügt.«

»Du kannst dich auf mich verlassen.« Er legte auf.

Ich nahm das Handy vom Ohr und sah Brandon verwundert an. »Er hat nicht mal gefragt, woher ich weiß, dass Cromwell nicht die Wahrheit sagt«, sagte ich.

Brandon machte eine wegwerfende Handbewegung. »Das interessiert mich im Moment herzlich wenig. Nimmt er sie?«

»Ja, Chris nimmt Elizabeth auf.«

Brandon nickte erleichtert. »Und wir können uns auf ihn verlassen?«

»Hundertprozentig. Ich würde ihm zwar nicht glauben, wenn er mir ewige Liebe schwört, aber mein Leben würde ich ihm anvertrauen.«

Wir hatten keine andere Wahl. Ich klingelte nach der Pflegerin, während Brandon die wenigen Kleider zusammenpackte.

»Was tut ihr da?«, hauchte Elizabeth. Sie war furchtbar schwach und ich hatte größte Bedenken, sie aus der medizinischen Obhut zu nehmen. Aber hier wäre es nur eine Frage der Zeit, bis Cromwell sie in die Finger bekam, und das wäre ihr sicherer Tod. Er könnte sie umbringen und es so aussehen lassen, als hätte sie den

Unfall nicht überlebt. Oder er konnte jemanden vom Pflegepersonal manipulieren, sie umzubringen. Oder er konnte … Lieber nicht weiter darüber nachdenken, sondern handeln.

»Wir bringen dich hier weg. Cromwell weiß, wo du bist, und wird wieder versuchen dich zu beseitigen«, erklärte ich ihr nervös. Sie war sogar zu schwach, um einen Strumpf zu halten. Ich hatte nicht gewusst, wie anstrengend es sein konnte, jemanden anzuziehen. Das war in etwa so, wie einen nassen Zentnersack in eine hautenge Plastiktüte zu quetschen. Dabei wog Elizabeth garantiert keinen Zentner. Nicht mit dieser beneidenswerten Taille. Sie hing kraftlos in meinen Armen und Brandon musste helfen, ihr das Shirt überzustreifen.

Die Krankenschwester kam nach ein paar Minuten und starrte uns fassungslos an.

»Was ist denn hier los? Sie dürfen noch nicht aufstehen.«

»Wir nehmen sie mit. Bitte entfernen Sie die Schläuche und machen Sie einen festen Verband«, sagte Brandon in einem Befehlston, den ich noch nie an ihm gehört hatte. Ich hätte strammgestanden.

»Ich muss den Doktor rufen.« Die Schwester verschwand und Brandon wollte bereits selber Hand an die Braunüle anlegen.

Ich hielt ihn entsetzt zurück. »Warte! Lass das den Arzt machen. Du könntest die Vene verletzen, und dann hat sie innere Blutungen. Oder es gelangen Bakterien in die Wunde und sie bekommt eine Blutvergiftung. Wir dürfen sie die nächste Zeit nicht mehr zum Arzt bringen und Dr. Adams wird uns aus wohlbekannten Gründen vorläufig auch keine Hilfe sein.«

»Meredith!«, unterbrach er meinen Redeschwall und ich stand

stramm. »Redest du immer ohne Punkt und Komma, wenn du Angst hast?«

»Ja. Immer wenn ich nervös bin. Und du machst mich nervös«, sagte ich ehrlich. Brandons Erscheinung ließ jedes weibliche Wesen im Umkreis wie ein aufgeregtes Huhn umherflattern, aber ausnahmsweise hatte ich in diesem Fall seine nicht vorhandenen medizinischen Kenntnisse gemeint. »Also, nicht du … sondern die ganze Situation macht mich … Und dabei dachte ich immer, Lansbury wäre ein so ruhiges und beschauliches Städtchen und ich würde erst ein wenig Aufregung erleben, wenn ich studieren ginge, nach Bath oder Bristol oder …«

»Meredith!«

»Gut, ich bin schon ruhig. Aber ich möchte trotzdem noch mal darauf hinweisen, dass ich es besser fände, wenn ein Arzt …«

»Unsinn.« Er zog bereits die Nadel aus Elizabeths Arm. Sie zuckte nicht mal. Ihre Augen waren auch schon wieder geschlossen und ich fühlte besorgt nach ihrem Puls. Ich fand ihn nicht.

»Da ist kein Puls!«, rief ich leicht panisch. Brandon legte zwei Finger an Elizabeths Hals. Als er ihre Haut berührte, sah ich ein flüchtiges Lächeln über sein Gesicht huschen. Dann nickte er. »Doch. Aber er ist ziemlich schwach. Sie ist wieder ohnmächtig.«

Vielleicht hatte ich die Krimiserien gesehen. Er auf alle Fälle die Arztserien. Denn es sah richtig professionell aus.

»*Grey's Anatomy*«, sagte er auch prompt mit einem halbherzigen Grinsen in meine Richtung. »Ich liebe eure moderne Medizin.«

»Yep. Und die Hauptdarstellerin ist blond«, seufzte ich matt.

Ich brachte den zuständigen Arzt dazu, die Entlassungspapiere auszustellen, und fälschte meine Unterschrift darauf mit dem zweitbesten Namen, der mir nach Colin einfiel: Shelby Miller.

Sie war eine Mitschülerin vom College und eine der dämlichsten Personen, die ich kannte. Sollte Cromwell doch bei ihr nach Elizabeth suchen. Das Gezeter würde ich dann allerdings gern mitbekommen.

ERINNERUNGEN

»Mal sehen, ob der auch schwebt.«

Der Junge hielt einen Fisch in die Höhe. Das Mädchen kicherte. Wenig später schwebte das Tier unter der Zimmerdecke. Dort befand es sich in bester Gesellschaft mit einem Modellflugzeug, einem Lego-Hubschrauber, dem Foto der verstorbenen Großeltern, einem Usambara-Veilchen samt Übertopf und weiteren Dingen, die hier im Wohnzimmer verstreut herumlagen. Das Mädchen wusste, dass ihr Bruder mit ihr spielte. Erst hatte er nur Gegenstände hochgehalten, die normalerweise fliegen konnten, dann die Blumen oder das gerahmte Foto.

»Ein Holzscheit kann nicht fliegen. Nie und nimmer«, neckte er sie. Das war sein Spiel: Dinge zum Schweben bringen, die nicht fliegen konnten.

Das Mädchen kicherte wieder und sah zum Kamin. Doch das Brennholz begann nicht durch die Luft zu schweben, sondern fing mit einem Mal Feuer. Der Junge sprang auf. Fast gleichzeitig begannen alle Kerzen auf dem Wohnzimmertisch zu brennen.

In diesem Moment kam die Mutter herein. Sie starrte auf die Kerzen und den Kamin. Und dann glitt ihr Blick zur Decke.

Erschrocken schrie sie auf.

Sogleich holte die Schwerkraft die Gegenstände wieder ein und alles landete auf dem Boden.

Das Glas des gerahmten Fotos zersprang.

4. Kapitel

Chris holte uns vom Krankenhaus ab. Er trug noch sein Sachsenkostüm und sah darin Chris Hemsworth in seiner Thorkleidung recht ähnlich. Leider wusste Chris das auch und hatte bewusst ein Hemd mit offenem Schnitt bis zum Bauchnabel gewählt. Seit er dreizehn war, versuchte er mit diesem Kostüm die Mädchen von Lansbury zu beeindrucken und seit zwei Jahren schleppte er immer wenigstens eine damit ab. Letztes Jahr hatte er jeden Abend eine andere im Arm gehabt.

Elizabeth mit ihren üppigen roten Locken, den hellgrünen Augen und ihren Rundungen an genau den richtigen Stellen entsprach voll und ganz seinem Beuteschema. Nicht dass Chris wählerisch war, was die Haarfarbe betraf (anders als Brandon, der Blondinen den Vorzug gab), aber die Mädchen mussten Klasse haben (oder angesagte It-Girls mit der Körbchengröße Doppel-D nachahmen). Elizabeth hatte Klasse. Vielleicht war sie im Moment zu schwach, aber wenn sie gesund war, konnte man das deutlich bis in den hintersten Winkel eines Raumes voller Menschen spüren. Ebenso wie ihr Temperament. Und davon besaß sie meiner Meinung nach viel zu viel. Aber sie würde Chris schon zeigen, wie weit er gehen durfte.

Und eines war auch gewiss: Chris war ein Gentleman. Er hatte sich noch nie einem Mädchen aufgedrängt, das ihn nicht auch wollte. (Zum Glück hatte er so viel Auswahl, dass das auch noch nie nötig gewesen war.)

Elizabeth war immer noch kreidebleich, als wir sie in dem Gästezimmer des jahrhundertealten Herrenhausees ins Bett bugsierten. Sie redete nicht und schlief sofort ein.

Brandon stellte ihr Schmerzmittel und Wasser griffbereit auf den Nachttisch.

»Meredith, kommst du mal bitte?«

Chris war erstaunlich energisch, als er mich am Arm aus dem Zimmer zog. Kaum dass die Tür zu war, deutete er darauf.

»Was ist mit ihr? Sie sieht furchtbar aus!«

»Ich weiß. Sie ist wirklich schwer verletzt und hat Schmerzen. Und wenn ich dir jetzt sage, dass sie noch immer in Lebensgefahr schwebt, würdest du mir das glauben?«

»Ohne zu zögern«, antwortete Chris mit ungewohnter Ernsthaftigkeit.

»Vielleicht sollte ich mich klarer ausdrücken. Sie schwebt nicht physisch in Lebensgefahr. Jemand ist hinter ihr her. Deshalb darf niemand erfahren, dass sie bei dir ist«, sagte ich leise und sah mich um. Mein Blick fiel auf den Kronleuchter im offenen Treppenhaus und mir wurde bewusst, dass Cromwell nicht in der Nähe sein konnte. Also sprach ich in normalem Ton weiter.

»Cromwell hat nicht die Wahrheit gesagt. Er hat versucht Elizabeth umzubringen.«

Chris' Augen brannten sich in meine. »Meredith, bist du dir sicher?«

Mir fiel sofort auf, dass er nicht direkt *So ein Quatsch,* oder: *Nie im Leben Everybodys-Darling-Cromwell* sagte.

»Ich bin mir sicher«, antwortete ich, so fest ich konnte, und jetzt erzählte ich Chris den genauen Ablauf des Vorfalls – ließ dabei nur die Sache mit den Elementträgern und der Gianidin raus. Das klang sogar in meinen Ohren zu verrückt. Dabei glaubte ich das Ganze auch nur, weil ich es von Colin seit jeher kannte.

Chris' zusammengezogene Augenbrauen konnten sich während meiner Erzählung nicht noch weiter hochziehen, sonst hätten sie den Haaransatz erreicht.

Er schluckte.

»Meredith, wenn das …« Er stockte und seine Stimme klang rau. Anscheinend hatte es ihm die Sprache verschlagen.

»… wahr ist? Natürlich ist es wahr«, vollendete ich den Satz für ihn.

»Nein, ich meine, wenn das rauskäme, wäre der Teufel los. Cromwell ist ja irre! Wir müssen zur Polizei!«

Und genau da war der Haken an der Geschichte.

»Nein!«, unterbrach ich Chris. »Bitte, bitte nicht. Keine Polizei, kein Wort zu irgendjemandem. Wir müssen Elizabeth nur so lange verstecken, bis es ihr wieder gut geht, und dann werden wir versuchen sie zu ihrer Familie zurückzuschmuggeln.«

Zu ihrer Familie ins sechzehnte Jahrhundert. Das würde eine knifflige Aufgabe werden, denn bislang hatten wir nicht einen einzigen Anhaltspunkt.

»Aber wir sprechen von *Stuart Cromwell*!«, wandte Chris ein und fuhr sich mit beiden Händen durch die Haare. »Mein Vater hat einigen Einfluss, wie du weißt, aber im Gegensatz zu Cromwell ist er ein kleines Licht.«

Ich zögerte einen Moment, aber meine Neugier war einfach zu groß: »Wie kommt es, dass du mir glaubst? Jeder andere würde über eine solche Anschuldigung nur müde lächeln.«

Chris schnaubte. »Du vergisst, wessen Sohn ich bin. Mein Dad behauptet immer, man kann nicht so erfolgreich sein wie Cromwell, ohne ein paar Leichen im Keller zu haben. Ich frag Dad gar nicht, welche Leichen hier liegen, aber er hat sich schon immer über Cromwells kometenhaften Aufstieg gewundert. Taucht aus dem Nichts auf und schafft in wenigen Jahren etwas, für das Vater Jahrzehnte brauchte, und noch viel mehr.« Chris grinste boshaft. »Keine Sorge, Meredith, niemand wird was von Elizabeths Anwesenheit hier erfahren. Dad wäre überglücklich, Cromwell endlich eins auswischen zu können. Und sei es nur, jemanden zu verstecken, den er haben will.«

Doch dann sah er mich alarmiert an. »Was ist mit Shakti und Rebecca?«

»Die möchte ich auch nicht an ihn ausliefern«, versuchte ich zu scherzen. Chris' Lächeln fiel sehr matt aus.

Ich zögerte. »Ich fände es besser, wenn sie erst mal nichts davon erfahren würden.«

Beide gehörten zu unserem engsten Freundeskreis. Rebecca war die Tochter von Vikar Hensley, der unter dem Beichtgeheimnis stand und das äußerst ernst nahm. Leider hatte sie diese Verschwiegenheit nicht von ihrem Vater geerbt. Ihr rutschte öfter mal etwas raus.

Shakti Narayan wollte zwar in die Fußstapfen ihrer indisch wurzelnden Eltern treten und Anwältin werden, aber die Grundvoraussetzung dazu fehlte ihr: Sie konnte partout nicht lügen.

Chris presste die Lippen aufeinander. Er mochte mit seinen *Mädchen* umgehen, wie es ihm gerade beliebte. Nicht selten schwor er einer, sie habe die schönsten Augen, die er je gesehen hätte, nur um in der nächsten Woche einer anderen den gleichen Schwur zu leisten. Aber uns – seinen Freunden – gegenüber war er immer aufrichtig, denn er hasste es Geheimnisse zu haben. Leider. Ich wollte nicht wirklich immer alles hören, was er manchmal berichtete. Doch in diesem Fall …

»Die beiden sind ab morgen für drei Wochen im Urlaub. Du brauchst sie also nicht anzulügen, du behältst Elizabeths Aufenthalt einfach nur für dich, wenn sie anrufen, um sich zu verabschieden«, sagte ich schnell. »Wer weiß, was sich bis zu ihrer Rückkehr ergeben hat. Einundzwanzig Tage … da sollten wir einen Schritt weiterkommen. Oder ist dir das zu lange?«

»Nein, nein. Sie kann auch länger bleiben, ich werde dieses Jahr nicht zu meiner Tante an die Côte d'Azur fahren«, wehrte er ab. Er stockte ein wenig und sah zähneknirschend zu Boden. »Nur *heute* ist es ungünstig.«

Ich sah ihn betroffen an. Ich hatte mich auf ihn verlassen. Meine Kopfschmerzen machten sich langsam wieder bemerkbar und außerdem war ich erschöpft. »Aber du hast doch gesagt, sie könnte hierbleiben.«

»Ja, schon«, gab er zerknirscht zu. »Aber da wusste ich auch noch nicht, dass sie einen Krankenpfleger braucht. Ich erwarte noch Besuch. Weiblichen Besuch, ehrlich gesagt. Da war diese blonde Kriegerin auf dem Sachsenfest. Die trug ein Fell so gekonnt drapiert über ihren …«

Chris machte eine eindeutige Geste.

Ich konnte nicht anders. Mir fiel die Kinnlade herunter.

»Aber du hast doch gerade gehört, dass niemand …«

»Bleib locker, Meredith«, unterbrach mich Chris, der wusste, wie weit ich ausholen konnte. »Ich hatte gedacht, Elizabeth könne hierbleiben und fernsehen oder Playstation spielen oder so was. Aber sie braucht jemanden, der sich rund um die Uhr um sie kümmert.«

Da hatte er nicht Unrecht. Er nahm sie schon auf und ich konnte schwerlich verlangen, dass er sie auch noch bemutterte. Sie konnte in diesem Zustand nicht mal alleine aufs Klo gehen. Ich würde hierbleiben müssen. Doch ich wusste, wenn ich bliebe, würde ich mich neben sie in dieses riesige Himmelbett legen und wie eine Tote schlafen. Ich würde nicht hören, wenn ein MI-5-Kommando ins Zimmer stürmte, geschweige denn eine Pistole mit Schalldämpfer benutzt wurde.

»Ich werde bei ihr bleiben«, sagte hinter mir Brandon. Wir drehten uns beide zu ihm um.

Er sah auch müde aus, aber entschlossen.

»Wir haben dir schon deine Gastfreundschaft zu verdanken, den Babysitter brauchst du nicht auch noch zu spielen«, fügte er hinzu.

Chris sah erleichtert aus. »Na dann … Soll ich dich heimfahren, Meredith? Im Moment siehst du nämlich fast genauso aus wie Elizabeth.«

»Du meinst damit bestimmt nicht ihre betörend grünen Augen und ihre Taille«, hauchte ich erschöpft.

»Klug wie immer, unser kleines Genie. Allerdings riechst du wesentlich strenger«, fügte er schnüffelnd hinzu. Er klopfte mir aufmunternd auf die Schulter, ehe er nach dem Autoschlüssel in seiner Hosentasche fischte.

Erst als ich im Auto saß, fiel mir ein, dass ich mich bei Brandon noch gar nicht für die Rettung bedankt hatte.

Morgen. Morgen würde ich alles nachholen.

5. Kapitel

Als ich die Haustür aufschloss, wollte ich sofort nach oben gehen. Schlurfen würde es eher treffen.

In der Küche brannte Licht. Mum war also auch nicht mehr auf dem Sachsen-Festival.

»Ich habe Kopfschmerzen und geh ins Bett«, rief ich matt in Richtung Küche. Allerdings so leise, dass ich mir nicht sicher war, ob sie das gehört hatte.

Doch sie hatte.

»Meredith?«

Ich hielt mitten in der Bewegung inne. Mein Bein schwebte über der zweiten Stufe. Da stimmte etwas nicht. Mums Stimme klang zittrig. Ängstlich und erschüttert.

Ich verdrängte meine Kopfschmerzen und meine Müdigkeit und eilte in die Küche.

Mum saß am Küchentisch. Ihr Gesicht war tränenüberströmt.

»Mum, alles ist gut. Mir geht es gut«, sagte ich und wollte sie in den Arm nehmen, als ich eine Gestalt neben dem Kühlschrank wahrnahm.

Dad.

Er war in den vergangenen Jahren ein wenig fülliger um die Mitte geworden – was nicht zuletzt an dem vielen Alkohol lag, den er am Wochenende immer in sich hineinkippte, und an seinem Beruf als Lkw-Fernfahrer. Jetzt sah er mich mit einem leicht panischen Ausdruck in den Augen an.

»Hey, Dad!«, sagte ich verhalten.

Was wollte er jetzt hier? Er hätte schon Freitag hier sein sollen. Pünktlich zu meinem großen Auftritt mit der Brassband zur Eröffnung des Sachsen-Festivals. War das wirklich erst gestern gewesen? Aber egal.

In der letzten Zeit war er immer weniger zu Hause gewesen, aber an dem einen großen Konzert unserer Band hätte er da sein müssen. Denn die nächsten vier Wochen war Pause. Keine Proben, kein Auftritt. Das musste sich doch einrichten lassen! Ich wollte ihm das alles an den Kopf werfen und endlich ins Bett gehen. Doch Mums verzweifelter Gesichtsausdruck hielt mich davon ab.

Dad räusperte sich und deutete auf den Stuhl Mum gegenüber.

»Meredith, setz dich bitte. Deine Mutter und ich müssen mit dir reden.«

Durch meine verschmierte Brille sah ich, dass Dad ausnahmsweise einmal komplett nüchtern war. Seine Haare waren ordentlich gekämmt, weshalb seine Geheimratsecken nicht so extrem auffielen, und er war rasiert. Überhaupt wirkte er seit langem mal wieder gepflegt. In meinem Magen machte sich ein Loch breit. Noch breiter als das, das sich beim Anblick von Cromwells Pistole aufgetan hatte.

Langsam, zeitlupengleich, ließ ich mich nieder und schob die Brille an ihrem Steg hoch. Umsonst, sie saß schon oben.

»Du hast eine neue Frisur.«

Er hatte mich seit Wochen nicht mehr gesehen. Ob es ihm vorher aufgefallen wäre, war auch fraglich, denn in der Regel kam er freitagnachmittags nach Hause, um sich bis Sonntagmorgen zu betrinken und Sonntagabend oder Montagmorgen wieder loszufahren.

Bis vor vier Wochen hatte ich immer den gleichen schulterlangen Bob gehabt. Mit meinen glatten dunklen Haaren ließ sich nicht viel machen – hatte ich zumindest immer gedacht, bis Chris mich zu einem anderen Friseur geschleift hatte. Dort hatte man meine Haare, ohne zu fragen, bis zum Kinn durchgestuft und im Nacken sogar ein wenig rasiert. Das Ergebnis war für alle anderen »toll«, »modisch« und »chic«. Adjektive, die man mit mir bislang nicht wirklich verbinden konnte.

Mum hatte ein paar Tage gebraucht, um mich richtig ansehen zu können, und es wunderte mich nicht, dass es für Dad ein ebenso großer Schock war.

Wollte er mich jetzt bitten, mir wieder eine andere Frisur zuzulegen oder die Haare zu färben oder so was? Doch seine Worte gingen in eine ganz andere Richtung.

»Meredith, ich werde ausziehen«, sagte Dad. »Ich habe eine neue Arbeit in Manchester. Ich will nicht länger Lkw fahren. Der Rechtsverkehr auf dem Kontinent wird mir zu anstrengend. Ich habe einen Job bei einem Fernsehsender als Lagerarbeiter gefunden. Ich muss mich noch um eine Wohnung kümmern, deswegen fahre ich schon morgen da hoch.«

Die Erschöpfung und Ereignisse der letzten Stunden vernebelten ein wenig mein Gehirn. Hatte mein Dad gerade gesagt, wir würden nach Manchester ziehen? So spontan? Ich brauchte mir nicht die Haare zu färben?

»Dad, mein Kopf tut weh und ich habe ein paar wirklich anstrengende Tage hinter mir«, sagte ich endlich. »Also bitte, erklär mir genau, warum wir nach Manchester ziehen sollen. Und warum muss das jetzt so schnell gehen? Kann ich nicht noch wenigstens meine A-Levels fertig machen?«

Ich rieb mir die Schläfen. Das brachte nicht wirklich viel. Meine Kopfschmerzen wurden immer schlimmer. Ich nahm die Brille ab. Auch ohne konnte ich erkennen, dass Dads Gesicht noch genauso ernst aussah und Mums Tränen nicht weniger wurden.

»Meredith, mein Schatz …«

Alarmiert sah ich auf. So hatte Dad mich nicht mehr genannt, seit ich auf seinen Schoß geklettert war, um mir vorlesen zu lassen.

»Ich werde allein nach Manchester ziehen. Mum und du, ihr bleibt hier.«

Irgendwas in der Gleichung passte nicht, überlegte ich.

Denk nach, Meredith, denk nach. Mathe liegt dir doch. Die Quadratwurzel aus 387 ist 19,672315, und wenn ich ausrechne, dass Cromwells Pistolenkugel durch den Schalldämpfer mit einer verringerten Geschwindigkeit von etwa 350 Metern pro Sekunde abgeschossen wird mit einem Luftdruck von 2350 bar, erfolgt der Aufprall … Was tat ich hier?

Meredith, reiß dich zusammen! Diese Rechnung hat nichts mit Dad zu tun.

Ich sah zu Mum. Sie hatte ihr Gesicht mittlerweile hinter ihren Händen verborgen.

Und endlich kapierte ich.

»Ihr trennt euch …«, murmelte ich.

Ich hörte Dad nur noch Ja sagen, dann kippte ich vom Stuhl. Mein letzter Gedanke war, dass eine Pistolenkugel und Dad vielleicht doch ganz nett in einem Satz klangen.

6. Kapitel

Ich wollte die Augen nicht aufmachen, denn der Traum war so schön gewesen.

Ich hatte geträumt, Brandon hätte an meinem Bett gesessen und einen unglaublichen Trick mit einem Wasserglas vollführt, indem er das Glas erst zerbröseln ließ und dann zu einem Kristall zusammenschmolz.

Und dabei hatte er mich angelächelt, wie er seine blonden Freundinnen auf dem Barhocker immer anlächelte. Warm, herzlich, zum Dahinschmelzen. Genau wie der Eiskaffee, den er dabei servierte.

Ich konnte ihn schon riechen, den Kaffee, und blinzelte.

In meinem Zimmer war jemand. Aber nicht Brandon.

Mum hatte es sich an meinem Schreibtisch bequem gemacht und nippte an einer Tasse. Und dann erinnerte ich mich wieder. An alles. Leider.

Als Mum sah, dass ich wach war, lächelte sie schwach. Wieder einmal ein Versuch, tapfer zu sein. Total misslungen. Sie stellte die Tasse ab. Billiger Instant-Cappuccino. Ich richtete mich auf und sah auf dem Schreibtisch neben der Tasse den Stapel Tarotkarten liegen. Drei davon waren aufgedeckt. Mum hatte sich also die Wartezeit mit ihrer Lieblingsbeschäftigung vertrieben. Während andere Mütter diverse Kochsendungen oder *Desperate*

Housewifes schauten, warf meine Mutter einen Blick in ihre Tarotkarten. Und nicht wenige Leute aus Lansbury kamen zu Mum, um sich gegen Geld die Karten legen zu lassen.

Ich konnte die drei aufgedeckten Karten ohne meine Brille nicht erkennen. (Die hätte aber auch nicht viel genutzt, denn die Bedeutung der einzelnen Karten hatte mich noch nie interessiert.)

»Hey«, sagte sie gespielt munter. »Möchtest du eine Schmerztablette? Oder hast du Hunger? Ich könnte dir Porridge kochen.«

Gott bewahre. Mein Kopf schmerzte noch immer, aber nicht mehr so dröhnend wie in der Küche. Wie lange war das her? Schwer zu sagen, denn mein Magen war von den Schmerzen wie ausgeschaltet.

»Nichts essen, danke. Aber eine Schmerztablette wäre gut.«

Sie lag schon bereit. Mit einem neuen und frisch gefüllten Wasserglas auf meinem Nachttisch. Direkt daneben lagen meine Brille und – der Glasklumpen.

Das hatte ich also nicht geträumt. Brandon *war* hier gewesen. *Vor* meiner Entführung. Bevor wir beschossen worden waren. Und vor der Eröffnung, dass Dad sich endgültig von uns lossagte.

Kaum zu glauben, dass das alles an einem Tag passiert sein sollte.

Mum seufzte. »Meredith, ich wollte schon Dr. Adams rufen, damit er nach dir sieht, aber …«

»Er hat sich geweigert zu kommen?«, schlussfolgerte ich und schluckte die Tablette. Ich war bei Dr. Adams in Ungnade gefallen. Colin war von Cromwell zusammengeschlagen worden, weil er versucht hatte, Elizabeth vor ihm zu beschützen. Ich musste unbedingt wissen, wie es ihm ging. Leider hatte Dr. Adams mich dafür verantwortlich gemacht – aus welchem Grund auch immer. Ich vermutete, er suchte schon seit einer Weile nach einem Grund, um uns zu trennen. Wenn er mich überhaupt wahrnahm, dann sehr kühl und von oben herab.

»Nein. Er war einfach nicht zu erreichen. Er sei bei einem Notfall.«

Das war bestimmt nur eine feige Ausrede. Wie deprimierend. Wahrscheinlich hoffte er, ich hätte einen unheilbaren Tumor, der meine Anwesenheit und damit meine Freundschaft zu Colin bald erledigen würde. Mit Kopfschmerzen hatte ich leider häufiger zu tun – auch ohne Gehirnerschütterung.

Garantiert würde er jetzt auch alles daransetzen, dass Colin und ich uns vorerst nicht mehr sehen konnten. Die vierwöchige Pause unserer Brassband, in der wir beide mitspielten, war auch hinderlich. So hatte ich noch nicht einmal die Chance, ihn auf der Musikprobe zu treffen.

Ich setzte meine Brille auf. Mum hatte sie geputzt und ich konnte wieder glasklar sehen.

Mein Blick fiel auf die Tarotkarten: der Turm, vier Kelche und … der Tod.

Das war die einzige Karte, die ich kannte, und sie stand für Veränderungen und Neuanfang. Sehr passend. Das musste ich zugeben.

»Meredith …«

Ich ahnte, was jetzt kam.

Die Erklärung, warum Mum und Dad nicht mehr miteinander leben konnten/wollten, dass ich ja ein großes Mädchen sei, wir über die Runden kämen und so weiter. Dass sich nicht wirklich viel ändern würde, weil Dad ja sowieso immer unterwegs gewesen sei, und ich ihn, wann ich wollte, in Manchester besuchen könne. Das typische Blabla, das man auch kleinen Kindern erzählt, wenn Eltern sich trennen. Ich hatte die Geschichte schon von einigen Mitschülern im Laufe der Jahre zu hören bekommen.

Ich wollte davon jetzt nichts wissen, sondern stattdessen einfach nur unter die Bettdecke kriechen, mich zwischen die Kissen kuscheln, einschlafen, und wenn ich aufwachte, wäre alles wie immer. Colin würde eine WhatsApp-Nachricht schicken, wir würden unser kleines Spielchen am Handy spielen und … Ach, verdammt.

Nicht einmal das war mir mehr vergönnt, denn mein Handy lag zertrümmert im Wald.

Verflixt und zugenäht.

»Meredith, es hilft nichts, die Decke über den Kopf zu ziehen, wir müssen den Tatsachen ins Auge blicken«, sagte Mum ungewohnt energisch. Ich schob die Decke zurück und sah sie an. Sie hatte einen bitteren Zug um den Mund und in ihren Augen war die übliche sanfte Traurigkeit zu sehen, doch dieses Mal lag darin auch eine befremdliche Entschlossenheit.

»Ich habe viel zu lange weggesehen und es wird Zeit nach vorn zu blicken.«

Statt nach vorn blickte sie auf die drei Tarotkarten.

»Du machst deine A-Levels fertig und siehst zu, dass du studieren gehst. Ich werde in der Drogerie anfragen, ob ich mehr Stunden arbeiten kann. Ansonsten suche ich mir einen Zweitjob. Es ist ja nicht so, als müsste ich dich noch nachmittags betreuen.«

Ich rutschte im Bett hoch. Wow! So entschlossen kannte ich Mum gar nicht.

»Glaubst du, er hat eine andere?«, wagte ich zu fragen.

Ihre Miene verfinsterte sich.

»Das will ich gar nicht wissen«, gab sie zur Antwort und stand auf.

»Wenn es dir gleich besser geht, gibt es was zu essen. *Ich* habe Hunger auf Porridge.«

Sie verließ mein Zimmer und schloss die Tür hinter sich.

Wie viel kann ein Mensch ertragen? Die Frage stellte sich wahrscheinlich jeder einmal in seinem Leben. Mir kam sie jetzt in den Sinn und ließ mich kaum los. Es war keine Stunde vergangen, die ich im Bett gelegen hatte, und schon saß ich in der Küche. Mum warf ein wenig hektisch ein paar Pflaumen in einen Topf.

Warum jetzt? Warum zum Teufel musste Dad ausgerechnet jetzt bekannt geben, dass er mit uns nichts mehr zu tun haben wollte? Mir wurde vom Porridgegeruch ganz schlecht. Ich würde ihn wohl ab sofort immer mit einem Kloß im Magen in Verbindung bringen.

Dad kam mit einer gepackten riesigen Sporttasche in die Küche, um sich zu verabschieden.

Er sah dabei furchtbar traurig aus, genauso traurig wie Mum, wenn wir unseren monatlichen Ausflug machten. Und wieder einmal dachte ich, dass Dad noch nie mit uns dorthin gefahren war.

»Meredith …«, sagte er leise. Ich saß am Küchentisch und er stand in der Tür. Er schien unschlüssig zu sein, was er sagen oder tun sollte.

Endlich brachte er heraus: »Es tut mir leid. Aber du … deine Haare … Bis bald.«

Er drehte sich um und ich hörte die Haustür ins Schloss fallen.

Ich sah fassungslos zu meiner Mutter, die geschäftig im Porridge rührte.

»Mum, bin ich an eurer Trennung schuld?«, fragte ich ungläubig. Konnte Dad den Anblick meiner neuen Frisur nicht ertragen? Kamen jetzt plötzlich all die verdrängten Gefühle der letzten zwölf Jahre hoch, nur weil ich beim Friseur gewesen war? Ich wollte einen Schluck Wasser trinken, aber meine Hände zitterten und ich stieß das Glas um.

Mum sprang sofort mit einem Lappen herbei und wischte alles auf.

»Nein, Liebes«, sagte sie mit fester Stimme. »Das darfst du dir nicht einreden. Dad hat den Tod deines Bruders nie überwunden. Wir alle nicht, und das werden wir auch nie. Aber das ist nicht deine Schuld. Ich glaube einfach, er kommt mit sich selber nicht klar. Das liegt nicht an uns, sondern an ihm. Wir erinnern ihn jedes Mal an Oliver, wenn er nach Hause kommt.«

»Wir sind doch extra von Warwickshire hierher nach Lansbury gezogen«, sagte ich, »um diese Erinnerungen hinter uns zu lassen.«

»Es ist egal, wo das Zuhause ist«, sagte Mum fest. »Du weißt doch: Nicht ein Gebäude macht ein Heim, sondern die Menschen, die es bewohnen.«

Sehr weise gesagt und trotzdem fühlte ich mich richtig elend.

Nach dem Essen würde ich versuchen Colin zu erreichen. Ich *musste* mit ihm reden.

7. Kapitel

Vier Tage lang blieb ich zu Hause. Vier Tage, in denen in meinem Kopf die Gedanken so rasten, dass es jeder Achterbahn Konkurrenz machen würde. Der Schock darüber, dass ich entführt und beinahe erschossen worden war, ließ mich in der ersten Nacht nicht schlafen. Ich erwachte zitternd und schweißgebadet und ein Blick auf meinen Radiowecker zeigte, dass ich nur zwei Stunden geschlafen hatte. So ging es die ganze Nacht hindurch, sobald ich wegdöste. Dummerweise gesellten sich noch andere Gedanken hinzu, wenn ich zur Ablenkung nach meinem Buch auf dem Nachttisch griff. Ich las nicht eine Zeile. Nur eines geisterte durch mein Hirn: Dad war ausgezogen. Weg. Er würde nicht mehr nach Hause kommen. Er würde nicht mehr vorm Fernseher sitzen bis spät in die Nacht. Er wollte nichts mehr mit uns zu tun haben. Egal was Mum sagte, ich fühlte mich ein klein wenig schuldig. Ich war kein Junge. Männer mochten doch Jungs lieber, oder nicht? Dad hatte seinen Jungen verloren. Zurückgeblieben war das Mädchen. Und dank meiner bescheuerten neuen Frisur – sie konnten mir alle noch sooft einreden, wie gut ich damit aussah – konnte mein Vater mir nicht einmal mehr ins Gesicht sehen. Weil ich dem verlorenen Sohn damit so ähnlich sah.

Ich brauchte zwei Tage, um selber noch einmal in den Spiegel blicken zu können. Zwischendurch schickte ich unzählige SMS an Colin und mindestens genauso viele E-Mails. Ich erhielt einige Nachrichten von Rebecca und Shakti, die ich allesamt ignorierte. Schließlich riefen sie auf dem Festnetz an und ließen Mum Grüße ausrichten, bevor sie sich auf den Weg in den Urlaub machten. Neben Colin meldete ich mich nur noch bei Chris, um mich nach Elizabeths Befinden zu erkundigen. Ehrlich gesagt dachte ich in diesen zwei Tagen nur einmal daran.

Mum verkraftete Dads Weggehen wesentlich besser als ich. Sie zog sich morgens den Kittel für die Arbeit in der Drogerie an, und als sie mittags nach Hause kam, brachte sie uns beiden Pizza mit. Fast schien es mir, als wolle sie Dads Auszug feiern. Doch ihr verlorener Blick nach dem Essen – wir hatten beide unsere Pizzen kaum angerührt – sagte mir, dass es ihr auch schwerfiel und sie wie immer einfach alles verdrängte, so gut es ging.

Gestern hatte ich den Schlafanzug überhaupt nicht ausgezogen. Ich hatte einfach verlottert vorm Fernseher gesessen, alle zwei Minuten Brandons Handy gecheckt, ob Colin vielleicht doch geantwortet hatte, und mir unzählige Folgen *Big Bang Theory* angesehen. Erst als ich an diesem Morgen in den Spiegel blickte und sogar ohne Brille entsetzt zurückwich, raffte ich mich auf und folgte Mums Beispiel. Sollte Brandon vor der Haustür stehen, musste er denken, ich hätte mich in einen Troll verwandelt. Und weil das bereits einmal vorgekommen war (dass er unverhofft hierhergekommen war, nicht die Sache mit dem Troll), musste ich was gegen dieses Hillbilly-Geschöpf, in das ich mich verwandelt hatte, tun. Geduscht und in meinen frisch gewaschenen Lieblingsklamotten fühlte ich mich endlich wieder einigermaßen gewappnet, anderen Menschen gegenüberzutreten. Ich war noch immer blass, aber das konnte auch an dem schwarzen Shirt liegen. Heute *musste* ich Colin erreichen. Ohne ihn konnte ich dieses ganze Chaos nicht bewältigen. Ich würde alles versuchen, den geballten Sturmangriff wenn nötig durchzuziehen.

Doch schon bald musste ich mir mein Versagen eingestehen und konzentrierte mich daher auf die einfachste von allen Aufgaben, die man mir auferlegt und die ich sträflich vernachlässigt hatte: ein Besuch bei Chris, um nach Elizabeth zu sehen. Das war insofern das Einfachste, weil ich mich noch nicht in der Lage sah, mich mit übernatürlichen oder familiären Phänomenen auseinanderzusetzen.

»Wie geht es ihr?«, fragte ich Chris, als er mir die Haustür öffnete.

»Ein kleines bisschen besser«, sagte er. »Zumindest sieht sie fitter aus als du.«

Ich überging diesen Satz. Ich war frustriert.

Colin war nicht zu erreichen. Egal was für Register ich gezogen hatte, alles war umsonst gewesen. Ich hätte wissen müssen, dass sein Vater seine Drohung wahrmachen würde. Colin hatte wegen Elizabeth einen Schlag auf den Kopf bekommen und war zusammengebrochen. Der Notarzt war ausgerechnet Dr. Adams gewesen und er hatte mich neben dem ohnmächtigen Colin mit der blutenden Wunde gesehen. Allein der Gedanke an den bleichen, blutenden Colin machte mich wieder ganz unruhig.

Ich fühlte mich ohnehin schon hundeelend. Nicht nur wegen Dr. Adams fieser Anschuldigung, sondern weil ich noch nie so lange von Colin getrennt gewesen war, seit wir uns kannten.

Und ich hätte ihn wirklich – *wirklich!* – gebraucht. Mit ihm sprach ich immer über alles. Dabei lag mir im Moment nicht mal die Cromwell-Gaianidin-Sache im Magen. Dass mein Dad uns verlassen hatte, wog genauso schwer, wenn nicht noch schwerer. Colin hätte mich verstanden und er fand immer einen Weg, um es mir leichter zu machen. Ich konnte mit Chris auch schwerlich über das reden, was der Mönch gesagt hatte. Da weder er noch Shakti oder Rebecca von Colins übernatürlichen Kräften wussten, brauchte ich die Sache mit der Gaianidin gar nicht erst anzuschneiden.

Mit Chris wollte ich auch nicht über die Trennung meiner Eltern reden. Wenn ich es ihm erzählte, würde er nur die Achseln zucken und sagen, das sei halb so schlimm, denn immerhin könne ich meinen Vater weiterhin besuchen und mit ihm sprechen, auch wenn er nicht mehr bei uns wohnte. Damit hatte er nicht einmal Unrecht.

Chris' Mutter war gestorben, als er noch sehr klein gewesen war, und seither hatte er drei oder vier Stiefmütter kommen und gehen sehen – von den diversen anderen Freundinnen seines Vaters ganz zu schweigen.

»Ich habe Kopfschmerzen«, sagte ich, was nicht ganz gelogen war. Der Druck hatte ein wenig nachgelassen, war aber nicht gänzlich verschwunden. Es fühlte sich an, als hätte ich eine zu enge Mütze auf dem Kopf. Außerdem war ich einen großen Umweg hierhergelaufen aus Angst, Cromwell könne mich wirklich überwachen und mir folgen. Aber ich hatte niemanden bemerkt. Trotzdem fühlte ich mich gehetzt.

»Du wärst besser noch im Bett geblieben. Du brauchst kein

schlechtes Gewissen zu haben. Ich komme mit Elizabeth schon alleine klar.«

Deswegen mochte ich Chris. Er war herrlich unkompliziert und immer hilfsbereit.

»Du, Meredith, was ist mit Colin los?«, fragte Chris prompt, als er vor mir die Treppe zu Elizabeths Zimmer hochging. »Ich erreiche ihn nicht, er war seit Tagen nicht bei WhatsApp online und er reagiert auch nicht auf meine Anrufe.«

»Ich vermute, Dr. Adams glaubt, ich würde über dich versuchen zu ihm Kontakt aufzunehmen«, gab ich gepresst zu.

Chris schüttelte ungläubig den Kopf. »Der denkt doch nicht ernsthaft, du hättest ihm eins über den Schädel gezogen.«

»Nein, aber er denkt, ich sei schuld, dass Colin eins über den Schädel bekommen hat. Mum sagt, ich solle Geduld haben. Es würde nur zeigen, wie sehr Dr. Adams Colin liebt, und er würde nach einer Weile einsehen, dass er unsere Freundschaft nicht einfach so beenden kann.«

Chris schnaubte.

Ich grinste matt. »Du kennst doch meine Mutter und ihr gutmütiges Naturell.«

»Allerdings«, sagte Chris. »Dr. Adams hat einen an der Waffel. Es ist ja nicht so, als wärst du darauf aus, Colin zu heiraten, um dir wie Mrs Adams ein angenehmes Leben zu machen.«

Ich fand nicht, dass Colins Mutter ein angenehmes Leben mit diesem Tyrannen hatte, aber Chris' Worte machten mich hellhörig.

»Wie meinst du das?«

»Die mussten heiraten.« Jetzt schmunzelte er. »Du weißt doch, dass vor zwanzig Jahren hier ein Sittenwächter von Vikar lebte. Colins Mutter war ungewollt von Dr. Adams schwanger geworden. Ihre Familie hat in den Blocks am Südrand gewohnt.«

Was?

Das wusste ich ja gar nicht! Da wohnten seit jeher nur Sozialhilfeempfänger. Shelby Miller unter anderem.

Chris erzählte weiter. »Der tugendachtsame Vikar hat bei den Adams folgenschwere Konsequenzen angedroht, wenn der Sohn nicht seiner Verpflichtung nachkäme. Dr. Adams' Vater, der ja auch schon Arzt war, muss wochenlang sämtlichen Patienten nur Abführmittel verschrieben haben aus lauter Wut, weil sein Sohn eine nicht standesgemäße Frau geschwängert hat.«

Ups. Nein, davon hatte ich noch nie gehört. Woher auch? Wir waren nach Lansbury gezogen, als ich fünf war. Allerdings erklärte das einiges: zum Beispiel Mrs Adams immer saures Gesicht oder Dr. Adams unterdrückte Wut und seine Abneigung gegen mich. Ich war in seinen Augen auch nicht standesgemäß. Wir wohnten zwar nicht in den Blocks am Südrand, aber die Trinkgewohnheiten meines Lkw fahrenden Vaters hatten sich herumgesprochen. Dafür übte er dieses Hobby schon zu viele Jahre aus. Es überraschte mich nicht, dass wir in den Augen von Dr. Adams nur eine halbe Stufe über den Sozialhilfeempfängern standen.

Allerdings hatte er nie kapiert, dass Colin und ich nur Freunde waren. Obwohl … Mir fiel siedend heiß der Kuss in jener Gewitternacht ein. Colin hatte mir gestanden, seit vielen Jahren in mich verliebt zu sein, und ich hatte es nie gemerkt.

»Wirst du etwa rot?«, fragte Chris amüsiert. »Zu deiner Information, sie hätten sich besser getrennt, statt zu heiraten.«

»Aber dann wäre Colin nicht da«, widersprach ich.

»Das stimmt. Ein Glück, dass sie wenigstens noch Colin produzierten, denn der Prototyp namens Theo war ja wohl voll ein Schuss in den Ofen.«

Chris und ich grinsten uns an.

Theodor war fünf Jahre älter als Colin und niemand, mit dem man gern zusammen war. Er war groß, etwas beleibt, wusste immer alles besser, und seit er in Oxford studierte, war er zu einem noch größeren Klugscheißer geworden. Nirgends war der Kaffee so gut wie in Oxford. Oder die Leute. Oder die Bars. Oder der Himmel, die Erde, die Luft, die Sonne.

Wenn er anfing sich über Lansbury und die Umgebung zu beschweren oder von Oxford zu schwärmen (es hätte auch Cambridge sein können, Hauptsache dort, wo Theodor gerade war), musste man sich schon arg konzentrieren, weil er nie die Tonlage änderte und ständig Monologe führte.

Doch eigentlich reichte es auch ab und an ein *Ach* und *Mh* einzuwerfen, und schon war Theodor zufrieden und fühlte sich bestätigt. Nur selber musste man möglichst schnell das Klo aufsuchen, weil er sonst noch ewig weiterschwärmte oder -schimpfte. Ich hatte schon immer gedacht, dass Geschwister nicht unterschiedlicher sein konnten als Colin und Theodor. Colin hörte einem zu, konnte über sich selbst lachen und hatte die Angewohnheit, jeden und alles in Schutz zu nehmen.

Chris öffnete die Tür im oberen Korridor zum »Nicht-Queen-Anne-Zimmer«. War es dasselbe Zimmer, in das wir sie letzte

Woche verfrachtet hatten? Wenn ja, hatten mich meine Kopfschmerzen und der Schock diese feudale Suite nicht wahrnehmen lassen. Staunend sah ich mich um.

Es war kein Wunder, wenn ihnen jeder Gast den königlichen Besuch abnahm. Ich hatte selten ein so großes Zimmer gesehen und es hatte ein ebenso großes Fenster mit Blick auf den großen Park der Harris' (der wurde von einem fest angestellten Gärtner gepflegt). Daneben stand das riesige hellblaue Himmelbett. Und mittig darauf, wie Dornröschen in einem kitschigen Hollywoodfilm, lag Elizabeth. Ihre rote Mähne schien sorgfältig drapiert und die grünen Augen stachen aus dem noch immer blassen Gesicht hervor.

Das Einzige, das nicht ins Bild passte, war ihre Kleidung. Statt eines rüschengesäumten Nachthemdes trug sie ein T-Shirt mit dem Aufdruck *Metallica*.

Elizabeth war nicht allein. Neben ihr in einem Sessel saß Brandon.

Obwohl ich mich nicht gut fühlte, holperte es in meinem Magen, so als hätte ich eine Stufe übersehen. Bei Brandons Anblick wich ein wenig von der Trübsal, die mich seit Dads Verabschiedung befallen hatte. Und als er mich anlächelte, erschien mir der Himmel hinter dem riesigen Fenster nicht mehr ganz so grau und verhangen wie noch vor ein paar Minuten.

»Hi, Meredith«, sagte Brandon und erhob sich. Das erinnerte mich wieder daran, dass er zum Ritter ausgebildet worden war. Jetzt verstand ich seinen Erfolg bei Frauen. Diese guten Manieren, gepaart mit seinem Aussehen … Das weibliche Geschlecht hatte in seiner Gegenwart keine Chance.

»Wie geht es dir? Du siehst nicht gut aus.« Er musterte mich besorgt.

»Mir geht's gut«, log ich und setzte mich auf den Stuhl, den Chris mir heranzog. Er selbst setzte sich zu Elizabeth aufs Bett.

Das registrierte Brandon mit einem Stirnrunzeln, aber er sagte nichts.

»Sonnenschein, du siehst von Mal zu Mal besser aus«, flötete Chris mit einem Seitenblick auf Elizabeth.

Sie schenkte ihm ein Lächeln. »Das habe ich nur deiner Fürsorge zu verdanken.« Jetzt sah sie mich an und zeigte dabei ihre weißen Perlzähne. »Chris bereitet sogar Speisen für mich zu. Diese südländischen Gerichte aus Hartweizengrieß mit Füllung sind wirklich formidabel.«

Ich biss mir auf die Lippe und zog nur die Augenbrauen hoch. Ich hatte niemanden je zuvor das Wort *formidabel* sagen hören. Allerdings war ich auch nie zuvor einer verwöhnten, antiquierten Grafentochter aus dem sechzehnten Jahrhundert begegnet. Der herablassende Blick, den sie mir dabei zuwarf, zeigte verlässlicher als jede Überprüfung ihrer Vitalfunktionen, dass es ihr wieder besser ging. Ich lächelte sie süßlich an.

»Ravioli aus der Dose, Chris?«, fragte ich, wohl wissend, wovon er sich ernährte, wenn weder sein Vater noch die Haushälterin da waren, um für was Anständiges zu sorgen.

»Mag sein, dass ich nicht kochen kann, aber ich musste die Dose öffnen und alles warm machen«, gab er ohne jegliches schlechte Gewissen zu.

»Hast du noch ein paar übrig?«, fragte ich und versuchte so

treuherzig wie möglich dabei auszusehen, obwohl ich Dosenravioli nicht mochte.

»Aber sicher. Möchtest du auch noch welche, E?«, fragte er zu Elizabeth gewandt. E? Sehr äh … passend irgendwie.

»Gern«, säuselte sie und Chris erhob sich.

Bevor ich das heikle Thema Cromwell anschneiden konnte, kam mir Elizabeth zuvor. »Wie geht es Colin? Er hat sich noch nicht gemeldet und nach meinem Befinden erkundigt. Weiß er nicht, was mit mir geschehen ist? Oder hast du es ihm vorsätzlich verheimlicht?« So viel zu dem schwachen, zarten Pflänzchen, das sie Chris vorspielte. Sie hatte sich aufgerichtet und ihre Augen funkelten vorwurfsvoll.

»Mir wurde der Kontakt zu ihm verboten. Sein Vater glaubt, ich sei schuld an seiner Gehirnerschütterung«, erklärte ich knapp.

»Oh!« Jetzt wirkte sie ernsthaft besorgt. »Colins Gehirn ist erschüttert? Ist er noch im Besitz seines Augenlichts? Weiß er noch, wer ich bin?«

Vermutlich hatte man im sechzehnten Jahrhundert noch nie etwas von Gehirnerschütterung gehört – und wenn, dann wurde sie wahrscheinlich mit Blutegeln behandelt. Ich hatte mal gelesen, dass die in der Tudorzeit als Allheilmittel angesehen worden waren.

»Keine Ahnung. Im Moment erinnert sich vor allem sein Vater an mich und versucht, ihn einer Gehirnwäsche zu unterziehen«, sagte ich trocken.

»Man kann das Gehirn waschen?« Elizabeth setzte sich mit offenem Mund auf. Sofort verzog sie schmerzhaft das Gesicht und ließ sich zurücksinken. Brandon beugte sich besorgt über sie und flüsterte ihr etwas ins Ohr.

Ich wechselte einen Blick mit Chris, der breit grinste.

»Manchmal glaube ich, sie kommt von einem anderen Stern«, raunte er mir verschwörerisch zu. »Nein, Liebes, das ist nur so ein Ausdruck, den man hier verwendet. Colins Vater ist nicht gut auf Meredith zu sprechen und er scheint Colins Verletzung als Vorwand zu nehmen, um Meredith von ihm fernzuhalten.«

Liebes. Ha! Und Brandons Fürsorge. Bah! Sie gingen mir alle auf die Nerven. Ich wusste nicht, was schlimmer war: dass Elizabeth so betüttelt wurde oder Chris ihr von meiner Vermutung erzählte. Aus irgendeinem Grund war mir das überhaupt nicht recht und das ungute Gefühl in meinem Magen wurde noch stärker.

»Möchtest du sonst noch was?«, fragte Chris. »Pudding? Kaffee? Aspirin?«

»Ravioli und Wasser bitte«, sagte ich und Chris verschwand. Endlich waren wir allein und konnten uns unterhalten.

»Meredith, ich finde, du hättest im Bett bleiben sollen. Du siehst wirklich nicht gut aus.« Brandon war wenigstens um mich besorgt. Zumindest halbwegs. »Aber jetzt, da du schon hier bist, können wir vielleicht auch ein paar Sachen klären. Cromwell hat behauptet, du seist die Gaianidin.«

Jetzt sah mich Elizabeth endlich ohne Herablassung an. *»Sie?!«*, rief sie und ihre Stimme wurde schrill. »Sie kann es nicht sein. Es *muss* Colin sein.«

»Du hast doch selber gesagt, Colin sei Platonid für das Element Wasser«, widersprach ich genervt.

»Wann soll ich das gesagt haben?«

»Als du ins Krankenhaus eingeliefert wurdest. Nachdem Cromwell dir das Messer in den Bauch gerammt hatte«, sagte ich barsch und erntete dafür einen stirnrunzelnden Blick von Brandon.

»Mag sein, dass ich das gesagt habe, aber ich hatte seither viel Zeit, um nachzudenken.« Elizabeth kreuzte störrisch die Arme vor der Brust.

»Aber Colin ist ein Junge. Müsste die Gaianidin nicht eine Frau sein? Immerhin heißt es DIE«, wandte Brandon berechtigt ein.

Diese Vorstellung war ihr offensichtlich sehr zuwider, denn sie widersprach vehement: »Sie kann es nicht sein. Nicht sie. Sie ist … Schau sie dir an.«

Ich musste es Brandon sehr zugutehalten, dass er ihrer Aufforderung nicht nachkam, sondern sie weiterhin taxierte. Er schüttelte energisch den Kopf. »Es *ist* Meredith. Cromwell hatte eine Erscheinung, die ihm das bestätigte.«

Obschon ich ein paar Tage nicht hier gewesen war, ging mir auf, dass Elizabeth allem Anschein nach noch nichts von den Geschehnissen auf der Lichtung wusste. Brandon setzte sie nun in einer Kurzfassung über alles, was nach meiner Entführung geschehen war, in Kenntnis.

Während seines Berichts weiteten sich ihre Augen und sie starrte mich an.

»Ein Geist?«, fragte sie, als er schließlich mit seinen Ausführungen fertig war. »Ein Geist ist ihr und Cromwell erschienen?«

Ihr Hang, über mich zu sprechen, als sei ich nicht anwesend, machte sie auch nicht sympathischer.

Und obwohl ich bislang nicht so empfunden hatte, war es

doch eine kleine Genugtuung, dass ich etwas sehen konnte, das sie nicht sah.

»Es wäre ganz gut, wenn wir mehr über diesen Geist wüssten«, überging Brandon ihre Worte.

»Ich will ihn auch sehen. Er muss der Prophet sein. Der, der die Weissagung des Weltuntergangs gemacht hat.«

»Weltuntergang?«, hakte ich irritiert nach. »Du hast von einer solchen Weissagung gehört? Wir reden hier aber nicht von Nostradamus, oder?«

»Wer?«

Okay, damit war das ausgeschlossen. »Was für eine Weissagung?«, wiederholte ich meine Frage.

Brandon sah mich ernst an.

»Über den Steinkreis kursieren viele Geschichten. Eine davon hat sich hartnäckig gehalten. Es geht darin um vier Elemente, die den Weltuntergang herbeiführen würden, sollten sie an dieser Stätte zusammengeführt werden.«

Ich sah ihn unbeeindruckt an. »Aha. Ziemlich schwierig, diese vier Elemente von der Kifferbande fernzuhalten.«

»Von was?«, fragte Brandon erstaunt.

»Wir nennen den Steinkreis Kifferbande. Wegen der Räucherrituale der Neo-Druiden«, erklärte ich. »Und wie schon gesagt ist es ziemlich schwer, die vier Elemente davon fernzuhalten. Ich gehe mal davon aus, damit sind die vier alchemistischen Elemente gemeint, die Platon einst aufgeführt hat – daher doch bestimmt der Name Platonid, richtig?«

»Woher weißt du davon?« Elizabeth sah mich so überrascht an, als hätte ich mich in die Herzogin von Cambridge verwandelt.

»Zufällig bin ich in Physik ganz gut und dieses Thema haben wir auch mal durchgenommen. Obwohl es hirnrissig ist, denn Luft ist kein Element, sondern ein Gasgemisch …« Ich stoppte, denn E gähnte laut.

»Nun denn, vergessen wir das«, zischte ich und rieb meine schmerzenden Schläfen. »Vier Elemente, die ferngehalten werden sollen. Doch wenn nicht gerade ein Dach über den Steinen errichtet worden war, kann man das Wasser schwerlich abhalten. Von der luftdichten Kammer brauchen wir im sechzehnten Jahrhundert erst gar nicht anzufangen, geschweige denn zu dem Zeitpunkt, als man den Steinkreis errichtete. Und Feuer wird seit jeher dort entzündet. Dank der Rituale des Oberdruiden Alex Parkins und seiner Anhänger wird es auch weiterhin Flammen dort geben. Die Weissagung ist also irgendwie nicht sonderlich hilfreich.«

Elizabeth sah mich konsterniert an.

»Redest du eigentlich immer so viel?«, fragte sie nach ein paar Sekunden.

Jetzt war es an mir, sie anzufunkeln.

Invalid oder nicht: Sie war eine dumme Kuh.

»Mich hat man gelehrt, dass eine Lady nicht so viel Wissenschaftliches studieren, geschweige denn in Gegenwart von Männern kundtun sollte.«

Ich widerrief meinen Gedanken. Sie war eine aufgeblasene dumme Kuh, die auch noch gestelzt dahersprach.

»Lass mich raten«, erwiderte ich und versuchte ruhig zu bleiben, »es beeinträchtigt die Fruchtbarkeit der Frau, wenn man über so etwas liest oder spricht.«

»Nein«, sagte Elizabeth nüchtern. »Es beeinträchtigt die Attraktivität. Kein Mann will eine Frau, die viel klüger ist als er.«

Ich wandte mich wieder an Brandon. »Was hat es mit der Gaianidin auf sich? Raus damit! Und ich will keine Schauermärchen, sondern Fakten hören. Also lasst dieses Gefasel von ›Es war einmal‹ weg.«

Doch Elizabeth antwortete an seiner Stelle. »Sie ist diejenige, die alles im Gleichgewicht hält. Ihr sind besondere Kräfte zugewiesen. Kräfte, die die unseren weit übertreffen.«

»Heißt das, die Gaianidin kann fliegen? Oder durch Wände hindurchsehen?«, sagte ich. »Oh, warte, ich hab's! Sie kann sich unsichtbar machen und sich so jederzeit in die Jungenumkleide beim Schwimmen schleichen. Wie praktisch! Dann könnte ich mir einen aussuchen, bei dem ich dann den Mund zu halten habe.«

Elizabeth starrte mich mit großen Augen an. Ich hätte schwören können, in ihren Augen flackerte ein wenig Neid.

Brandon räusperte sich.

»Wie schön, das kann die Gaianidin ja dann üben. Können wir zu der Weissagung zurückkommen? Oder dem wenigen, das wir von dieser Weissagung wissen.«

Schade, dass er nicht am College war. Sollte ich die Gaianidin sein, wüsste ich genau, bei wem … Ach was. Dafür war es schon zu spät. Er hatte mich verschwitzt, blutend und völlig derangiert gesehen.

»Gut, überlegen wir logisch«, sagte ich. »Es gibt vier alchemistische Elemente, also gehen wir einmal von vier Elementträgern aus. Kennt ihr noch andere mit übernatürlichen Fähigkeiten? Seid ihr euch einmal begegnet? Hat sich damit etwas verändert?«

»Das weiß ich auch nicht genau«, gestand Brandon und fuhr sich verlegen durch seine dichten blonden Haare. »Du hast vergessen, dass ich aus einer Zeit stamme, in der Menschen mit besonderen Fähigkeiten auf dem Scheiterhaufen landeten. Ich habe als kleines Kind einem Autodafé zusehen müssen, und als sich meine Kräfte später zeigten, habe ich sie vor jedem geheim gehalten. Sogar vor meiner Familie.«

Genau wie Colin, schoss es mir durch den Kopf.

»Also kannst du nicht ausschließen, dass es zeitgleich mit dir noch andere Elementträger gab?«

»Nein, ausschließen kann ich es nicht«, bestätigte er. »Aber ehrlich gesagt waren die meisten Hexer einfach nur Ketzer. Königin Maria hatte die wahnwitzige Vorstellung, alle Protestanten seien vom Teufel besessen. Ich weiß von zwei Kräuterfrauen und einer Hebamme, die ebenfalls von der Inquisition hingerichtet wurden. Doch bei denen bin ich mir ganz sicher, dass sie nur gute medizinische Kenntnisse besaßen. Die eine hatte dem ortsansässigen Arzt die Patienten streitig gemacht. Er hat sie denunziert.«

Ich schluckte und dachte gleichzeitig, nicht ohne Ironie, dass Dr. Adams so etwas ebenfalls durchaus zuzutrauen wäre.

»Erzähl von dem Geist«, befahl Elizabeth.

Ich ignorierte sie. »Bei euch damals waren also noch mehr Geschichten im Umlauf. Vielleicht Legenden oder Schauermärchen, die man kleinen Kindern erzählte. Irgendeiner wird doch wohl was aufgezeichnet haben.«

Brandon zuckte mit den Schultern. »Eher nicht. Diese Weissagung gehört tatsächlich zu den mündlich überlieferten Legenden. Genauso wie die von Hans und der Schnupftabakdose.«

»Die wurde aufgeschrieben«, wandte ich unbeeindruckt ein.

»Ehrlich? Wann?« Brandon sah mich groß an.

Ich überlegte, wusste aber beim besten Willen nicht mehr, wann Joseph Jacobs gelebt hatte. Auf jeden Fall nach dem sechzehnten Jahrhundert.

»Was hat der Geist noch alles gesagt?« Elizabeth war wirklich hartnäckig.

»Ich konnte ihn weder hören noch sehen«, sagte Brandon und schaute wieder mich an. »Cromwell sprach mit ihm und erwähnte die Gaianidin.«

»Der Mönch wies ihn an, mich zu schützen, und meinte, dass vier Elementträger zur selben Zeit am selben Ort wären. Drei müssten zurück in ihre Zeit. Cromwell auch.« Bislang hatte ich noch nichts damit verbunden, aber durch die Forderung des Geistermönchs bekam der Name Cromwell mit einem Mal eine neue Bedeutung.

»Glaubt ihr, er ist mit Oliver Cromwell, dem Lordprotektor verwandt?«, fragte ich aufgeregt.

»Lordprotektor? Was soll das sein?«, fragte Elizabeth verwirrt.

»Oliver Cromwell hat 1649 England zur Republik ausgerufen, sich als Anführer derselben ernannt und den König köpfen lassen. Vielleicht ist Stuart sein Sohn. Einer von zweien, die als tot deklariert wurden«, erklärte Brandon geduldig.

Elizabeth hielt erschrocken eine Hand vor den Mund. Für sie musste das wirklich ein Schock sein. Sie hatte bis vor sechs Wochen im Tudor-England gelebt, und wenn ich Brandon richtig verstanden hatte, war sie sogar entfernt mit den Tudors verwandt. Kein Wunder also, wenn es sie erschreckte, wie das

Volk mit einem gesalbten König umgegangen war. Wie gut, dass sie nicht aus Frankreich stammte … Wenn sie von der Französischen Revolution erfuhr, würde sie wahrscheinlich ohnmächtig werden. Sollte sie mich allerdings weiter so behandeln, würde ich ihr davon erzählen. Oder direkt das Spiel *Assassins Creed Unity* besorgen.

»Wie schrecklich ungerecht!«, sagte sie auch prompt. Bis sie uns mit dem nächsten Satz überraschte: »Wie schade, dass er so uneinsichtig mit uns anderen Platoniden ist. Mit meiner Herkunft und seinen Verbindungen wären wir ein ideales Herrscherpaar.«

Und wieder einmal hatte sie deutlich gezeigt, warum ich sie nicht mochte.

Brandons Gesicht verfinsterte sich. Er ärgerte sich also auch über solche Sprüche. Das gefiel mir wiederum.

»Meredith, gibt es denn irgendeine Möglichkeit, dass du mit dem Mönch in Kontakt trittst?«, wandte er sich an mich.

»Ich glaube schon«, sagte ich und dachte an die Begegnung hier im Haus der Harris'. Ich hatte mir auf dem Gästeklo die Hände gewaschen, und als ich in den Spiegel blickte, hatte er mir entgegengeblickt. Seither hatte ich dieses Klo gemieden und mir war bei jedem Spiegel mulmig.

»Könntest du mit ihm reden? Über diesen Kodex, den er erwähnt hat, und wie das Unglück verhindert werden kann? Wir können uns nicht auf Gerüchte und mündliche Geschichten verlassen, wir müssen mehr erfahren.«

»Ich will dabei sein«, forderte Elizabeth. »Ich verstehe immer noch nicht, warum sie die Gaianidin sein soll. Ich könnte es doch auch sein! Ich habe nur nie versucht andere Elemente zu beeinflussen. Und ich will diesen Geist sehen.«

Brandon und ich ignorierten sie, wenngleich es in mir brodelte.

»Meredith?«, fragte Brandon wieder und sah mich erwartungsvoll an.

»Ich kann es versuchen«, sagte ich zweifelnd. »Und in der Zwischenzeit gibt es …«

»Ravioli«, sagte Chris, der mit einem Tablett in den Händen den Raum betrat.

Sofort sank Elizabeth matt in die Kissen zurück und legte ihre Flirtmaske auf. Dieses heimtückische, miese, verlogene kleine Luder.

»Wie wunderbar das duftet«, sagte sie und lächelte so herzlich, als habe er mit Jamie Oliver in der Küche gestanden.

»Mir ist schlecht.« Ich erhob mich. »Entschuldige, Chris.«

»Meredith! Ich habe extra noch eine Dose mehr aufgewärmt«, sagte er vorwurfsvoll.

»Brandon wird meine Portion essen. Danke dir.« Ich war schon an der Tür und winkte zurück in Richtung Brandon.

»Ich muss noch mal schnell auf euer Klo, und dann bin ich weg.«

Als ich die Tür schloss, hörte ich Chris sagen: »Oje, und morgen hat die Putzfrau frei. Ich werde sie anrufen müssen, damit sie das Klo noch mal putzen kommt.«

Wenn er wüsste, weshalb ich sein Gästeklo tatsächlich aufsuchen wollte.

8. Kapitel

Kein Mönch hatte mir im Spiegel entgegengesehen. Ich hatte mich davorgestellt und versucht nicht zu blinzeln. Dann war mir eingefallen, dass er da gewesen war, als ich weg- und wieder hingeschaut hatte. Also drehte ich mich ein paarmal hin und her, machte Kniebeugen und setzte mich für einige Minuten auf den Toilettendeckel. Immer wieder warf ich einen Blick in den Spiegel, gewappnet, ein anderes Gesicht als meines darin zu erblicken.

Doch es hatte nichts genutzt. Ich hatte sogar leise gerufen, bis Chris an die Tür hämmerte und fragte, ob er mich zum Arzt fahren solle.

Bloß das nicht.

Also hatte ich extralange gespült und laut mit der Klobürste hantiert, um dann aufzuschließen und nach Hause zu gehen.

Auf dem Heimweg hoffte ich, die grobe braune Kutte irgendwo um ein Haus oder in eine Seitenstraße huschen zu sehen. Natürlich tauchte sie nicht auf. Im Grunde erwartete ich das auch nicht.

Je näher ich unserem Haus kam – wieder nach einem extralangen Umweg –, desto schwerer wurde mein Herz.

Und ich konnte nicht mal genau sagen, ob es daran lag, dass a) Mum in den letzten Tagen so furchtbar traurig aussah, b) Dad nie wieder gemütlich im Wohnzimmer sitzen würde (er hatte den Haustürschlüssel zurückgelassen) oder c) ich Colin nicht anrufen konnte, um ihm alles mitzuteilen. Vielleicht sollte ich ihm einen Brief schreiben und den per Post mit falschem Absender schicken.

Ich schloss die Tür auf und entdeckte auf den Fliesen im Flur etwas.

Unter unserer Haustür war ein Zettel hindurchgeschoben worden. Ich entfaltete ihn, und mein Herz machte einen Satz, als ich die Handschrift erkannte: *Stehe unter ständiger Beobachtung. Melde mich, sobald ich kann. C.*

Colin war hier gewesen! Und ich hatte ihn verpasst.

Nein, es war nicht meine Woche.

Fünf Tage später war ich richtig am Ende. Alle meine Versuche waren vergeblich gewesen. Der Geist des Mönchs schien endgültig den Weg zu den ewigen Jagdgründen gefunden zu haben, das Internet hatte das Wort *Gaianidin* noch nie gehört (stattdessen schlug es ständig Verbesserungen für eine chemische Verbindung vor) und Colin war tatsächlich so unerreichbar, als wäre er nach Feuerland ausgewandert.

Ich hatte unzählige Male angerufen und nur die Mailbox erreicht. Garantiert war sein Handy von Dr. Adams konfisziert worden.

Am nächsten Tag wagte ich es, auf dem Festnetz anzurufen. Natürlich hob niemand ab. Ich versuchte es mit unterdrückter Nummer, von Brandons Handy aus, von Mums Handy aus, von zwei verschiedenen Telefonzellen aus, schickte E-Mails an Colins Adresse und sogar an die Praxis.

Nichts.

Ich hatte gehofft, Colin wäre mal kurz allein zu Hause, weil ich Mrs Adams dauernd mit seinem Hund Wall-E Gassi gehen sah, aber entweder war der Anschluss der Adams' defekt oder sie trug das Telefon unter ihrem Mantel versteckt auf dem Dog Walk.

Wenn Colin ein Mädchen wäre, gäbe es nicht so viele Probleme, dachte ich bestimmt zum tausendsten Mal. Dann könnte Dr. Adams mir nicht vorhalten, ich wolle durch Colin in ihre illustre Familie einheiraten. Wieso war er keine Coleen geworden? Aber dann wäre alles ganz anders. Vermutlich hätte ich mir dann die x-te Folge *Pretty Little Liars* ansehen müssen. Und wahrscheinlich hätte nicht ich diese tiefe Verbundenheit zu ihm, sondern Rebecca oder Shakti.

Er fehlte mir. Es war zum Verrücktwerden, dass ich nicht mit ihm reden konnte. Und das gerade jetzt, da ich ihn am meisten brauchte. Ich wollte und konnte nicht mit Rebecca oder Shakti über die Trennung meiner Eltern sprechen. Mal abgesehen davon dass beide noch im Urlaub waren, würde die eine sagen, ich müsse nach vorn schauen und das Beste daraus machen, während die andere vor Mitleid überquellen würde.

Nein, ich wollte mit Colin darüber reden.

Irgendwann würde Mrs Adams doch irgendwohin müssen und es Colin überlassen, Wall-E auszuführen.

Und wohin würde Colin ihn führen, wenn er nicht in der Nähe unseres Hauses gesehen werden durfte?

Richtig, zum Dog Walk, der dicht an *unserer* Abteiruine entlangführte.

Ich musste nur Geduld haben und dort warten …

Ich wartete drei Tage hintereinander. Vorsorglich nahm ich ein Buch mit. So wirklich fesseln konnte mich *Die unglaubliche Reise des Harold Frey* nicht. Das lag nicht am Buch selbst, viel eher daran, weil ich ständig aufsah, sobald sich auch nur ein Blatt bewegte. Dadurch schaffte ich nicht mal zehn Seiten. Nur am vierten Tag war es für ein Buch zu unbequem. Es nieselte. Meine Hoffnung wurde stärker. Bei diesem Wetter würde Mrs Adams garantiert nicht aus dem Haus gehen und es Colin überlassen, Wall-E auszuführen. Ich zog meine Regenjacke an und wartete dieses Mal direkt am Weg.

Normalerweise hätte ich auf meinem Smartphone gelesen oder ein Spiel gespielt, aber ich hatte noch immer kein neues und Brandons Handy war so ein uraltes Teil mit Tasten. Es gab darauf nur Tetris. Erstaunlicherweise hatte bislang nicht ein Mädchen angerufen oder eine SMS geschickt. Er musste seine Nummer streng geheim halten.

Gefühlte drei Stunden (und etliche verlorene Nerven, weil die Tasten nur verzögert die Balken beim Tetris drehten) später, hörte ich endlich Hundegebell.

Und ja! Es war Wall-E. Er hatte die Leine wohl bis zum Anschlag ausgezogen, denn er rannte auf mich zu, sprang an mir hoch und begann mir freudig die Hände abzulecken und auch das Gesicht, als ich in die Hocke ging und ihn ausgiebig streichelte.

Leider war seine Leine nicht sonderlich lang und schon tauchte das Ende mit Mrs Adams auf.

Ihr Blick war so finster wie der Himmel über uns.

»Hallo«, sagte ich, erhob mich aber nicht, sondern kraulte Wall-E weiter den Rücken.

Sie musterte mich, als wäre ich eines der Häufchen am Wegesrand.

»Meredith, ich sage es dir jetzt hier ein und für alle Mal. Lass Colin in Ruhe! Er wird die A-Levels an einem anderen College beenden und danach studieren. Eure gemeinsame Kindheit ist damit vorbei, und das solltest du akzeptieren.«

Mein Herz pochte unangenehm heftig. Ich hatte zwar damit gerechnet, aber es ausgesprochen zu hören fühlte sich wie eine Ohrfeige an.

»Wie geht es Colin?«, überging ich ihre Rede.

»Es geht ihm gut. Sehr gut. Er sieht sich bereits nach anderen Schulen um und freut sich auf einen Neuanfang.«

Jetzt stand ich auf, und egal wie sehr meine Hände plötzlich zitterten, nach dieser Ansprache hatte ich nichts mehr zu verlieren. Ich sah ihr fest in die Augen.

»Das ist gelogen, Mrs Adams, und Sie wissen genau, dass ich Colin nie im Weg gestanden habe. Aus irgendeinem Grund bin ich in Ihren Augen nicht gut genug für Ihren Sohn, aber wissen Sie, was? Colin ist besser als Sie und er wird seinen Weg gehen, egal wozu Sie ihn drängen wollen.«

Ihr Blick war hasserfüllt und erinnerte mich an etwas. An den Blick von Shelby, mit dem sie unseren Schwimmlehrer immer ansah. Keiner wusste, was genau zwischen den beiden vorgefallen war, aber seit er dieses Schuljahr unseren Schwimmkurs übernommen hatte, reagierte Shelby extrem feindselig. Als sei sie eifersüchtig auf ihn.

Und genauso sah Mrs Adams jetzt aus. Eifersüchtig? Auf mich?

Ich machte einen Schritt zurück und fühlte sofort, dass ich in etwas Weiches, Schleimiges getreten war. Ein durchdringender Geruch nach Fäkalien bestätigte meine Befürchtung. Jetzt mischte sich Verachtung in ihren Blick.

»Du wirst dich von uns fernhalten«, zischte sie. »Und sieh zu, dass deine asozialen Freunde uns auch nicht mehr belästigen.«

Dann zerrte sie Wall-E unsanft an der Leine mit sich.

Ich sah den beiden hinterher und nur Wall-E drehte sich noch einmal zu mir um.

Asoziale Freunde? Auf Shakti, Rebecca und Chris traf das ja wohl überhaupt nicht zu. Wen meinte sie?

9. Kapitel

Elizabeth erholte sich langsam, aber relativ gut für jemanden, der so viel Blut verloren hatte und nicht unter ärztlicher Aufsicht stand.

Es wurde immer schwieriger sie bei Laune zu halten und ihr klarzumachen, dass sie das Haus nicht verlassen durfte. Nicht einmal um in den Park der Harris' zu gehen, der weiter hinten von der Schnellstraße aus einsehbar war.

Zum Glück erklärte Chris ihr den Umgang mit einem Smartphone und zeigte ihr seine PS4. Vor allem mit der Playstation ließ sie sich ablenken.

Brandon traf ich leider nicht mehr dort an. Da Elizabeth als Bedienung ausfiel, hatte er vorübergehend ihre Schichten mit übernommen.

Chris für seinen Teil war wie ausgewechselt. Er kochte mit Elizabeth gemeinsam, beziehungsweise wärmte Dosen und backte Fertigpizza auf, er spielte mit ihr Karten oder ein Brettspiel, führte sie in Fernsehserien wie *Game of Thrones* ein und ich dachte zum ersten Mal, seit ich ihn kannte: Sollte Chris sich tatsächlich einmal ernsthaft verlieben, wäre er ein Traummann par excellence.

Leider war sein Vater kein gutes Vorbild. Seine weiblichen Begleitungen wechselten häufiger als die von Prinz Andrew.

Chris hatte schon vor Jahren gesagt, ernst gemeinte und dauerhafte Beziehungen hätte sein Dad nur zu seinen Geschäftspartnern.

Im Großen und Ganzen schien Chris sehr zufrieden mit seiner neuen Gesellschaft, obwohl die alles andere als einfach war.

Sie war und blieb eine arrogante Zicke. Auch wenn sie das Chris gegenüber nicht ganz so raushängen ließ. Sie flirtete mit ihm, neckte ihn und war ihm gegenüber sehr charmant, doch es war vollkommen klar, dass sie zu mehr nicht bereit war.

Dafür bekam ich ihre üblen Launen voll ab. Ich war in ihren Augen eine Dienstbotin. Eine, die Nachrichten überbrachte und auch sonst für den Komfort einer *Lady* Elizabeth Ashton zuständig war. »Hast du Nachrichten von Colin?« war stets der erste Satz, den sie an mich richtete, noch vor »Was hast du herausgefunden?« und »Hat sich der Mönch schon blickenlassen?«. Das »Hallo« fiel komplett unter den Tisch.

Sie fragte nie, wie es mir ging, obwohl der Schorf an meiner Schläfe ganz deutlich zeigte, dass auch ich bei ihrer irrsinnigen Rettungsaktion verletzt worden war.

Ein *Danke* erwartete ich schon gar nicht mehr dafür. Und da ich ihr keine Neuigkeiten von Colin oder dem Geistermönch bieten konnte, verlor sie auch augenblicklich das Interesse an mir und flirtete weiter mit Chris.

Ich ging quasi nur noch nach ihr sehen, weil ich Chris nicht die ganze Arbeit machen lassen wollte – er hatte sich schließlich schon großzügig genug gezeigt.

Aber meistens pflaumten Elizabeth und ich uns nach ein paar

Minuten an, und dann schwiegen wir nebeneinander und redeten beide nur noch mit Chris.

Das war so *zäh.*

Auch wenn E nicht ganz so schwach wirkte, sobald Chris den Raum verließ, nach einer halben Stunde war sie matt, blass und nicht mehr so schlagfertig. Der Blutverlust hatte ihr ganz schön zugesetzt und es würde noch ein wenig dauern, bis sie endlich so weit war, um … tja was? Das Haus zu verlassen? Unmöglich, solange wir nicht wussten, wohin. Dabei war das Wohin eigentlich gar keine große Frage. Sie musste nach Hause. Aber da sie ihr Zuhause im sechzehnten Jahrhundert hatte, fragte man sich eher, wie. Ich empfand eine Mischung aus Widerwillen und Mitleid, wenn ich sie sah.

Und ausgerechnet an einem so schönen Tag wie heute, den ich viel lieber im Schwimmbad verbracht hätte. Ich hätte ja Rebecca und Shakti gebeten, mit mir später ins Freibad zu fahren, aber beide waren noch immer im Urlaub. Rebecca war bis Ende der Woche mit ihren Eltern in Frankreich und Shakti besuchte ihre Verwandten in Edinburgh. Sie würde erst nächste Woche zurückkommen.

Bei Colin hatte ich keinen weiteren Versuch zur Kontaktaufnahme unternommen. Dank seiner Nachricht wusste ich, dass er sich melden würde, sobald er konnte.

Schade, heute wäre schwimmen mit ihm genau das Richtige.

Die Sonne brannte so heiß, dass nicht einmal Wespen zu sehen waren.

Bei Chris konnten wir nur im Wintergarten sitzen, der geschützter lag als die Terrasse. Chris hatte alle Flügeltüren weit aufgezogen, aber es wehte kein Lüftchen.

»Colin hat sich noch immer nicht gemeldet«, beschwerte sich Elizabeth, sobald Chris in der Küche verschwunden war, um uns allen Eiskaffee zu machen. (Besser gesagt, er kippte die Fertigbecher aus dem Kühlregal in ein entsprechendes Glas und verzierte sie mit Sahne aus der Sprühdose.)

»So?«, sagte ich nur und wandte mich ab, damit sie mein Augenrollen nicht sehen konnte.

»Ich wäre beinahe gestorben und er kümmert sich nicht darum«, sagte sie und ich spürte, wie sie mit ihrem Blick meinen Hinterkopf durchbohrte.

»Mh.«

»Angeblich seid ihr beiden wie Geschwister. Du musst doch wissen, was ihn von mir fernhält!«

Jetzt sah ich sie an. »Wer hat behauptet, wir seien wie Geschwister?«

»Chris«, lautete die direkte Antwort.

»Nun, wir sind keine Geschwister«, betonte ich und schob meine vor Schweiß rutschende Brille wieder zurück aufs Nasenbein.

Ich würde so gern ins Freibad fahren. In Gedanken schwamm ich neben Brandon her, der ebenfalls vor E geflüchtet war. Chris hatte mir – nicht ohne Stolz – erzählt, dass E mit Brandon genauso herablassend redete wie mit mir. Brandon und mich verband also erneut etwas: Elizabeths Herablassung. Vorläufig reichte mir das als Verbundenheit.

Vor meinem inneren Auge sah ich Brandon bei dem Gewitter,

das uns vor einiger Zeit überrascht hatte. Wie durchtrainiert seine Brust unter dem nassen T-Shirt ausgesehen hatte. Das T-Shirt war praktisch unsichtbar gewesen. Die Vorstellung eines oberkörperfreien Brandon fiel dadurch sehr leicht.

»Ich glaube, Colin sieht in dir die tollpatschige kleine Schwester, die er beschützen muss. So ähnlich wie ein Haustier.«

Ich war noch immer in Gedanken bei Brandons Muskeln, deswegen dauerte es einen Moment, bis ihre Worte zu mir durchdrangen.

»Wie bitte?« Entrüstet richtete ich mich auf. Blöderweise gab ich damit dem Tischchen neben meinem Rattansessel einen Schubs, und die Blumenvase fiel zu Boden. Sie zerbrach in tausend kleine Scherben.

»Oh, Meredith, das Übliche?«, sagte Chris hinter uns und bugsierte drei Glasbecher mit Eiskaffee herein.

»Da siehst du es«, sagte Elizabeth mit einem besserwisserischen Grinsen. »Genau deswegen glaubt Colin, er müsse dir behilflich sein.«

»Das. Ist. Nicht. Wahr!«, fauchte ich und funkelte sie an.

Wenn ich die Gaianidin war, müsste sie dann jetzt nicht tot umkippen? Von der Kraft meiner Gedanken getötet? Oder von den Blitzen aus meinen Augen erschlagen?

Leider tat sie nichts dergleichen, nahm stattdessen den Eiskaffee entgegen und saugte zufrieden am Strohhalm.

Sie strahlte Chris an. »Das schmeckt köstlich. Vielen Dank, du verwöhnst mich so.«

»Hast du gehört, was sie gesagt hat?«, ereiferte ich mich. »Colin sieht in mir kein Haustier!«

»Beruhige dich, Meredith«, sagte Chris und hielt mir einen Becher hin.

Als er sah, wie sehr meine Hände vor Zorn zitterten, stellte er ihn auf dem Tischchen ab und zog es vorsorglich aus meiner Reichweite.

»Irgendwann müssen wir dir mal so eine Art Magnet einbauen, der alles wieder in seine Position bringt, wenn du es umschmeißt«, scherzte er breit grinsend und setzte sich.

Das brachte für mich das Fass zum Überlaufen.

Ich sprang auf und ging.

Chris holte mich in der Eingangshalle ein.

»Meredith, warte!« Er hielt mich am Arm fest. »Sei doch nicht gleich so eingeschnappt. Du weißt doch, wie sie ist.«

»Nimm sie nicht in Schutz! Nimm sie ja nicht in Schutz.« Ich entriss ihm meinen Arm.

»Herrgott, ich wüsste zu gern, was mit dir los ist«, sagte er und wirkte mit einem Mal richtig wütend. »Du bist so was von zickig. Das hat nicht bloß was mit E zu tun. Ich kann nur noch nicht sagen, ob es an Colins Untertauchen liegt oder an was anderem. Du machst dir doch wohl keine Gedanken um deine A-Levels, oder?«

»Was? Nein!« Mit dieser Überlegung hatte er mich überrascht.

»Dann hör zum Teufel noch mal auf, E ständig zu maßregeln oder anzupflaumen. Ich werde zusehen, dass Colin bald seinen Stubenarrest beendet. Ich brauche Unterstützung. Wer hätte gedacht, dass zwei Weiber so anstrengend sein können?« Er fuhr sich mit beiden Händen durch seine Haare – die gleiche Geste, die ich auch schon bei Brandon beobachtet hatte, wenn er nervös war.

»*Ich* bin nicht anstrengend«, korrigierte ich zornig. »Sie ist doch diejenige, die ständig Hilfe braucht und mich rumkommandiert. Oder dich. Ihr fallt alle auf diese blattgrünen Augen und ihr blendend weißes Lächeln herein.«

»Hör dich doch mal reden. Wenn du Miranda oder Belinda wärst, würde ich sagen, du bist eifersüchtig.«

»Ich bin keins von deinen Mädchen«, rief ich empört.

»Eben. Du bist einer meiner besten Freunde und deswegen wäre es gut, du würdest deine Stutenbissigkeit gegenüber E ein wenig einschränken. Von Rebecca bin ich so ein Verhalten gewohnt. Du bist doch sonst diejenige, die sie zügelt, wenn sie sich so verhält.«

Ich starrte Chris an und schon begann mein Kopf wieder zu dröhnen.

Es wurde Zeit, dass ich heimkam. Nein, es wurde Zeit, dass E nach Hause zurückkehrte. Allerhöchste Eisenbahn! Am besten mit Überschallgeschwindigkeit. Blöderweise wusste ich noch nicht, wie, deswegen drehte ich mich ohne ein weiteres Wort um und ging. Ich machte wie immer seit der Entführung einen ausgiebigen Umweg, das gab mir Zeit zum Nachdenken.

Zum Kochen, eher gesagt!

Stutenbissig!

Wehe, er sagte noch einmal ein solches Wort zu mir. Das war etwas, das wir sonst nur im Zusammenhang mit seinen diversen Freundinnen verwendeten.

Allesamt angehende It-Girls mit dem IQ von Paris Hilton, nur ohne deren Vermögen. Und genau aus diesem Grund baggerten die alle Chris an, denn er besaß haufenweise Geld.

Er sollte es ja nicht wagen und mich noch einmal mit denen in einen Topf werfen. Er konnte mir mit seinem Vermögen und seinen coolen Sprüchen am …

»Hey, du! Elendes kleines Miststück!«

Ich bremste abrupt. Aus heiterem Himmel stand Shelby Miller vor mir. Man hätte meinen können, sie trug auf Grund des warmen Wetters die Hotpants, die mehr Hot als Pants waren. Da wir allerdings seit dem ersten Schuljahr in dieselbe Klasse gingen, wusste ich, dass sie auch im Winter so herumlief. Na ja, vielleicht mit einer zusätzlichen Lederjacke über dem Top, aber sonst …

Ihre Haare waren wieder extrem farbenfroh, dieses Mal in weiße und blaue Zebrastreifen gefärbt, und die Lippen zierte ein dazu passendes Gloss. Wie schaffte sie es nur, dass ihre Smokey-Eyes bei dieser Hitze nicht verschmierten? Auf alle Fälle funkelten sie mich zornig an. Die hatte mir jetzt gerade noch gefehlt nach E und der Auseinandersetzung mit Chris.

»Was willst du, Shelby?«, fragte ich gereizt. Sollte sie mich richtig provozieren, konnte ich für nichts garantieren.

»Da waren ein paar Typen urplötzlich in meinem Haus …«

Schlagartig verflog meine Wut und ein mulmiges Gefühl machte sich stattdessen breit. Um es nicht zu zeigen, höhnte ich: »Das nennst du ein Haus?«

»Halt's Maul, Wisdom, und hör zu. Sie waren IN meinem Haus.« Ich konnte nicht anders. Ich war erschrocken. Das nahm sie mit Genugtuung zur Kenntnis und trat einen weiteren Schritt auf mich zu. »Die Typen sind auf der Suche nach deiner Freundin mit den roten Locken.«

»Und was wollten die bei dir?«, stellte ich mich doof.

»Jemand hat im Krankenhaus meinen Namen auf die Entlassungspapiere gesetzt.« Jetzt kam sie noch näher und trat ganz dicht vor mich. »Ich war seit Wochen nicht mehr im Krankenhaus. Wie also kommt meine Unterschrift darauf?«

»Woher soll ich das wissen?«

»Weil du und Prinz Charming sie garantiert im Krankenhaus besucht habt. Ihr beide hängt doch neuerdings oft zusammen. Ich hab dich auf dem berüchtigten Barhocker sitzen sehen. Und das rote Flittchen scheint vom Krankenhaus aus wie vom Erdboden verschwunden zu sein.«

»Wieso kommst du darauf, ich könnte was damit zu tun haben?« Mir schwante Übles. Wenn Shelby den Schergen Cromwells etwas gesteckt hatte, schwebte Elizabeth wieder in unmittelbarer Gefahr.

»Weibliche Intuition«, zischte sie, ihr Gesicht dicht vor meinem.

Wenn das stimmte, hatte sie eine verdammt gute Intuition.

»Ich glaube, du solltest weniger Pillen schlucken«, gab ich kühl zurück. »Und wenn du mir noch näher auf die Pelle rückst, könnte es sein, dass ich stolpere und dich leider umschmeiße. Du weißt, wie unbeholfen ich sein kann.«

»Und wenn du noch einmal meinen Namen irgendwo angibst, werde ich dafür sorgen, dass ein paar Pillen in deinem Schulspind gefunden werden«, erwiderte sie und äffte meinen Ton dabei gekonnt nach.

Ich wusste, dass sie ihre Drohungen wahr machen würde. Ehrlich gesagt rechnete ich schon lange mit einer solchen Aktion und glaubte, allein Colins Freundschaft mit mir hatte es bislang verhindert. Colin war einfach zu gutmütig. Bei mehr als einer Gelegenheit hatte er Shelbys Partei ergriffen, wenn sie sich vor dem Schulleiter wegen Streitereien mit den Lehrern rechtfertigen musste. Zugegeben, Shelby mochte mit ihrer Aufmachung und ihrem störrischen Charakter provokant sein, aber ein paar Lehrer hatten sie auch regelrecht auf dem Kieker und setzten alles daran, sie vom College zu verweisen. Dabei war sie hochintelligent und mir eine ebenbürtige Konkurrentin im Kampf um ein Stipendium.

Apropos Colin. Da klingelte etwas, das Mrs Adams gesagt hatte.

»Warst du deshalb bei Colin zu Hause? Immerhin ist er mit Elizabeth besser befreundet«, riet ich ins Blaue.

Ich hatte ins Schwarze getroffen. Sie fauchte und ich wartete regelrecht darauf, dass Rauch aus ihren Nüstern entwich.

»Seine Mutter lässt ihn nicht mehr aus den Augen. Sie hat mir gesagt, er sei im Urlaub, dabei habe ich ihn neulich erst bei seiner Tante die Straße fegen sehen.«

»Bei seiner Tante?« Die Schwester von Dr. Adams führte einen antiquierten Friseursalon, wo sich die älteren Semester noch wöchentlich ihre Haare wie die Queen zurechtmachen ließen. Es sollte mich eigentlich nicht verwundern, dass Colin nun dort arbeiten musste, um von mir ferngehalten zu werden.

Und garantiert war die Bezahlung mehr als lausig.

Der Friseursalon lag nur zwei Straßen von meinem Zuhause entfernt. Wieso hatte Colin dann nicht nach Feierabend einen Abstecher zu mir gemacht und nur einen Zettel eingeworfen? Doch Shelbys nächste Worte erklärten es sofort.

»Was hast du angestellt, Wisdom? Er wird von seiner Mutter dorthin gebracht und abgeholt, als ginge er in den Kindergarten.«

Die leise Angst, Colin könnte sauer auf mich sein, löste sich in Luft auf. Anscheinend sah man mir meine Erleichterung an, denn sofort verfinsterte sich Shelbys Gesicht wieder.

»Ich zeige dir was.« Sie packte mich am Oberarm, krallte ihre grün lackierten Nägel ins Fleisch und zog mich mit sich. Ich wollte meinen Arm entziehen, hatte aber keine Chance. Ihre Nägel waren so hart, ein Fakir konnte auf keinem spitzeren Nadelkissen sitzen. Ich stellte mir ein Nadelkissen aus grün lackierten Fingernägeln vor. Eklig.

Zum Glück waren es nur ein paar Meter, nur bis zur Straßenecke, dann deutete sie mit der anderen Hand ganz offensichtlich auf die gegenüberliegende Seite.

»Der Wagen da, siehst du ihn?«

Ich sah ihn. Ein blauer Ford Focus, an dessen Lenkrad ein Mann saß und in unsere Richtung blickte. Das war doch …

»Der Typ folgt mir seitdem überallhin. Und ich habe das Gefühl, der wartet darauf, dass deine schöne rothaarige Freundin bei mir auftaucht.«

Endlich ließ sie meinen Arm los.

»Mir ist egal, ob du zu ihr Kontakt hast oder sie mit Nicholas Hoult durchgebrannt ist. Sieh zu, dass der Typ aufhört, mich zu beobachten.«

»Wie soll ich das anstellen?«, fragte ich und war heilfroh, dass er mich in Ruhe ließ.

»Das ist dein Problem. Ich warne dich, Wisdom. Sollte so etwas noch einmal vorkommen, lernst du mich richtig kennen.«

Shelby kniff noch einmal drohend ihre Augen zusammen. Unter all dem Kajal verfehlte das seine Wirkung. Sie sah aus wie ein müder Koala.

Dann wandte sie sich um und verschwand. Das Auto fuhr wenig später hinter ihr her. Mr Payne, der Vorarbeiter von Cromwell Logistics, bei dem ich einst ein Vorstellungsgespräch gehabt hatte, nahm mich überhaupt nicht wahr. Er behielt stattdessen Shelby im Blick. Cromwell hatte also nicht aufgegeben. Es war nur eine Frage der Zeit, wann er Mr Payne auf mich ansetzen würde. Was sollte ich nur tun? Wieso tauchte der Mönch nicht mehr auf? Wie konnte ich ihn rufen? Ich hatte das Gefühl, vor einem Rapunzelturm ohne Tür zu stehen. Und nicht einmal ein Fenster war auszumachen, wo vielleicht ein paar Haare hätten durchfallen können. Aber in genau diesem Turm befand sich der Schlüssel zu allem.

Wie kam ich da hinein?

Der Druck in meinem Kopf stieg augenblicklich um ein Vielfaches an. Die Hitze, Elizabeth UND Shelby waren einfach zu viel für meine Nerven.

Panisch schloss ich die Tür und verbrachte den Rest des Tages mit Schokosplittereis vorm Fernseher.

10. Kapitel

Als ich am nächsten Morgen aufstand, nahm ich mir fest vor, an diesem Tag nicht zu Chris zu gehen. Ich würde Colin bei seiner Tante aufsuchen, dann ins Schwimmbad fahren, mir ein Eis gönnen und versuchen etwas über den Geistermönch und die Weissagung herauszufinden.

Vielleicht würde ich die Liste nicht in dieser Reihenfolge in Angriff nehmen, überlegte ich, während ich mich anzog. Ich suchte ewig, bis ich mein T-Shirt fand, dabei lag es direkt vor mir auf dem Boden.

Ich brauchte dringend eine Pause. Vielleicht hatte mich auch einfach die schwebende Feder auf meinem Schreibtisch abgelenkt.

Colin hatte sie mir geschenkt als ein Zeichen ewiger Freundschaft. Es war eine dieser hübschen blau-anthrazit gefärbten Eichelhäherfedern und es war an einem sehr seltsamen Abend gewesen. Wir hatten ein Neo-Druiden-Ritual beobachtet, bei dem es zu einer kleinen Explosion und viel Qualm gekommen war. Niemandem war etwas zugestoßen, aber für Sekunden schien die Welt angehalten zu haben.

Die Feder hing dort wie eines dieser Schreibtischspiele, die zur Geduld ermahnen sollen. Doch anders als die klopfenden Kugeln oder der Feng-Shui-Sand schwebte sie wie magnetisiert über der

Oberfläche. Das verursachte in meinem Magen ein Gefühl, wie wenn man zu kalte Milch hinunterkippte.

Ein ungutes Gefühl.

Damit die Feder nicht verweht wurde, befestigte ich sie unter dem geschliffenen Bergkristall, den Colin mir auf dem Sachsen-Festival gekauft hatte. Die Feder erinnerte mich an etwas. Nicht nur an Colin, sondern an etwas anderes. Es hatte mit Mum zu tun und einem rührseligen Moment. Ich kam nicht drauf. Ich brauchte wirklich eine Pause. Unterricht am College war nie so anstrengend wie Elizabeth. Nein, heute nicht. Keine Elizabeth. Ich würde heute nur an mich denken.

Na, vielleicht würde ich mir auch noch den Anblick von Brandon gönnen und einen Cappuccino trinken. Das würde ein richtiger Wellnesstag nach meinem Geschmack werden.

Ich versuchte mein Bein in einen T-Shirt-Ärmel zu stecken, und weil es nicht ging, bemerkte ich meinen Anziehfehler und zog das Shirt über den Kopf. Wo waren nur meine Gedanken?

Mir fiel ein, dass ich diese Nacht geträumt hatte. Sehr wirr geträumt. Von Colin, dem Steinkreis und einem Gewitter. Dann war plötzlich Brandon aufgetaucht, ohne Shirt, nur in Shorts.

Kein Wunder, dass ich nicht klar denken konnte. Ich musste mich zusammenreißen. Ich hatte Brandon ein paar Tage nicht gesehen und schon Entzugserscheinungen?

Ich warf einen kritischen Blick in den Spiegel. Das Shirt war auf links gedreht und ich hatte den BH vergessen. Ich richtete alles, ehe ich runterging.

Mum saß über ihre Tarotkarten gebeugt, als ich in die Küche kam.

»Morgen«, sagte ich betont fröhlich. Ich würde mir an meiner heroischen Mutter ein Beispiel nehmen und weitermachen wie gewohnt. Ich *wollte* diesen Tag genießen. Ich hatte Ferien, die Sonne schien, meine Katze kam mir schnurrend entgegen, ich würde alle Shelbys, Elizabeths und Cromwells heute abschütteln. Und Dad genauso. Mit Gewalt, wenn es sein musste.

»Morgen«, murmelte Mum und schob eine Karte unter den Stapel.

»Was sagen die Karten?«, fragte ich sie. »Ob der Kaffee schwarz genug ist? Das werde ich jetzt testen, denn ich nehme mir die letzte Tasse.«

»Haha«, machte Mum und zog eine neue Karte.

»Musst du nicht in die Drogerie?«, fragte ich und setzte mich zu ihr an den Tisch.

»Erst um ein Uhr. Mein Chef hat die Zusatzstunden abgelehnt. Ich überlege gerade, wo ich noch arbeiten könnte.« Sie legte die Karten in eine bestimmte Reihenfolge.

Ich erkannte wie immer nur den Tod.

»Meinst du nicht, die Stellenanzeigen wären dafür hilfreicher?«, neckte ich sie.

Sie schnaubte. »Natürlich nicht. Hier kann ich sehen, in welche Richtung ich mich orientieren sollte, damit ich mir nicht in zwei Monaten schon wieder was Neues suchen muss.«

Ich bezweifelte sehr, dass man das in Karten lesen konnte, auf deren Verpackung *Made in China* stand.

»Ich könnte doch auch ein bisschen was zum Haushalt beisteuern«, sagte ich und dachte an die freie Stelle im Circlin' Stone.

Zusammen mit Brandon arbeiten. Das wär's!

Ich streckte die Hand aus, um nach dem Kaffeebecher zu greifen, und stieß ihn versehentlich um. Mum brachte sofort ihre wertvollen Tarotkarten aus der Gefahrenzone und ich sprang auf, um die Sauerei aufzuwischen. So viel zu meinen Kellnertalenten. Mit Brandon im Nacken würde ich ständig das Tablett fallen lassen oder beim Servieren die Getränke über die Gäste kippen. Um das vorauszusehen, brauchte ich keine hellseherischen Kräfte.

Mum wischte den Rest meines Unfalls auf und ich setzte frischen Kaffee auf.

Der Tag fing nicht gerade gut an. Halt, nein!

Dieses Ungeschick würde mich nicht zermürben. Ich würde den Tag genießen. Ich war oft so tollpatschig. Das war nichts Neues. Ich würde …

»Meredith, ich möchte, dass du deine A-Levels gut abschließt und dir deinen Traum vom Studieren erfüllen kannst. Ich will nicht, dass du arbeiten gehst«, sagte Mum und setzte sich wieder an den sauberen Tisch. »Das Leben wird noch hart genug werden. Genieß es, solange du kannst.«

Dieser letzte Satz machte all meine guten Vorsätze zunichte. Schon war meine Stimmung wieder getrübt.

Mum hatte ein Kind verloren und ihr Mann hatte sie jetzt auch noch verlassen. Ihr Leben war wirklich sehr hart.

»Aber Mum, ich …«, versuchte ich es.

»Darüber diskutiere ich nicht mit dir. Wenn du mir helfen willst, mach dich ein bisschen im Haushalt nützlich und sieh zu, dass du ein Stipendium bekommst. Du weißt, wir rar sie gesät sind. Ich gehe jetzt ein wenig in den Garten.«

Damit stand sie auf und verließ die Küche.

Ihre Tarotkarten lagen noch auf dem Tisch, ordentlich zu einem Stapel geformt.

Neugierig zog ich die erste Karte. Und ließ sie sofort fallen. Es war wieder der Tod.

Mum hat die Karten nicht mehr gemischt, versuchte ich mir zum x-ten Mal einzureden, als ich den PC eine Stunde später ausschaltete.

Nach dem Frühstück hatte ich mich wieder daran gesetzt, um etwas über den Mönch herauszufinden. Aber weder Google noch Bing noch Yahoo zeigten etwas anderes als Hinweise auf Bruder Tuck. Wieso assoziierte jeder einen mittelalterlichen englischen Mönch mit Bruder Tuck?

Es musste doch noch tausend andere geben, wenn man an all die ehemaligen Klöster in England dachte. Aber ehrlich gesagt fiel mir selber auch keiner ein.

Ich würde meine Suche anders angehen müssen.

Am besten vor Ort. Es gab noch ein paar Grabsteine in der Abteiruine und ich würde mit einem Blatt und einem Stift einmal gezielt versuchen die Schriften zu kopieren. Vielleicht konnte mir der eine oder andere Name weiterhelfen.

Das Dumme war: Ich hatte keine Lust. Nicht bei diesem Wetter, bei dem mir schon in meinem Schlafzimmer der Schweiß den Nacken herunterrann. Ich würde mir freinehmen und endlich ins Freibad fahren.

Ein Blick in den Geldbeutel machte meine Pläne allerdings zunichte. Das Geld reichte nicht für Eis *und* Freibadeintritt. Außerdem brauchte ich noch eine Busfahrkarte, denn die Tankanzeige in Mums Auto schimmerte gelb, als ich den Wagen holen wollte.

Also trat Plan B in Kraft: Ich würde einfach im Kennet-Weiher, einem kleinen See im Wald, baden. Colin und ich hatten da schon als Kinder geplanscht. (Und bei Pärchen war es abends ein beliebter Platz zum Knutschen und Nacktbaden).

Es kam so gut wie nie jemand vorbei – es sei denn, Cromwell wollte den nächsten Elementträger am Kennet-Grab umbringen. Haha.

Ich zog meine Badesachen direkt unter die Klamotten an, packte trockene Wäsche und etwas zu trinken in ein Handtuch und machte mich auf den Weg. Aber zuerst würde ich versuchen Colin zu sehen.

Zwar war seine Tante genauso resolut wie ihr Bruder, Dr. Adams, doch bislang war sie mir gegenüber immer freundlich gewesen. Ich besuchte ihren Friseursalon nach wie vor, während andere schon lange gewechselt hatten. Nur beim letzten Mal war ich fremdgegangen, weil Chris mir einen Gutschein für einen Friseur in Salisbury geschenkt hatte – für die Nachhilfe in Mathe und Physik. Er und alle anderen gingen schon ewig nicht mehr zu *Mrs Jones Salon of Hairstyle*, der – genau wie die Inhaberin – aus den Vierzigerjahren stammte. Leider waren sowohl Inhaberin als auch Inventar antiquiert.

Erwartungsgemäß saßen im Salon zwei ältere Damen unter Trockenhauben. Mrs Jones sortierte gerade die Dauerwellenröllchen.

Als sie mich sah, verfinsterte sich ihre Miene.

»Du warst beim Friseur, Meredith«, sagte sie vorwurfsvoll.

Das war leider sehr offensichtlich.

»Ich hatte einen Gutschein«, gestand ich kleinlaut.

Sie wandte sich wieder ihren Lockenwicklern zu.

»Colin ist nicht hier. Er ist mit seinem Onkel nach London in den Friseurfachhandel gefahren.« Eine der älteren Damen horchte unter der lauten Trockenhaube auf. Ich staunte, wie sie bei dem Krach überhaupt etwas verstehen konnte. Vor allem, da doch das Hörgerät neben dem Waschbecken lag. Mrs Jones erklärte zu ihr gewandt: »Wir besorgen extra neue Farbe, die das Haar nicht so angreift. Die wurde gerade erst auf der Messe vorgestellt. Für unsere Kunden müssen wir ja up to date bleiben.«

Sie log, ohne dabei rot zu werden, und kontrollierte die Trockenhaube von Annotuback, unter dessen Modell wahrscheinlich schon die Queen Mum zur Krönung ihrer Tochter 1953 gesessen hatte.

Wann sollte Mrs Jones je zu einer Messe gefahren sein? Seit den Sechzigerjahren verbrachte sie jeden Tag bis zu zehn Stunden in dem Salon, den sie von ihrem Lehrmeister übernommen hatte.

Sie wandte sich wieder zu mir. »Mein Bruder hat deutlich gemacht, dass du zu Colin keinen Kontakt haben darfst. Wenn du Colin sehen möchtest, mach das mit Dr. Adams aus.«

Das betonte sie gern. Dass ihr Bruder der einzige und sehr angesehene Mediziner von Lansbury war.

Allerdings war ich mir sicher, dass Colin sich hätte blickenlassen, wenn er da gewesen wäre. Aber so konnte ich wieder gehen.

Ich sparte mir das *Auf Wiedersehen.*

Damit war ein weiterer Punkt meiner To-do-Liste abgehakt. Wenn auch äußerst unbefriedigend. Jetzt konnte ich mich endlich dem erfreulichen Teil zuwenden. Ich machte mich auf den Weg zur Ruine und zum Kennet-Weiher im Wald von Lansbury.

11. Kapitel

Lansbury lag inmitten der hügeligen grünen Landschaft von Wiltshire. Hier gab es weiße Pferde, mittelalterliche Bauten und bronzezeitliche Kultstätten, deren bekannteste Stonehenge war. Doch Lansbury hatte einen eigenen Steinkreis ein wenig außerhalb des Dorfes. Schafe hielten das Gras niedrig und direkt hinter der kleinen Anhöhe, auf der die Megalithen standen, begann ein Wald, der noch weitere Sehenswürdigkeiten verbarg.

Um dorthin zu gelangen, musste man die Brücke über den kleinen Bach überqueren, und schon stand man in einem urigen Forst, der abwechslungsreicher nicht sein konnte. Es gab die lichtdurchlässigen Laubbäume, unter denen im Frühjahr die Bluebells blühten, und felsige Schluchten, in denen wir als Kinder Robin Hood gespielt hatten. Außerdem befand sich mitten im Wald die Lichtung, auf der die imposante Ruine der einst großen und einflussreichen Abtei von Lansbury stand. Von dort aus war es nicht weit zur zweiten prähistorischen Stätte in unserer Gegend: dem Tomb, einem Hünengrab, das direkt am Kennet-Weiher und dem angrenzenden Moor lag.

Und erst vor kurzem, nach einem heftigen Gewitter vor wenigen Wochen, hatte der Wald ein weiteres Geheimnis offenbart: die Ruine eines Hauses.

Und die war das Sonderbarste, was ich je gesehen hatte. Als

ich sie entdeckte, hatten nur ein paar Reste der Grundmauern gestanden. Ein paar Tage später waren ebendieser Ruine Giebel gewachsen und wieder etwas später hatte sie ein Dach gehabt. (Die Löcher im Dach empfand ich dabei als nebensächlich.) Diese Ruine wirkte wie die Rückspulfunktion eines DVD-Players mit Bild.

Ich war gespannt, was es jetzt Neues zu entdecken gab.

Nichts. Zumindest nichts Neues mehr. Ich wollte dennoch durch den Bach, um sie näher zu besichtigen (wer weiß, ob innen nicht Regale oder Tische standen oder ein unbekannter Rembrandt an der Wand hing?). Beim letzten Mal hatte ich hier ein sehr altes Artefakt gefunden. Einen geschliffenen Bergkristall, umrandet von einem Goldband mit eingestanzter Gravur. Auf dem Sachsen-Festival hatte eine Schaustellerin ähnliche Kristalle verkauft und behauptet, das wäre ein Brillen- oder Lupenersatz im frühen Mittelalter gewesen. Damals waren sie sehr selten und sehr kostbar. Also wäre das Artefakt erst recht kostbar.

Wer weiß, was noch zu finden war, wo das Haus wieder stand? Doch die meterhohen Brennnesseln zügelten meine Neugier, sobald ich auf der anderen Seite des Baches stand.

Also ging ich weiter zur alten Abtei. Dort untersuchte ich die verbliebenen krummen Grabsteine, schrieb altmodische Namen wie Adalbert und Wilfried auf und schob sogar das Brett zu dem Geheimgang hinter dem Altar zur Seite. Allerdings gab es keine wirklichen Hinweise da unten. Der Gang endete schon nach wenigen Metern durch herabgestürztes Geröll. Dank der Kompassfunktion meines alten Smartphones wusste ich, dass der Gang nach Südwest – also in Richtung Lansbury – führte. (Apps sind ein herrliches Spielzeug und ich vermisste mein Smartphone wieder einmal schmerzlich.)

Aber ich hatte auch weniger damit gerechnet, etwas zu finden (dafür waren Colin und ich viel zu oft hier gewesen und kannten beinahe jeden Stein), als vielmehr *jemanden* zu finden. Immerhin befand ich mich hier auf seinem Terrain, oder etwa nicht?

»Mönch?«, rief ich zaghaft in diesem dunklen Loch.

Nichts geschah.

»Mönch?!«, versuchte ich es etwas lauter.

Nichts.

»Wenn du dich nicht zeigst, werde ich einmal kräftig fluchen! Du weißt, dass ich mich direkt unter dem Allerheiligsten befinde?«

Noch immer nichts, also sagte ich den schlimmsten Fluch, der mir einfiel. Nicht mal ein Erdkrümelchen brachte er zum Bröckeln. Seufzend kletterte ich wieder nach oben.

Das Schicksal wollte wohl, dass ich schwimmen ging. Ich verließ die Lichtung in Richtung Kennet-Weiher.

Und weil das Schicksal gern schäkerte, wollte es wohl auch, dass jemand bereits im Wasser seine Bahnen zog, als ich den Weiher erreichte. Jemand mit durchtrainierten breiten Schultern – und einer knallroten Badehose à la Baywatch.

Brandon.

Sofort wurde mir noch wärmer, als es mir von der Hitze ohnehin schon war. Meine Güte, ich konnte unmöglich mit Brandon hier zusammen schwimmen. Für mich war er das, was Robert Pattinson vor fünf Jahren für Shakti gewesen war, als die ihre

Twilight-Phase voll auslebte. Oder was Ian Somerhalder für Rebecca jetzt noch verkörperte. Und ich bezweifelte, dass Shakti sich je vor Robert Pattinson bis auf einen Bikini ausziehen würde. (Bei Rebecca war ich mir nicht so sicher: Tochter des Vikars hin oder her.)

Ganz vorsichtig wollte ich mich rückwärts wieder davonschleichen und verhedderte mich prompt in einem Schlehenbusch. Ich zischte überrascht vor Schmerz, weil die Dornen meine Schulterblätter zerkratzten und meine Haare ziepten.

Schon hörte ich Brandon besorgt rufen. »Meredith? Was tust du hier? Ist etwas mit Elizabeth?«

Frustriert befreite ich Shirt und Haare gewaltsam aus den Ästen. Natürlich musste er annehmen, es sei was mit seiner kostbaren Elizabeth nicht in Ordnung. Ich war hier und nicht bei ihr.

»Nein«, sagte ich zähneknirschend und betrachtete den gezogenen Faden im sonst glatten Stoff. Mist! Das Shirt würde ich vorerst leider nicht ersetzen können.

»Wieso hast du mich dann gesucht? Was stimmt nicht?« Brandon hatte das Ufer erreicht und kam aus dem Wasser. Direkt auf mich zu. Mit triefender Brust und durchtrainierten Tropfen. Oder andersrum.

Ich konzentrierte mich auf sein Gesicht. Das war nicht wirklich besser, denn irgendwie erschien es durch die nassen Haare noch konturenreicher und die blauen Augen leuchteten in diesem Zwielicht des Waldes noch intensiver als sonst. Sie fixierten mich besorgt.

»Ich hab dich nicht gesucht«, gab ich zerknirscht zu. »Ich

wollte schwimmen. Aber der Weiher ist zu klein für zwei. Ich gehe wieder.«

Einen Moment lang sah er erleichtert aus – bestimmt weil Elizabeth nicht in Gefahr schwebte – und dann grinste er mich an.

»So ein Quatsch«, sagte er, und weil ich mich schon umgedreht hatte, packte er meine Hand und zog daran. Sobald er meine Haut berührte, lächelte er. Das war kein einfaches, normales Lächeln. Die Elementträger hatten nicht nur die Begabung, ihr Element zu kontrollieren, sondern sie hatten zudem eine besondere Vision. Colin sah bei Hautkontakt den jeweiligen Menschen kurz vor seinem Tod. Beziehungsweise, er *hatte* ihn so erblickt – bis er mich in dieser besagten Gewitternacht geküsst hatte.

Was genau Brandon sah, wenn er jemanden berührte, wusste ich noch nicht, aber wenn er mich anfasste, lächelte er so glückselig, als hätte ich ihm seinen Herzenswunsch erfüllt. Ob er diese Vision hatte? War *ich* etwa sein Herzenswunsch?

»Was siehst du?«, wollte ich wissen, als er mich mit sich in Richtung Weiher zog.

»Seerosen«, antwortete er.

Ich rollte die Augen. »Die hab ich auch vor Augen. Nein, wenn du mich berührst, was siehst du dann?«

»Dich. In der Regel sehe ich die Mädchen an, die ich berühre.«

Immer wich er dieser Frage aus.

»Ich ziehe mich nicht eher aus, bis du mir sagst, was deine Vision ist«, versuchte ich zu drohen.

Brandon wandte sich zu mir um und aus seinem Lächeln wurde ein freches Grinsen.

Was hatte ich da gerade gesagt?

»Du erwartest aber hoffentlich nicht, dass ich dich ausziehe, oder?«

Ich schluckte.

»Meredith, verstehst du Humor?«, fragte er da stirnrunzelnd.

»Nein«, antwortete ich ernsthaft. »Die chemische Formel dafür wurde noch nicht im Unterricht behandelt.«

Brandon war einen Moment verblüfft, dann warf er den Kopf in den Nacken und lachte schallend.

Mir wurde noch wärmer. Er lachte. Über einen Witz, den ich gemacht hatte.

»Na, komm schon. Das Wasser ist herrlich.«

Er ließ meine Hand los, rannte jauchzend hinein und begann mich nass zu spritzen.

Zögernd legte ich meine Klamotten neben seine ins Gras. Dort lag sein Ring. Der Ring, den er am Zeigefinger trug. Der Ring, bei dem Colin eine Vision gehabt hatte. Er sah aus, als wäre er seit Generationen im Familienbesitz. Er schien wirklich alt zu sein, denn das eingravierte Muster war sehr grob und tief, und trotzdem wirkte er abgenutzt, so als sei er oft getragen worden. Dabei trug Brandon ihn nie während der Arbeit. Der Ring war wohl aus seiner Hosentasche gefallen. Ich schob ihn vorsichtig wieder zurück und eine kleine Stimme in meinem Kopf hoffte, ich würde jetzt ebenfalls eine Vision haben.

Aber nichts dergleichen geschah. Ich fühlte einfach kühles Silber.

Ich faltete meine schwarzen Shorts und das graue Top ordentlich zusammen – ordentlicher, als ich es zu Hause getan hätte – und legte meine Brille obendrauf. Sofort war alles ein wenig undeutlich. Die klaren Konturen verschwammen. Das war bestimmt nicht das Schlechteste: So konnte ich mir einbilden mit jemand anders hier zu sein. Das würde meine Nerven vielleicht beruhigen.

Ich könnte mir vorstellen, er sei … Jonathan Rhys-Meyers! Und damit überhaupt nicht mein Schwarm. Ja, genau. Dieser unsympathische Heinrich VIII. aus der TV-Serie, der noch mehr Frauen flachlegte, als er heiratete.

Blöderweise fielen mir schlagartig die heißen Szenen ein, die der viel zu schlanke Heinrich mit fast jeder Frau in der Serie gehabt hatte.

Nein, ich verbannte den Gedanken sofort. Der war nicht förderlich, um mein Herzklopfen zu bekämpfen. Der Gedanke an Henry Cavill war noch schlimmer. Und der hatte auch noch Brandon in der Serie geheißen.

»Bist du schon früher hier schwimmen gewesen?«, fragte ich laut und richtete mich auf.

»Ja, ab und an.« Brandon schwamm mit kräftigen Zügen in die Mitte des Weihers.

»Ich meine, zu deiner Zeit.«

Jetzt stoppte er und drehte sich zu mir um.

Ich trat ins Wasser. Er hatte Recht. Es war herrlich erfrischend und lange nicht so kalt wie das im Freibad.

Aber dafür wirbelten im Freibad auch keine kleinen braunen Wolken um die Füße auf. Zum Glück konnte ich ohne Brille nicht allzu viel erkennen.

»Oder gab es diesen Weiher im sechzehnten Jahrhundert noch nicht?«, hakte ich nach.

»Man könnte glauben, du seist wasserscheu, so vorsichtig wie du stakst«, überging er erneut meine Frage.

»Hier ist es glitschig und es gibt spitze Steine.«

War das früher auch schon so gewesen? Das tat richtig weh unter den Fußsohlen!

Ein Schwall Wasser machte mich komplett nass. Ich schnappte nach Luft und sah in Brandons schelmisches Gesicht. Jonathan Rhys-Meyers und Henry Cavill konnten einpacken. Vor mir stand Superman, mit einem hübscheren Gesicht als Brad Pitt.

»Na los, Meredith, du bist doch sonst kein solches Mädchen.«

Wenn das ein Kompliment sein sollte, fühlte es sich nicht als solches an.

»Du meinst, ich bin nicht blond«, entgegnete ich und spritzte zurück.

Brandon lachte wieder laut, dann drehte er sich um und tauchte unter. Sein Po malte sich unter einer roten Badehose deutlich ab.

Ich atmete auf und wollte weiter hineingehen, als ich auf dem schleimigen Untergrund ausrutschte und rücklings ins Wasser fiel.

Ruhig Blut, Meredith, sagte ich mir und schnappte nach Luft. *Du hast dich schon schlimmer vor ihm blamiert. Und vor einem Jungen, der eine solche Badehose trägt, ist das hier nicht weiter tragisch.*

Das beruhigte allerdings auch nicht. Brandon war zum Glück noch nicht aufgetaucht, also rappelte ich mich schnell hoch und stieß mich ins tiefere Wasser.

Ich machte ein paar Schwimmzüge, wohl wissend, dass man in diesem Bereich des Weihers nicht mehr stehen konnte. Der Weiher war zwar nicht sonderlich groß, aber dafür gab es zwei

Stellen, wo es ins Bodenlose zu gehen schien. Apropos bodenlos: Brandon konnte verdammt lange tauchen. Ich sah nichts. Bewegte sich dort hinten beim Schilf etwas? Ein Fisch schnappte nach einer Mücke.

Besorgt sah ich mich um. Nichts. Nur meine Wellenbewegung auf dem Wasser.

Wie lange war er schon weg?

»Brandon? Das ist nicht witzig!«, rief ich.

Gerade als ich tauchen wollte, um nach ihm zu suchen (falls ich in dem trüben Wasser überhaupt etwas erkennen konnte), wurde ich am Bein gepackt und unter Wasser gezogen. Ich strampelte und wurde sofort wieder freigelassen.

Prustend tauchte ich auf. Brandon hatte den Kopf ebenfalls wieder über der Wasseroberfläche und sah sehr zufrieden aus.

»Schöne Beine, Meredith«, sagte er grinsend.

»Schöner Oberkörper«, gab ich postwendend zurück.

Sein Grinsen wurde breiter. Verdammt! Ich hatte doch *scheußliche Badehose* sagen wollen. Wie konnte man sich so versprechen?

»Also interessierst du dich doch für Männer«, stellte er fest und ließ sich rückwärts treiben.

Mir blieb die Spucke weg. »Hast du etwa angenommen, ich … ich …«

»Wahrscheinlich habe nicht nur ich das angenommen. Du kleidest dich ein wenig maskulin, bist seit jeher mit Colin befreundet und sehr kameradschaftlich mit Chris. Ansonsten sieht man dich nur in der Gesellschaft von Mädchen.«

»Ich bin siebzehn. Ich bin in einer Clique, wenn du so willst«, erklärte ich bestimmt.

»Theo steht auf dich. Er ist eifersüchtig auf seinen jüngeren Bruder«, überging Brandon meinen Einwand.

»Nein, das ist er nicht«, sagte ich fest. »Theodor steht auf mein Gehirn. Er glaubt, wenn er mich heiraten würde, könnte ich ihm mit meinem Wissen zu viel Geld und Macht verhelfen. *Darauf* steht Theodor. Wenn Colin so eng mit Rebecca befreundet wäre, würde es ihn nicht die Bohne jucken.«

Theodor Adams hatte kein Herz und somit auch keine Neigung zur Romantik. Er dachte immer nur praktisch.

»Du bist aber unromantisch«, stellte Brandon fest.

»Nicht ich. Theodor«, gab ich zurück. »Er ist ganz anders als Colin. Bei ihm darf keine Frau Kerzen und Rosen oder Geigenmusik erwarten. Es sei denn, er hat ein bestimmtes Ziel.«

»Haben dieses Ziel nicht alle Männer?«, entgegnete Brandon trocken. »Wir stehen allesamt nicht auf Geiger, Rosen und Kerzenlicht. Das ist alles Mittel zum Zweck.«

Wie … ernüchternd. Gerade von ihm hatte ich etwas anderes erwartet.

»Was hast du getan, um in deiner Zeit ein Mädchen zu beeindrucken? Da gab es ja wohl schwerlich zu allen Jahreszeiten Schnittblumen. Hast du selber Pralinen gebacken? Gedichte rezitiert? Kannst du ein Instrument spielen? Tanzen? Wie umwirbt man im sechzehnten Jahrhundert ein Mädchen, das man mag? Oder wie zeigt eine Frau, dass sie einen Mann attraktiv findet? Briefe? Blicke? Bestickte Taschentücher?«

»Meredith, du redest zu viel.«

»Und du sagst überhaupt nichts«, konterte ich beleidigt. »Ich weiß gar nichts von dir. Außer dass der Barhocker vor deiner

Theke nie leer ist und du dafür keinen Geiger oder Blumen organisieren musst.«

Ich konnte mir den bissigen Ton nicht verkneifen. Ich schwamm mit kräftigen Zügen bis zum Schilf und drehte mich dann um.

Brandon paddelte auf dem Rücken. Er schien sich im Wasser sehr wohlzufühlen, denn er lag entspannt da und blinzelte zu den Baumkronen über uns. Es war so friedlich hier. So ruhig. Man hörte nur Vögel zwitschern und Insekten summen. Nicht einmal Verkehrslärm war hier zu hören. Genau wie an der Abteiruine. Deswegen gingen Colin und ich auch so gern dorthin. Es war unsere kleine Oase inmitten des grauen Alltags.

»Hast du denn keine originellere Masche, um Frauen zu verführen?«, fragte ich träge.

»Rosen und Musik reichen in der Regel«, antwortete er gedehnt.

»Ich weiß nicht«, überlegte ich und ließ mich ein wenig auf dem Rücken treiben. »Den romantischsten Moment meines Lebens möchte ich nicht in Gegenwart eines Straßenmusikers verbringen.«

»Ich nutze auch eher das Radio oder den CD-Player«, gab er zu. »Womit müsste man dich denn beeindrucken?«

Ich zuckte mit den Achseln. »Ich glaube, man müsste mich vor allem überraschen können. Wie kann eine Frau bei dir landen? Mal abgesehen davon, dass sie blond ist und sich auszieht.«

Ich bekam einen Schwall Wasser ins Gesicht gespritzt.

Ich quiekte, ließ aber nicht locker. »Na los, erzähl schon. Sonst quetsche ich dich weiter über deine Herkunft aus.«

»Erpressung ist kein gutes Mittel, um jemandem zu gefallen«, erwiderte er leichthin.

»Dann nenne mir eines.«

Er lächelte nur breit und zeigte seine weißen, ein wenig schief stehenden Zähne.

»Du bist wirklich von dir überzeugt«, sagte ich kopfschüttelnd.

»Wenn nicht ich, wer dann?«, antwortete er schlicht.

Da war etwas Wahres dran.

»Hast du schon mal versucht einen Jungen zu beeindrucken?«, wollte er jetzt wissen und klang aufrichtig neugierig.

»Ich habe ihm Salat auf die Hose gekippt«, gestand ich. Brandon lachte wieder laut auf.

»Du solltest noch ein wenig Unterricht bei deinem Freund Chris nehmen«, sagte er fröhlich.

»O Gott, das hast du mitbekommen?« Meine Liste der Peinlichkeiten nahm in seiner Gegenwart ungeahnte Ausmaße an.

»Oder frag deine Freundin, die mit der indischen Abstammung. Die weiß auch, wie man gekonnt flirtet.«

»Aber die ist doch gar nicht blond!«, neckte ich ihn.

Darauf reagierte er nur mit einem trägen Lächeln. Keine Frage, er war der attraktivste Mann von hier bis London, Alex Pettyfer eingeschlossen (obwohl ich vielleicht nicht ganz objektiv war in dieser Richtung).

»Nein, aber ich bin mir ganz sicher, bei ihr würde der Stehgeiger beim Abendessen ausreichen.«

»Ich glaube, du hast zu oft *Kate und Leopold* gesehen«, sagte ich kopfschüttelnd.

Er war überrascht. »Ich hätte nicht damit gerechnet, dass du diese Schmonzette kennst.«

»Wieso? Weil ich so männlich bin?«, rutschte es mir heraus.

»Ich hätte dich eher als pragmatisch bezeichnet«, gab er zurück. »Ich meine, da geht es um jemanden, der aus der Vergangenheit in die Gegenwart reist und dort alle verzaubert. Das ist nicht nur albern, sondern auch völlig unmöglich gemäß physikalischen Gesetzen. Also eher kein Film für dich.«

»Na, ich weiß nicht. Irgendwie kommt mir das Ganze sehr bekannt vor. Inklusive Blondine, die bezirzt wird.« Und weil er so schön träge und bequem herumtrieb, wollte ich ihn mit einem Schwall Wasser vollspritzen.

Es war leider kein Schwall.

Es war eine ganze Welle.

Eine Welle mit den Ausmaßen, die man sonst nur am Meer kannte. Brandon strampelte oben am Kamm der Welle und versuchte verzweifelt dagegen anzukämpfen. Umsonst. Die Welle trug ihn mit sich fort, verlandete und schon leckte das Wasser zurück in den Weiher wie der Atlantik am Strand von Bournemouth bei einem heftigen Sturm. Ich sah ein paar Fische im Gras zappeln, Frösche suchten erschrocken das Weite und irgendetwas schlängelte sich in Richtung Moor davon.

Brandon lag vor dem Eingang des Tomb, rücklings auf alle viere gestützt, und starrte mich mit Augen so groß wie Tennisbällen an. Er erinnerte mich in diesem Moment ein wenig an einen von den Muppets.

»Und?«, fragte er, als er die Sprache wiedergefunden hatte. »Glaubst du immer noch, du hättest keine Fähigkeiten?«

An Schwimmen war danach nicht mehr zu denken. Ich hatte Angst, bei meinem nächsten Platscher könnte ich den Teich leer fegen. Also stieg ich aus dem Wasser, rutschte wieder auf der Stelle aus, verursachte eine zweite, aber kleinere Welle und Brandon half mir galant auf die Beine und aus dem Weiher.

Er hielt meine Hand auch ein wenig länger fest und ich sah erneut das Lächeln auf seinen Lippen.

»Was siehst du?«, versuchte ich es noch einmal.

Wie auf Kommando ließ er meine Hand los. Er warf zwei Fische zurück ins Wasser und antwortete, ohne mich anzusehen: »Dass ich mit dir üben muss. Aber zuerst muss ich arbeiten. Hast du Lust auf einen Cappuccino?«

»Nein«, sagte ich, obwohl ich es ursprünglich vorgehabt hatte. Aber dass er ständig meine Fragen ignorierte, wurmte mich tierisch. Ich rettete zwei weitere Fische und sah mich suchend um. Das waren alle. Es zappelte nichts mehr – außer dem Frust in meinem Bauch. Schnell streifte ich meine Kleider über den nassen Bikini. Was wieder peinlich wurde, denn das Oberteil verfärbte mein Shirt dunkel. Ich musste hier weg, um mich nicht noch mehr zu blamieren. Doch Brandon ließ nicht locker.

»Ich gebe dir einen aus und halte dir einen Platz an der Theke frei«, versuchte er zu ködern und lächelte sein berühmtes verführerisches Brandon-Lächeln, mit dem er Unmengen an Trinkgeld kassierte und weshalb das Circlin' Stone so gut besucht war. Nein, er brauchte definitiv keinen Stehgeiger.

»Um zwei Uhr? Der Barhocker ist dieses Mal nur für dich reserviert. Na, komm schon. Sag Ja, Meredith.«

Mein Herz machte einen kleinen Satz. Das Lächeln galt mir.

Mir ganz allein. Wie konnte ich da Nein sagen? Ich nickte nur.

»Na bitte«, sagte er zufrieden. »Du hast ja doch was bei Chris gelernt.«

Die von mir ausgelöste Welle konnte nicht das Flattern in meinem Herzen trüben, auch wenn sich eine besorgniserregende Unruhe dazugesellte.

12. Kapitel

Der Barhocker war besetzt, als ich eineinhalb Stunden später die angesagteste Bar von Lansbury betrat. Ein Mädchen saß darauf, rührte in einem Cocktail (um zwei Uhr mittags?) und sah Brandon mit verliebtem Augenaufschlag an.

Kein Wunder, denn Brandon lehnte an der Theke daneben und unterhielt sich lachend mit ihr.

Er nahm mich überhaupt nicht wahr.

Ich überlegte, dass mein Status als Gaianidin bislang völlig nutzlos war. Weder strahlte ich irgendwelche Schwingungen aus, die wenigstens einen Platoniden auf mich aufmerksam machten, noch konnte ich ihm ein Loch in den Rücken brennen. Bis jetzt hatte ich nur das Leben von Fischen und Amphibien gefährdet.

Doch allein dieser Gedanke warf eine neue Frage auf: Was machte mich zur Gaianidin – und es stand nach heute Vormittag außer Zweifel, dass ich es war – und wieso waren diese seltsamen Kräfte nicht schon früher aufgetreten? Bei Colin hatte es auf alle Fälle im Kindesalter angefangen.

Ich sollte nach Hause gehen und weiter im Internet forschen. Oder noch besser: in die Bibliothek nach Swindon fahren und die durchforsten. Stattdessen führte mich mein Unterbewusstsein an den Platz hinter der verstaubten Palme, wo ich sonst schon mal gern Schulaufgaben erledigte. Von hier hatte ich eine wunderbare Sicht auf die Theke, ohne selber gleich wahrgenommen zu werden.

Es dauerte auch rund fünfzehn Minuten, ehe Brandon an meinen Tisch kam.

»Oh, du bist ja schon da! Warum bist du nicht an die Theke gekommen?«

»Du warst beschäftigt«, sagte ich und ärgerte mich, weil ich den eingeschnappten Ton nicht ganz unterdrücken konnte.

»Du bist eifersüchtig«, stellte er mit hörbarer Genugtuung fest.

»Auf wen? Die da?«, platzte es aus mir raus und im selben Moment wusste ich, dass das erst recht eifersüchtig klang. »Sagen wir, ich fühle mich ein wenig vor den Kopf gestoßen«, räumte ich ruhiger ein. »Ich meine, es geht mich ja schließlich nichts an, mit wem du alles flirtest und wie oft und dass ich absolut nicht in dein Beuteschema passe. Ich bin nun mal mehr als brünett und ich kann auch nicht, wie Elizabeth sagt, mich in damenhafter …«

»Meredith«, unterbrach er mich, doch das Lächeln milderte den strengen Tonfall, »ich bringe dir einen Cappuccino und einen Bananensplit und anschließend widme ich mich ausschließlich dir. Versprochen.«

Er bedachte mich mit einem vertrauten Zwinkern und dann verschwand er wieder hinter dem Tresen.

Mensch, Meredith, schreib doch gleich an die Wand im Klo: M. liebt Brandon und will ein Kind von ihm. Der Spruch war dort regelrecht zu einem Mantra geworden. Man konnte ihn auf jeder Klotür in zig verschiedenen Varianten lesen. Nur der Name Brandon tauchte ausnahmslos in jeder einzelnen auf. Ich stützte den Kopf in meine Hände. Sie hatten wieder angefangen leicht zu zittern.

Das Einzige, was jetzt noch fehlte, war, dass ich den nächstbesten Gegenstand umschmiss. Wahrscheinlich geschah das gleich mit dem Cappuccino oder dem Bananensplit oder sogar beidem.

Ich sollte mir einmal Valium besorgen. Als Schlaftablette konnte ich nicht schlimmer sein als der hyperventilierende Tollpatsch, in den ich mich verwandelte, sobald Brandon in meiner Nähe war. Oder ich sollte Shakti doch mal um ein paar Tipps im Umgang mit Jungs bitten. Die von Chris waren auch nicht schlecht gewesen, nur würde dann Brandon gleich am nächsten Tag davon erfahren. Chris konnte in dieser Hinsicht eine größere Tratschtante sein als das Klatschblatt *The Mirror*.

»Kommst du?« Brandon unterbrach meine Gedanken und trat hinter meinen Stuhl. Ganz Gentleman. Ich wechselte zu dem Barhocker, der jetzt wieder frei war, und sah mich um. Die Blondine war weg.

»Was hast du ihr gesagt?«, wollte ich wissen.

»Nichts. Sie bekam einen Anruf und musste gehen. Hier.« Der Bananensplit stand schon bereit und der Cappuccino folgte. Mit einem Herzen im Milchschaum. Meines begann sofort, noch heftiger zu klopfen.

»Hast du keine Angst, ich könnte dir gleich was davon auf den Schoß kippen?«, fragte ich und setzte mich auf meine zitternden Hände. Ich traute mich in dieser Verfassung nicht, irgendetwas davon zu berühren.

»Du darfst es dann gerne aufwischen«, sagte er grinsend.

»Das beruhigt mich kein bisschen«, murmelte ich und wusste, dass mein Gesicht knallrot war. Als ich beim letzten Mal versucht hatte in seiner Gegenwart zu essen, hatte ich die Salatschüssel inklusive Dressing über ihn gekippt. Ich war kurz davor gewesen, alles von seiner Hose aufzuwischen. Vom entscheidenden Teil seiner Hose. Zum Glück hatte ich mich rechtzeitig gestoppt.

In meiner Hosentasche zitterte es ebenfalls. Na, bravo. Jetzt übertrug es sich auch noch auf meine Beine.

Zumindest auf mein rechtes Bein. Moment mal …

Ich griff in die Tasche meiner Shorts, zog das Handy heraus und warf einen Blick aufs Display.

»Colin!«, rief ich erfreut und nahm das Gespräch an.

»Hey! Wie geht's dir? Du hast dein Handy zurück?«, rief ich begeistert ins Mikrofon.

»Meredith?« Colin war hörbar überrascht. »Ich habe bei Brandon angerufen. Bist du bei ihm?« Das klang sehr … zögernd und überhaupt nicht erfreut, mich endlich an der Strippe zu haben.

»Ich bin im Circlin' Stone. Kommst du auch her? Shelby sagte was von einem Ferienjob bei deiner Tante. Kannst du früher Feierabend machen?«

»Dad ist im Moment wirklich schlecht gelaunt«, sagte er. »Hast du meine Nachricht bekommen?«

»Ja, hab ich, und ich war heute bei deiner Tante und du warst mit deinem Onkel in London und deine Mum hat behauptet, du würdest die Schule wechseln. Geht es dir wieder gut? Hattest du arge Kopfschmerzen? Ich war sogar kurz davor Theodor anzurufen, um …«

»Meredith, du schnatterst schon wieder«, unterbrach er meinen Redeschwall und ich hatte sofort sein nachsichtiges Lächeln vor Augen, das ihm jetzt sicher auf den Lippen lag. »Mir geht es gut. Es war alles nur halb so wild und ich schäme mich richtig, dass ich ohnmächtig wurde.«

»Dafür brauchst du dich doch nicht zu schämen«, sagte ich betroffen.

»Deinem Brandon wäre das bestimmt nicht passiert.« Mir entging nicht der bittere Ton in seiner Stimme.

»Er ist nicht *mein* Brandon«, sagte ich, ehe mir wieder bewusst wurde, mit wessen Handy ich da telefonierte und dass besagte Person mir gegenüberstand und mich gerade interessiert beobachtete. Ich räusperte mich und schlagartig fingen meine Hände wieder an zu zittern.

»Äh, Colin, wann können wir uns sehen? Kommst du heute Abend zur …«

Das wollte ich wirklich nicht laut sagen. Das war unser Platz. Ein geheimer kleiner Treffpunkt, der nur Colin und mir gehörte.

»Zur Abtei?«, nahm er mir die Antwort ab. »Nein, ich werde im Moment stärker überwacht als Prinz George und sein Schwesterchen Charlotte. Ich kann auch nur telefonieren, weil mein Onkel mal austreten musste und wir mein Handy mithaben, falls er wieder nicht genug getankt hat.«

Ich konnte es nicht ändern. Ich war megaenttäuscht. Da hatte sich endlich ein Lichtblick gezeigt, und schon wurde es wieder zappenduster.

»Ich wollte mich eigentlich nach Elizabeth erkundigen. Herrje, da kommt mein Onkel. Ich muss aufhören. Pass auf Elizabeth auf.«

Es klackte nicht einmal und trotzdem wusste ich, dass er aufgelegt hatte.

Elizabeth. Die war also auch seine größte Sorge. Ich fühlte mich ein wenig verraten.

Lustlos begann ich den Bananensplit zu löffeln.

»Ein wenig mehr Begeisterung bin ich schon von meinen Dates gewohnt«, sagte Brandon.

Mist, den hatte ich kurzzeitig komplett ausgeblendet.

»Hast du das Herz im Milchschaum überhaupt bemerkt?«, fragte er mit hochgezogenen Brauen. Er sah nicht wirklich beleidigt aus, nur amüsiert.

Sofort wurde mir wieder heiß und ich nickte.

»Ja, hab ich. Danke. Das ist also ein … Date?«

Ich musste sichergehen.

»Nun ja, normalerweise würde ich lieber da auf der Seite neben dir sitzen, aber uns fehlt leider eine Bedienung. Ich muss Elizabeths Schicht übernehmen. Sonst würde ich dich heute Abend ausführen.«

Er wollte mit mir ausgehen! Mich richtig *daten*!

»Hast du schon versucht etwas über den Mönch herauszufinden? Ich fürchte, wir müssen sehr bald etwas unternehmen.« Meine Aufregung verpuffte wie ein Luftballon, der auf einer Nadel landete.

»Wir sollten uns zusammensetzen und überlegen, in welchen Situationen dir der Mönch zum ersten Mal erschienen ist, damit wir einen Anhaltspunkt haben. Wir können Elizabeth nicht ewig bei Chris verstecken. Nicht wenn ständig jemand von uns dort ein und aus geht. Das wird früher oder später auffallen. Ich dachte, hier sind wir relativ ungestört, wenn auch mit kleinen Unterbrechungen.«

Daher wehte also der Wind. Er wollte seine Elizabeth retten. Und wo könnten wir das unauffälliger besprechen als hier an seinem Arbeitsplatz, wo er viel weibliche Kundschaft bediente. So viel zu einem *Date*.

»Stimmt«, gab ich tonlos zur Antwort und trank den Cappuccino in einem Zug leer.

Brandon vergewisserte sich mit einem Blick rundum, ob auch wirklich niemand in Hörweite war.

»Wann und wo hast du ihn gesehen?«

»Auf dem Klo«, sagte ich nüchtern und erzählte ihm dann, wo er sonst überall aufgetaucht war. Und dass Colin ihn auch gesehen hatte auf dem Sachsen-Festival.

»Wieso können wir ihn sehen und du und Elizabeth nicht?«

»Pst«, machte Brandon und sah sich wieder um. »Offiziell ist Elizabeth wieder bei ihrer Familie.«

»Im Norden?«, fragte ich höhnisch, seine Herkunftslüge aufgreifend.

Das überging er lächelnd. »Genau. Wir haben sie ja als meine Cousine ausgegeben.«

»Ja, richtig«, sagte ich wieder spöttisch. Elizabeth wollte ich heute doch komplett vergessen und trotzdem erinnerte mich jeder ständig an sie.

»Es kursieren einige Sagen um den Mönch«, kam Brandon wieder auf das ursprüngliche Thema zurück.

»Noch mehr Legenden?«

»Angeblich erschien der Geist eines Mönchs manchen Menschen, die sich im Wald verlaufen hatten oder die in Gefahr schwebten. Ein paar Leute wollten ihn tatsächlich gesehen haben, wobei ich den meisten nicht glaube. Die hatten einen gewissen Ruf als Sensationsgeier. Aber unter ihnen war auch eine Frau … Nun, ich war zufällig in ihrem Haus, als sie heimkam und von der Begegnung erzählte. Ich habe ihr Gesicht dabei noch immer lebhaft vor Augen. Sie war kreidebleich und ich weiß, dass sie immer die Wahrheit gesagt hat.«

»War sie auch eine Elementträgerin?«, fragte ich, jetzt doch neugierig geworden. Zum ersten Mal hatte er von seinem Leben im sechzehnten Jahrhundert erzählt.

Brandon schüttelte den Kopf. »Nicht dass ich wüsste. Ich habe nie von jemandem gehört, der meine Fähigkeiten auch nur ansatzweise gehabt hätte. Ich komme!«

Er sah an mir vorbei und winkte einem anderen Gast zu.

»Ich muss …«

»Ja, ja, schon gut,« sagte ich und sah zu, wie er den Kellnergeldbeutel schnappte und zu dem Pärchen an einem Tisch weiter hinten eilte.

Er hatte wohl zu lange bei mir gestanden, denn im selben Moment wurde er an drei weitere Tische gerufen. In meiner Hosentasche vibrierte es noch einmal. Rebecca schrieb, dass sie aus dem Urlaub zurück sei. Das waren gute Nachrichten. Ich würde sie gleich noch besuchen gehen.

Außerdem konnte ich dann Vikar Hensley, Rebeccas Vater, über die Ruine ausfragen. Er war unser Altertumsforscher – und Hüter der Kirchenunterlagen – und vielleicht hatte er einen Hinweis. Auf die Ruine oder vielleicht sogar den geisterhaften Mönch. Als Vikar wusste man über solche Vorfälle doch bestimmt Bescheid. Brandon war hinter die Theke geeilt, hatte flugs die eingegangenen Bestellungen fertig gemacht und servierte die Getränke. Wir würden vorerst wohl keine weitere ruhige Minute haben.

Unschlüssig, was ich jetzt tun sollte – warten oder gehen –, aß ich zumindest meinen fast flüssigen Bananensplit auf und legte dann das Geld auf die Theke. Ich würde Rebecca besuchen.

13. Kapitel

Rebecca war nicht zu Hause. Sie sei sofort in den Reitstall zu ihrem Wallach Salomon geradelt, erklärte mir ihr Vater. Rebecca mit ihren Dreadlocks und den flippigen Klamotten, die genauso absonderlich waren wie Shelbys nuttig, hatte von dem blondlockigen, adretten Pfarrerstöchterchen nur noch die Vorliebe für ihr Pferd behalten.

»Geht es dir denn wieder gut?«, fragte er stirnrunzelnd. Vikar Hensley organisierte das Sachsen-Festival. Anscheinend hatte sich inzwischen überall herumgesprochen, Colin wäre meinetwegen zusammengeschlagen worden und ich hätte Stuart Cromwell die Nase gebrochen – dabei hätte der doch nur ein alkoholisiertes drogensüchtiges Mädchen vor sich selber retten wollen.

Brandon und ich wussten, dass Elizabeth unter der Manipulation Cromwells gestanden hatte, aber das konnten wir nicht beweisen. Ich hatte also Vikar Hensley vor den Kopf gestoßen, wo doch das Sachsen-Festival für ihn ein größeres Highlight darstellte als die BAFTA-Verleihung für Stephen Fry.

»Es geht wieder«, sagte ich. »Es tut mir sehr leid, Herr Vikar. Ich wollte wirklich nicht …«

Ich brach ab und hoffte, er würde sagen: *Schon gut. Hauptsache, es geht dir besser.*

Das tat er leider nicht. Er wartete.

»Ich wollte Ihnen keine Unannehmlichkeiten bereiten.« *Sehr vornehm ausgedrückt, Meredith.*

»Das hast du nicht mir, sondern Dr. Adams, Meredith«, sagte er streng. »Du hast die Adams durch dein Handeln sehr erschreckt.«

»Es war nicht meine Schuld. Colin ist mein bester Freund. Ich könnte ihm nie etwas zu Leide tun«, entgegnete ich zu meiner Verteidigung.

Das schien dem Vikar einzuleuchten, denn jetzt lächelte er aufmunternd. »Ich werde mal mit Dr. Adams reden. Aber ich fürchte, Rebecca wird noch länger unterwegs sein. Sie ist bestimmt ausgeritten und verfüttert anschließend noch einen Sack Möhren an Salomon. Oder hast du sonst noch was auf dem Herzen?«, hakte er nach, als er mein unschlüssiges Gesicht sah.

»Ehrlich gesagt könnte ich Ihre Hilfe bei einer Recherche gebrauchen.«

Ich hätte nichts Besseres sagen können, um ihn zu versöhnen. Er bat mich hinein.

Zwei Stunden später ging ich niedergeschlagen nach Hause. Keine der Informationen brachte mich auch nur einen winzigen Schritt weiter.

Der Vikar hatte wohl eine beachtliche Sammlung alter Schriften. Die ältesten stammten aus der Tudorära und waren eine Auflistung aller Äbte, und ansonsten gab es nur Register über Wertgegenstände sowie Ländereien. Verpachtete Grundstücke, die zwischenzeitlich zusammengelegt worden waren und neue – in vierhundert Jahren sicherlich sehr viele neue – Besitzer gefunden hatten.

Es war nur mäßig interessant, das alles durchzugehen. Das

schönste Dokument hing eingerahmt an der Wand und sah etwas älter aus. Ich fragte den Vikar danach, woraufhin er mir stolz erklärte, es handle sich dabei um eine angelsächsische Handschrift. Vermutlich aus der Zeit Alfreds des Großen, der die Kunst in England ja förderte. Leider konnte man diese Seite hier nicht mehr genau datieren. Und es sei auch kein Gedicht, sondern ein Psalm.

Vikar Hensley habe sich das kostbare Schriftstück zu seinem vierzigsten Geburtstag »gegönnt«. Und dann erzählte er noch lang und breit von einem Dichter aus dem achten Jahrhundert und dessen überliefertes Werk. Er interpretierte es sogar.

Auf einmal verstand ich, warum seine Frau sich anderweitige Beschäftigung suchte und Mums Tarotkarten regelmäßig befragte. Ihr war das hier zu langweilig. Mir auch.

Der Mönch machte es uns wirklich nicht einfach. Eine Nadel im Heuhaufen war leichter zu finden. Nur ein bestimmter Name war mir beim Durchblättern der ganzen Unterlagen ins Auge gestochen.

Ich schluckte, als ich las, was dort stand. Mit sehr harschen Worten wurde dort über ein uneheliches Kind hergezogen. *Bastard* war noch das Harmloseste. Die Exkommunikation, die die Mutter auch noch ertragen musste, wog zu jener Zeit viel schwerer. Mit mulmigem Gefühl im Magen verabschiedete ich mich vom Vikar. Wenn dieser Name wirklich mit Brandons Familie zu tun hatte – wie viele Greys konnte es hier schon gegeben haben? –, war mir ein bisschen klarer, warum er so ungern über die Vergangenheit sprach.

Das Mädchen rannte, so schnell sie konnte. Die langen Röcke hinderten sie beim Laufen und sie raffte sie hektisch bis über die Knie.

»Hexe!«

»Tötet sie!«

»Auf den Scheiterhaufen mit ihr!«

Das Mädchen lief weiter durch die Dunkelheit. Wie weit würde sie kommen? Sie konnte bereits jetzt nur noch spärlich sehen. Es war eine düstere Nacht. Es schien, als würde Gott absichtlich die Sterne und den Mond am Himmel verdecken.

Sie erkannte kaum noch die Hand vor Augen, als sie den Ring aus Steinen erreichte. Ein kurzer Blick zurück ließ sie weiterlaufen.

Die Fackeln ihrer Verfolger waren näher gekommen. Mistgabeln und Dreschflegel ragten in die Höhe.

»Komm da raus!«, hörte sie den Mann schreien, der den Mob anführte.

Sie kannte die Stimme. Traurigerweise kannte sie die sehr gut.

»Niemals!«, brüllte sie zurück und fiel in einen Graben. Sie rappelte sich schnell auf, rannte weiter und versteckte sich hinter einem Felsen.

Erst jetzt merkte sie, dass ihr niemand mehr folgte. Sie sah sich um. Die Fackeln verharrten vor dem Graben.

»Lass sie«, hörte sie einen anderen Mann sagen. »Du weißt, was mit Menschen geschieht, die den Steinkreis in dieser Nacht aufsuchen.«

»Aber sie ist kein richtiger Mensch.«

»Umso besser. Dann werden die Nachforschungen um ihren Verbleib schnell eingestellt.«

Hämisches Gelächter drang an ihr Ohr.

»Wir müssen also nur abwarten. Du wirst in der Hölle schmoren. So oder so«, rief der junge Mann.

»Das werden wir ja noch sehen, Will Suffington, Sohn des Duke«, schrie das Mädchen zurück. Aber sogleich wurde ihr mulmig.

Es raschelte im Dunkeln neben ihr. Dann huschte etwas.

Hinter ihr wurde es plötzlich hell. Ein Licht glomm auf. Sie drehte sich um. Direkt über ihr, aus den quer liegenden Steinen, drang Licht. Milchig weißes Licht.

»Es ist so weit«, hörte sie Will Suffington sagen. »Leb wohl, Lady Elizabeth Ashton.«

Das Licht wurde blendend grell.

Fahr zur Hölle, Lord William, *dacht sie und dann sah sie nichts mehr.*

14. Kapitel

Ich erwachte am nächsten Morgen erneut mit starken Kopfschmerzen. Wieder hatte ich geträumt. Wieder von dem Jungen und einem Gewitter. Der Junge hatte geschrien. Er war in Lebensgefahr gewesen und hatte weglaufen wollen, doch etwas hinderte ihn daran. Zermürbend war, dass ich nie das Gesicht des Jungen sehen konnte. Er hatte dunkle, beinahe schwarze Haare und war schlank. Ich war mir nicht sicher, ob es sich um Colin handelte, obwohl er mich sehr stark an den zwölfjährigen Colin erinnerte.

Die Sorge, meinem besten Freund könne etwas zugestoßen sein und ich hätte irgendwelche dunkle Vorahnungen, belastete mich heute Morgen stärker denn je. Doch Colin war schon siebzehn – ach herrje. Er würde nächste Woche sogar achtzehn werden!

Sollten ihm seine Eltern tatsächlich die Geburtstagsfeier mit seinen Freunden verbieten?

Der Gedanke daran machte den Druck in meinem Kopf noch schlimmer.

Ich tappte ins Bad, duschte heiß und massierte dabei meine Nackenmuskeln. Ich wollte nicht schon wieder Tabletten schlucken, stattdessen würde ich gleich einen starken Kaffee trinken und anschließend zur Abtei gehen. Bewegung half manchmal.

Schwimmen wäre nicht schlecht, aber nach dem Vorfall beim letzten Mal wollte ich es nicht riskieren.

Ich fühlte mich ein wenig besser nach der Dusche. Mum war bereits in der Drogerie. Ihre Nachricht lag neben einem Sandwich.

Keine Frage: Für meine Mutter war ich der Mittelpunkt der Welt und sie blieb echt cool dabei. Sie klammerte nicht und ließ mir meinen Freiraum. Mit dreizehn und vierzehn hatte ich oft mit der Situation gehadert, dass wir immer so knapp bei Kasse waren, ich noch kein Handy haben durfte und Mum mich nicht mal eben zum *Science Slam* nach Swindon fahren konnte.

Irgendwie hatte sich meine Einstellung ein wenig geändert, als Dad immer seltener nach Hause kam und ich erkannte, dass er dann nur betrunken vorm Fernseher lag.

Es dauerte etwas, aber nach und nach wurde mir bewusst, wo der Großteil des Geldes hinfloss, wenn ich all die leeren Flaschen neben Dads Sessel liegen sah. Eigentlich sollte ich nicht allzu traurig über seinen Auszug sein. Aber er war mein Vater und er war immer liebevoll mit mir umgegangen – wenn er nüchtern genug war, um mich zu registrieren.

Was Mum mit ihrem Kartenlegen noch nebenbei verdiente, investierte sie meistens in einen gemeinsamen Kinobesuch oder ein Eis bei unseren Ausflügen zu Olivers Grab, das knapp drei Stunden entfernt lag. Wenn ich recht überlegte, hatte sie sich seit ein paar Jahren nichts Neues mehr zum Anziehen gekauft.

Mein Blick fiel auf ihre Hauslatschen. Hatte sie etwa den Haltebügel verschraubt?

Ja, sie hatte.

Es wurde wirklich Zeit, dass ich mit den A-Levels fertig wurde und ihr nicht länger auf der Tasche lag.

»Miau!«

Madame Mim, mein rot-braun getigertes Kätzchen, kam zur Tür herein und strich um meine Beine. Ich gab ihr ein winziges Stückchen Wurst und sie leckte ausgiebig meine Finger danach ab. Colin hatte sie mir geschenkt. Keine Frage, sie war eines der besten Geschenke, die ich je erhalten hatte.

Das Handy in meiner Tasche vibrierte.

An den Tagen, an denen Brandon nicht aus dem Circlin' Stone herauskam, schickte er eine SMS, um sich zu erkundigen, wie es Elizabeth ging und ob sie etwas aus ihrer Wohnung benötigte.

Ihre Wohnung, ha.

Sie hatte bei ihm gewohnt, weil sie sonst nirgends schlafen konnte. Und theoretisch konnte sie nichts mehr dort haben, denn die paar Klamotten, die sie besaß, müssten schon alle bei Chris sein. Inklusive dem flauschigen Playboy-Bademantel, den Chris ihr bei einer Shopping-Tour gekauft hatte.

Ja, die SMS wartete bereits im Posteingang. Brandon müsse den ganzen Tag arbeiten, solle ich E doch bitte ausrichten.

E! Er jetzt auch noch.

E klang so … intim. Wie eine Art Anerkennung. Ein Kosewort nach … Darüber wollte ich lieber nicht nachdenken.

Ich löschte die SMS demonstrativ. Dann brauchte ich es mir nicht noch ständig anzusehen.

In dem Moment, in dem ich in mein Sandwich beißen wollte, klingelte es an der Haustür.

Ich öffnete und wollte sofort wieder schließen.

»Aber, aber, Meredith.« Mit einem stählernen Griff schob Stuart Cromwell die Tür ganz auf und trat ein.

»Was für ein unfreundlicher Empfang. Dabei wollte ich doch wissen, wie es dir geht und ob die Wunde an deinem Kopf gut verheilt ist.«

Er sah – mit Ausnahme der noch immer leicht grünen Verfärbung um die Nase – sehr gut aus. Dunkler Designeranzug (mit Sicherheit bei einem Schneider in der Londoner St.-James-Street maßangefertigt), die Haare perfekt frisiert.

Er hatte keine Waffe in der Hand und musterte mich wohlwollend von oben bis unten. Ich warf einen Blick auf sein geschlossenes Jackett. Konnte er darunter eine Pistole versteckt halten?

»Du siehst wieder fit aus. Nur kleidest du dich sehr schlicht für die Gaianidin«, merkte er an, mit einem nachsichtigen Blick auf meine schwarze Jeansshort und das dunkelgrüne Top.

Ich sagte noch immer nichts. Ich wusste nicht, was. Außerdem befürchtete ich, mir würde, sobald ich den Mund aufmachte, etwas Beleidigendes herausrutschen.

Andererseits … warum nicht?

»Und für einen Cromwell sind Sie verdammt modern gekleidet«, entgegnete ich, so fest ich konnte.

Seine Augenbrauen hoben sich vor Überraschung. Anscheinend bekam er nicht oft eine Retourkutsche.

Und augenblicklich umwehte mich eine angenehme warme Atmosphäre. Sie lullte mich ein und ich wollte mich sofort bei ihm entschuldigen, ihm als Entschädigung einen perfekten Kaffee kochen und sagen, wo sich Elizabeth aufhielt.

Moment mal.

Nein, das wollte ich nicht. Schlagartig verflüchtigte sich das wohlige Gefühl und ich sah wieder den berechenbaren Mann vor mir, der mich mit einer Pistole bedroht – und nicht gezögert hatte, abzudrücken.

»Was wollen Sie hier?«, fragte ich. »Sollten Sie nicht Ihrem Vater helfen England zu regieren oder Charles II. zu köpfen?«

»Der weilte in Frankreich, als ich hierherkam«, erklärte er unumwunden und sah sich jetzt im Haus um. »Du wolltest mir doch gerade erzählen, wo sich unsere rothaarige Schönheit aufhält.«

Sofort kehrte dieses geborgene warme Gefühl zurück. Doch dieses Mal war ich vorbereitet.

»Nein, das wollte ich nicht, weil ich es nicht weiß«, entgegnete ich und sah ihm direkt in die Augen. »Aber Sie waren gerade dabei mir zu erzählen, wie viele Männer Sie auf meine Überwachung angesetzt haben.«

»Einen«, antwortete Cromwell prompt. Im gleichen Moment schaute er verblüfft aus. »Ich meine natürlich, keinen. Wieso sollte ich dich überwachen lassen, Meredith?«

»Ich weiß auch nicht? Vielleicht weil Sie mir beim letzten Mal eine Pistole vor die Nase gehalten haben?«, versuchte ich locker von mir zu geben. Das war allerdings gar nicht so einfach. Ich hatte das Gefühl, meinem Schulleiter gegenüberzustehen. Und genau wie der Schulleiter passte es ihm überhaupt nicht, dass ich ihn auf seine Verfehlungen ansprach.

Damit hatte er wohl nicht gerechnet.

»Können wir uns darauf einigen, dass du mich informierst, wenn du die kleine Feuerakrobatin sehen solltest? Sie muss zurück in ihre Zeit, ansonsten …«

»Wie?«, unterbrach ich ihn schnell. »Wie kann man jemanden zurück in seine Zeit bringen?«

Cromwell sah mich an. Er musterte mich lange, ohne eine Miene zu verziehen, und mir wurde klar, dass er mit diesem Auftreten viele Geschäftspartner einschüchterte. Ob er auch Gedanken lesen konnte? Wenn ja, hoffte ich sehr, dass mein Status als Gaianidin ihn zurückhielt – denn ich dachte gehässig, dass er wie ein geleckter, schmieriger Anwalt im Konfirmationsanzug aussah. Mir einzugestehen, dass er ein wenig Colin Firth auf dem roten Teppich der Golden Globes ähnelte, wäre einfach ein zu großes Kompliment für ihn gewesen.

»Das bedarf eines bestimmten und sehr komplizierten Rituals«, sagte er endlich. Es klang seltsam gepresst. Fast so, als habe er es nicht sagen wollen.

»Hatten Sie nie vor zurückzukehren und in die Fußstapfen Ihres Vaters zu treten?«, fragte ich. »Mal abgesehen davon Menschen zu ermorden, wäre es Ihnen bestimmt gelungen die Regierung weiterzuführen.«

»Ich muss jetzt gehen«, sagte Cromwell abrupt und wandte sich ab. Er hatte bereits die Haustür geöffnet, als ihm noch etwas einfiel: »Wenn du zufällig doch weißt, wo Elizabeth sein sollte, melde dich bei mir. Du und ich, wir beide könnten gemeinsam Großes bewirken.«

Er schloss die Tür und hörte dadurch nicht mehr, wie ich sagte: »Das hat Lord Voldemort Harry gegenüber auch immer behauptet.«

15. Kapitel

Ich war ein wenig unschlüssig. Wen sollte ich zuerst anrufen und warnen: Brandon oder Chris? Und konnte Cromwell die Telefongespräche überwachen? Hatte man als Logistikunternehmer einen eigenen Überwachungssatelliten?

Ich tippte in Brandons Handy die Kurzwahl vom Circlin' Stone.

»Grey«, meldete er sich nach fünfmal Klingeln.

»Der Adler sucht nach der Beute«, sagte ich.

Ich merkte sein Stutzen. »Wer spricht denn da? Meredith, bist du das?«

»Ja, ich bin's.«

»Was redest du da für einen Quatsch?«

O Mann! Jeder andere würde den Code verstehen. Das konnte nur jemandem passieren, der aus dem sechzehnten Jahrhundert stammte und nicht mit diversen Krimiserien aufgewachsen war.

Ich seufzte. »Ich hatte gerade unerwarteten Besuch, der hoffte, hier noch eine weitere Person zu finden.«

Das war deutlich genug.

»Verdammt«, hörte ich ihn murmeln.

»Ich werde tatsächlich von ihm überwacht und er sagte etwas von einem komplizierten Ritual, um einen Elementträger wieder zurück in seine Zeit zu schicken. Er wollte das eigentlich gar nicht sagen, ich glaube, ich habe ihn dazu gebracht und ich konnte auch gegen seine Manipulation ankämpfen …«

»Meredith! Moment! Halt an!«, rief Brandon in den Hörer. »Ich verstehe nur die Hälfte, und die gefällt mir ganz und gar nicht.«

»Was soll ich denn jetzt tun? Chris schwebt womöglich in Lebensgefahr.«

Brandon beruhigte mich und meinte, er würde gleich bei mir sein. Er müsse nur Erica, die zweite Bedienung des Circlin' Stone, erreichen.

Madam Mim tauchte wieder auf und folgte mir in mein Zimmer. Während sie sich aufs Bett legte und ausgiebig ihre kleine rote Pfote zu lecken begann, tigerte ich unruhig auf und ab.

Ich hatte Cromwells Manipulationsversuche erfolgreich abgewehrt. Aber konnte es sein, dass ich ihn selbst manipuliert hatte? Ich dachte an den überraschten Gesichtsausdruck, als er zugab, mich überwachen zu lassen, und es Sekunden später abstritt.

Es bestand kein Zweifel mehr, dass ich ebenfalls über gewisse Kräfte verfügte. Es sei denn, Brandon hätte die Welle ausgelöst. Gehörte Manipulation etwa zu den Kräften einer Gaianidin?

Cromwell hätte nie freiwillig etwas preisgegeben. Ich dachte an Colin und seine Fähigkeit, Dinge schweben zu lassen. Mein Blick glitt unwillkürlich zum Schreibtisch, wo die Eichelhäherfeder lag. Colins Versprechen für ewige Freundschaft. Ein schmerzhaftes Ziehen breitete sich in meiner Brust aus. Mir ging auf, dass er bei dem Telefonat nur nach Elizabeth gefragt hatte, nicht aber, dass er mich vermisse. Vermisste er mich nicht?

Ich nahm den Bergkristall vom Sachsen-Festival von der Feder und sofort stieg sie zwei Zentimeter empor und blieb in der Luft über dem Schreibtisch hängen. So wie es seit ein paar Wochen der Fall war. Die Feder schwebte ganz allein, ohne dass ich es veranlasste. Cromwells Worte, die Schwerkraft der Erde ließe nach, hallten in meinen Ohren. Und da ich es nicht war, die die Feder zum Schweben brachte, musste es damit zusammenhängen. Aber konnte ich überhaupt Dinge schweben lassen so wie Colin?

Den Bergkristall zum Beispiel?

Ich gab mir alle Mühe, aber er rührte sich keinen Zentimeter.

Vielleicht sollte ich es vorerst mit einem Bleistift versuchen.

Ich nahm einen Bleistift aus der Stiftebox, legte ihn neben die Feder und dachte an … an … Flugzeuge! Die flogen. Wenn auch mit Düsenkraft. Vielleicht waren Vögel besser? Die flogen allein mit Luftströmung und durch die Kraft ihrer Flügel. Raben konnte man sogar bei Sturm fliegen sehen. Ich hatte sie oft genug beobachtet, wenn sie bei strömendem Regen, wo sonst kein anderes Tier zu sehen war, am wolkenverhangenen Himmel umherzogen.

»Miau.«

Madam Mim maunzte empört und huschte eilig aus dem Zimmer. Was war denn jetzt los? Spürte sie irgendwelche Schwingungen?

Ich sah auf den Schreibtisch. Dort waren Tropfen neben dem Bleistift. Ich wollte sie wegwischen und sah an meine Zimmerdecke, ob eine Leitung defekt war. Im selben Moment begann es wie aus Kübeln zu regnen. Es regnete in meinem Zimmer!

Die Haustürschelle rettete mich vor einem Nervenzusammenbruch.

Ich war klatschnass, als ich das untere Ende der Treppe erreicht hatte. Immer weiter regnete es auf mich herab, so als schwebe meine ganz eigene Wolke direkt über mir. Wie die Schneewolke über Schneemann Olaf.

»Wer ist da?«, rief ich durch die Tür und griff nach dem Regenschirm an der Garderobe.

»Ich bin's. Brandon!«, hörte ich seine Stimme.

Ich öffnete, zog ihn herein und verschloss die Tür augenblicklich wieder.

Dann drehte ich mich zu ihm um und registrierte sein verblüfftes Gesicht.

»Ich weiß, ich weiß, ich kann es regnen lassen. Ich wüsste nur gern, wie man es wieder abstellt«, sagte ich panisch.

Brandon sagte nichts. Er starrte mich mit offenem Mund an.

Verdammt. Ich hatte an Regen und Raben gedacht, als es anfing. Sonne! Ich musste an Sonne denken, Trockenheit und Wärme. An Sandstrand, Meer und Wüste.

Es schien zu funktionieren. Der Regen ließ nach und hörte endlich auf.

»Puh.« Erleichtert und mit zittrigen Beinen sank ich an der Haustür hinunter auf den Boden.

»Ehe ich dir alles erzähle, muss ich putzen«, sagte ich leise und betrachtete die Pfützen auf den Fliesen. Brandon räusperte sich und sagte: »Ich glaube, wir sollten mal ein wenig üben. Ziemlich bald. Am besten jetzt.« Und dann fügte er grinsend hinzu: »Wie gut, dass du dich nicht auf ein Gewitter konzentriert hast.«

16. Kapitel

»Du konzentrierst dich nicht richtig.«

Brandon war sichtlich genervt. Seit über einer Stunde versuchte er mir beizubringen, wie ich meine Brille schweben lassen konnte.

»Sieh her. Noch einmal. Ich denke an Erde, an Mineralien, die im Glas enthalten sind. Ein Kieselstein oder Kristall geht auch. Und dann stell dir vor, er könne fliegen. Der Wind würde ihn emporheben und in seinem Luftstrom gleiten lassen.«

Die Brille auf dem Küchentisch erhob sich und schwebte eine elegante Runde im Raum herum, ehe sie wieder sanft auf der Tischdecke direkt vor mir landete.

»Jetzt du.«

Ich starrte meine Brille an, die ich ein wenig verschwommen wahrnahm, weil ohne sie vor meinen Augen die Sicht immer ein wenig verwischt war. Wie ein impressionistisches Gemälde. Ob van Gogh einfach eine Brille gebraucht hätte, um feiner zu malen?

Konzentriere dich, Meredith, rief ich mich zur Ordnung und dachte an einen Kieselstein. Hatte Hänsel im Märchen nicht Kieselsteine gestreut, die man im Mondlicht funkeln sah? Und von einer Taube auf dem Dach gesprochen?

Meine Gedanken schweiften wieder ab. Kieselsteine, Tauben.

Zumindest war ich auf der richtigen Fährte. Ich war viel zu abgelenkt. Brandon war anscheinend frisch geduscht und rasiert, denn er roch noch intensiv nach Irish Moos.

Moos konnte nicht fliegen und es enthielt keine Mineralien. Brandon brauchte die Dinge nicht einmal anzusehen, und schon schwebten sie um uns herum. Löffel, Gläser, Pfannen, Töpfe, alles, was irgendein Mineral oder Erdiges enthielt. Sogar den Mikrofaserschwamm hatte er dazu gebracht, sich selber auszuwringen. Öl zähle auch zu den Mineralstoffen der Erde, hatte er erklärt. Und bei mir? Nichts! Ich konnte nicht mal die lästige Stubenfliege dazu bringen wegzufliegen.

Ich hatte es heute Morgen überraschend regnen lassen und seither hatte ich nicht einmal mehr das Sandwich in der Hand halten können. Es war mir beim Abräumen des Küchentischs auf den Boden geflutscht, weil ich einfach zu nervös war. Das war nicht mehr die Aufregung über Cromwells unerwarteten Besuch oder die Entdeckung meiner neuen Fähigkeit. Es lag an Brandon. Er und ich ganz allein bei mir zu Hause … Sogar Madam Mim hatte sich verdrückt. Manche behaupteten, es würde besser werden, je öfter man sich traf. Immerhin waren wir auch gestern zusammen gewesen. Und das auch nur spärlich bekleidet. Vielleicht kam ich deshalb in seiner Gegenwart nicht mehr zur Ruhe. Wahrscheinlich war ich völlig verdorben, denn die Erinnerung an seinen durchtrainierten Körper schob alles andere in den Hintergrund.

Brandon verlor so langsam die Geduld. Weitere fünf Minuten starrte ich angestrengt auf meine Brille. Natürlich machten meine Augen winzige Abstecher zu der breiten Brust neben mir.

Oder den langen Fingern mit den sauber gepflegten Nägeln oder dem kantigen Kinn mit dem hübschen kleinen Grübchen.

»Meine Güte, Meredith.«

Ich zuckte erschrocken zusammen, weil er aufsprang und der Stuhl dadurch nach hinten fiel.

»W-Was …?«, stotterte ich, doch er zog mich ebenfalls hoch.

»Ich weiß genau, dass du dich nicht konzentrierst, weil du mich die ganze Zeit anstarrst. Wenn ich dich so nervös mache, werden wir dem jetzt endgültig Abhilfe schaffen.«

Brandon legte eine Hand in meinen Nacken und zog meinen Kopf zu sich heran. Erschrocken sah ich, wie er die Augen schloss und seine Lippen auf meine presste.

Er küsste mich!

Ich blinzelte fassungslos und wollte meinen Kopf befreien, aber er hielt weiterhin seine Augen geschlossen und zog mich fest in seine Arme, während er mit seiner Hand meinen Kopf festhielt und besser in Position brachte. Seine Lippen bewegten sich spielerisch auf meinen, sein Aftershave erfüllte meine Nase, und dann schloss auch ich die Augen und überließ mich seinem Kuss.

Und er küsste verdammt gut.

Er öffnete meine Lippen mit den seinen, ich fühlte seine Finger in meinen Haaren, auf meiner Kopfhaut begann es zu kribbeln, überall dort, wo er mich berührte. Dieser Kuss war ganz anders als der von Colin.

Dieser Kuss war wesentlich intensiver, erwachsener und heißer.

Ich war zu nichts anderem in der Lage, als meine Hände in sein T-Shirt zu krallen und den Kuss zu erwidern.

Ich weiß nicht, wie lange wir so dastanden und uns küssten. Ich weiß nur, als Brandon sich von mir löste, vibrierte mein ganzer Körper und ich wollte meine Augen nicht öffnen, um das Gefühl bis zum letzten Moment festzuhalten. Ich wurde dafür mit zwei kleinen Küsschen auf meine Mundwinkel belohnt. Oder geweckt.

Als ich die Lider danach aufschlug, sah ich direkt in Brandons Augen.

»Du zitterst nicht mehr«, stellte er lächelnd fest. Er hatte noch immer seine Arme um mich geschlungen und ich spürte seine Hand in meinem Nacken. Seine Finger streichelten mich zart.

»War das etwa dein erster Kuss?«, fragte er, weil ich noch immer nichts sagte. »Darin bist du jedenfalls besser als in Telekinese.«

Und er küsste mich gleich noch mal.

Als er gehen musste, konnte ich noch immer keine Gegenstände bewegen, aber ich begriff einmal mehr, warum er bei den Mädchen so extrem beliebt war.

Meinetwegen konnten wir das auch gerne noch mal üben.

Mehrmals sogar.

17. Kapitel

Ich wollte … hüpfen.

Genau. Warum zurückhalten? Ich hüpfte durchs ganze Haus, als er weg war. Madam Mim sah mir einen Moment lang überrascht zu und hüpfte schließlich mit. Nicht aus Sympathie, sondern weil meine Armbanduhr Sonnenreflektionen an die Wände und den Boden warf.

Als ich außer Puste war, nahm ich mein Kätzchen auf die Arme und versuchte, es zu knuddeln.

Brandon hatte mich geküsst.

Wahnsinn!

Ich wollte jemandem davon erzählen. Colin war zwar mein erster Gedanke, aber ich schob ihn sofort beiseite. Auch ohne Funkstille hätte ich auf keinen Fall mit ihm darüber reden können.

Wer hörte schon gern, dass ein anderer Junge besser küsste? Und davon abgesehen hörte Colin es garantiert auch nicht gern, dass Brandon mich überhaupt geküsst hatte.

Brandon Grey hatte *mich* geküsst!

Wahnsinn!

Das Telefon klingelte, und als ich abhob, meldete sich zu meiner Überraschung Shakti.

»Ich bin wieder da! Was machen wir heute Abend?«

Gute Frage, vor allem weil Chris den Babysitter für Elizabeth spielte.

»DVD-Abend bei mir?«

»Ich habe drei Wochen in Schottland festgehangen«, sagte Shakti empört. »Ich will heute Abend tanzen.«

»Warum fragst du dann noch?«, entgegnete ich. »Allerdings dürfte es bis auf Rebecca mager werden.«

»Wieso? Was ist mit Chris? Ich habe mich darauf gefreut in seinem scharfen Auto einen Ausflug zu machen.«

Tja. Wie konnten wir Elizabeth vor Shakti und Rebecca geheim halten? Ich umging das einfach erst mal.

»Wir müssen mit Chris noch in den Kletterpark, unser Geburtstagsgeschenk für ihn einlösen«, erinnerte ich Shakti. »Das könnten wir demnächst endlich mal in Angriff nehmen.«

»Darauf freue ich mich schon. Was ist mit deinem Smartphone? Hast du immer noch das Tastenhandy? Ich mag WhatsApp. SMS sind so umständlich.«

Ich musste sie enttäuschen.

»Und was ist mit Colin? Ist sein Handy auch kaputt? Er war ja ewig nicht mehr online.«

»Er hat Stubenarrest«, klärte ich sie auf und hörte sie ganz Rebecca-mäßig schnauben.

»Wie alt sind wir? Zwölf? Dr. Adams hat 'nen Knall.«

»Wie wär's, wenn du mal mit Theodor ausgehst, vielleicht kommst du über ihn an Dr. Adams ran?«, schlug ich vor.

»Igitt!«, hörte ich Shakti in den Hörer rufen. »Eher befreien wir Colin mit einem fliegenden Auto.«

Ich kicherte.

»Ich melde mich gleich wieder wegen heute Abend«, sagte sie und legte auf, ehe ich sie davon abhalten konnte. Verdammt! Wieso hatte ich heute noch nicht mit Chris gesprochen? Meine Euphorie über den Kuss war schlagartig verschwunden.

Ich musste Chris vorwarnen. Hoffentlich spielte Elizabeth nicht mit seinem Smartphone. Und wenn, nahm sie hoffentlich das Gespräch nicht an. Hoffentlich hielt sie die Klappe im Hintergrund, wenn Chris ranging. Hoffentlich …

Ich musste aufhören mir so viele Sorgen zu machen, sonst würde es gleich wieder regnen.

Es bebte! O Gott! Ich hatte ein Erdbeben ausgelöst. Flugs ließ ich mich zu Boden fallen und hoffte, dass Dad den Schrank gut an der Wand verschraubt hatte.

Erst ein Blick auf den Schreibtisch, wo ein Wasserglas stand und keine Wellen anzeigte, machte mir deutlich, dass es nur in meiner Hosentasche vibrierte. Das Handy! Ein wenig beschämt fischte ich es hervor und ging dran.

»Ich hab Chris erreicht«, meldete Shakti sich fröhlich zurück. Klar, sie hatte keine Ahnung, was ich gerade durchgemacht hatte. »Er hat heute Abend ein Fußballturnier und anschließend feiern sie den Abschluss der Saison. Wir sollen mitkommen.«

»Garantiert kann er es nicht erwarten, mit drei Frauen auf einmal aufzukreuzen«, vermutete ich. Ich war noch immer erleichtert. Sie hatte nichts von Elizabeth mitbekommen. Puh! Elizabeth war noch in Sicherheit und Brandon hatte mich geküsst. Der Tag war gut. Meine Stimmung hob sich enorm.

»Das macht bestimmt auch uns Spaß. Da gibt es immer so gut

durchtrainierte Männer«, sagte Shakti und ich hatte gleich ihr verträumtes Gesicht vor Augen.

»Hast du nicht genügend Männer an der Hand? Was ist mit Michael? Oder ist es jetzt Ethan? Ich hab den Überblick verloren.«

»Wir könnten Brandon noch fragen, ob er mitkommt. Den würde ich auch gern in verschwitzten Shirts und Shorts sehen«, schlug sie allen Ernstes vor.

Allein der Name Brandon ließ es augenblicklich in meinem Magen kribbeln und mir wurde federleicht.

»Wir könnten ihn auch fragen, ob er nicht für uns schwimmen möchte«, sagte ich leichthin und dachte wieder an seine Muskeln in der bescheuerten Badehose.

»Die Idee ist noch besser. Und am allercoolsten wäre es, er würde auf der Theke des Circlin' Stone tanzen wie die Mädels in *Coyote Ugly*.«

Jetzt kicherten wir beide und ich wusste, sie stellte sich ebenfalls einen lasziv hüftschwingenden Brandon vor, der sich um eine Poolstange wand.

»Und dann spritzt er die T-Shirts der anderen Jungs nass und wir feuern sie alle an«, spann ich den Film und unser Kopfkino weiter.

Jetzt lachten wir lauthals.

»Ich fürchte, spätestens dann wollen Chris und Colin nichts mehr mit uns zu tun haben«, erklärte ich noch immer lachend.

»Stimmt. Vergessen wir Brandon«, gluckste Shakti. »Der hat garantiert Besseres zu tun heute Abend. Blondinen aufreißen zum Beispiel.«

Und schon war meine Stimmung wieder getrübt.

»Weißt du, was? Ich rufe bei Dr. Adams an und frage, ob Colin mitkommen mag. Ganz unschuldig. Wir treffen uns dann im Circlin' Stone und gehen von dort aus zum Sportplatz.«

Das war ein Vorschlag, der meine volle Zustimmung fand.

»Fein, ich gebe Chris Bescheid, dass wir kommen.«

18. Kapitel

Ich lief wieder einen riesigen Umweg zur Harris-Villa und sah mich ständig unauffällig um. Nein, kein Mr Payne oder jemand Auffälliges, nur die üblichen Leute aus Lansbury, die man auch sonst auf der Straße traf. Manche grüßten und manche … eben nicht. Shelby sah ich auch und bog ab, ehe sie mich entdeckte. Auf sie hatte ich a) keine Lust und b) schadete ein weiteres Hakenschlagen nicht.

Chris öffnete mir erfreut die Tür, als ich endlich eintraf. »Finde ich super, dass wir heute Abend wieder alle zusammen sind. Hoffentlich erreicht Shakti was bei Colin.«

Ich bezweifelte es, so wie ich Dr. Adams Sturheit kannte.

Heute war ich allerdings nicht wirklich traurig darüber. Ich fühlte mich noch immer so beflügelt – Colin hätte sofort gewusst, dass etwas vorgefallen war. Er kannte mich zu gut.

»Wie macht sich unsere Asylantin?«, fragte ich Chris. »Hat sie auch einmal versucht zu kochen oder überlässt sie dir weiterhin das Dosenöffnen?«

»Sie ist irgendwie …«

»Eingebildet? Hochnäsig? Anmaßend?«

»*Seltsam*, wollte ich eigentlich sagen«, erklärte er. »Sie ist fasziniert von den *Teletubbies* und unserem Staubsauger. *Doctor Who* findet sie albern wegen der Zeitreisen und James Bond nimmt sie für bare Münze und will ihn unbedingt kennenlernen. Wir haben uns *Goldeneye* angesehen.«

»Kannst du ihr das verübeln? Wer würde nicht gern Pierce Brosnan kennenlernen?«

Chris warf mir einen seltsamen Seitenblick zu.

»Sag mal, hast du geknutscht?«, fragte er prompt.

»*Was?!*«

Ich starrte ihn erschrocken an.

Das war eine rein spekulative Äußerung seinerseits, oder? Das musste rein spekulativ sein. Das konnte er nicht wissen, mir nicht anmerken.

»Hey, Meredith, wir haben in den vergangenen drei Wochen fast jeden Tag zusammen verbracht. Und heute bist du das erste Mal nicht stutenbissig.«

»*Ich bin nicht* … Wie kommst du darauf? Ich will das nie wieder von dir hören«, stotterte ich aufgebracht.

Chris lächelte sein Ich-kenne-mich-mit-Frauen-aus-und-du-kannst-mich-nicht-anlügen-Lächeln. »Wow, wer hätte gedacht, dass du so strahlen kannst? Jetzt bin ich doch ein wenig eifersüchtig auf unseren kellnernden Gigolo. Ich würde auch gern diesen Gesichtsausdruck bei meinen Frauen sehen.«

»Ich bin nicht seine Frau«, sagte ich und boxte ihn auf den Oberarm.

»Alles klar, Sonnenschein. Das Kosewort passt heute sehr gut zu dir. Trotz des langweiligen grünen T-Shirts.« Er zupfte an meinem Ärmel. »Ich muss auch mal mit dir shoppen fahren. So, und jetzt stell dir vor, auf dem Barhocker säße Taylor Swift und würde mit ihm flirten.«

»Wieso soll ich das denken?«, fragte ich und stellte es mir natürlich prompt vor. Das war wirklich genauso, wie wenn man nicht an den rosafarbenen Elefanten denken durfte und es unwillkürlich tat.

»Weil du dann nicht mehr ganz so strahlst. Sonst wittert unsere exotische Gestrandete gleich, was vorgefallen ist.«

»Aber sie kennt mich nicht so gut wie du«, widersprach ich matt.

»Auch wenn sie seltsam ist, sie ist nicht dumm«, entgegnete Chris und ging vor. Er drehte sich noch einmal zu mir um: »Und davon abgesehen hat sie mehr Erfahrung mit Jungs, als du je haben wirst.«

Wenn die Vorstellung von Taylor Swift meine Laune nur ein wenig senken konnte, dieser Spruch verbannte sie ohne Umschweife in den Keller.

»Ich will nicht allein bleiben.«

Wie zu erwarten, war sie alles andere als erfreut, den Abend eingesperrt und auch noch ohne Gesellschaft zu verbringen.

»Ich besorge dir auch noch das Buch, das du lesen wolltest, damit es dir nicht langweilig wird.«

Ihre Augen leuchteten für einen Moment lang auf. »Das wäre formidabel.«

Ihre antiquierte Sprechweise hatte sie noch immer nicht abgelegt – trotz endloser Stunden mit den *Two Broke Girls*.

»Was für ein Buch?«, fragte ich neugierig.

»*Fifty Shades of Grey*«, antwortete Chris mit vielsagendem Grinsen. Ich boxte ihn in die Rippen.

»Du kannst doch nicht …«

»Ich will auch nicht«, unterbrach Elizabeth meine beginnende Tirade. »Ich möchte doch lieber mit euch kommen. Das Buch kann ich ein anderes Mal lesen. Ein bisschen Bewegung wird mir guttun, ansonsten könnte es passieren, dass ich diese Empathie bekomme.«

»Empathie?« Elizabeth und empathisch?

»Embolie«, korrigierte Chris und rieb sich die Stelle, wohin ich ihn geboxt hatte. »Gestern kam bei *Health Check* ein Bericht darüber.«

»Du bekommst keine Embolie«, sagte ich zu Elizabeth.

»Aber ein Eis, wenn wir zurück sind«, wandte Chris schnell ein.

Das reichte nicht. Elizabeth schob trotzdem beleidigt ihre Unterlippe vor, so als wollten wir sie rausschmeißen.

»Meine Güte, entweder du bleibst hier in Sicherheit oder du gerätst Cromwells Schergen in die Hände. Deine Wahl«, sagte ich endlich genervt, als sie auch noch sauer die Arme vor der Brust kreuzte und eine Diskussion beginnen wollte.

Das wirkte.

Obwohl hinter Chris eine Kerze hell zu lodern begann. Ich warf Elizabeth einen strafenden Blick zu. Die Kerze erlosch und ein Tropfen landete auf meinem linken Brillenglas und verwischte meine Sicht. Schnell zog ich Chris in den Flur.

»Und da war sie wieder«, murmelte er, als er mich zur Haustür brachte. »Unsere knallharte Meredith. Wir sehen uns nachher auf dem Sportplatz und dann darfst du gerne wieder so strahlen wie bei deiner Ankunft, Sonnenschein. Denk einfach an den

Kuss und erzähl mir ausführlich, wie er es macht. Das will ich auch können.«

Und ich wollte den Regen unter Kontrolle bekommen. Denn kaum dass die Haustür hinter mir geschlossen wurde, tröpfelte es über mir.

19. Kapitel

Den Regen konnte ich recht schnell abstellen. Die paar Tropfen trockneten in der Hitze. Trotzdem ging ich noch einmal nach Hause, um mich umzuziehen. Immerhin waren wir in dem Pub verabredet, wo der heißeste Typ von ganz Südengland war. Der Typ, der mich geküsst hatte.

Das Circlin' Stone war rappelvoll, als ich eintraf. Kein Wunder: Es waren Ferien und zahlreiche Touristen tummelten sich im Ort. Sogar vor dem Lokal waren einige Tische und Stühle aufgestellt und voll besetzt.

Shakti und Rebecca standen in der Nähe der Theke und winkten, als sie mich entdeckten. Ich drängte mich durch und sah mich um. Es gab keinen einzigen freien Sitzplatz. Und sollten wir doch noch einen Tisch bekommen, dann sicher nur wegen Shakti. Sie hatte sich heute Abend extrem hübsch zurechtgemacht. Obwohl wir nachher auf den Sportplatz gehen wollten, hatte sie nicht auf ein leuchtendes orangefarbenes Oberteil auf blauen Jeans verzichtet und ihre schwarzen Haare glänzten mit dem feinen Stoff um die Wette. Ihre exotische Erscheinung unterstrich sie mit langen goldenen Ohrringen und Armketten. Rebecca dagegen sah aus wie immer. Ihre Dreadlocks waren kunstvoll zu einem Dutt aufgesteckt und die Klamotten genauso flippig verfranzt wie die Haare. Trotzdem wirkte es bei ihr. Beide musterten mich mit gerunzelter Stirn. Anscheinend fand mein schwarzes Shirt zu der dunkelblauen Hose nicht ihre modische Zustimmung.

Brandon war so beschäftigt, er nahm uns überhaupt nicht wahr. Und zwischen den Tischen flitzte Erica umher und servierte.

Colin hatte natürlich nicht kommen dürfen, erklärte Shakti. Er sei mit Bewerbungen für ein anderes College beschäftigt, hatte man ihr ausgerichtet. Rebecca schnaubte daraufhin abfällig und so laut, dass die Leute am Tisch neben uns neugierige Blicke herüberwarfen.

»Wieso treffen wir uns eigentlich hier?«, fragte ich, nachdem ich beide umarmt hatte. »Wir hätten es bei mir ein wenig lauschiger haben können. Getränke inklusive.«

Ich drängte mich näher an Rebecca, um Erica mit einem vollen Tablett durchzulassen.

»Dauert noch einen Moment, Ladys«, rief sie uns zu und verschwand im hinteren Bereich des Pubs, wo die Dartscheiben hingen.

»Aber bei dir wäre uns dieser Anblick versagt geblieben«, sagte Shakti seufzend und sah zur Theke.

Brandon war gerade dabei Bier zu zapfen. Sein blondes Haar war wuschelig und seine muskulösen Oberarme wirkten sogar bei so einer einfachen Tätigkeit sexy.

»Und ich musste jetzt drei Wochen lang schottischen Akzent, hochprozentige Butterkekse und Whiskey ertragen. Ich will endlich wieder ein Guinness.« Shakti war noch immer in Brandons Anblick vertieft.

»Erstens ist Guinness irisch und zweitens ist Brandon blond«, sagte Rebecca kopfschüttelnd. »Was ist aus Ethan, deinem neuen Freund, geworden?«

»Was ist aus Michael, deinem Freund vor fünf Wochen, geworden?«, setzte ich einen drauf. Es passte mir nicht, dass sie Brandon so anhimmelte. Auch wenn ich natürlich kein Exklusivrecht auf ihn hatte. Obwohl, nach heute Nachmittag … Chris' Worte fielen mir ein.

Ich warf einen Blick zu dem Barhocker. Keine Taylor Swift, sondern … Shelby Miller.

Sie trug wieder einen ihrer viel zu kurzen Röcke – dieses Mal rotes Lederimitat – und ein schwarzes Bandeau um ihre Brust. Ich hatte sie nicht auf Anhieb erkannt, weil ihre Haare ketchuprot gefärbt waren, passend zum Rock. Und entsprechend knallig rot war auch ihr Lippenstift. Das war schon beinahe zu normal für Shelby, die sonst Blau und Grün in ihren Haaren und auf den Lippen bevorzugte.

»Hi! Was wollt ihr trinken?«

Ich war so auf Shelby konzentriert gewesen, dass ich Brandon erst bemerkte, als er unmittelbar vor uns stand.

»Es wird nur einen Moment länger dauern, weil es so voll ist«, fügte er entschuldigend und mit smartem Lächeln hinzu.

»Wo ist Elizabeth?«, fragte Shakti.

Ich versuchte Brandon nicht anzusehen.

»Sie musste überraschend wieder nach Hause in den Norden«, erklärte er überzeugend. Diese Lüge war für ihn ganz offensichtlich inzwischen zur Routine geworden. Elizabeth war eine sehr auffällige Erscheinung und er wurde gewiss häufig nach ihr gefragt.

»Also, was darf ich euch bringen? Mit zehn Minuten Verzögerung.«

»Deine Barhockerbesetzung würde dir bestimmt helfen, wenn du lieb fragst«, sagte Rebecca und deutete zur Theke, wo Shelby gerade mit spitzen Lippen an einem Strohhalm zog.

»Es würde eher hinderlich sein sie in diesem Trubel einzuweisen, als dass sie eine Hilfe wäre«, sagte Brandon und zuckte die Achseln.

»Aber sie scheint es darauf anzulegen«, fügte ich hinzu, denn gerade reichte sie einem Gast ein paar Servietten, die hinter dem Tresen lagen.

»Also, ich muss weiter. Wollt ihr was trinken oder nicht?« Brandons Worte klangen amüsiert, auch wenn sich seine Augen verengten, als sei er ein wenig genervt.

»Bloody Mary«, sagte ich unvermittelt.

Brandon zog überrascht die Brauen hoch. Shakti und Rebecca schlossen sich meiner Bestellung an. Nicht ohne ein hämisches Grinsen im Gesicht.

Brandon verschwand und wir konnten sehen, dass er an der Theke mit einem bezaubernden Lächeln empfangen wurde.

»Was zum Teufel spielt sie da?«, sagte ich unbestimmt in die Runde, als Shelby herzhaft über einen Kommentar von Brandon lachte. Es sah nicht einmal gekünstelt aus, sondern frisch und natürlich und ehrlich.

»Und wo hat sie diese Klamotten her?«, ergänzte Rebecca und fügte hinzu: »Obwohl ich mich das jedes Mal frage.«

»Aus der Puppensammlung ihrer jüngeren Schwester«, sagte Shakti trocken und wir kicherten. Doch gerade beugte Shelby sich vor, um einen heruntergefallenen Stift aufzuheben, und dabei zeigten sich die Kordel eines Tangas oberhalb des Rockes. Sofort sprangen drei Jungs von umstehenden Tischen hinzu und wollten den Stift für Shelby aufheben. Ich staunte. Das wäre ihr am College nicht passiert in ihrer üblichen Aufmachung und mit ihrer sonst so kratzbürstigen Art.

»Hier, drei Safe Sex on the Beach.« Brandon tauchte vor uns auf und reichte jedem einen Cocktail. »Ihr trinkt nie Bloody Mary und ich habe den Wink verstanden«, fügte er lächelnd hinzu. Ich hatte noch immer den Mund offen und Rebecca musste meinen Cocktail entgegennehmen und drückte ihn mir in die Hand wie einem Kleinkind.

Wir atmeten alle drei gleichzeitig auf. Rebecca musterte das Glas in ihrer Hand.

»*Safe* Sex on the Beach?«, fragte sie ratlos und nippte.

»Ja. Ohne Alkohol«, erklärte Brandon.

»Das ist ein Witz, oder?«, fragte ich ernüchtert.

»Nein. Ich finde, du brauchst im Moment all deine Sinne ungetrübt.« Mit einem vertraulichen Zwinkern eilte er weiter.

»Okaaay, was haben wir da nicht mitbekommen?«, fragte Rebecca und musterte mich aufmerksam. »Wir waren doch nur drei Wochen weg! Haben sich Außerirdische der Einwohner von Lansbury bemächtigt, als wir weg waren? Haben sie eure Körper übernommen und steuern sie jetzt nach ihrem Willen?«

»Weil Shelby Miller zwar nuttig, aber nicht ausgeflippt aussieht?«, konterte ich.

»Und Brandon serviert uns alkoholfreie Drinks, nur weil er dich nüchtern sehen will?« Shakti schüttelte verwirrt den Kopf.

»Also, anscheinend haben wir wirklich einiges verpasst. Du und er?«

»Nein!« Ich schüttelte vehement den Kopf. »Er … Er …« Verdammt, warum konnte ich nicht genauso gut lügen wie Brandon? Ich konnte schwerlich sagen, dass Cromwell versucht hatte uns umzubringen, wir gemeinsam Angst um Elizabeth hatten und ich ein Freak war, der in kleinen Tümpeln Tsunamis auslöste. Außerdem: Zu behaupten, wir wären nach nur einem Kuss zusammen, wäre äußerst anmaßend. Und so wie er wieder gerade mit Shelby flirtete, durfte ich das auch nicht erwarten. Vor allem: Es war Shelby! Wollte ich jemanden, der Shelby Miller schöne Augen machte? Nun ja, Colin war auch immer nett zu ihr …

Auf alle Fälle würden sie mir das noch weniger glauben, als wenn ich behauptete, ich könne es in meinem Haus regnen lassen.

Aber wie er küssen konnte. Sofort wurde mir wieder angenehm warm und meine Hände begannen zu flattern. Oder war es mein Herz?

»Meredith! Du bist ja verknallt!«, rief Rebecca. Sie schien total baff.

»Schrei das doch bitte noch ein wenig lauter. Ich glaube, in London haben sie dich noch nicht gehört«, zischte ich. Meine Handflächen wurden feucht und ich drehte mich unbeholfen in Richtung Theke um. Dabei verschüttete ich meinen halben Safe Sex on the Beach. Shakti und Rebecca wichen geübt zur Seite.

»Du bist ja verknallt«, wiederholte sie leiser.

»Was bitte ist daran so ungewöhnlich? Ich bin ein Mädchen und habe Gefühle. Genau wie du.«

»Nein, *ich* bin ein ganz normales Mädchen mit dem Hang, mich ständig zu verlieben. Du dagegen bist der nüchterne Typ, der vermutlich bei jedem Gegenüber erst einmal ausrechnet, ob seine Augen und Brauen in einer Achse stehen und wie man das durch die Zahl Pi besser machen könnte. Der Typ, der irgendwann mit Stephen Hawkins die Relativitätstheorie von Einstein über den Haufen schmeißt und zwischenzeitlich die Anordnung aller Steinkreise mit den Pyramiden weltweit vergleicht. Du bist diejenige, die auf Anhieb noch sämtliche Kornkreise der letzten Jahre maßstabsgetreu aufzeichnen und mit ihrem fotografischen Gedächtnis die Verantwortlichen dafür zur Strecke bringen könnte.« Shakti stemmte beide Hände in ihre Hüften.

»Vielen Dank auch«, sagte ich ehrlich betroffen. »Ich wusste ja schon immer, was ihr von mir haltet, aber dass ihr mir überhaupt keine Gefühle zutraut, ist schon bitter.«

»Du hast noch nie welche gezeigt«, verteidigte sich Rebecca. »Ehrlich gesagt hatten wir dich schon als asexuell eingestuft, und jetzt auf einmal kommt heraus, dass du auf den heißesten Barkeeper von ganz England stehst.«

»Das wissen jetzt alle.«

»Auch Theo?«, fragte sie und deutete mit dem Kopf in die andere Richtung.

Ach du Schreck. Da war er. Bei der Dartscheibe. Und er sah zu uns herüber.

Neben ihm standen zwei mir fremde junge Männer. Vermutlich Kommilitonen, ihrer legeren, aber piekfeinen Kleidung nach zu urteilen.

Alle drei sahen zu uns herüber und der Blonde beugte sich jetzt vor und sprach mit Theodor. Es war offensichtlich, dass Theodor ihm erklärte, wer ich beziehungsweise wir waren.

»Theo hat Freunde?«, fragte Shakti interessiert.

»Wundert mich auch gerade«, sagte Rebecca. »Ich dachte, die wären alle flach und man könne sie an die Wand hängen, wenn sie nicht mit Han Solo das Imperium auf Zelluloid retten.«

»Meistens riechen sie auch noch wie der Möter«, sagte ich, weil ich wusste, dass Theodor eine ausgesprochene Vorliebe für rohe Zwiebeln hatte und meistens deofrei rumlief.

»Ach du Schande, er kommt her«, warnte uns Shakti.

»Sollen wir höflich sein oder gleich gehen?«, fragte Rebecca.

»Wir sind höflich«, sagte ich, denn egal was für ein Unsympath Theodor war, er war Colins Bruder. Ich konnte auch Opportunist sein, wenn ich wollte. Und ich wollte etwas über Colin in Erfahrung bringen.

»Hallo«, sagte er. Nach einem anerkennenden Blick auf Shaktis umwerfende Erscheinung sah er mich an. Rebecca wurde komplett ignoriert.

»Meredith, kann ich dich mal kurz sprechen? Unter vier Augen.«

Shakti und Rebecca hatten es auf einmal eilig wegzukommen: »Wir gehen schon mal zum Sportplatz.« Und weg waren sie.

Diese Verräterinnen. Das hatte ich nun von meiner Höflichkeit.

»Wo ist Chris?«, fragte Theodor. War ja klar, dass er nach dem Sohn des reichsten Industriellen von Lansbury fragte.

»Fußball spielen. Wir wollen ihn anfeuern. Meinst du, Colin kommt auch noch?«

»Ich wüsste zu gern, was du angestellt hast, Meredith«, sagte Theodor und musterte mich neugierig. »Du wirst bei uns tatsächlich wie der Teufel im Pfarrhaus behandelt. Hast du Colin verführt?«

Mir klappte der Mund auf vor Fassungslosigkeit. Das schien er nicht zu merken, denn er legte einen Arm um meine Schultern. Wieder deofrei, wie ich feststellte. Ich unterdrückte ein Naserümpfen.

»Komm mit, ich stelle dich meinen Freunden vor. Die sind wesentlich interessanter als mein kleiner Bruder.«

»Falls du es noch nicht gemerkt haben solltest: Er ist größer als du«, entgegnete ich und meinte damit nicht nur die Körperlänge.

»Er wird immer der Kleine in unserer Familie sein.« Zweideutige Aussagen kapierte Theo ebenfalls nicht. »Darran, Beau, das ist Meredith. Sie wird Geo- und Naturwissenschaften studieren und spielt jedes Jahr am Sachsen-Festival die Königin Elswyth.«

Ich rollte die Augen. Letzteres war so ziemlich das Dämlichste, mit dem man mich hätte vorstellen können. Eine Rolle, die ich hasste und nur meiner Mutter zuliebe ausübte. Doch das wussten nur meine Freunde – zu denen Theodor garantiert nicht zählte.

»Spiel eine Runde Fuchsjagd mit uns, Meredith«, sagte Theodor und reichte mir drei Pfeile.

Ernsthaft? Niemand konnte so gut Darts spielen wie ich. Vielleicht der mehrfache Weltmeister Phil Taylor, aber sonst …

Ich konnte anhand des Pfeilgewichts, der Entfernung und des Winkels ziemlich gut ausrechnen, wie ich werfen musste, um die

Dartscheibe genau dort zu treffen, wo ich es beabsichtigte. Bei der Variante Fuchsjagd musste man beginnend bei der Zwanzig (Mitte oben) gegen den Uhrzeigersinn die Felder treffen.

Trotzdem verpatzte ich absichtlich zwei Würfe und ließ Theodor und seinen Freunden eine Runde Vorsprung.

»Ich stelle fest, dass mein kleiner Bruder eine Lusche ist«, sagte Theodor zufrieden, als ich mit einem entwürdigenden Wurf zu ihm trat und die Pfeile einem seiner Freunde überließ.

»Du bist überhaupt nicht so gut, wie er immer behauptet«, fuhr er fort und grinste überheblich.

Ich zuckte mit den Schultern. »Du kennst doch Colin. Immer loyal.«

»Stimmt. Vermutlich lässt er dich gewinnen.«

Ich unterdrückte das Augenrollen und wusste sofort, dass der Pfeil seines Kommilitonen nicht die angestrebte Fünf, sondern eine Zwölf treffen würde. Oder die Scheibe komplett verfehlte. So schräg konnte man doch nicht zielen? Doch. Man konnte. Der Pfeil landete – wie vorhergesehen – in der Zwölf.

»Ja. Vermutlich«, sagte ich leichthin. »Gefällt ihm sein Ferienjob?«

»Nein. Das war wohl auch Sinn und Zweck des Ganzen.« Theodor trank einen Schluck Bier.

Der nächste Pfeil schaffte wenigstens eine Doppelzwölf.

»Geschieht ihm recht«, sagte Theodor zufrieden.

»Idiot«, brummte der Werfer.

»Ich habe nicht dich gemeint, sondern meinen Bruder. Es geschieht ihm recht, dass er die Ferien bei unserer Tante schuften muss. Er hat nicht mal gemotzt, als Dad ihn dazu verdonnerte, sondern ist ohne ein Wort am nächsten Morgen aufgestanden und zum Friseursalon geschlurft.«

In mir begann es zu brodeln. Theodor nahm die Pfeile entgegen und warf. Ich sah sofort, dass sein Wurf auch nicht die angestrebte Vierzehn schaffen würde.

Aber ich wollte mehr über Colin erfahren. Wieso hatte er seine Strafe einfach so hingenommen? Was bezweckte er damit?

Lass Theodor die Vierzehn treffen, hoffte ich. *Lass ihn treffen und mir dann was erzählen.*

Theodor peilte mit einer absurden Handbewegung die Scheibe an. Der Pfeil flog in einem seltsamen Bogen – und traf die Vierzehn.

Ich zwinkerte ungläubig. Das war unmöglich. Nicht bei dieser dämlichen Handhaltung.

Als Nächstes wäre die Elf dran. Elf. Ich sah, wie Theodor den Pfeil wieder so seltsam hielt. So traf er nie. Ich wusste, das würde ihn frustrieren, und dann konnte ich mir seine Hilfe abschminken. Aber wie wollte er in dieser Haltung …

Der Pfeil flog los. Er visierte die Sieben drei Felder darunter an. Er würde auch genau da landen, denn er hätte eigentlich höher … Ich konnte nicht weiterdenken, denn ich war mir sicher, er würde in der Sieben landen. Verflixt, dabei war Theodors gute Laune so wichtig.

Ein Luftzug kam auf, der Pfeil bekam Auftrieb wie ein Papierflieger und landete in der Elf.

Konnte Theodor ein Element bedienen?, schoss es mir durch den Kopf.

Er war immerhin Colins Bruder. Was, wenn er …

Der dritte Pfeil landete auf der Sieben – auf der Zahl im äußeren Rand – und wurde nicht gewertet.

Ungemut entfernte Theodor die Pfeile und reichte sie mir mit einer harschen Geste.

Ich zielte auf die Acht, obwohl ich die Elf treffen müsste.

»Gib's auf, Meredith«, sagte Theodor.

»Weil ich ein Mädchen bin und Darts ein reiner Jungensport ist? So wie Golf?«, fragte ich und zielte nicht weiter.

»Das meine ich nicht. Du brauchst gar nicht erst zu versuchen, mich über Colin auszufragen. Ich werde ihm nichts von dir ausrichten.«

Mit einem gehässigen Grinsen lehnte er am Stehtisch.

Seine beiden Kollegen hatten das gleiche frettchenhafte Grinsen wie er drauf. Wie war das mit dem »Gleich und Gleich gesellt sich gern«? Hier war der Beweis.

»Ich werde dafür sorgen, dass Colin dich vergisst. Ich habe ihm erzählt, dass du die ganze Zeit mit diesem schmalzigen Barkeeper herumhängst. Und soll ich dir was sagen? Er hat es sofort geglaubt.«

Ich kniff die Augen zusammen. Dieser elende Mistkerl. Kein Wunder, dass Colin sich nicht bei mir meldete. Es nicht einmal mehr versuchte.

»Ich hab ihm außerdem gesagt, dass der Barhocker neuerdings dir gehört und die rothaarige Bedienung seither verschollen ist. Was ich persönlich sehr bedaure. Sie machte die Besuche in diesem miesen Pub erst lohnenswert.«

Ohne zu überlegen, zielte ich. Der Dartpfeil traf das Bulls Eye genau in der Mitte.

»Du hättest die Elf treffen müssen. Vielleicht solltest du künftig immer die Elf anvisieren, wenn du die Mitte treffen willst? Mach's doch mal umgekehrt.« Theodor war sichtlich zufrieden. »Seien wir mal ehrlich, Meredith, du wirst nie in ihrer Liga spielen. Die hätte deutlich besser zu dem Gigolo gepasst als du. Sei nicht zu enttäuscht, wenn er bald wieder eine andere hat. Eine Blondere, Hübschere, ohne alberne Brille auf der Nase.« Der zweite Pfeil landete in der Elf.

»War das jetzt Absicht?« Theodor blinzelte unsicher.

Ich zielte, sah Theodor dann in die Augen und warf.

Zufrieden registrierte ich sein perplexes Gesicht. Der Pfeil hatte dem ersten im Bulls Eye einen Flügel ausgeschlagen.

»Sei froh, dass du nicht mit einem Apfel auf dem Kopf rumrennst. Ob ich den treffen könnte, wüsste ich nicht – wo doch viel mehr Spielraum darunter läge. Seien wir doch mal ehrlich, Theodor«, sagte ich, »beim Darts wirst du nie in meiner Liga spielen.«

Entgegen der Netiquette des Dartsspiels ließ ich die Pfeile stecken und machte mich auf den Weg zum Fußballplatz. Ich ärgerte mich über die verschwendete Zeit, denn das Spiel hatte schon vor zwanzig Minuten begonnen. Obwohl … ganz verschwendet war sie nicht gewesen. Entweder hatte ich Theodors Pfeile gelenkt oder Theodor wahrte ein ähnliches Geheimnis wie Colin.

20. Kapitel

Wie steht es?«, fragte ich Rebecca, als ich am Sportplatz ankam.

»Die Chancen stehen gut, dass sie verlieren«, erwiderte sie fröhlich.

»Ach herrje. Dann wird aber nachher jemand schlecht gelaunt sein.« Chris war mit Leib und Seele Sportler. Er nahm eine Niederlage immer persönlich.

»Was können wir tun, um ihn dann aufzumuntern?«, fragte Shakti.

»Du könntest für ihn strippen«, schlug Rebecca vor.

»Nicht witzig«, sagte neben Shakti eine männliche Stimme.

»Ups. Hallo Ethan. Ich habe dich gar nicht gesehen.«

»Hab ich gemerkt«, brummte er, legte einen Arm um Shaktis Hüfte und küsste sie auf die Wange.

Ich wandte meine Aufmerksamkeit dem Spiel zu. Chris gehörte zur Mannschaft mit den blauen Trikots. Und die spielte heute erbärmlich schlecht.

Chris war der Einzige, der den Ball auch immer dann traf, wenn es drauf ankam. Aber wenn niemand da war, um den Pass anzunehmen, und da Chris sozusagen mit dem Ball alleingelassen wurde, sah es wirklich nicht gut aus.

»O nein!«, riefen wir unisono, als Chris den Ball abgab und

sein Mannschaftskamerad ihn verfehlte, so dass er einem Gegner direkt vor die Füße rollte. Der schoss auch prompt ein weiteres Tor.

Links neben uns wurde laut gejubelt.

»Das wird bitter nachher. Ich fürchte, das Grillen fällt aus«, sagte Rebecca und sprach damit aus, was wir alle dachten. Es stand bereits drei zu null.

»Wenn wir vier alle Zuschauer auf der linken Seite vermöbeln, ist es vielleicht ein wenig leichter für Chris' Mannschaft«, schlug ich vor. Rebecca und Shakti kicherten. Sogar Ethan grinste.

Chris war wieder im Ballbesitz. Er rannte auf das Tor zu, wie es David Beckham zu seinen besten Zeiten auch getan hatte, und ich sah aus den Augenwinkeln Shakti und Rebecca ebenso die Daumen pressen, wie ich es tat. Das würde nichts werden. Nicht von dieser Position aus. Der Ball wäre zu schräg, zu weit im Winkel, und natürlich war wieder mal kein blauer Fußballer da, um Chris Beistand zu leisten.

Das erkannte auch Chris, aber er schoss trotzdem. Der Ball flog am Pfosten des Tores schräg vorbei und würde auch die Latte passieren. Zehn Zentimeter, mehr würden nicht fehlen. Das konnte ich dank meines mathematischen Gehirns von hier aus sehr gut erkennen. Zehn Zentimeter weiter nach rechts, und er wäre drin.

Er ging rein.

»Er ist *DRIN*!«, schrien neben mir Shakti und Rebecca und begannen in die Luft zu springen.

Das war unmöglich.

»Wie hat er das geschafft?«, fragte auch Ethan, hob aber trotzdem Shakti begeistert hoch und schwenkte sie eine Runde.

Wie hatte der Ball ins Tor gehen können? Colin war doch nicht da! Ein schrecklicher Verdacht keimte in mir auf:

Hatte ich das veranlasst? Dann wäre Theodor kein Geheimnisträger, sondern einfach nur … ein Idiot. Die Vorstellung gefiel mir.

»Freu dich mal!« Rebecca versetzte mir einen unsanften Stoß auf den Oberarm. Mechanisch hob ich beide Arme in die Höhe. »Yeah!«

»Ehrlich, Meredith, manchmal bist du echt komisch. Es wird Zeit, dass Colin dich wieder zu uns zurückholt.«

»Du meinst wohl, es wird Zeit, dass wir Colin zurückholen«, korrigierte ich sie.

»Nee, du schwebst irgendwie in anderen Sphären, die nur Colin erreichen kann. O nein!«

Links neben uns jubelte es wieder und ich sah gerade noch, wie der Torwart von Chris' Mannschaft den Ball aus dem Netz fischte.

Das Spiel ging fünf zu eins aus und Chris schlurfte mit hängendem Kopf vom Platz.

»Was? Kein Trikottausch?«, sagte Rebecca enttäuscht. »Das ist doch das Beste am ganzen Spiel!«

»Aber nur in der Nationalliga«, widersprach ich. »Sieh dir Jeff an, und schon wünschst du es dir nicht mehr.«

Jeff war Ersatzspieler und es war uns allen ein Rätsel, wie er mit diesem Bauchumfang noch Fußball spielen wollte. Kein Wunder, dass er nur auf der Ersatzbank saß.

»Ethan, möchtest du nicht an Jeffs Stelle mitspielen? Du kämst bestimmt zum Einsatz«, sagte Rebecca und erntete von Shakti einen bösen Blick.

»Ich wechsle nächsten Monat in die Mannschaft von Reading«, antwortete Ethan mit zufriedenem Lächeln. Damit wäre er in der zweiten Bundesliga der U21.

Wir warteten ungefähr eine halbe Stunde, bis alle Spieler geduscht die Kabine verließen. In der Zwischenzeit hatten wir schon das Lagerfeuer an der Grillstelle entzündet und Ethan hatte Getränke aus dem Mannschaftsraum besorgt. Der Sportplatz musste sein zweites Zuhause sein.

Die Gegenmannschaft war johlend und jubilierend abgezogen. Chris und seine Kameraden setzten sich mit hängenden Schultern zu uns ans Feuer. Ich kannte bis auf vier Mädchen alle. Und die vier waren Begleitungen von anderen Spielern aus den umliegenden Orten.

»Hier, trink das.« Ethan reichte mir eine Flasche Bier. »Du machst ein genauso finsteres Gesicht wie unsere Verlierer hier.«

Das brachte ihm ein paar wütende Blicke ein.

»Ich kann mich erinnern, dass ihr die Meisterschaft letztes Jahr auch vergeigt habt«, sagte Chris zu ihm gewandt.

Ethan hatte gut lachen. Er war der Spitzenspieler von Lansbury und war von einem Talentscout entdeckt worden, was ihn jetzt nach Reading brachte.

»Stimmt«, gab er ohne Reue zu. »Und danach haben wir alle was getrunken und uns geschworen, es beim nächsten Mal besser zu machen. Also dann: Zum Wohl.«

Wir tranken alle.

Nach ein paar Schlucken wurde die Stimmung tatsächlich ein wenig besser.

Chris konnte wieder lachen und flirtete mit einem der vier

unbekannten Mädchen. Rebecca erzählte mir von Frankreich und ich beneidete sie ein wenig. Ich würde so gern einmal ein anderes Land besuchen. Eine andere Region wäre auch schon ein Anfang, denn abgesehen von den Ausflügen zum Friedhof nach Warwickshire kam ich aus Wiltshire nicht raus.

Ihre Landschaftsbeschreibungen der Provinz Languedoc klangen traumhaft schön. Gemäß Vikar Hensleys Hobby hatten sie sämtliche Templerburgen auf den Höhen der Midi-Pyrenäen besucht und Rebecca fand das total cool, weil die wie ein Adlerhorst gelegen wären. Sie hätten manchmal über sehr schmale Grate wandern müssen, wo es zu beiden Seiten Hunderte von Metern in die Tiefe ging. Ihre Mutter hätte sich nach der ersten Besichtigung geweigert, weitere verfallene Häuser zu besichtigen, und fortan seien sie und ihr Dad allein weitergewandert.

Ich wollte schon fragen, ob Mum ihr vielleicht dank der Tarotkarten davon abgeraten hatte, schmale Wege zu beschreiten. Aber weil Mum ihre Kunden mit ihrem ureigenen Patientengeheimnis schützte, schluckte ich es im letzten Moment runter.

Ich trank mein Bier aus und bekam sofort ein neues in die Hand gedrückt. Rebeccas Erzählungen schweiften ab zu den Poolnachmittagen in ihrem Hotel, zu ihrem Pferd, zu dem Jungen aus ihrem Reitstall, den sie süß fand, zu den Funken des Feuers und deren seltsamen Formen, zu Batterien in Fernbedienungen, zu Filteranlagen der Pools und zu Elizabeth.

Filteranlagen in Pools. Die Gute hatte eindeutig ein Bier zu viel.

Batterien waren ja noch interessant, aber Foolpilteranlagen? Moment mal: Elithabezz?

Hatte sie vorhin Elithabezz erwähnt?

Wie schräg. Wo doch gerade die Funken des Feuers Walzer zu tanzen begannen.

»Sag mal, riechst du das?«, fragte Chris übers Feuer hinweg. »Holst du mal bitte Merediths Füße aus dem Feuer? Die Schuhsohlen fangen an zu qualmen.«

»Ich hab eine viel bessere Idee«, sagte ich und sprang auf. Das heißt, ich *wollte* aufspringen, aber es zog mich seltsamerweise nach links. Ethan stützte mich, damit ich wieder aufrecht stand.

»Lasst uns im Feuer tanzen. Ist nicht heute Johannisnacht?«

»Nö. Die war vor sechs Wochen, als Alex Parkins und die Neo-Druiden das beste Spektakel ihres Lebens geboten haben.« Elithabezz – ach nein, es war Rebecca – sprach auch undeutlich. Sie sagte *beschte* und bei Spektakel das *S* nicht wie *Sch*. Und die Johannisnacht war schon gewesen? Ach ja, E hatte die Flammen des Druidenfeuers im Steinkreis tanzen lassen. Und sie hatte sich maßlos betrunken und Brandon aufs Hemd gekotzt. Ich setzte mich wieder.

Brandon.

Hach.

Mein Ritter.

Ob wohl alle Ritter so küssen konnten oder nur die aus dem sechzehnten Jahrhundert? Damit wäre klar, wieso Shakespeare ein Gefühl für die wahre Liebe hatte. Wer weiß, ob nicht Brandon die Vorlage für seinen Romeo gewesen war? Ich musste ihn bei Gelegenheit mal fragen, ob er einen William in seinem Bekanntenkreis hatte. Sein Kuss war so leidenschaftlich gewesen. So intensiv. Auf alle Fälle hatte er sich wesentlich besser angefühlt, als der aussah, den gerade einer der Spieler Rebecca verpasste. Lief ihm ein wenig Sabber beim Knutschen aus dem Mund? O Gott, es war Rebecca, die sabberte. Und ihre Zungen fochten einen regelrechten Ringkampf aus.

Ethan und Shakti knutschten auch und Ethan bewies ein wenig mehr Raffinesse. Chris dagegen war verschwunden. Mit dem Mädchen.

Ich sah mich um und entdeckte Jeff neben mir. Er lächelte mich an.

»Na, Meredith? So ganz allein?«, fragte er.

»Nein«, sagte ich und machte eine ausholende Bewegung mit dem Arm. Dabei stieß ich ihm sein Bier aus der Hand.

»Ich sitze hier mit fünfzehn Fußballspielern und deren Begleitungen. Über uns ist der Große Hund zu sehen und in nur fünfzig Metern Entfernung stehen die ersten Häuser. Außerdem sind mit mir in diesem Land über dreiundfünfzig Millionen Briten, von denen vierhundertzehn auf einen Quadratkilometer kommen, nicht gezählt die fünfundzwanzig Millionen Touristen pro Jahr oder die vorübergehend ansässigen Auslandsstudenten, siebenhundertvierzig Millionen Europäer und sieben Komma zwei Milliarden Menschen auf der Erde. Ich glaube, ich bin nicht alleine auf diesem Planeten.«

Jeff rollte die Augen. »Und trotzdem kann man einsam sein. Ich würde dir gerne etwas näher kommen.«

Ich fühlte seinen weichen Bauch an meinem Ellbogen. Er musste die Beine spreizen, um sitzen zu können.

»Ehrlich, Jeff, beantwortest du mir mal eine Frage?« Ich sah ihn neugierig an. Hatte er schon länger das Doppelkinn? Aber er hatte wirklich nette Augen. Auch wenn sie im Moment ein wenig siegesgewiss aussahen.

»Alles, Meredith, alles.«

Jetzt fühlte ich seinen warmen Arm an meinen Schultern. Seine Finger krabbelten zu dem Saum meines Ärmels, dort, wo kein Stoff meine Haut bedeckte.

»Wie kannst du mit dieser Wampe Fußball spielen?«

Sofort stagnierte das Krabbeln und der Arm zog sich zurück.

»Ich kapier's nicht. Sportler sind doch normalerweise trainiert durch das viele Laufen und die Dehnübungen. Du bist schon so lange beim Fußball wie Chris. Bei einer Größe von einem Meter sechsundsiebzig solltest du ein Gewicht zwischen sechsundsiebzig und achtzig Kilo haben. Aber dein Umfang bemisst«, ich errechnete schnell all das, was vor und hinter dem Stuhl rausquoll, »hundertsechzig – halt, nein, hundertdreiundsechzig Zentimeter und du wiegst damit einhundertzehn Kilo.«

»Ich hab nun mal schwere Knochen«, sagte Jeff und jetzt war sein Gesichtsausdruck säuerlich.

»Das hier sind keine Knochen«, entgegnete ich und quetschte mit Daumen und Zeigefinger eine Speckrolle an seinem Bauch.

Er löste meine Hand. »Eigentlich hatte ich vorgehabt, dir deinen ersten Kuss zu geben. Aber das hat sich jetzt erledigt.«

Ich schnaubte. »Erstens bist du dafür zu spät dran und zweitens: Weshalb hätte ich dich küssen sollen? Vor allem nach dieser dämlichen Anmache.«

»Weil du seit Jahren Chris hinterherrennst und er dir immer die hübschen Mädchen vorziehen wird«, sagte er und stand auf.

Ich kräuselte meine Stirn. »Chris und ich sind Freunde. Ich will nicht mit ihm knutschen.«

»Red dir das nur weiter ein, Wisdom«, sagte Jeff von oben herab. Weil er stand, musste ich den Kopf in den Nacken legen.

»Hey, wenn du so dastehst, sieht das aus, als ob dir die Funken des Feuers ein paar Teufelshörner aufsetzen würden«, sagte ich und betrachtete fasziniert, wie sich über seinem Kopf eine Teufelsfratze aus den Funken formte.

Jeff drehte sich um und im Weggehen sagte er zum knutschenden Ethan: »Die Spanische Fliege war eine Scheißidee.«

»Meredith? Magst du Jeff nicht?« Ethan löste sich schmatzend aus Shaktis Kuss und beugte sich zu mir.

»Ich dachte, er könnte dir ein wenig behilflich sein, um lockerer zu werden.«

»Ich bin locker«, seufzte ich, und dann sah ich ihn. Den Mönch! Er stand auf der anderen Seite des Feuers und starrte gen Himmel.

»Hey!«, rief ich und sprang auf.

»Klar bist du locker«, höhnte Jeff. »So locker wie eine Jungfrau im Männerknast.«

Der Mönch runzelte die Stirn und hob den Daumen wie ein Architekt oder Ingenieur, der Maß nimmt. Nur dass er dabei die Sterne zu fixieren schien. Ich sah in den Himmel.

Sternbild des Hundes. Sonst nichts. Ich hatte ihn nur für den Bruchteil einer Sekunde aus den Augen gelassen, doch als ich wieder zum Mönch blickte, war er fort. Verschwunden.

»Willst du nicht mal *richtig* locker werden, Meredith?« Ich fühlte Jeffs schwitzige Finger an meinem Handgelenk ziehen.

Da! Die rasierte Glatze leuchtete im Feuerschein auf. Sie entfernte sich.

»Hey, du! Warte!«, rief ich und entriss Jeff meine Hand.

Ich wollte zum Mönch. Ich *musste* ihn erreichen.

Ich stolperte. Ich stolperte genau ins Feuer.

Rundum hörte ich alle aufschreien. Ich rannte einfach durch das Feuer hindurch. Die Flammen waren höher als erwartet, Funken stoben um mich herum, es wurde heiß, richtig heiß. Und dann war es plötzlich wieder kühl. Ich war auf der anderen Seite angekommen.

Ich bremste ab und sah mich um. Die anderen schrien und gestikulierten wild.

Ich winkte schnell in die Runde und wollte dem Mönch hinterher.

Doch er war fort. Weg. Vom Erdboden verschluckt oder – noch eher – in Luft aufgelöst.

Unschlüssig blieb ich nach ein paar Metern stehen.

»Hey, Meredith, komm zurück. Knutschen ist echt nett«, hörte ich Jeff rufen.

»Blödmann.« Das war Rebeccas Stimme.

»Was? Wieso stellt sie sich so an? Ich wollte ihr nur einen Gefallen tun.«

Aber Jeff hatte Recht. Knutschen war nett. Vor allem mit Brandon Grey.

Ich wollte noch einmal von ihm geküsst werden.

Und ich hatte den perfekten Grund, um ihn aufzusuchen. Der Mönch war mir erschienen. Davon musste er erfahren, nicht wahr? Ich machte mich auf den Weg zum Circlin' Stone.

21. Kapitel

Es musste doch hier in der Nähe sein. Ich wusste genau, dass es hier gewesen war. Spanische Fliege, hatte Jeff gesagt. Das war ein Aphrodisiakum und erklärte, weshalb ich so orientierungslos durch Lansbury streunte.

Wie hatte er es in mein Bier gemischt? Wir hatten doch aus Flaschen getrunken. Geöffneten Flaschen. Flaschen, die … die …

Meine Gehirnzellen ließen mich vollends im Stich.

Der magische Hund sagte mir nämlich auch irgendwas. Magisch? Nee, Sterne waren definitiv nicht magische Gas- und Plasmagemische, die in der griechischen Antike zu achtundvierzig Sternbildern zusammengefasst worden waren. Wie kam ich darauf? Was dachte ich da für einen Müll? Apropos Müll …

Die Mülltonnen kamen mir seltsam vertraut vor. Wo hatte ich die schon mal gesehen? Ach ja, wir hatten das gleiche Modell vor unserem Haus stehen. Und meine Nachbarn ebenfalls. Erstaunlich!

»Meredith?«

Huch. Die Stimme stand normalerweise nicht vor unserem Haus. Und ihrem Besitzer wollte ich auch nur ungern begegnen. »Meredith, was tust du hier?«

Moment, ich war beim Circlin' Stone! Ja, dann ergab die Stimme Sinn.

»Theodor, was tust du hier? Versuchst du noch immer Darts zu spielen? Ich würde dich auch ein zweites Mal besiegen. Und ein drittes Mal. Und viertes und fünftes.«

Die eng stehenden, kurzsichtigen Augen, die zu eitel für eine Brille waren, wanderten an mir von oben nach unten und zurück.

»Möchtest du meine Brille haben?«, fragte ich höflich.

»Wofür?«

»Damit du mich in meiner ganzen Pracht sehen kannst.«

»Meredith, bist du etwa betrunken?«, fragte er ungläubig.

»Nach zwei Bier? Nein. Ich fürchte nur, die mir untergejubelte Spanische Fliege macht mich ein wenig schuwig … äh, wuschig.«

Wieso verengten sich seine Augen jetzt so … so … Ich kam einfach nicht mehr auf das Adjektiv. Ein Zeichen dafür, ins Bett zu gehen. War das links oder rechts?

»Soso«, sagte Theodor und trat näher an mich heran. »Weißt du überhaupt, was das ist und wofür man es braucht? Offenbar wollte da jemand herausfinden, ob du wirklich so vertrocknet bist, wie du immer tust. Wirkt die Spanische Fliege?«

Fasste er mich etwa an? Und kam sein Gesicht näher? Meine Brillengläser beschlugen, ich konnte nichts mehr deutlich erkennen.

»Hey, Theodor, versuchst du mich etwa zu küssen?«, fragte ich und wollte zurückweichen. Das ging aber nicht, weil mich etwas an den Oberarmen festhielt.

»Du bist der einzige Mensch außer meinem Vater, der mich bei meinem vollen Namen nennt«, sagte er und fügte mit rauchiger Stimme hinzu. »Das gefällt mir.«

Verflixt.

Ich versuchte, mich aus seinem Griff zu befreien. »Ich darf dich ja nicht Kotzbrocken nennen, immerhin bist du Colins Bruder.«

Wie so oft prallte der Sarkasmus an Theodor ab. »Wie wäre es, wenn wir uns zusammentun. Du und ich. Mit deinem Hirn und meinem Verstand fürs Juristische könnten wir London erobern. Und Colin wäre dann dein angeheirateter Bruder.«

Jetzt wurde es eklig.

»War das ein Heiratsantrag?«, fragte ich laut.

»Sieh es als ein Angebot. Und mit Spanischer Fliege im Blut dürftest du auch ein wenig leidenschaftlicher sein. Deswegen habe ich den Kotzbrocken überhört und du darfst ruhig etwas forscher werden. Ich mag schmutzige Wörter.« Als ob ich jemals Theodor auch nur annähernd an mich rankommen ließe.

»Spüllappen«, sagte ich. »Ist das schmutzig genug? Mir fällt bestimmt noch mehr ein. Vor allem wenn du Colin nicht die Wahrheit sagst.«

»Dafür verlange ich was, Meredith.«

Aber sicher. Der machte nichts umsonst.

»Was? Mein erstgeborenes Kind? Hallen voller Gold? Eine Zauberlampe?«

»Du wirst mir helfen meinen Abschluss zu bekommen. Und zwar bis hin zum *Solicitor*, wenn ich in die Anwaltsrolle eingetragen werde. Du mit deinem fotografischen Gedächtnis bist dafür wie geschaffen.«

Ich wollte gerade fragen, wie ich das bewerkstelligen sollte, als wir unterbrochen wurden.

»Lass sie los«, sagte hinter uns eine Stimme.

»Brandon!«, rief ich und wollte mich schwungvoll zu der Stimme umdrehen. Leider hatte ich vergessen, dass ich festgehalten wurde, und so zog ich Theodor mit mir. Er stolperte, wir verhakten dabei unsere Füße und gingen beide zu Boden. Er mit einem Fluch und ich mit einem unsanften Knall. Meine Hose wurde augenblicklich nass. Ich war in irgendeine Pfütze gefallen. Sofort fühlte ich kräftige Hände unter meinen Achseln und wurde mit Elan hochgezogen. Der Duft nach Irish Moos stieg mir in die Nase und ich erkannte undeutlich eine breite Brust, an die ich mich sofort schmiegte.

»Meredith ist betrunken. Ich bringe sie nach Hause«, sagte Theodor.

»Nicht nötig. Ich erledige das«, entgegnete Brandon.

»Aber ich wollte ins Circlin' Stone«, widersprach ich beiden.

»Das hat geschlossen«, erklärte Brandon.

»Und du musst bestimmt noch aufräumen. Ich bringe Meredith heim, damit du bald Feierabend machen kannst.« Theodor streckte seine Hand nach mir aus. Ich presste mich enger an Brandons Brust.

»Ich komme schon klar«, nuschelte ich.

»Kommst du nicht. Ich weiß genau, was ich dir geben muss, damit du wieder klar denken kannst«, sagte Brandon und umfasste mich fester.

»Tschüss, Theodor. Sag deinem Bruder, ich vermisse ihn und er soll zusehen, dass er erwachsen wird, damit er auch mal so küssen kann wie Brandon.«

»Wie es aussieht, habe ich meinen Bruder nicht mal belogen«, sagte Theodor, klang aber nicht zufrieden, sondern eher sauer.

»Das reicht jetzt«, sagte Brandon und zog mich mit sich.

Und da ich genau da war, wo ich hinwollte, ließ ich ihn gewähren. Bis ich kapierte, dass er mich wirklich zu mir nach Hause bringen wollte. Ich stemmte meine Fersen in den Boden. »Nein, nein, wir müssen reden. Ich hab ihn gesehen.«

»Wen?«

»Na, den …« Vorsorglich sah ich mich um. Nein, kein Theodor mehr in Sichtweite. Trotzdem flüsterte ich: »Den *Kapuzenmann*. Den Mönch.«

Sofort änderte Brandon seine Richtung.

Ich registrierte, dass wir an den Treppen vorbeigingen – eine Mülltonne hinaufstiegen und er eine Tür aufschloss. Oder umgekehrt.

Auf alle Fälle fand ich mich auf einem Sofa wieder, das bereits besetzt war. »Oh, Madam Mim wartet nicht in ihrem Körbchen auf mich.« Ich wollte sie auf den Arm nehmen und kassierte einen Hieb mit der Kralle.

»Aua!«

»Das ist Tinker, Elizabeths Katze.«

»Das erklärt alles«, murmelte ich und lehnte mich zurück. Ich sah mich neugierig um. Das war also Brandons Wohnung.

Recht spartanisch eingerichtet für meinen Geschmack. Es gab eine winzige Küchenzeile, wobei der Kühlschrank dominierte, ein Regal mit Büchern und einen kleinen Röhrenfernseher. Auf dem Regal darüber standen ein paar DVDs. Interessanterweise keine übers Mittelalter, sondern *Inception*, *Memphis Bell* und ein paar Western.

»Hier, deine Brille.«

Meine Brille? Ich starrte auf Brandons ausgestreckte Hand.

»Du hast sie bei eurem Sturz verloren.«

Schlagartig wurde wieder alles verschwommen.

»Du hast ihn gesehen?«, fragte Brandon, nachdem ich die Gläser meiner Brille mit dem Saum meines Shirts sauber gewischt und wieder aufgesetzt hatte.

»Ich dachte, ihr wart bei einem Fußballspiel und habt danach gegrillt. Was ist dort passiert? Mal abgesehen von der Spanischen Fliege.«

»Kannte man das Zeug auch schon in der Renaissance?«, fragte ich neugierig.

»Ja. Und andere Sachen, die ein wenig stärker, aber auch gefährlicher waren.« Er zog sich einen Stuhl von dem wackeligen Küchentisch heran und setzte sich darauf. Viel zu weit von mir entfernt für meinen Geschmack. Ich lutschte an dem Tinker-Kratzer auf meinem Handrücken und rutschte unbequem hin und her. »Ich hab den Mönch gesehen«, platzte ich heraus.

»Das sagtest du schon.« Brandon klang unwirsch.

Wieso war es an meinem linken Oberschenkel so unangenehm kalt? Ich tastete ihn ab und spürte Feuchtigkeit.

»Hat die Katze auf die Couch gemacht?«, fragte ich und roch an meiner Hand. »Ich weiß es wieder! Nicht magisch, sondern groß! Der große Hund! O mein Gott!«

»War da wirklich nur Spanische Fliege in deinem Bier?« Er hörte sich sehr skeptisch an.

»Weiß nicht. Aber er steht für Tod und Verderben. Außer bei den Ägyptern. Aber die zählen nicht. Hochkultur vor achttausend Jahren und seither nicht weiterentwickelt. Pfff.« Hatte ich dabei gespuckt? Ich wischte an meinem Mund einen Sabbertropfen ab. Ups. Hatte Brandon das gesehen? Trotz Brille wurde seine Gestalt immer undeutlicher.

Das niedliche Grübchen an seinem Kinn verschwamm. Nur sein Geruch nach Irish Moos umwehte mich noch.

»Was gemacht?«, wiederholte ich meine Frage, doch die Antwort verstand ich nicht mehr. Ich driftete ab in eine angenehme Dunkelheit.

22. Kapitel

Als ich erwachte, hatte ich schon wieder von dem Jungen geträumt. Es war nur verwirrender. Einzelne Bruchstücke. Der Junge, ein Steinkreis, eine Höhle und ein schwarzer Schatten, der mir überallhin folgte. Nichts Zusammenhängendes, das mir weiterhelfen konnte. Es überraschte mich nur, dass es immer derselbe Junge war. Ein Junge, der aussah wie Colin mit vierzehn Jahren. Ich vermisste ihn so sehr. Wieder hatte ich Kopfschmerzen, wie immer nach diesem Traum. Und seit wann blendete mich die Sonne durch meine geschlossenen Lider? Hatte Mum das Bett umgestellt? Ich wollte mich umdrehen und das Kissen über meinen Kopf ziehen.

RUMS!

Ich war der Länge nach auf den Boden geknallt. Wieso war mein Bett plötzlich zu schmal? Schlagartig war ich hellwach, wenngleich mein Kopf auch weiterdröhnte.

»Endlich ausgeschlafen?«, hörte ich eine bekannte Stimme hinter mir.

Erschrocken setzte ich mich auf und knallte meinen Kopf gegen einen Tisch. Verflixt. Umständlich rappelte ich mich auf die Füße und stellte entsetzt fest, dass ich bis auf meine Unterwäsche und ein T-Shirt von Brandon nichts trug.

»Was tue ich hier?« Wir waren doch bei diesem Fußballspiel

gewesen. Wo waren Chris, Shakti und Rebecca? Und war Theodor nicht auch dabei?

»Deine Mutter hat schon angerufen und sich nach dir erkundigt.«

»O Gott!«

Mum war bestimmt außer sich. Ich war noch nie unangemeldet über Nacht weggeblieben. Wie gut, dass Dad nicht da war. Von ihm hätte ich mir eine saftige Standpauke anhören können. Zum ersten Mal bedauerte ich es nicht, dass er nicht mehr zu Hause wohnte. Schnell wickelte ich mich in die Decke und entdeckte meine Klamotten über der Lehne des Küchenstuhls. Daneben stand ein Besen.

Mir schwante Übles.

»Hast du …?« Wollte ich das wirklich wissen? Ich konnte den Satz nicht zu Ende sprechen.

Brandons Mundwinkel zuckten und seine Augen blitzten.

»Haben wir …?«, versuchte ich es noch einmal. Er stand mit einem Kaffeebecher an die Küchenzeile gelehnt da und sah mich fragend an.

»Ich … Wir … Hast du mich …?« Ich zupfte an dem T-Shirt, das ich trug.

Jetzt lachte er. »Himmel, nein. Du hast dich ganz allein ausgezogen.«

Erleichtert atmete ich auf. Nur für einen winzigen Moment, bis er nämlich hinzufügte: »Mitten auf dem Tisch. Und es hat ewig gedauert.«

Das durfte nicht wahr sein! Ich vergrub meinen Kopf in meinen Händen und hoffte, die Erde würde sich öffnen und mich verschlingen. Wieso blamierte ich mich ausgerechnet immer nur vor Brandon?

Konnte es noch schlimmer kommen?

»Und der Besenstiel?«, hauchte ich.

»Du wolltest unbedingt an einer Stange tanzen und ich sollte sie festhalten.«

Ich zog mir die Decke wieder über den Kopf und konzentrierte mich auf die Erde, damit sie mich endlich einsog. *Konzentriere dich, Meredith. Du kannst es regnen lassen, also muss auch das funktionieren.*

Natürlich funktionierte es nicht.

Brandon zog sich leider auch nicht taktvoll zurück, bis ich mich davonschleichen konnte, um mich zu ertränken oder nach China auszuwandern.

Er gab mir gerade die nötige Zeit, damit ich mich im Bad umziehen konnte, und als ich heraustrat, stand dort ein kleines Frühstück und es roch nach frischem Kaffee. Elizabeths kleine Katze Tinker strich miauend um seine Beine, bis er nachgab und ihr ein wenig Katzenfutter ins Schälchen tat.

»Du kennst überhaupt keine Gnade, oder?«, fragte ich, als er darauf bestand, ich müsse etwas essen, und sich dann auch noch zu mir an den Tisch setzte.

»Ritter mit harter Ausbildung, weißt du noch?«, sagte er leichthin und grinste wieder so amüsiert. »Du bist hier aufgetaucht und hast erzählt, dass du den Mönch gesehen hast.«

Hatte ich das? Wo? Wann?

Ich versuchte mich krampfhaft zu erinnern. Was genau war gestern Abend geschehen?

Shakti, Rebecca und ich hatten das Fußballspiel von Chris geschaut.

Seine Mannschaft hatte verloren.

Anschließend hatten wir alle am Lagerfeuer Bier getrunken.

Jeff Simpson hatte neben mir gesessen.

Dann war alles schwarz.

»Ich glaube, ich hab einen Blackout«, gestand ich kleinlaut. »Das Letzte, woran ich mich erinnere, ist …«

War Theodor etwa auch am Lagerfeuer gewesen? Wie passte der denn jetzt ins Bild? Und warum war ich hier und nicht zu Hause? Hatte mich mein Unterbewusstsein hergeführt?

Ich trank das Glas mit den Aspirin aus, das auf dem Frühstückstisch bereitstand, und griff nach einer Gewürzgurke.

»Möchtest du mir was erzählen?«, fragte er nach ein paar Minuten.

»Du weißt doch jetzt, dass ich in dich verknallt bin. Reicht das nicht? Muss das noch laut ausgesprochen werden?«

Ich biss in meine Gurke.

»Sehr romantisch«, sagte er nur. »Das meinte ich allerdings nicht. Du sprichst im Schlaf, wusstest du das?«

Was? Nein, das wusste ich nicht. Woher auch?

»Nun ja, du hast die ganze Zeit von Colin geredet. Ehrlich gesagt bin ich mir nicht ganz so sicher, in wen du wirklich verknallt bist.« Er betonte *verknallt*, als wäre es ein Schimpfwort.

Ich atmete tief durch. »Ich vermisse Colin. Er ist mein bester Freund und seine Eltern hassen mich.«

Brandon beugte sich vor und stützte seine Ellbogen auf der Tischkante ab.

»Meredith, du hast ihn ständig vor etwas gewarnt. Deine genauen Worte waren: *Colin, pass auf. Lauf weg.* Mal abgesehen von dem einen Mal, als du seinen Namen nur noch geseufzt hast.«

Ich war verblüfft.

»Colin war in Gefahr?« Ich schob meine Verlegenheit für einen Augenblick zur Seite und erzählte Brandon von meinem immer wiederkehrenden Traum.

»Ich habe furchtbare Angst, ihm könne etwas zustoßen. Was, wenn Cromwell hinter sein Geheimnis kommt und ich einfach nichts dagegen unternehmen kann? Seine Eltern schotten ihn komplett vor mir und unseren Freunden ab.«

Brandon hatte mir aufmerksam zugehört.

»Bist du dir sicher, dass es sich in deinem Traum um Colin handelt? Du hast gesagt, dass du ihn immer nur von hinten siehst. Außerdem ist er jünger als jetzt.«

Ich erstarrte. »Du glaubst …«

»Dass du von deinem Bruder Oliver träumst? Ja, das glaube ich.« Brandon sah mich aufmerksam an. »Und von daher glaube ich nicht, dass du dich um Colin sorgen musst. Du hast keine Vision, du hast einen Traum. Und wenn man bedenkt, was mit deinem Bruder geschehen ist, könnte es gut möglich sein, dass dir dein Gehirn die Szene vorgaukelt, weil du endlich diese Tragödie verarbeitest. Bislang habt ihr seinen Tod komplett unter den Teppich gekehrt.«

Das stimmte und gemäß sämtlichen psychologischen Fernsehshows, die immer zu unmenschlichen Zeiten liefen (und die Shakti liebte), machten Brandons Worte auch noch Sinn. Das erleichterte mich ungemein.

»Um mal auf Colin zurückzukommen«, unterbrach er meine Gedanken. »Erzählst du ihm immer alles?«

Oje. Ob ich ihm von dieser Nacht beichtete, wusste ich wirklich noch nicht. Könnte sein, dass er da drauf ein wenig allergisch reagierte.

»Meistens«, antwortete ich deshalb unsicher.

»Tja, deinen Aufenthalt bei mir wirst du ihm kaum verschweigen können, da du seinem Bruder direkt vor meiner Haustür in die Arme gefallen bist. Und nach dem, was du gestern Abend ausgeplappert hast, habt ihr euch auch schon geküsst. Das ist Theodor nicht entgangen«, nahm er mir die Hoffnung. »Aber falls du mit ihm noch nicht über deinen Bruder gesprochen hast, könnte ich mir vorstellen, dass er eingeschnappt ist. Vielleicht leistet er seinen Eltern deswegen auch keinen Widerstand wegen des Hausarrests.«

Ich starrte Brandon an. Würde Colin das tun? Mir aus dem Weg gehen, weil ich … weil ich …

Nein, das würde er nicht. Nicht Colin, der gutmütigste Mensch der ganzen Welt. Wenn er älter wäre, hätte ich geschworen, Clark Kent sei nach seinem Vorbild entstanden. Er half sogar so seltsamen Subjekten wie Shelby Miller.

»Wie würdest du reagieren, wenn er dir so was verheimlicht hätte?«, fragte Brandon.

»Das ist nicht das Gleiche. Wir reden hier von Colin«, entgegnete ich mit einer wegwerfenden Handbewegung.

»Trotzdem. Nur rein hypothetisch.«

Ich wäre vermutlich sauer. Sinksauer sogar, weil er mir nicht vertraut und mich jahrelang betrogen hatte.

Weil er mit seiner absonderlichen Familie ein Geheimnis teilte, das er mir vorenthielt.

Aber meine Mum konnte man überhaupt nicht mit Colins Familie vergleichen. Im Gegenteil, sie hatte sich immer gefreut ihn zu sehen und er war sehr oft bei uns.

Nein, er hatte keinen Grund sauer zu sein. Ich schon, so wie mich seine Familie behandelte.

Meine Gedanken wurden unterbrochen, als es an der Tür klingelte. Brandon erhob sich und verschwand im Treppenhaus. Ich dachte weiter an Colin und fand, er sollte mal in Schwung kommen und …

»… endlich zeigen, was wirklich in mir steckt«, hörte ich eine weibliche Stimme.

»Serena, das ist jetzt gerade …«, hörte ich Brandons drängende Stimme und dann waren da leichtfüßige Schritte auf der Treppe.

Die Schritte gehörten einem hübschen Mädchen mit kurzen blonden Haaren, das, kaum dass es eingetreten war, seinen dunkelblauen Regenmantel abwarf und darunter nur Unterwäsche trug. Sehr hübsche, sehr rote Unterwäsche. Ich merkte, dass mir der Mund offen stand, denn das abgebissene Stückchen Gurke plumpste zurück auf den Teller.

Das Mädchen hatte mich noch überhaupt nicht bemerkt, denn es tippte auf seinem Handydisplay, bis Coldplay ertönte, und dann begann es, aufreizend zu tanzen. Das gab mir genug Zeit, um mich an sie zu erinnern. Sie arbeitete in einer Eisdiele in der Mall in Swindon und hatte beim Flirten mit Brandon nicht nur den Eisbecher fallen lassen, sondern sich auch noch so tief an dessen Scherben geschnitten, dass sie umgekippt war. Augenscheinlich war der Kontakt nach diesem ersten Treffen nicht abgerissen. Mein Magen zog sich zusammen. Wie hatte ich auch nur einen Moment lang glauben können, er könne wirklich an mir interessiert sein?

Brandons Kiefer war sehr angespannt und ich sah seinen Blick zu mir huschen.

Keine Frage, ich war im Weg.

»Ich wette, das hast du nicht erwartet, oder?«, hauchte sie mit wiegenden Hüften zu den Klängen von *In my Place*.

»Ich auch nicht«, sagte ich laut.

Serena stieß einen Schrei aus und schnappte sich den Regenmantel, der ihr zweimal aus der Hand flutschte, ehe sie ihn schützend vor sich hielt.

»Soll ich die Stange festhalten?«, fragte ich und griff nach dem Besen, der noch neben mir an der Wand lehnte.

Die Blondine stürmte an Brandon vorbei und diesmal klangen ihre Schritte nicht so leichtfüßig wie noch vor ein paar Minuten. Die Haustür knallte und ich nahm das als ein Zeichen.

»Ich gehe besser. Tut mir leid, dass ich gestört habe. Sowohl gestern Abend als auch jetzt.«

Brandon sagte nichts. Ich ging an ihm vorbei und die Treppe hinunter. Erst als ich die Haustür öffnete, hörte ich ihn laut lachen.

Wenigstens einer, der Spaß hatte.

Mir dagegen war zum Heulen zu Mute. Serena brauste mit starrem Blick in einem roten Ford Fiesta an mir vorbei.

Ich wusste, sie fühlte sich genauso gedemütigt wie ich mich.

Ich konnte Brandon nie wieder in die Augen sehen.

23. Kapitel

Mum war arbeiten und Dad wäre so oder so nicht zu Hause gewesen. Aber er fehlte mir dennoch. Per E-Mail hatte er mir seine neue Adresse mitgeteilt und zwei Fotos von seiner neuen Wohnung angehängt. Sie hatte nur zwei Zimmer, war recht düster (kein Wunder in Manchester) und ansonsten konnte ich nicht viel darauf erkennen, denn überall standen Kisten und Kartons.

Das hatte das Ganze noch einmal realer gemacht, als es ohnehin schon war. Irgendwie endgültig.

Wenigstens Madam Mim freute sich mich zu sehen und sprang schnurrend auf meinen Schoß. Ich hatte zwei weitere Kopfschmerztabletten geschluckt, ausgiebig geduscht und wartete darauf, dass die Wirkung einsetzte. Also streckte ich mich erst einmal auf meinem Bett aus. Madam Mim spürte, dass ich sie nur halbherzig streichelte, und verlagerte ihren Liegeplatz auf das Kopfkissen, direkt über meinem Scheitel. Hatte Mum nicht einmal gesagt, Katzen seien kluge Tiere und legten sich auf die Körperstelle, die schmerzte? Meine Mim war eine sehr kluge Katze, denn ihr Schnurren und ihre Wärme machten mich ganz schläfrig. Spanische Fliege, ha! Wenn ich den erwischte, der das Zeug in die Flaschen geträufelt hatte, konnte er sich auf was gefasst machen.

Auf was genau, wusste ich nicht, dafür war ich zu müde. Ich schlief ein. Erst als die Zimmertür sich öffnete, wurde ich wieder wach.

Mum steckte den Kopf herein. »Was ist los, Meredith?«

»Kopfschmerzen. Aber es wird schon besser. Madam Mim hat sie fortgeschnurrt.« Ich hob den Kopf, um nach der Katze zu sehen. Sie war nicht mehr da.

Dafür setzte sich Mum zu mir auf die Bettkante.

»Möchtest du was essen? Es gibt was zu feiern.«

Ernsthaft? Hatte sie den Auszug von Dad etwa schon überwunden? Ich nicht. Und nach dieser unheilvollen Nacht und dem gestrigen Abend war mir definitiv nicht nach Feiern zu Mute.

»Ich habe eine neue Stelle«, sagte Mum und klang aufgeregt.

Schlagartig war ich hellwach. »Echt? Wo?«

Sie grinste und sah auf einmal viel jünger aus.

»Im Circlin' Stone. Matt, ich meine Mr Godfyn, hat mich eingestellt. Die neue Bedienung, dieses Mädchen, ist ganz plötzlich ausgefallen. Hat sich wohl nicht einmal persönlich abgemeldet.« Sie war aufgeregt, denn sie knetete nervös die Hände in meiner Bettdecke.

»Mr Godfyn weiß, dass ich in der Drogerie arbeite und auf zwei Jobs angewiesen bin. Er meinte, er würde mit Brandon alles besprechen, damit der mich nur einteilt, wenn ich keinen Dienst in der Drogerie habe. Ist das nicht großartig, Meredith?«

Das war … ein Schock, gelinde gesagt.

Mum würde mit Brandon zusammenarbeiten? Ich hatte mich dort nie bewerben dürfen, weil sie glaubte, meine Schulnoten würden darunter leiden. Ich verspürte einen eigenartigen Stich in meiner Brust.

Augenscheinlich sah Mum mein Dilemma, interpretierte es aber zum Glück falsch.

»Hör mal, Meredith, Brandon hat gesagt, man hätte euch was in die Getränke gemischt. Soll ich dich zum Arzt fahren? Das ist mutwillige Körperverletzung und kann angezeigt werden. Was, wenn das langfristige Folgen nach sich zieht?«

»Nein, lass mal, Mum«, versuchte ich sie zu beruhigen. So weit käme es noch. Nur über meine Leiche würde ich der Polizei von meinem dämlichen Verhalten erzählen, nachdem man mir ein Potenzmittel verabreicht hatte.

Womöglich wollten die noch genau wissen, welche Wirkung eingetreten war, und Brandon musste einen Bericht dort ablegen.

Gott bewahre.

Und damit sich meine Mutter nicht weiter über die Spanische Fliege echauffierte, wandte ich eine kleine, gemeine Strategie an.

»Mum, ich würde gern heute Nachmittag fahren. Wir können dann im Anschluss deinen neuen Job feiern. Was meinst du?«

Das Gesicht meiner Mutter trübte sich, doch sie lächelte tapfer. Wir sagten immer nur »fahren« statt »Friedhof« oder »Oliver«. Zumal wir diese Fahrten auch mit einem kleinen Mutter-Tochter-Ausflug verbanden.

»Du hast Recht. Lass uns fahren und dann sehen, wo wir landen.«

Die Fahrt war wie immer, lang und trüb – trotz des Sonnenscheins. Mum berichtete mir noch ausführlich von ihrem Gespräch mit Mr Godfyn und der anschließenden Unterhaltung mit Brandon. Er sei ja so ein netter junger Mann; noch viel netter, wenn man ihn näher kennenlernte. Und er sei so besorgt um mich gewesen.

Haha. Ich hatte noch sein Gelächter im Ohr.

Als wir am Grab angekommen waren, lagen bereits Blumen dort, die schon fast verwelkt waren.

Es waren Margeriten, Gerbera und Hortensien.

»Dein Dad war hier«, murmelte Mum und begann zu weinen. »Nach all der Zeit …«

»Bist du sicher?«, fragte ich zaghaft.

Mum nickte. »Diese Blumen waren sein Sargschmuck«, erklärte sie.

Ich war verblüfft und betroffen zugleich. Dad war nie hier gewesen. Zumindest nicht mit uns, seiner Familie, Olivers Familie.

»Mum, erzähl mir von Oliver«, bat ich sie, nachdem wir die verwelkten Blumen entfernt und die frischen niedergelegt hatten.

Doch meine Mutter schüttelte nur den Kopf. »Bitte nicht. Ich habe heute nicht die Kraft dazu.«

»Aber du sprichst nie über ihn. Ich würde gern mehr wissen.« Vielleicht kam ich dann dahinter, was diese merkwürdigen Träume in letzter Zeit zu bedeuten hatten.

»Ich will nicht, Meredith«, sagte sie in einem Ton, den ich nicht mehr gehört hatte, seit ich mit sieben ihren Nagellack für ein Fensterbild missbraucht hatte.

Ihr Unterkiefer war nach vorn geschoben und ihr Blick starr auf die Schrift am Grabstein geheftet.

Oliver Wisdom
geliebter Sohn und Bruder
viel zu früh von uns gegangen.

Der Spruch war nicht sonderlich einfallsreich, aber treffend.

»Mum, ich weiß wirklich nichts über ihn. Was war seine Lieblingsfarbe, was hat er gern gegessen? Mochte er Eis? Wie groß war er mit vierzehn? War er ein guter Schüler? Ich hab dich das alles schon so oft gefragt und du gibst mir nie eine Antwort darauf. Du nicht und Dad auch nicht. Ich finde das unfair.«

Es gab noch nicht einmal Zeugnisse von ihm. Ich hatte sie zumindest noch nie gesehen.

»Unfair? Du findest es unfair? Ich will dir sagen, was unfair ist. Unfair ist, dass ein kleiner Junge da in der kalten Erde liegt, während ich hier stehe.«

»Nenn mir doch wenigstens ein Detail, irgendetwas Markantes von ihm«, drängelte ich weiter. »Wer war sein bester Freund? Welche Fernsehserie mochte er?«

»Es reicht! Hör auf damit! Ich wollte heute feiern, aber du verdirbst mir alles«, fauchte Mum und jetzt sah sie mich an. Ihre Tränen waren versiegt, aber ihr Gesicht war vor Zorn gerötet.

»Das ist nicht richtig. Du verhältst dich nicht richtig! Oliver würde bestimmt auch wollen, dass ich ihn kennenlerne! Warum sagst du nichts?«

Klatsch!

Sie hatte mir eine Ohrfeige verpasst.

»Du wirst ihn nie kennenlernen können, denn er ist tot.«

So hatte ich sie nie gesehen. Ich war richtig erschrocken. Deswegen hielt ich meinen Mund.

Die Heimfahrt war noch trübsinniger und weder meine Mutter noch ich schlugen vor, bei Tee und Kuchen ihre neue Anstellung zu feiern.

Mal davon abgesehen dass ich darin gar keinen Grund zum Feiern erkennen konnte.

24. Kapitel

Katastrophe bahnt sich an!, las ich auf dem Display von Brandons Mobiltelefon. Chris hatte geschrieben.

Sofort sprang ich vom Schreibtisch auf, wo ich sämtliche Überlieferungen über geisterhafte Mönche im Internet rausgesucht hatte und digitalisierte alte Schriften bis zum achtzehnten Jahrhundert überflog, die die British Library online gestellt hatte. Mal wieder ohne Erfolg.

Aber viele Webseiten über Geister waren nett gruselig aufgebaut. Wer hätte gedacht, dass es am Londoner Berkeley Square spukte?

Chris' SMS riss mich mitten aus der Geschichte um ein zu Tode gequältes Kind. Ich rief ihn sofort an.

»Was ist los?«, fragte ich.

»Kannst du sofort kommen? Shakti ist hier und Rebecca hat sich auch angekündigt.«

Ich murmelte ein Wort, das meine Mutter mit Sicherheit noch wütender gemacht hätte.

»Ich komme«, fügte ich hinzu.

Raus aus den Jogginghosen, rein in meine Shorts, und schon machte ich mich auf den Weg zum Anwesen der Harris'.

Ich kam zu spät. Chris' Miene, als er mir die Haustür öffnete, sprach Bände. Shakti und Rebecca standen schon in der Halle und starrten mit offenem Mund auf Elizabeth, die auf der Hälfte der Treppe stehen geblieben war und zu uns herabsah wie die Inszenierung einer Scarlett o'Hara.

»Was tut sie hier?« Rebecca gab sich keine Mühe die Stimme zu senken. Sie deutete mit dem Finger ganz offen auf Elizabeth.

»Ich *wohne* hier«, antwortete Elizabeth in einem Tonfall, als wäre das eine ganz blöde Frage.

Rebecca ignorierte sie.

»Wir hatten Colin doch gesagt, sie …«

»Ich habe Chris darum gebeten«, fiel ich ihr ins Wort.

Rebecca und Shakti sahen mich an, als hätte ich mich mit Jack the Ripper verbündet.

»Wieso?«, fragte Shakti. »Ich meine, du musst schon einen triftigen Grund dafür haben.«

»Hab ich.« Ich erzählte den beiden die gleiche Geschichte, die ich Chris auch aufgetischt hatte.

Shakti hörte mit offenem Mund zu, während Rebeccas Lippen immer schmäler wurden, bis sie beinahe nicht mehr zu sehen waren. Ich wusste genau, jemand anders als mir hätten die beiden kein Wort geglaubt. Und auch so rechnete ich noch mit Widerspruch.

Schon machte Rebecca den Mund auf, doch Elizabeth kam ihr zuvor. »Ich stehe unter Schutz. Wenigstens ist diese Bleibe eine angemessene.«

Rebecca drehte sich zu uns. »Ihr hättet sie Cromwell überlassen sollen«, sagte sie ernsthaft.

»Glaub mir, der Gedanke ist nicht neu«, sagte ich. Es tat schon gut, zu wissen, dass ich mit meinem Groll auf dieses Frauenzimmer nicht allein war.

»Heißt das jetzt, wir werden nicht in den Club nach Swindon fahren?«, fragte Shakti enttäuscht.

»Leider ja«, meinte Chris. »Aber wie wär's, wenn wir es uns hier gemütlich machen? Ich hab die neue Staffel *The Walking Dead.*«

»Ist sie nicht zu jung dafür?«, fragte Rebecca schnippisch und deutete mit dem Daumen in Richtung Elizabeth.

»Schätzchen, dann bist du auch zu jung dafür. Hier ist genau eine Person achtzehn, und das bin ich.« Chris lehnte sich gegen die geschlossene Haustür und lächelte breit.

»Wo ist denn dein Dad?«, fragte Rebecca.

»Die letzte E-Mail kam aus Costa Rica. Oder war es Dubai?«

Wir grinsten uns an. Chris konnte auch schon mal Tokyo mit Toronto verwechseln, wenn es um seinen Dad ging, und es fiel ihm nie auf.

»Ich erinnere noch einmal an unsere Wette«, sagte ich. »Derjenige, der ein Foto von deinem Dad schießt, wird einen Abend lang von allen anderen ausgehalten.«

»Und bis dahin bin ich euer gegenwärtiger Erziehungsberechtigter und spendiere zusätzlich ein Sixpack Bier«, sagte Chris und rieb sich die Hände.

»Bloß nicht«, erwiderten Shakti, Rebecca und ich unisono.

»Na dann, abgemacht. Auf zu den wandernden Toten.«

Elizabeth sah bei diesen Worten ein wenig blass aus. Na, vielleicht würde es doch noch amüsant werden.

Als der erste Zombie auftauchte, schrie Elizabeth aus Leibeskräften und klammerte sich an Chris, der sich die Situation genauso erhofft zu haben schien. Wir lachten laut, aber danach weigerte sich E weiterzuschauen.

»Nur noch ohne Ton«, beharrte sie.

Ohne Ton machte es nicht halb so viel Spaß. Deswegen begann ich, Glenn zu synchronisieren, Chris nahm sofort den Faden auf und schlüpfte in die Rolle von Rick – von wem sonst –, während Rebecca – ganz untypisch – Carole Peletier und Shakti die von Lori Grimes übernahmen.

Natürlich kannte niemand den Text und wir improvisierten auf Teufel komm raus.

Das gefiel auch Elizabeth, und als die Zombies beim nächsten Mal töteten, konnte sie herzhaft über Rebeccas »Verflixt, jetzt hab ich mir die Nägel umsonst lackiert« lachen.

Nach zwei Folgen war die Luft raus. Und was jetzt? Der Abend war noch jung und hell. Wir spielten anschließend eine Runde *Trivial Pursuit*, was nur selten vorkam, da ich immer gewann.

»Wie kann man sich nur so viele Daten und Namen merken?«, fragte Rebecca genervt. »Du bist unnormal.«

Wenn sie wüsste, wie Recht sie damit hatte.

»Wir könnten noch Karten spielen«, schlug Chris vor.

»Dabei gewinnt Meredith doch auch immer. Du bist wie Rainman, nur ohne Tom Cruise an deiner Seite.« Rebecca konnte noch nie gut verlieren.

»Noch so einen Spruch und du fliegst raus«, murrte Chris beleidigt.

»Apropos Tom Cruise, wo steckt Colin? Ich habe ihn heute vorbeifahren sehen, er ist also nicht im Urlaub. Wieso ist er nicht hier?«, fragte Shakti.

»Wie kommst du von Tom Cruise auf Colin?«, wollte Rebecca wissen.

»Dunkle Haare, ähnliche Frisur – nur ist Tom Cruise süßer. Sogar jetzt noch.«

»Ich finde, Colin ist einer der attraktivsten Knaben, die ich je gekannt habe«, sagte E todernst.

Wieso überraschte mich das nicht?

»Colin arbeitet bei seiner Tante im Friseursalon«, erzählte ich.

»Ach du Schreck, alten Damen eine Föhnwelle legen passt überhaupt nicht zu ihm.«

»Ich muss wirklich bei Dr. Adams vorbeischauen«, sagte Chris kopfschüttelnd.

»Können wir nicht einmal ins Circlin' Stone?«, fragte Shakti und hatte diesen knatschenden Ton, den kleine Kinder haben, wenn sie etwas haben wollen.

»Nein, dorthin können wir auf keinen Fall«, erklärte Chris bestimmt. Und ich hatte keine Lust, von meiner Mutter dort bedient zu werden.

»Und was machen wir jetzt noch? Rebecca hat Recht, mit Meredith zu spielen macht überhaupt keinen Spaß. E, wie habt ihr euch zu Hause immer die Zeit vertrieben? Mit Flaschendrehen?«

»Ist das so was wie Gläserrücken?«, fragte Elizabeth verwirrt.

Wir alle starrten uns an. Mit einem Mal knisterte die Luft vor Spannung.

Das hatten wir noch nie probiert. Obwohl wir neben einem Steinkreis und mit Ritualen von Neo-Druiden aufgewachsen waren.

»Ich hole ein Blatt und das Glas und ihr bereitet alles vor«, sagte Chris und sprang auf.

»Was sollen wir vorbereiten?«, fragte Rebecca laut, schob aber schon die Vase auf dem Esstisch zur Seite.

Chris kam mit einem Blatt Papier im Posterformat und einem leeren Wasserglas zurück. Dann recherchierte er auf dem iPad, das wie ein Ouija-Brett aussah, und Shakti malte es in ihrer feinen, sauberen Schrift nach. Elizabeth bestand darauf, einen Kreis aus Salz zu streuen, und entzündete eine weiße Kerze. Zum Glück sah niemand außer mir, dass sie dafür kein Streichholz oder Feuerzeug verwendete.

Endlich saßen wir alle im Kreis um den Tisch herum und jeder hatte einen Finger auf dem umgestülpten Glas.

»Und jetzt?«, fragte Rebecca und sah dabei Elizabeth an.

»Wir müssen einen Geist herbeirufen«, erklärte sie. »Ist jemand hier bei uns? Kann uns jemand hören?«

Nichts geschah. Das Glas blieb ruhig stehen und durch das geöffnete Fenster wehte Wind und blies die Kerze aus.

Shakti zog scharf die Luft ein. Rebecca rollte die Augen.

»Dir ist klar, dass ein Gewitter aufzieht?«, sagte sie trocken. Shakti wurde ein wenig rot.

Chris schloss das Fenster, und als Elizabeth gerade die Kerze wieder ohne Hilfe entzünden wollte, nagelte ich sie mit meinem Blick fest. Sie wurde wesentlich roter als Shakti und überließ Chris die Aufgabe.

Endlich hatten wir uns um den Tisch versammelt und Elizabeth sagte noch einmal: »Geist, wir rufen dich! Zeige uns, dass du da bist!«

Nichts. Und da das Fenster geschlossen war, flackerte die Kerzenflamme nicht einmal.

Ich stellte mir vor, wie Brandon mit seiner besonderen Fähigkeit das Ganze etwas reizvoller gestalten könnte. Wenn er das Glas zum Schmelzen brächte, während jeder einen Finger darauf liegen hatte, wäre das eine Sensation.

Elizabeth wiederholte ihre Frage ein ums andere Mal, ungefähr fünfzehn Minuten lang, und nichts geschah. Nach den ersten angespannten Minuten sah ich, wie Rebecca mit der freien Hand anfing an einer filzigen Locke zu zupfen, Shakti gelangweilt aus dem Fenster blickte und Chris kurz vorm Einschlafen war. Ihm fielen immer häufiger die Augen zu.

Und dann sah ich es. Nicht das Glas bewegte sich.

Es war das Salz in dem gestreuten Kreis. Einzelne kleine Salzkristalle bewegten sich ziellos hin und her.

»Seht mal«, flüsterte ich und deutete darauf. Schlagartig waren alle wieder angespannt.

Immer mehr Salzkristalle formten sich allmählich zu einem Muster.

»Geist, wer bist du?«, hauchte Elizabeth. Ein Wind kam auf. Woher? Die Fenster waren alle geschlossen.

Zugleich wurde es ungemütlich frostig.

Die Luft um uns herum wurde schlagartig kalt, viel zu kalt für einen warmen Sommerabend. Die Kerzen begannen unstet zu flattern.

Endlich bewegte sich auch das Glas.

»Ich. Bin. Unter. Euch«, formulierte es.

»Jetzt können wir ihm Fragen stellen«, flüsterte Elizabeth aufgeregt.

»Hab ich Physik und Mathe bestanden?«, kam prompt die erste Frage von Chris.

Das Glas schob sich zum Ja.

»Na, Gott sei Dank«, murmelte Chris erleichtert. Das löste die Spannung ein wenig. Wir kicherten. »Meredith, du hast dir einen weiteren Friseurbesuch verdient. Deine Strähne dreht sich auch schon wieder nach außen.«

»Du nimmst das ernst?«, fragte ich kopfschüttelnd.

»Sei still!«, fauchte E, »du verscheuchst sonst den Geist.«

»Woher weiß er, dass Chris die A-Levels bestanden hat? Konnte er beim Prüfungskomitee in die Unterlagen sehen?«

»Meredith, halt die Klappe«, zischte jetzt auch Rebecca. »Du mit deiner penetrant nüchternen Art. Geist, ich möchte wissen, ob Salomon und ich das Turnier in Newbury gewinnen.«

»Du kannst ihm keine Fragen zur Zukunft stellen«, wies Elizabeth sie zurecht. »So was können die nicht beantworten.«

»Und was für Fragen sollen wir ihm sonst stellen? Wer tatsächlich für den Tod von Lady Diana und Dodi Al-Fayed verantwortlich war?«, fauchte Rebecca zurück.

Das Glas stand wieder still. Der Wind hatte sich gelegt. Die Flammen der Kerzen flackerten nicht mehr.

»Nein, stell ihm andere Fragen«, sagte Elizabeth. »Geist, vermisst mich Colin?«

Sofort setzte sich das Glas wieder in Bewegung. Ich sah Shakti eine Strähne ins Gesicht wehen und – war es dunkler als noch vor ein paar Minuten?

Es war definitiv etwas hier am Werk, das ich physikalisch oder wissenschaftlich absolut nicht zuordnen konnte.

»Willm? Was soll das heißen?«, las Shakti irritiert die einzelnen Buchstaben, die das Glas abfuhr.

»Will dich mögen und kann es nicht?«, überlegte Chris ein wenig hämisch. »Wie wäre es mit: Wenn ich die scharfe Claire zu einem Date bitte, würde sie sich darauf einlassen? Und wenn ja, womit kann ich sie beeindrucken?«

Bis auf Elizabeth kicherten wir alle. Klar, dass Chris sich auch solche Fragen nicht verkneifen konnte.

Das Glas setzte sich in Bewegung und außer dem Ja kam noch einiges mehr. Musik.

»Coole Idee. Ein Musical vielleicht? Da stehen doch die meisten Mädchen drauf, und wenn wir *Les Misérables* nehmen, kann ich auch noch ein paar Tränen trocknen.«

Chris sah zu, wie sich das Glas wieder in Bewegung setzte. »*Muse*? Noch besser. Das kann ich mir wenigstens auch anhören.« Er lehnte sich zufrieden zurück. »Ich mag den Geist.«

Wir saßen ein wenig unschlüssig da, keiner von uns hatte eine solche Frage und die, die mich wirklich interessierte, traute ich mich vor meinen Freunden nicht laut anzusprechen.

»Möchte einer von euch etwas aus der Vergangenheit wissen?«, unterbrach Elizabeth nach einer Weile das Schweigen. »Hat einer von euch jemanden verloren und möchte denjenigen etwas fragen? Meredith, vielleicht ist der Geist dein Bruder Oliver«, forderte sie mich auf. »Du kannst ihm Fragen stellen.«

Ich nahm demonstrativ meine Hand vom Glas.

»Du bist ganz schön empfindlich«, warf sie mir auch noch vor und fragte dann laut: »Geist, bist du Oliver?«

»Es reicht, E«, sagte jetzt auch Chris. »Lass Meredith in Ruhe, oder ich spiele auch nicht mehr mit.«

»Es könnte auch deine Mutter sein.« Elizabeth wusste wirklich nicht, wann es genug war. »Hast du keine Frage an deine Mutter?«

Jetzt zog auch Chris die Hand vom Glas und verschränkte die Arme vor der Brust. Die Zufriedenheit war aus seinem Blick gewichen.

Shakti und Rebecca taten es ihm gleich.

»Ich habe genug vom Gläserrücken. Da sind ja die Neo-Druiden unterhaltsamer.«

Nur zögernd zog Elizabeth ihre Hand vom Glas. »Endlich ist eine lichte Gestalt erschienen und ihr Miesepeter vertreibt sie.«

Noch ehe ich ihr eine passende Antwort geben konnte, kam ein Luftzug auf und die Kerze erlosch erneut. Es wurde stockfinster.

Erschrocken blickten wir alle auf den verglühenden Docht und dann lenkte eine Bewegung unsere Aufmerksamkeit zurück auf den Tisch. Ein Licht erglomm. Genauso hell wie eine einzelne Kerze in einer bewölkten, finsteren Nacht. Das war unheimlich. Vor allem hörte ich überdeutlich den schneller werdenden Atem meiner Freunde am Tisch.

Und dann … Schritte. Leise Schritte, eindeutig menschlich, aber von weichen Sohlen. Ich starrte entsetzt in die Gesichter der anderen. Konnten sie das nicht hören? Sie blickten nur konzentriert und erschrocken auf das unheimliche Licht auf dem Tisch. Die Schritte umkreisten uns. Sie erreichten Shakti, dann Chris und kamen zu … mir. Ich spürte ganz deutlich jemanden hinter mir stehen. Ich spürte Atem in meinem Nacken, als habe sich jemand über mich gebeugt.

Das Glas vor uns bewegte sich.

Ohne unsere Finger.

Es bewegte sich von ganz allein.

W. I. L. L. M. A. E. R.

Willmaer.

Das ergab keinen Sinn.

»Willmaer? Was soll das bedeuten?«, fragte Shakti und im Gegensatz zu vorhin war sie jetzt blass. Ihre walnussbraune Haut hatte einen gräulichen Schimmer. Ich wagte es nicht, mich zu rühren.

Wieder setzte Wind ein. Dieses Mal heftiger, das Licht erlosch, so als habe der Wind eine imaginäre Kerze ausgeblasen. Es schepperte laut und wir zuckten alle erschrocken zusammen. Shakti stieß einen Schrei aus. Ich fühlte eine Hand in meinem Nacken. Sie war warm und drückte leicht und aufmunternd zu.

Chris sprang auf und knipste alle Lichter an, obwohl es draußen noch hell genug war.

Elizabeth war enttäuscht. Ich wusste, dass sie mit Sicherheit gerne etwas über ihre Familie erfahren hätte, das sie aber auch nicht laut vor Shakti, Rebecca und Chris fragen konnte.

»Okay, ich gestehe, ich habe das Glas bei Chris' dämlichen Fragen gelenkt«, gab Rebecca zu, »aber das andere war ich nicht. Und das da«, sie deutete auf das Salz, »das bin ich auch nicht gewesen. Ich glaube wirklich, wir sollten mal nach diesem Wort googeln.«

Die Salzkristalle hatten sich ebenfalls zu Buchstaben geformt. Dort stand WILLMÆR.

Das musste er einfach schaffen. Er schaffte es doch auch sonst, wenn er nervös war oder erregt. Und das waren immer die falschen Momente. Momente, in denen er gesehen werden konnte. Er musste es in den Griff bekommen. Sie hatte ihm gesagt, sie würde ihm helfen.

Sie hielt ihr Versprechen. Sie saß neben ihm und fand genau die richtigen Worte, um ihn zu beruhigen.

Er war so froh, dass sie da war. Sie hatte ihn schon einige Male gedeckt und alle anderen abgelenkt.

»Du schaffst das. Du schaffst immer alles«, sagte sie mit einer Überzeugung, die er nicht verdiente.

Sie war es doch, die immer alles mit Bravour meisterte. Aber um das aufmunternde Lächeln nicht zu enttäuschen, konzentrierte er sich wieder.

Hatte sich der Füller bewegt?

»Nur noch ein bisschen mehr«, flüsterte sie aufgeregt. Schon schwebte der Füller in der Luft.

Erfreut klatschte sie in die Hände. »Und jetzt lass ihn wieder langsam runter. Wenn es geht, fünf Zentimeter neben dem ursprünglichen Platz.«

Er warf ihr einen Blick aus den Augenwinkeln zu. Sie hatte die Hände zu Fäusten geballt und drückte die Daumen. Ihre Brille war wieder bis zur Nasenspitze gerutscht und die eine widerspenstige Strähne ihres Haars kräuselte sich nach außen. Er würde es schaffen, nur um das freudige Blitzen in ihren Augen zu sehen. Wer weiß? Vielleicht würde sie ihm sogar einen Kuss geben zur Belohnung? Auf die Wange natürlich.

Schlagartig fiel ihm die Umarmung seiner Mutter heute Morgen ein.

Der Füller plumpste ohne Umschweife zurück auf die Tischplatte.

»Oje«, sagte das Mädchen neben ihm. »Was meinst du? Noch einmal?« Sie wollte ihm ermutigend die Hand drücken, aber im letzten Moment erinnerte sie sich an sein Geständnis und zog ihre Hand zurück.

Die meisten ihrer Mitschüler hielten sie für unsensibel und schnippisch. Tatsächlich kannte er keinen einfühlsameren Menschen als sie. Aber sie sperrte alle anderen aus. Nur ihn ließ sie an sich heran.

Sie stieß ihn sanft an den T-Shirt-bedeckten Oberarm. Wie schon gesagt: so einfühlsam.

Sie hatte sofort gespürt, dass ihn etwas bedrückte, als die Visionen aufkamen. Instinktiv hatte sie fortan jeglichen Hautkontakt vermieden.

Seine Mutter war lange nicht so feinfühlig.

Er wünschte, seine Mutter würde die Streicheleinheiten auf seiner Wange unterlassen. Als die Vision von seiner Mutter das erste Mal erschien, war er erschrocken zusammengezuckt.

Seine Mutter hatte ihn betroffen angesehen und etwas von »nicht ohrfeigen« gemurmelt.

Sie konnte ja nicht ahnen, dass er sie anders gesehen hatte, als sie jetzt war. Alt, schwach und in einem seltsamen Bett liegend, ohne Zähne und mit vielen Schläuchen in den Armen und am Hals.

Diese Vision wiederholte sich zu seinem Schrecken immer und immer wieder, sobald sie ihn berührte. Also wich er ihren Berührungen aus und er konnte nichts gegen das traurige Gesicht unternehmen, das sie dann jedes Mal aufsetzte. Sie sagte etwas von »wird erwachsen« und »Pubertät«. Wenn es nur das wäre.

»Na los. Versuch es noch mal«, sagte das Mädchen neben ihm und schob sich ihre Brille zurück aufs Nasenbein.

Er konzentrierte sich, der Füller stieg wieder in die Luft, schwebte ein paar Zentimeter weiter und kam ganz sacht auf der Schreibtischplatte wieder auf.

»Hurra!« Das Mädchen warf die Arme in die Luft und fiel ihm um den Hals, aber noch immer darauf bedacht, keine Haut zu berühren. Und dann – er konnte es kaum fassen und wagte es nicht, zu atmen – deutete sie einen Kuss auf seiner Wange an.

Dafür würde er noch mehr üben. Er würde üben, bis er es beherrschte, damit sie sich noch einmal so freute. Er wollte am liebsten das Strahlen ihrer Augen einfangen und in einem kleinen Glas auf seinem Nachttisch aufbewahren. So sehr entzückte ihn ihr Leuchten.

25. Kapitel

Willmær!

Über diesen Namen war ich schon mal gestolpert. Aber wo? Was hatte ich alles durchforscht in den letzten Wochen? Nicht die digitalisierten Manuskripte der British Library. Es war schon länger her. Warum hatte ich mir keine Notizen gemacht? Ich würde sofort damit anfangen und checkte den Browserverlauf meines PC.

Oje. Die Liste schien gar kein Ende zu nehmen.

Bis ich die wieder durchforstet hatte, würden noch drei Tage ins Land gehen.

Es nutzte alles nichts. Den ganzen Morgen schrieb ich akribisch jede besuchte Seite auf und speicherte alle ab, die mit Lansbury und dessen Geschichte zu tun hatten.

Das waren weniger als gedacht und ich musste feststellen, dass ich mich viel zu oft von Links zu anderen Seiten hatte treiben lassen, die gar nichts mit dem Mönch oder Legenden der Umgebung oder Wiltshire zu tun hatten.

Blödes Internet.

Nein, dem durfte ich nicht die Schuld geben.

Inkonsequente Meredith. Das traf es eher. Ich warf einen Blick auf meinen Schreibtisch, wo die Eichelhäherfeder unter dem Bergkristall lag. Ich hob ihn davon und sofort schwebte sie zweieinhalb Zentimeter in die Höhe. Gut einen halben Zentimeter höher als beim letzten Mal. Meine Güte.

Es wurde stärker. Sofort wandte ich meine Aufmerksamkeit wieder dem PC zu.

Nichts. Drei Stunden später war ich keinen Schritt weitergekommen. Zumindest hatte ich kein Ergebnis bis Donnerstag letzte Woche gefunden, alles andere hatte ich notiert, aber auf den Namen Willmær war ich nicht mehr gestoßen. Er ließ sich auch nicht googeln. Nur auf einer französischen Seite über eine Eiflia Illustrata, die ins Deutsche übersetzt war, tauchte der Name auf. Ich verstand kein Wort, aber da es sich offensichtlich um ein Dokument aus dem Jahr 1795 handelte, würde es mir sowieso nichts bringen. Ich musste schon ein wenig tiefer in der Geschichte graben.

Das Klingeln des Handys unterbrach meine Recherche. Es war Chris. Wir sollten alle heute Abend zu ihm kommen, um eine DVD zu schauen. Ich hatte nicht schon wieder Lust darauf und wollte schon absagen. Mir kam es so vor, als würde ich kurz vor einem entscheidenden Durchbruch stehen. Aber da mich mein schlechtes Gewissen drückte, weil er durch Elizabeth in einem Käfig saß, sagte ich doch zu.

Sollte ich bis dahin ins Circlin' Stone gehen und Brandon auf den neuesten Stand bringen?

Ich warf einen Blick auf die Uhr. Zeit genug hätte ich, aber zwei Dinge hielten mich davon ab.

Zum einen schämte ich mich für meinen Auftritt. Und das nicht zu knapp.

Mittlerweile war ich mir auch nicht mehr sicher, den Mönch wirklich an diesem Abend gesehen zu haben. Vielmehr glaubte ich, einer Halluzination erlegen zu sein, weil ich ihn unbedingt sehen *wollte*. Weshalb hätte er sonst weggehen oder sich in Luft auflösen sollen?

Außerdem wollte ich gar nicht wissen, wer jetzt schon wieder auf dem Barhocker saß. Brandon hatte mich zwar geküsst, aber ansonsten überhaupt keine weiteren Annäherungsversuche gemacht. Nicht mal angerufen oder eine Nachricht geschickt. Wenn er sich ernsthaft für mich interessieren würde, wäre doch wenigstens ein Smiley oder die Frage, wann wir wieder zusammen üben könnten, angebracht gewesen.

Vielleicht war Brandon sogar bei Chris heute Abend, um nach Elizabeth zu sehen. Dann könnte ich ihm alles sagen. Der Gedanke, er wäre da, verursachte ein seltsames Kribbeln in meinem Bauch.

Mein Blick fiel erneut auf die schwebende Feder.

Nein, ich sollte besser weiterforschen. Vielleicht konnte ich Brandon dann mehr Informationen liefern.

Konnte ich leider nicht. Ich hatte jede einzelne Seite der letzten Woche wieder aufgerufen (verdammt, war ich oft bei Facebook) und nichts gefunden.

Also machte ich mich auf den riesigen neuen Umweg zur Harris-Villa. Blöderweise lief ich mal wieder Shelby in die Arme. Sie trug nicht mehr als ein weißes Bandeau und einen rot-schwarz karierten Rock, der garantiert aus einem Anime-Secondhandshop stammte – und vermutlich einer Zehnjährigen gehört hatte.

»Gut, dass ich dich treffe, Miststück«, begrüßte sie mich. »Der Typ ist noch immer hinter mir her. Ein wenig unauffälliger als sonst, aber präsent.«

Ich folgte ihrem ausgestreckten Arm und entdeckte wieder den blauen Ford, der ihr beim letzten Mal auf den Fersen war.

»Besonders schlau ist der ja nicht«, sagte ich. »An seiner Stelle würde ich ja ab und an mal das Auto wechseln.«

»Das tun sie auch«, fauchte Shelby. »Rot, weiß, schwarz, silbern, alles dabei und je nach Schicht mit anderen Insassen. Ich bin sogar zu den Typen hingegangen und hab ihnen gedroht, ich würde ihre Reifen aufschlitzen. Was glaubst du, was die gemacht haben?«

Ich antwortete nicht und wartete. Doch es war keine rhethorische Frage.

»Was wohl, Wisdom?«

»Äh, dich ausgelacht?«

Das war offensichtlich die falsche Antwort, denn sie stach mir ihren Finger in die Brust.

»Die haben mir allen Ernstes mit der Polizei gedroht und irgendeinen Paragrafen zitiert, mit dem sie mich drankriegen würden. Und was machen die? Ist das etwa nicht Freiheitsberaubung? Was willst du dagegen unternehmen? Ich sage dir, tu bald was, oder …«

»Oder was?«, unterbrach ich sie harsch. »Stichst du die Reifen am Auto meiner Mum kaputt? Schmuggelst du ein paar Tabletten in meinen Spind?«

»Ich werde ihnen sagen, sie sollen bei dir suchen. Oder das Circlin' Stone mal durchwühlen.«

»Ja, genau. Sag, dass sie das machen sollen. Und vergiss nicht zu erwähnen, dass wir einen Keller und einen kleinen Garten hinterm Haus haben. Aber richte ihnen aus, wenn sie die Tomaten meiner Mum umtreten, lege ich Bärenfallen aus.«

Shelby zuckte nicht mit der Wimper. Sie wusste, ich bluffte. Egal wie egozentrisch sie sich gab, sie war eine der besten Schülerinnen am College. Sie versuchte mich mit ihrem Blick kleinzubekommen – bei den meisten Schülern gelang ihr das auch. In ihr Visier geriet niemand gern, denn sie konnte sich wochenlang lauthals über die Schwäche von jemandem lustig machen. Sie traf immer zielsicher die verwundbarste Stelle. Ich wusste, sie suchte gerade meine.

Doch dann wurde sie abgelenkt. Ich drehte mich um und sah, dass der blaue Ford so weit vorgefahren war, um uns besser zu beobachten.

Es war wieder Mr Payne, der Vorarbeiter von Cromwell Logistics.

Und zum ersten Mal wünschte ich mir, ich könne die Luft auf Kommando beeinflussen, wie sein Arbeitgeber Stuart Cromwell es konnte. Dann würde ich ihn dazu bringen, dass hier überhaupt nichts von Belang wäre, und ihn mit einer hanebüchenen Geschichte von dannen schicken. Am liebsten über Zeitreisende, die zu uns gekommen wären und sich des Cromwell-Konzerns bemächtigen wollten – oder einfach mit einer Episode aus Monty Python.

Und dann wünschte ich mir, ich könnte das Gesicht von Stuart Cromwell sehen, wenn er das erzählt bekam.

Ach, Mensch, als Gaianidin sollte man doch über etwas Cooleres verfügen, als stehende Gewässer in Riesenwellen zu verwandeln. Wieso konnte ich Shelby nicht dazu bringen, mich in Ruhe zu lassen? Wieso begegnete ich ausgerechnet ihr, wo ich auch noch zu Chris und damit Elizabeth unterwegs war?

Wenn ich sie wenigstens dazu bringen könnte, nicht ganz so auffällig herumzulaufen. Sie bot mit ihrer punkigen Erscheinung ihren Verfolgern doch ein klar auszumachendes Ziel – ohne Tarnung.

»Ich muss gehen.«

Unverhofft begann sie an ihrem Rock zu zupfen. Was bei dieser »Länge« absolut unnütz war.

»Und sieh endlich zu, dass das aufhört«, fauchte sie noch und verschwand dann.

Verblüfft über ihre spontane Stimmungsschwankung setzte ich meinen Weg fort. Und weil ich Shelby und ihre Drohungen durchaus ernst nahm (eigentlich überraschte es mich, dass sie ihre Verfolger noch nicht auf mich gehetzt hatte), machte ich noch einen Abstecher in die Drogerie und kaufte ein paar Tüten Kartoffelchips. Als ich mit voll beladenen Armen wieder auf die Straße trat, kamen genau in diesem Moment Shakti und Rebecca. Ich fand, dass der Weg zu Chris in deren Begleitung und mit Chips-Tarnung unbedenklich war. Ein DVD-Abend im Kreis der Freunde war nun mal nichts Ungewöhnliches. Und Shelby mit ihrem sonderbaren Verhalten sollte mir egal sein. Obwohl ich mich fragte, ob ich sie nicht doch ein wenig manipuliert hatte. Erst Cromwell und dann Shelby.

Egal was ich sonst noch konnte: Diese Gabe war es wert ausgebaut zu werden.

Als wir es uns im Wohnzimmer wieder gemütlich machten (Elizabeth hatte sich den bequemsten Platz bereits gesichert und die Beine auf der Couch lang ausgestreckt), verschwand Chris, nur um zwei Sekunden später beide Flügeltüren zur Diele mit pompöser Geste zu öffnen.

»Mädels, ich habe eine Überraschung für euch!«

Chris machte einen Schritt zur Seite und dafür machte jemand anders einen Schritt in die Tür.

Colin.

Colin!

»Colin!«, rief Shakti erfreut. Und Rebecca rief: »Oh, Gott sei Dank! Wie schön, dass du wieder da bist.«

Tatsächlich: Da stand er. Leibhaftig. Sein schwarzes Haar war wieder gewachsen und seine etwas abstehenden Ohren kamen darunter zum Vorschein.

Er war magerer und trotzdem hatte er breitere Schultern als in meiner Erinnerung. War er etwa noch mehr gewachsen? Er überragte Chris um einiges.

Obwohl ich mir gleichzeitig wieder eingestehen musste, dass ich – wahrscheinlich auch dank meiner Albträume – Colin noch immer als Vierzehnjährigen vor mir sah. Aber er war keine vierzehn mehr. Er würde in ein paar Tagen achtzehn werden. Ich machte einen Satz, um zu ihm zu laufen, doch ehe ich ihn erreichen konnte, hatte sich jemand anders mit einem heiseren Schrei an seinen Hals geklammert und presste die weiblichen Kurven der Länge nach an Colin.

Elizabeth wirkte wie diese indische Göttin mit den vielen Armen. Sie zeigte keine Anzeichen von Schmerzen oder Ermüdung, dabei hatte sie sich bei unserem Eintreffen noch die Seite gehalten, in die Cromwell ihr das Messer gerammt hatte. Ich wusste, dass die Wunde einigermaßen verheilt war und nur noch eine Kruste und restliche Prellungen, sichtbar anhand von gelblich grünen Flecken, übrig waren. Keine Frage, sie genoss es, von Chris verwöhnt und umsorgt zu werden. Doch nun hatte sie ihre Schauspielerei völlig vergessen. Weil Colin da war.

Er umarmte sie zurück und ich sah sein Gesicht kurz in ihrer Lockenmähne verschwinden.

Es dauerte noch eine Weile, ehe Elizabeth ihn losließ. Sie wich auch danach nicht von seiner Seite. Sie klebte an ihm, hielt seine Hand, seinen Oberarm umklammert und wirkte wie eines dieser billigen Klammeräffchen aus den Spielautomaten auf den Jahrmärkten.

»Meine Güte, da ist aber jemand selig«, murmelte Rebecca neben mir.

»Sollen wir mal ihre Schulterblätter drücken? Vielleicht öffnen sich ihre Arme dann«, raunte ich zurück.

Rebecca kicherte und Chris stellte sich zu uns.

»So ein Pech, Chris«, sagte sie zu ihm. »Da bemühst du dich seit Wochen und hättest einfach nur Colin sein müssen.«

Chris sah tatsächlich ein wenig angesäuert aus.

»Du hast was gut bei mir«, versuchte ich ihn zu trösten.

»Nicht der Rede wert, Meredith«, sagte er und nahm einen großen Schluck aus einem Glas. Ich roch stärkeren Alkohol als Bier. Armer Chris.

»Doch, du hast sie meinetwegen aufgenommen und wirklich sehr gut für sie gesorgt. Ich würde mich gern erkenntlich zeigen.«

»Lass mich mit dir shoppen gehen.«

Ich rollte die Augen. Doch dann kam mir was anderes in den Sinn. »Wie wäre es, wenn du mir noch mal ein wenig von deinem speziellen Unterricht gibst?«

Chris verstand sofort. »Aber *hallo*. Dass ich das noch mal erleben darf! Meredith geht in die Offensive. Da ich ja jetzt abkömmlich bin, weil unser Held wieder rausdarf, können wir gern morgen ins Circlin' Stone gehen und direkt am Objekt üben.«

»Chris!«

Er zwinkerte. »War ein Scherz, Meredith. Aber ich würde gern ausgehen. Morgen ins Circlin' Stone und Samstag in diesen Club in Swindon. Jetzt hab ich schon ein Auto und wir haben Lansbury noch immer nicht verlassen.«

Ich wollte nicht ins Circlin' Stone gehen. Und ich wollte morgen nicht mit Chris ausgehen.

Nicht, wo Colin endlich wieder da war. Es gab so viel mit ihm zu bereden. So viel zu erklären und erzählen. Und vielleicht auch das eine oder andere zu beichten.

Doch zwei Stunden später musste ich eingestehen, dass es beinahe gleich war, ob er da war oder nicht. Elizabeth vereinnahmte ihn dermaßen, dass niemand von uns anderen eine Chance hatte auch nur annährend in seine Nähe zu kommen. Er lächelte mir ein paarmal entschuldigend zu, doch mir fiel auf, dass er auch nichts unternahm, um ihren Fängen zu entkommen.

Ich wollte ihm unbedingt von meinen Eltern erzählen, Dads Wohnung und seiner neuen Arbeitsstelle in Manchester, den Geschehnissen am Kennet-Weiher, meiner Entführung, meinem

Traum. Ich wollte wissen, was genau Theodor ihm über Brandon und mich erzählt hatte, und musste ihm die korrekte Version von meiner Nacht bei Brandon beichten. Doch ich kam nicht an Colin ran. E hielt ihn in Beschlag. War er sauer? Oder noch schlimmer: eifersüchtig?

Colin richtete nicht ein Mal das Wort an mich, und als wir später alle nach Hause gingen, bog er auch sofort in seine Straße ab, anstatt – wie ich gehofft hatte – mich noch ein Stück zu begleiten, damit wir reden konnten.

Ich würde Theodor bei der nächstbesten Gelegenheit erwürgen. Oder Elizabeth. Es war mir gleich, welchen von beiden zuerst.

26. Kapitel

Keine Nachricht von Colin. Er kam auch nicht vorbei. Ich saß den ganzen Tag über zu Hause und wartete darauf, dass er endlich an der Haustür schellte. Umsonst.

Zwischendurch kontrollierte ich zum zweiten Mal die besuchten Internetseiten und googelte nach anderen. Auch umsonst.

Ein frustrierender Tag, und der Gedanke an den Abend machte es nicht besser. Im Gegenteil.

Chris war vom Circlin' Stone nicht abzubringen gewesen. Er wolle etwas Alkohol trinken und nicht fahren müssen.

Ich hatte schon vor der Tür ein paarmal tief durchgeatmet, ehe ich mich gefasst genug fühlte *ihm* gegenüberzutreten. Damit war nicht Chris gemeint.

Das war unnötig gewesen. Brandon war gerade dabei Cocktails zu mixen und stand mit dem Rücken zum Schankraum. Schnell huschte ich vorbei zu dem Tisch, an dem Chris mich bereits erwartete. Er trug Jeans und ein sehr großzügig geknöpftes weißes Hemd.

Gerade brachte Mum ihm ein gezapftes Bier.

»Vielen Dank, Mrs Wisdom«, sagte Chris und lächelte ihr herzlich zu.

Verflixt. Das hatte jetzt gerade noch gefehlt.

Ich hatte nicht gewusst, dass sie hier war. Die Küchentür war geschlossen gewesen, also war ich davon ausgegangen, sie habe wieder einen Tarotkunden, und hatte mich, ohne mich zu versichern, davongemacht. Seit unserem letzten Ausflug waren wir uns wohlwollend aus dem Weg gegangen. Außerdem arbeitete sie jetzt häufiger, was das Aus-dem-Weg-Gehen sehr erleichterte. Doch das Lächeln, mit dem sie mich in diesem Moment bedachte, strafte all die letzten Tage Lügen. Ihr Gesicht leuchtete wieder, als sie mich sah.

»Hallo, Meredith. Was möchtest du trinken?«, fragte sie.

»Eine Cola«, sagte ich und lächelte zaghaft zurück. Ihr Strahlen nahm noch ein Quäntchen zu und sie eilte zur Theke. Keine Frage, ich war ihr Sonnenschein. Und sie hatte viel durchgemacht. Ich sollte ihr die Ohrfeige verzeihen. Obwohl das verdammt schwer war.

»Du hast nicht erzählt, dass deine Mutter Elizabeths Stelle eingenommen hat«, rügte mich Chris und trank von seinem Bier. »Elizabeth wird enttäuscht sein, so schnell ersetzt zu werden.«

»Seien wir mal ehrlich, Mum ist mit Sicherheit kein Ersatz, sondern eine Bereicherung für den Laden«, sagte ich und meinte es durchaus nicht voreingenommen.

»Das empfindest aber auch nur du so«, gab Chris zurück. »Mit deiner Mutter traue ich mich nicht zu flirten.«

»Dir liegt wirklich etwas an ihr«, stellte ich erstaunt fest. Chris zuckte nur die Achseln. »An deiner Mum? Aber sicher. Ich habe dich seit jeher um sie beneidet und ich würde nie so respektlos sein und ihr auf den Hintern starren.«

Ich warf einen Bierdeckel nach ihm. »Ich meine Elizabeth. An der liegt dir viel.«

Chris nahm wieder einen großen Schluck und sagte dann leichthin:

»Wir haben gestern gesehen, an wem ihr was liegt. Du willst Flirttipps von mir? Dann merke dir eine weitere goldene Regel: Wenn du spürst, dass dein Gegenüber auch nach allen gezogenen Registern nicht an dir interessiert ist, unternimm keine weiteren Versuche. Du machst dich sonst lächerlich.«

Das klang bitter. War aber leider auch wahr.

»Ich fürchte, dann können wir uns die Lektion heute sparen«, sagte ich und gestand Chris, was in der Nacht nach seinem Fußballspiel vorgefallen war. Für einen kurzen Moment hatte Mum mich von Brandon ablenken können. Doch die Erinnerung kam mit voller Wucht zurück.

Chris klatschte sich vor Lachen auf die Oberschenkel, als ich geendet hatte.

»So lustig war das nicht«, grummelte ich beschämt.

»Doch, das war es. Aber es geht auch um Lektion Nummer zwei. Du willst ihn auf dich aufmerksam machen? Lachen ist dafür immer gut, vor allem wenn man sein Gegenüber glänzend unterhält. Voilà.«

Verwirrt drehte ich mich um und hätte mit meinem Ellbogen beinahe Brandon angerempelt, der mir mein Getränk brachte.

»Deine Cola, Meredith.«

Sofort begannen meine Hände zu flattern. Hatte er mein Geständnis etwa mitbekommen? Hoffentlich nicht. Ich rutschte im Stuhl etwas weiter nach unten und schirmte mit einer Hand mein Gesicht ab. Die Seite, die ihm zugewandt war.

»Geht's dir gut, Meredith?«

Nein. Nicht, wenn du so dicht neben mir stehst.

»Ja, die Spanische Fliege ist mittlerweile komplett verdaut«, gab ich zurück, weil mir nichts Besseres einfiel.

»Schade«, hörte ich ihn sagen. Warum ging er nicht weg? Es wartete genug Arbeit auf ihn, aber er stand da wie festgewachsen. Moment, hatte er *schade* gesagt?

»Meredith, hab ich Dreck im Gesicht?«

Spontan sah ich auf und ihm direkt in die Augen.

Kleine Lachfältchen hatten sich darum gebildet. Niedlich.

»Äh … nö. Kein Dreck.«

»Und warum siehst du mich dann nicht an?«

Er grinste. Auf seinen Wangen bildeten sich Grübchen. Noch niedlicher.

»Tu ich doch«, stammelte ich.

»Du brauchst dich für nichts zu schämen. Ich fands niedlich«, sagte er noch augenzwinkernd und ging zurück zur Theke.

Niedlich! Konnte er … Nein, konnte er nicht.

Ich atmete erleichtert auf. Mein Zittern legte sich ein wenig.

»Wofür brauchst du noch Tipps?«, fragte Chris und musterte mich aus zusammengekniffenen Augen. »Das war perfekt. Na ja, bis auf den Spruch mit der Verdauung. Solche Themen sollte man immer ausklammern.«

Meine Hände hatten sich so weit beruhigt, dass ich von meiner Cola trinken konnte. Aber ich nippte nur. Ich bemerkte, dass Chris jemandem zwei Tische weiter zulächelte. Eine hübsche Brünette mit tief in den Rücken fallenden Locken.

»Nächster Schritt«, sagte er und prostete dem hübschen Mädchen zu. »Mach, dass er wieder zu deinem Tisch kommen muss. Bestell dir was zu essen.«

»Ich hab aber keinen Hunger. Und außerdem käme dann meine Mutter«, widersprach ich.

Chris seufzte. »Gut, probieren wir was anderes. Beim nächsten Mal nimmst du einen Strohhalm zur Cola. Versuch mal, den Kopf ein wenig zu neigen, und sieh mich an. Nicht so, das ist zu viel. So hast du ein Doppelkinn«, korrigierte er meine Haltung.

»So?«, versuchte ich es erneut, tastete dabei nach meiner Cola – und stieß sie um. Typisch.

Sofort war Brandon wieder am Tisch und wischte auf.

»Meredith, hast du morgen Vormittag Zeit?«, fragte er, während er den Lappen über die Platte gleiten ließ. Aber er sah dabei nicht auf seine Hände. Ich wurde mit einem weiteren Lächeln bedacht.

»Na ja … ja, schon irgendwie«, antwortete ich und setzte mich vorsichtshalber auf meine bebenden Hände.

»Fein. Magst du zu mir kommen oder sollen wir ein wenig spazieren gehen?«

Er wollte mit mir spazieren gehen! In meinem Bauch flatterte ein ganzer Schwarm Maikäfer. Für Schmetterlinge waren die viel zu groß.

»Das überlasse ich dir«, sagte ich und versuchte noch einmal, ihn mit geneigtem Kopf anzusehen.

»Dann treffen wir uns bei mir«, sagte Brandon bestimmt. »Und nimm deine Badesachen mit. Wir könnten anschließend noch eine Runde im Kennet-Weiher schwimmen gehen.«

Ich blinzelte unsicher. Die armen Fische im Kennet-Weiher bekamen bestimmt allein von meinem Anblick einen Schock.

»Keine Sorge, ich passe auf, dass nichts geschieht«, versprach er, zwinkerte noch einmal und verschwand wieder hinter der Theke.

Ich sah zu Chris. Er saß zufrieden lächelnd auf seinem Stuhl und musterte mich. »Ehrlich, Meredith, deine Methode, um Aufmerksamkeit zu gewinnen, ist unschlagbar. Ich sollte mir von *dir* ein paar Tipps geben lassen.«

27. Kapitel

Noch beim Verlassen des Circlin' Stone war die Ernüchterung eingetreten. Genau in dem Moment, in dem ich wieder klar denken konnte. Von wegen Date!

Er wollte sich mit mir besprechen, wissen, was ich schon herausgefunden hatte. Ich war so doof. Für einen Augenblick hatte ich tatsächlich geglaubt, er wolle Zeit mit mir verbringen. Schöne Zeit! Doch beim Rausgehen hatte wieder eine bildschöne Blondine auf dem Barhocker gesessen und Brandon hatte – Gläser polierend – mit ihr geflirtet. Mich hätte er gar nicht mehr wahrgenommen, wenn Mum mir nicht »Bis später, Schatz« zugerufen hätte. Erst daraufhin hatte er gewunken und sich gleich wieder dem Glas bzw. Mädchen zugewandt.

Und Chris glaubte, ich sei ein Date-Profi. Brandons Reaktion bekam er gar nicht mehr mit. Er hatte, als er vom Klo kam, ein Mädchen vom College getroffen und war bei ihr stehen geblieben.

Entsprechend erwartungslos klingelte ich auch am nächsten Tag an Brandons Haustür.

Meine Einstellung änderte sich aber schlagartig bei seinem Anblick.

Augenscheinlich hatte er eben erst geduscht. Sein blondes

Haar war noch ein wenig feucht und das T-Shirt klebte an seinem Oberkörper.

Dafür dass er nur Gläser polierte und zum Bogenschießen ging, machte er noch immer den Eindruck, als trainiere er täglich mit einem Personal Trainer für den nächsten Superheldenfilm.

Aber wen interessierten Peter Parker oder Clark Kent, wenn man Brandon Grey gegenüberstand?

Mr Grey ist für Sie bereit. Mir wurde schlagartig heiß. Sollte ich jetzt hier irgendwo einen einzigen Kabelbinder rumliegen sehen, würde ich wie ein zwölfjähriges Mädchen zu kichern anfangen.

Reiß dich am Riemen, Meredith, sagte ich mir. Es gab viel zu besprechen.

»Komm hoch«, sagte er und ließ mir den Vortritt. Sein kleines Wohnzimmer war picobello aufgeräumt.

»Es tut mir leid, dass du dich allein um alles kümmern musst«, begann er und ließ sich auf einem Stuhl nieder. Ich setzte mich auf das schmale Sofa.

»Vielleicht kann ich dir ab jetzt ein bisschen helfen. Deine Mutter ist Gold wert. Ohne große Einweisung sieht sie, wo Not am Mann ist.« Er lächelte. Obwohl er das sagte, sah er erschöpft aus. Die letzten Wochen mit all den Zusatzstunden hatten auch bei ihm ihren Tribut gezollt.

»Ich hab nicht viel herausgefunden«, gestand ich und berichtete Brandon von meiner fruchtlosen Recherche im Internet und dem Abend mit Gläserrücken.

»Davon habe ich schon gehört«, sagte er dumpf.

Warum überraschte mich das nicht?

»Elizabeth war außer sich.«

»Was war sie?«, fragte ich ungläubig.

»Ja, sie klammerte sich an mich und erzählte, ein echter Geist wäre anwesend gewesen und habe eine Botschaft hinterlassen. Sie hatte Angst und wollte nicht mehr in einem Haus bleiben, in dem es spukte. Ich hatte richtig Mühe, ihr klarzumachen, dass es bei Chris – mit oder ohne Geist – noch immer am sichersten für sie ist. Willst du einen Kaffee?«

Dieses verlogene kleine Luder. Sie hatte uns alle, insbesondere Chris und mich, brüskiert und sich am nächsten Tag an Colin rangeschmissen. Keine Spur von Angst vor Geistern oder dergleichen. Sie hatte diesen mystischen Kram doch vorgeschlagen. Ich malte mir gerade aus, wie ich ihr beim nächsten Zusammentreffen die weißen Perlzähne einschlagen würde. Eine nette Vorstellung, die mich beruhigte und wieder zum eigentlichen Thema zurückbrachte.

»Sagt dir der Name Willmær was?«

»Wie?«, fragte Brandon gedankenverloren. Er war gerade dabei Milch aufzuwärmen. Ich wiederholte den seltsamen Namen, doch er zuckte mit den Schultern, während er die Filterkaffeemaschine füllte.

Er griff nach zwei Kaffeebechern und kam zurück ans Sofa.

»Nie gehört.«

»Das scheint ein sehr alter Name zu sein. Könnte er irgendwas mit der Abtei zu tun haben?«, riet ich ins Blaue. »Was weißt du über die Abtei?«

»Sie wurde unter Heinrich VIII. aufgelöst. Ich habe bis zu meinem achten Lebensjahr jeden Sonntag in der Kirche für sämtliche Heiligen beten müssen. Glaub mir, das waren verdammt viele.«

Die Kaffeemaschine röchelte und Brandon stand wieder auf.

»Bis zum achten? Und dann?«

»Dann starb Königin Maria, die für fünf Jahre den Katholizismus zurück nach England geholt hatte, und ihre kleine Schwester übernahm den Thron und führte die protestantische Religion ihres Vaters wieder ein.«

Königin Elizabeth I. also. Ich begann nachzurechnen. »Also bist du 1550 geboren?«

Er war gerade dabei gewesen nach der Kaffeekanne zu greifen und ich sah, wie er sich versteifte.

»Müsste der Mönch nicht auch aus dieser Zeit stammen? Elizabeth, du und Cromwell, ihr seid alle aus dieser Ära«, versuchte ich einen Hinweis zu finden.

Brandon schüttete meine Tasse voll. Es roch gut und dampfte verlockend. Ich nippte. Wow, sogar Filterkaffee schmeckte bei ihm, nicht nur aus der Brühmaschine.

»Genau genommen bin ich rund fünfzig Jahre älter«, sagte er, nachdem er sich auch versorgt hatte.

»Dafür siehst du verdammt gut aus«, rutschte es mir heraus und im selben Moment hätte ich mich am liebsten getreten.

»Ich weiß«, sagte Brandon und grinste breit.

»Du bist ganz schön eingebildet«, sagte ich. Meine Nervosität kam zurück, gepaart mit der Erinnerung an mein Erwachen vor einigen Tagen in ebendiesem Raum und an den Besen. Schnell stellte ich die Tasse ab, ehe ich was verschütten konnte. Das würde noch fehlen, erst Salat, dann heißen Kaffee auf seinen Schoß gekippt. Es reichte, dass er mich auch so schon für den ungeschicktesten Menschen von ganz Großbritannien hielt.

Schotten und Iren inklusive.

»Wenn ich schon nicht an mich glaube, wer sollte es dann tun?«, fragte er lapidar.

»Deine Mum?«, entgegnete ich, um den gleichen Tonfall bemüht.

Er schnaubte abfällig. »Meine Mum.«

Er ließ sich mir gegenüber in den Sessel fallen, beugte sich aber sogleich nach vorn, die Ellbogen auf die Knie gestützt.

»Ich hab jetzt deine Mum ein wenig näher kennengelernt«, sagte er. »Sie war mir schon immer sympathisch, aber jetzt finde ich sie noch viel netter. Du hast eine tolle Mum, Meredith, und ich kann einfach nicht glauben, dass du wirklich so verschroben bist, wie du dich immer gibst. Nicht mit diesen Genen.«

»Vielleicht habe ich mehr von meinem Dad«, wandte ich ein, aber ich fühlte meine Ohren glühen. Er hatte Mum nicht erlebt, als wir das letzte Mal an Olivers Grab gefahren waren.

»Ich hab dir nie erzählt, wie ich meine Kräfte entdeckte, oder?«, setzte er unverhofft an.

Ich schüttelte stumm den Kopf. Wenn ich jetzt den Mund aufmachte, würde ich wieder losplappern.

»Ich war fünf oder sechs und ließ sämtliche Fensterscheiben in unserem Esszimmer platzen. Mutter und Vater hatten keine Erklärung dafür und die Scheiben konnten lange nicht ersetzt werden, weil sie so teuer waren. Es waren die größten Fenster vom ganzen Haus gewesen.« Ein Lächeln huschte über sein Gesicht bei dieser Erinnerung.

Ich fragte mich, wie sein Zuhause ausgesehen haben mochte.

»Wenig später brachte ich Mutters kostbaren Spiegel zum Bersten. Sie war dabei und sah mich an, als sei ich der Leibhaftige selbst. Sie hat mich nie wieder berührt und ertrug es nicht mehr, mit mir allein zu sein. Sie wollte mich sogar der spanischen Inquisition übergeben, denn Mutter war im Grunde ihrer Seele Katholikin. Mein Vater konnte es gerade noch verhindern. Mir wurde ein persönliches Kindermädchen zur Seite gestellt und ich musste lernen meine Fähigkeiten zu kontrollieren«, sagte Brandon.

Ich starrte ihn an. Wie schrecklich. Die eigene Mutter? Andererseits, wenn ich an Colins Eltern dachte …

Brandon räusperte sich und der Anflug von Bitterkeit war verflogen. Ich hätte nachhaken sollen, doch mein Moment des Mitgefühls hinderte mich daran. Ein Fehler.

»Das bringt mich zum entscheidenden Thema, dem ich mich heute widmen wollte. Wir müssen weiterüben, damit du deine Kräfte lenken kannst.«

»Können wir nicht einfach …«

»Einfach was? Meinen Körper weiter bewundern? An der Stange tanzen?«

Mir wurde brennend heiß und ich hätte ihm jetzt doch gern den Kaffee ins Gesicht gekippt. Hatte ich vor einer Sekunde noch Mitleid mit ihm gehabt, so verschwand das augenblicklich.

»Ich dachte eher daran, dass wir noch weiter nach Hinweisen suchen, die uns zu dem Mönch führen könnten oder zu dem Ritual, das die Erdumdrehung wieder voll in Gang bringt.«

»Du glaubst, es hat schon angefangen?«, fragte er erstaunt.

»Die Feder auf meinem Schreibtisch schwebt. Ganz ohne Hilfe liegt sie ungefähr so hoch über der Platte.« Ich deutete mit Daumen und Zeigefinger die zweieinhalb Zentimeter an. Nur für den Fall, dass er noch mit Elle und Finger rechnete.

Er sah mich ungläubig an. »Das kann nicht sein. Sieh doch.«

Brandon stand auf, ging nach nebenan und ich hörte ihn mit dem Kissen hantieren. Schließlich kam er mit einer Daunenfeder zurück.

Er legte sie auf den Couchtisch. Sie blieb liegen. Aber nur zwei Sekunden, dann stieg sie empor.

Brandon sah mich an. Ich sah Brandon an.

»Meredith«, sagte er endlich nach einer kleinen Ewigkeit, »wir müssen üben. Dringend. Du musst lernen, deine Kräfte gezielt einzusetzen, sonst wird alles noch viel schlimmer.« Seine Stimme klang seltsam belegt und mich fröstelte plötzlich.

Meine Kräfte. Das klang immer noch so … absurd.

»Was ist?«, fragte Brandon.

»Das ist alles so unwirklich. Wie soll das funktionieren?«

»Wir haben alle klein angefangen und es ist an der Zeit, dass wir weiterkommen.« Brandon war fest entschlossen.

»Aber ich war mir immer sicher, Colin sei der Einzige mit solchen Kräften. Bei mir ist bis zu jenem Tsunami nie was geschehen, und glaub mir, ich hab mit ihm zusammen geübt«, gestand ich und knetete nervös meine Hände.

»Du hast sehr starke Kräfte. Ein Platonid hätte vielleicht einen leichten Wasserwirbel in diesem Teich verursacht, aber du … Und außerdem habe ich noch kein Mädchen getroffen, das es in geschlossenen Räumen regnen lassen kann«, lächelte er mir aufmunternd zu.

»Ich schon«, sagte ich trocken. »Shelby Miller hat mal in den Umkleidekabinen geraucht, so dass die Sprinkleranlage anging.«

Brandon lachte herzhaft.

Ja, ich mochte seine Grübchen sehr.

Als er sich wieder beruhigte, hatte ich auch meinen Kaffee fast ausgetrunken.

»Versuchen wir's doch einfach«, schlug er vor. »Denk doch an … Feuer ist vielleicht in einem geschlossenen Raum keine gute Idee. Wasser auch nicht, wenn ich es mir recht überlege.«

Er kniff die Augen ein wenig zusammen und sagte dann: »Nehmen wir doch Cromwells Fähigkeit. Versuch doch mal, mich zu manipulieren. Ich könnte etwas sagen, das ich sonst nie sagen würde.«

Ich liebe dich, du bist die umwerfendste Frau, der ich im sechzehnten oder einundzwanzigsten Jahrhundert begegnet bin, schoss es mir durch den Kopf. Ja, das wäre ein Satz, den ich wahnsinnig gern von Brandon hören würde. Allerdings ohne Manipulation.

Stattdessen dachte ich unwillkürlich an die Barhockerbesetzungen mit ihren langen blonden Haaren und dem perfekten Make-up und einem Körper, der genau da gerundet war, wo er gerundet sein sollte.

»Du bist eine unersetzliche Hilfe für Elizabeth«, sagte Brandon leise.

Meine Schultern sanken nach unten und ich atmete hörbar aus. War ja klar, dass er nur an sie dachte.

»Es funktioniert«, sagte ich schlicht.

Brandon lachte leise. »Nein, tut es nicht. Das kann man an deinem enttäuschten Gesicht sehen. Aber jetzt ernsthaft. Du möchtest, dass ich noch einmal für dich koche.«

Um ihm wieder die Salatschüssel über den Schoß zu kippen? Sollte er noch einmal Elizabeth erwähnen, wäre das durchaus denkbar. Andererseits: Er flirtete mit mir!

Ich versuchte mich erneut zu konzentrieren, ohne den Zusatz *Ich liebe dich* einzubinden. Obwohl … was würde geschehen, wenn ich ihm plausibel machen könnte, dass ich die richtige Frau für ihn bin? Die einzig Wahre, die nicht nur auf sein gutes Aussehen reinfiele, sondern auch den Mann dahinter …

Meredith, reiß dich zusammen.

»Meredith, reiß dich zusammen«, sagte Brandon streng.

Verdammt. Das war garantiert keine Manipulation gewesen, sondern eine logische Schlussfolgerung auf meine Unaufmerksamkeit.

Andererseits, wenn ich Menschen so stark beeinflussen könnte, wie Cromwell es tat …

Ich könnte Theodor zur Müllabfuhr gehen lassen. Ich würde ihm suggerieren, dass seine wahre Bestimmung in der Entsorgung von Müll läge.

Was für ein Spaß!

Dr. Adams würde ihn enterben.

Und Dr. Adams erst! Ich würde dafür sorgen, dass er seine Frau gut behandelte. Und die würde ihn ab sofort in Frauenkleidern die Fußleisten abstauben lassen und das überall stolz verkünden. Oder sie würde sich bei *Frauentausch* anmelden und Dr. Adams müsste eine Woche lang mit einer Person wie Shelby Millers alkoholkranker Mutter zusammenleben.

Dafür wäre es auf alle Fälle wert, Cromwells Gabe von der Pike auf zu erlernen. Dr. Adams in einem Bleistiftrock und Netzstrümpfen, der kniend mit dem Federwisch vorwärtsrutschte und Fußbodenleisten abstaubte. Yeah.

»Meredith? Ich habe gerade unbändig Lust, Federn zu bündeln«, sagte Brandon stirnrunzelnd. »Woran denken Sie um Himmels willen, Miss Wisdom?«

Ich starrte Brandon unschuldig an.

»An Vögel, Mr Grey.«

Er schluckte hörbar.

O mein Gott.

»Vogelfedern. Federn. Ehrlich«, rief ich schnell. Ich machte es nur noch schlimmer. »Was soll ich denn denken?«, fragte ich verzweifelt. »Ich bin ratlos. Ich möchte ja nicht, dass du gleich aus dem Fenster springst oder rausschreist, dass du verliebt bist oder so was.«

Brandon grinste breit. »Wäre vielleicht nicht ganz so gut für meinen Ruf. Du könntest mich trockene Wäsche aufhängen lassen. Ich habe erst heute Morgen alles weggebügelt, deswegen wäre das Unsinn.«

Sofort machte sich in meinem Kopf das Bild von Boxershorts auf einer Wäscheleine breit. Sorgsam nebeneinander hängend in verschiedenen Karomustern.

Brandon begann seine Hose aufzuknöpfen.

Entsetzt hielt ich die Luft an.

»Was tust du da?«, fragte ich fassungslos.

Er hielt inne und sah mich an.

»Ich muss mich davon überzeugen, Unterwäsche zu tragen.«

Schon war die Jeans offen, und obwohl ich die Augen schnell abwandte, hatte ich einen Blick auf blau-rot-weiße Karos werfen können.

»Äh, Brandon … hast du karierte …« Weiter traute ich mich nicht zu fragen. Ich hörte einen Reißverschluss ratschen und dann Brandons saure Stimme.

»Denkst du eigentlich auch an was anderes als an Sex?«

»Ich habe nie an Sex gedacht«, verteidigte ich mich empört.

Ich sah, wie er rot wurde. Oha. Vielleicht war es besser, nicht auf seiner bequemen Couch zu sitzen.

Aber leider brauchte ich mir darüber keine Gedanken zu machen. *Leider oder Gott sei Dank?*, überlegte ich. Das Leider überwog. Unwillkürlich fragte ich mich, wie vielen Frauen er wohl schon ein Frühstück hier serviert hatte. Und hätte sich dieser strahlende Ritter tatsächlich gegenüber der Mantel-ohne-was-drunter-Blondine enthaltsam verhalten, wenn ich nicht hier gewesen wäre?

Den Rest des Vormittags war es mit meiner Konzentration vorbei und ich erreichte nichts mehr.

Nicht einmal einen Kuss.

28. Kapitel

Als ich am nächsten Morgen in die Küche kam, war ich zum ersten Mal seit ein paar Tagen nicht alleine dort. Mum hatte anscheinend erst die Mittagsschicht in der Drogerie. Sie saß über ihre Tarotkarten gebeugt am Frühstückstisch, eine Hand schob drei Karten hin und her, während die andere gedankenverloren über der Kaffeetasse schwebte. Ihr Kaffee dampfte nicht mehr und hatte einen weißen Schleier.

Ich hatte sie gestern überhaupt nicht zu Gesicht bekommen. Nachmittags war ich mit Shakti und Rebecca im Freibad gewesen und abends leisteten wir Chris und Elizabeth Gesellschaft. Was so öde war, dass wir schon um zehn wieder nach Hause gingen.

Colin war ebenfalls bei Chris gewesen. Er hatte mit mir so gut wie kein Wort gewechselt. Ein wenig konnte ich es ja verstehen, denn E klebte an ihm wie frischer Kaugummi an einer Schuhsohle. Das schien ihm überhaupt nichts auszumachen. Er war noch geblieben, als Shakti, Rebecca und ich gingen. Ich war so was von frustriert nach Hause gekommen. Nicht müde, keinen Bock auf noch mehr Fernsehen, und deswegen hatte ich versucht meine Kräfte einzusetzen. Es hatte nicht zu regnen begonnen. Stattdessen hatte ich einen kleinen Orkan mit Windhose in meinem Zimmer aufkommen lassen. Anschließend musste ich noch eine Stunde aufräumen. Danach schwor ich mir, nie wieder in geschlossenen Räumen und vor allem nicht in unserem Haus zu üben.

Als Mum von ihrer Schicht im Circlin' Stone nach Hause kam, hatte ich schon geschlafen.

»Guten Morgen«, sagte ich jetzt und rang mir ein Lächeln ab. Sie hatte zwar vorgestern Abend Chris und meine Getränke bezahlt und mich wieder wie ihre geliebte Tochter behandelt. Außerdem hatte sie mir ein neues Smartphone von ihrem ersten Gehalt vom Circlin' Stone versprochen. Ihre Art von Entschuldigung, ohne auf meine Fragen eingehen zu müssen. Trotzdem nagte unsere Auseinandersetzung noch an mir.

Ich wollte aber auch nicht sofort einen neuen Streit vom Zaun brechen, deswegen würde ich das Thema Oliver erst einmal für ein paar Tage ruhenlassen.

»Meredith …«

Ich schenkte mir eine Tasse warmen Kaffee ein und wartete. Nichts kam.

»Ja, Mum?«

»Meredith, diese Elizabeth … ist sie noch in der Gegend?«

Ich hatte gerade eine Scheibe Brot in den Toaster stecken wollen und hielt mitten in der Bewegung inne.

»Wie kommst du darauf, Mum?«

»Ich hab's geahnt«, sagte meine Mutter und jetzt endlich sah sie mir ins Gesicht.

»Wo hältst du sie versteckt?«

»Mum!«

Ich stieß meine Tasse von der Arbeitsplatte. Doch anstatt aufzuspringen und mein Unglück aufzuwischen, fixierte mich meine Mutter weiterhin und überließ das Wischen mir.

»Weshalb hält mich jeder für doof?«, fragte sie und klang frustriert.

»Ich halte dich doch nicht für doof«, sagte ich schnell und wusch den Lappen aus.

»Nein, nur minderbemittelt, weil ich an Tarot glaube und nicht so schnell die Gasrechnung überprüfen kann wie du.«

»Hast du etwa in den Karten gelesen, wo sich Elizabeth aufhält?«, fragte ich hellhörig und sah, wie Mum die Augen rollte.

»Natürlich nicht. Es war jemand im Circlin' Stone, der mich nach Elizabeth gefragt hat und behauptete, sie hätte Lansbury nie verlassen.«

Erschrocken sah ich sie an.

»Wie sah er aus? Und was hat er noch gesagt? Hat er auch nach mir gefragt?«

»Nach dir?« Jetzt wurde Mum noch wachsamer. »Meredith, erzähl mir jetzt genau …«

Doch was sie von mir wissen wollte, wurde von der Haustürschelle unterbrochen.

Mum sah auf ihre Armbanduhr.

»Eine halbe Stunde zu früh. Seltsam.«

»Ach, du erwartest jemanden?«

Sie nickte und mischte hektisch die Karten. Ich warf den Spüllappen auf das Abtropfgitter und wollte die Haustür öffnen gehen, als sie mich zurückhielt.

»Meredith, zieh drei Karten, ja?«

Ich nahm einfach die drei obersten und eilte dann zur Haustür.

Wie gut, dass ich den Kaffee schon in der Küche verschüttet hatte, denn ich hätte ihn garantiert spätestens jetzt fallen lassen.

Mrs Hensley, Rebeccas Mutter, stand vor der Tür und sah ziemlich aufgelöst aus.

»Meredith, ich muss sofort zu deiner Mutter. Ist sie schon fertig?«

»Mrs Hensley«, sagte Mum, die erstaunt im Türrahmen erschien.

»Ich weiß, ich bin eine halbe Stunde zu früh, aber ich konnte nicht länger warten, Mrs Wisdom.«

»Kein Problem. Kommen Sie rein.«

Ich ging zurück in mein Zimmer, um mich anzuziehen. Als ich frisch geduscht und mit sauberen Klamotten nach meiner Brille griff, bewegte sich etwas in meinen Augenwinkeln. Hatte ich den Bergkristall nicht richtig auf die schwebende Feder gelegt? Ich setzte die Brille auf und erstarrte. Die Feder lag genau da, wo sie sein sollte: befestigt unter dem runden Bergkristall. Stattdessen war der Bleistift nicht mehr auf seinem Platz. Er schwebte einen Zentimeter leicht schwankend über der Tischplatte.

O Gott! Es wurde stärker. Ich schickte Brandon eine SOS-SMS.

Zum Glück rief Mum in dieser Minute.

»Meredith! Kannst du mal bitte kommen?«

Sie saß wieder über die Karten gebeugt, als ich in die Küche kam. Mrs Hensley war schon wieder fort.

»Wollte sie wissen, wann sie die Kirchenglocken zu läuten hat?«, fragte ich amüsiert.

Ich fand es immer noch ulkig, dass ausgerechnet die Frau des Vikars an solchen Hokuspokus glaubte.

»Mach dich nicht darüber lustig«, sagte meine Mutter ernst. »Zieh drei Karten.«

Ich zog.

Sie deckte auf und ich sah erstaunt, wie ihre ernste Miene einen erschrockenen Ausdruck annahm.

»Mum?«, fragte ich vorsichtig. Ich glaubte nach wie vor nicht an diese Art der »Entscheidungshilfe«, wie Mum sie nannte.

Sie sah mich an.

»Meredith, ich mische seit einer Stunde die Karten. Mrs Hensley hat auch gemischt. Wir haben sie offen gemischt und dreimal nachgezählt und sortiert. Ich konnte ihr kein Honorar berechnen.«

Kein Honorar für eine Stunde Arbeit? Ich stutzte.

»Wieso nicht, Mum?«

»Sieh dir die Karten an«, forderte sie mich auf.

Ich betrachtete sie.

Der Tod, mal wieder. Dann eine Karte mit sieben Schwertern und noch eine mit einem Typ, der zehn Stäbe trug.

»Nun misch sie neu.«

Ich folgte ohne Widerspruch. Ich sah die Hände meiner Mutter zittern, als sie nach dem Wasserglas neben sich griff.

Wieder zog ich drei Karten und legte sie ab. Verblüfft sah ich dieselben drei Karten in derselben Reihenfolge daliegen.

Das war so gut wie unmöglich. Hatte ich nicht richtig gemischt? Meine Mutter raffte noch einmal die Karten zusammen, mischte sie mit dem restlichen Stapel und legte ihrerseits drei auf den Tisch.

Jetzt wurde mir schlecht.

Der Tod, die sieben Schwerter, die zehn Stäbe. Wieder alle gleich. Wieder alle in derselben Reihenfolge.

»Mum, was geht hier vor?«, fragte ich, noch immer baff.

»Das wüsste ich auch gern, Meredith«, sagte sie und ihre Stimme klang ein wenig heiser. »Auf alle Fälle wird es eine Veränderung geben. Eine Veränderung, die jemand heimtückisch herbeiführt oder sogar schon herbeigeführt hat.« Ihr Blick war stur auf die drei Karten gerichtet. »Und es bleibt noch abzuwarten, ob die Lage sich zum Guten oder Schlechten wendet.«

29. Kapitel

Die Haustür klingelte zum zweiten Mal heute Morgen und ich öffnete in der Hoffnung, die herbeigesehnte Hilfe zu bekommen.

Ich wurde nicht enttäuscht. Brandon stand vor der Tür.

»Gut, dass du da bist«, sagte ich, noch immer nicht wissend, was ich von den Entdeckungen halten sollte. Was zuerst? Ich fasste einen Entschluss, weil ich mich selber beruhigen wollte.

»Komm mit hoch.« Ohne zu überlegen, ergriff ich seine Hand und zog ihn hinter mir die Treppe hinauf.

Erst in meinem Zimmer registrierte ich das seltsam entrückte Lächeln, mit dem er mich betrachtete.

Ups. Das hatte ich komplett vergessen. Schnell ließ ich seine Hand los.

»Entschuldige, aber das musste ich dir zeigen.«

Er blinzelte dreimal, ehe er den Blick von mir auf den Schreibtisch richtete. Sofort wurde seine Miene ernst.

»Das ist …«, murmelte er und vollendete den Satz nicht. Er nahm den Bleistift in die Hand, legte ihn auf der Tischplatte ab und sah zu, wie er nach zwei Sekunden zu schweben begann. Dann entdeckte er den Kristall mit der darunter liegenden Feder und die daneben schwebenden Büroklammern.

»Und außerdem spielen die Tarotkarten meiner Mutter verrückt. Egal wie man sie mischt, egal wer sie mischt, sie zeigen immer dieselben drei Karten. Karten, die für Veränderung, Hintergehen und eine schwerwiegende Entscheidung stehen. Normalerweise sollen die Karten helfen, zu entscheiden, aber in dem Fall warnen sie nur, dass, wenn man die falsche Entscheidung trifft, es schwerwiegende Folgen hat, und sogar Mum ist besorgt.«

So. Jetzt wusste er alles. Brandon sagte nichts, sondern sah mich nur an.

Ach du meine Güte. Ich hatte wieder geplappert wie ein Wasserfall. Aber jetzt hielt ich doch meinen Mund. Jetzt könnte er was sagen. Doch er starrte mich weiter an.

»Was sollen wir jetzt tun?«, fragte ich endlich.

Brandon lächelte und hielt mir auffordernd die Hand hin. »Wir gehen üben. Draußen im Wald. Es wird Zeit, dass du Kontrolle bekommst. Du wirst deine Kräfte als Gaianidin brauchen. Du musst die Elemente beherrschen können.«

Ich ergriff sie automatisch und schon bekam sein Gesicht wieder diesen entrückt-sehnsüchtigen Ausdruck.

Erschrocken ließ ich los. »Was siehst du eigentlich, wenn du mich berührst? Und komm mir nicht schon wieder mit einer schönen Frau. Ich habe vor fünf Minuten noch in den Spiegel geschaut.«

Brandon seufzte und ließ die Hand sinken.

»Woher weißt du von den Visionen?«

»Ich weiß davon und du bist mir schon wieder ausgewichen.«

»Colin hat Visionen und er hat dir davon erzählt«, erriet er richtig.

»Colin hat Schreckensbilder …«, sagte ich und wollte soeben das *gehabt* dahintersetzen, als mir aufging, dass Brandons und

Elizabeths Visionen nicht verschwunden waren. Auch Cromwell sah noch etwas, wenn er jemanden berührte. Nur Colin nicht. Das war merkwürdig. Wie so vieles im Moment.

»Colin hat diese Schreckensbilder nicht mehr«, gab ich langsam zu. »Sie haben aufgehört. In der Nacht, in der …« Ups. In der Nacht, *in der er mich küsste*, hatte ich sagen wollen. »In der Nacht, in der auch das Gewitter war, das Elizabeth hierher katapultiert hat«, sagte ich stattdessen.

Brandon sah alarmiert aus. »Weg? Nach der Gewitternacht? In der die vierte Platonidin hier ankam?«

Ich starrte ihn an und mir schwante Übles.

»Was waren Colins Schreckensbilder, Meredith?«, fragte Brandon.

»Frag ihn bitte selber«, murmelte ich. »Ich darf es nicht verraten. Das habe ich ihm versprochen.« Ich würde dieses Versprechen auf keinen Fall brechen.

»Meredith!«

Brandon nahm meine Hände in seine und lächelte ein unverschämt liebevolles Lächeln. »Du willst wissen, was ich sehe, wenn ich dich berühre?« Mir wurde ganz warm und leicht.

Er zog mich näher an sich heran. In meinem Kopf begann eine kleine Alarmglocke zu läuten.

Seine Hände ließen meine los und umfassten meine Taille. Jetzt war ich so dicht an ihm, dass unsere Körper sich berührten. Ich fühlte seine Finger unter mein T-Shirt wandern und sein Lächeln vertiefte sich und erreichte die Augen.

Diese strahlend blauen Augen, die sich in meine branndon … äh, brannten. Und diese niedlichen Grübchen um seinen Mund.

»Im Gegensatz zu allen anderen Menschen, die ich berühre, sehe ich bei dir nichts«, sagte er leise. »Bei dir fühle ich nur. Ich spüre Glück und Liebe und ein übermäßiges Gefühl von Geborgenheit. Du bist der warmherzigste Mensch, den ich je berührt habe.«

Und dann lagen wieder seine Lippen auf den meinen und er küsste mich. Ich schmeckte einen schwachen Hauch Lakritze, und dann vergaß ich alles andere.

»Meredith!«

Erschrocken machte ich einen Satz in die Luft, knallte dabei gegen Brandons Nase und gab ihm gleichzeitig einen Schubs, um Abstand zwischen uns zu bringen. Dabei war das unnötig. Mum hatte von unten heraufgerufen.

Ich sah zu Brandon, der sich schmerzhaft die Nase hielt.

Und wieder einmal hatte ich es ruiniert.

»Meredith, ich fahre einkaufen«, rief Mum wieder. »Brauchst du was?«

»Nein«, rief ich zurück.

Die Haustür schlug zu und ich hörte den Motor unseres Autos starten.

»Entschuldige«, sagte ich zerknirscht zu Brandon. Er wollte mich trotzdem wieder in seine Arme ziehen, doch ein Fauchen hielt ihn davon ab. Madam Mim war ins Zimmer gekommen und giftete ihn an.

»Lass uns in den Wald gehen. Da sind wir auf alle Fälle ungestört«, sagte er mit Blick auf die Katze, die eifersüchtig um meine Beine strich.

Die Katze, die ich von Colin geschenkt bekommen hatte.

30. Kapitel

Wir gingen nebeneinander durch Lansbury. Ich wagte es nicht, Brandons Hand zu nehmen. Er machte auch keine Anstalten in diese Richtung. War ich jetzt mit ihm zusammen? Oder war ich nur eine Versuchung? Wenn ja, warum hatte er der dann nicht nachgegeben in der Nacht, in der ich die Spanische Fliege intus gehabt hatte?

Brandon sagte kein Wort. Erst als wir uns dem Steinkreis näherten, gab er ein abfälliges Geräusch von sich. Mir war sofort klar, warum.

Inmitten der Steine stand Alex Parkins, der selbst ernannte Oberdruide. Er trug ausnahmsweise nicht seine weiße Kutte, aber er war wie immer in Begleitung seiner beiden treuesten Adjutanten. Sie inspizierten den Altarstein.

Das wunderte mich, denn den müsste er in- und auswendig kennen, so oft wie er dort heidnische Rituale abhielt. Jeden Monat mindestens eines, egal ob es regnete, neblig war oder sogar schneite. Er hielt sich strikt an den keltischen Kalender mit seinen Feiertagen.

»Was hat er da in der Hand?«, fragte Brandon neugierig, als Parkins etwas in die Luft hielt und mit den beiden anderen begutachtete.

Doch etwas anderes fesselte meine Aufmerksamkeit.

»Finden wir es heraus«, sagte ich gedankenverloren und steuerte, ohne auf Brandon zu warten, auf die drei Männer zu.

Parkins wurde von dem Mann mit einer angehenden Glatze, die er durch einen Pferdeschwanz wohl ausgleichen wollte, auf mich hingewiesen.

»Du! Verschwinde!«, zischte Parkins, als ich näher kam. Wir beobachteten schon mal gern die abstrusen Rituale, die Alex Parkins mit den anderen Neo-Druiden abhielt, und hatten einmal dazu beigetragen, indem wir bei den Erscheinungen mit Lichtreflexen nachhalfen. Dummerweise war das noch am selben Abend aufgeflogen und mich hatte man erwischt. Seither war ich ein Dorn in seinem Auge.

Doch dieses Mal ließ ich mich nicht beirren.

Er hielt eine Wünschelrute in den Händen. Aus der Ferne waren die bronzenen Drähte nicht zu erkennen gewesen.

»Ist es dir auch aufgefallen?«, überging ich seine Begrüßung.

Ich hatte ihn verwirrt.

»Was aufgefallen?«, fragte er misstrauisch.

»Die Steine«, sagte ich und deutete auf den, der von der Straße aus im Profil zu sehen war.

Colin hatte oft behauptet, ich hätte ein fotografisches Gedächtnis. Das war natürlich Unsinn, aber ich konnte mir sehr gut Positionen merken.

»Willst du mich hochnehmen?«, fragte Parkins spitz. »Die Steine sind mir vor Jahren aufgefallen.«

»Das meine ich nicht«, widersprach ich und trat näher an den Stein, vor dem er gerade noch mit der Wünschelrute herumgedoktert hatte.

»Meredith, wovon sprichst du?«, fragte Brandon.

»Sie versucht garantiert wieder witzig zu sein«, höhnte Parkins.

Wir kabbelten uns immer, wenn wir uns begegneten. Doch dieses Mal war es mir ernst.

»Was hast du mit der Wünschelrute ausgelotet?«, fragte ich nun unmissverständlich.

Parkins musterte mich einen Moment lang. Bestimmt überlegte er, ob es etwas Doppeldeutiges an dieser Frage gab.

»Beim Mitsommerfest waren auf einmal Feuerkräfte vor Ort, die ich nicht mehr steuern konnte. Ich wollte überprüfen, ob etwas anderes, Stärkeres beschworen wurde und ob es Unheil anrichtet oder nicht.«

Ich atmete enttäuscht aus. War ja eigentlich klar gewesen, dass er so etwas Esoterisches daraus schlussfolgerte. Ich hätte ihm sagen können, dass Elizabeth diese Spielchen mit dem Feuer veranstaltet hatte.

»Meredith? Was ist dir an diesen Steinen aufgefallen?«, wiederholte Brandon seine Frage.

Ich betrachtete sie erneut, wollte sichergehen. Aber es war eindeutig.

»Sie sind schief«, sagte ich. »Sie neigen sich. Wenn das so weitergeht, kippen sie innerhalb der nächsten acht Wochen um.«

»So ein Quatsch«, meinte der dritte Mann, der eine Baseballkappe mit der Aufschrift *Lakers* trug. Sehr druidisch, wirklich. »Ich kann keine Veränderung feststellen.«

»Süße, woran siehst du das?«, fragte der blonde Pferdeschwanz. »Ich meine, wir haben diese Steine ausgemessen, kartografiert, kennen jede Ritze darin.« Das sagte er mit anzüglichem Unterton.

»Wir haben sämtliche archäologische Aufzeichnungen von Ausgrabungen studiert und uns ist nichts aufgefallen.«

»Es ist ja auch erst vor kurzem geschehen«, imitierte ich den anzüglichen Tonfall.

Parkins sagte gar nichts mehr. Er nahm seine Wünschelruten und maß damit den Stein, vor dem ich stand. Dann den daneben und den nächsten.

Endlich richtete er sich auf. Sein Blick war ungläubig.

»Sie hat Recht«, murmelte er. »Woher wusstest du das?«

»Ich hab es gesehen«, antwortete ich ehrlich. So selbstherrlich Alex Parkins auch meistens war, er sorgte sich zumindest um die Erhaltung der bronzezeitlichen Denkmäler von Lansbury. Ähnlich wie Vikar Hensley. Zu Schade, dass sich die beiden nicht verstanden. Dank Vikar Hensley und seinem Sachsen-Festival kam viel Geld in die Gemeindekasse und die Vereinskassen, während Alex Parkins mit seinen absonderlichen Druidenritualen Lansbury einen Wikipedia-Eintrag beschert hatte. Was wiederum die Kasse des Kirchenvereins durch Kuchenverkäufe an Touristen ganzjährig zum Klingeln brachte. Auch jetzt standen drei Pärchen an einem aufgebauten Klapptisch neben dem Steinkreis, wo ihnen zwei Frauen aus unserem Ort gerade Kaffee einschenkten.

Sie beachteten uns kaum und Alex Parkins ignorierte Touristen aus Prinzip. Das war der große Unterschied. Alex Parkins war wirklich an der religiösen Seite dieser Bauten interessiert, während Vikar Hensley neben der Historie auch den wirtschaftlichen Nutzen erkannte.

»Wie konntest du das mit bloßem Auge erkennen?«, fragte er und klang ehrlich interessiert.

»Ich hab ein A in Mathe«, sagte ich lapidar. »Winkel und deren Funktionen sind mir durchaus vertraut.«

»In welchem Winkel liegen die Beine einer Frau …«, sagte hinter Alex der blonde Zopfträger, doch Parkins unterbrach ihn. »Kann es sein, dass du noch mehr beherrschst außer Winkelfunktionen?«

Mir wurde ganz warm. Noch wärmer als die dreißig Grad, die es ohnehin schon in Lansbury hatte.

»Nö«, log ich halbherzig.

»Ich weiß nicht.« Parkins kniff die Augen skeptisch zusammen. »Ich glaube nicht an Zufälle. Du bist uns damals bestimmt nicht einfach so aufgefallen und ausgerechnet jetzt vorbeigekommen. Ich bin fest davon überzeugt, höhere Mächte haben dich auserkoren.«

»Ich bezweifle, dass meine Mutter Jungfrau bei meiner Empfängnis war«, erwiderte ich. »Und der Erste, der seine rechte Sandale hebt und ›Folget der Flasche‹ ruft, den steinige ich.«

Parkins grinste wölfisch. »Wenn es dich beruhigt, ich zweifle auch, dass Maria bei der Empfängnis von Jesus Jungfrau war. Ich vertraue auf die Kraft der Erde, die Macht der Steine, die Magie der Natur. Darin finden wir Gott. Und jemand, der von dieser Entfernung aus«, er deutete zur Straße, »sehen kann, dass die Steine einen anderen Winkel eingenommen haben, den haben Gott und die Naturgeister ausersehen. Du stammst bestimmt vom kleinen Volk ab. Mit diesen dunklen Haaren und den grünen Augen.«

Nicht nur mir wurde das Gesülze zu viel, sondern auch Brandon. Er legte einen Arm um meine Schultern – ich konnte aus den Augenwinkeln wieder das liebliche Lächeln erkennen – und sagte zu Parkins: »Eigentlich hatten wir vor, zum Tomb am Kennet-Weiher zu gehen. Ich würde nicht zu viel auf ihre Jungfräulichkeit setzen.«

Mir wurde schlagartig siedend heiß und die beiden Begleiter grinsten ganz ungeniert.

»Vielleicht möchte das kleine Mathegenie im Wald auch Wurzeln ziehen«, sagte der plattige Pferdeschwanz und er und sein Kumpel lachten wiehernd.

Nur Parkins' hoffnungsvolles Gesicht verfinsterte sich. »Das Tomb am Kennet-Weiher ist kein Platz für Liebende«, sagte er streng. »Es war eine Ritualstätte. Menschenopfer wurden dort erbracht.«

»Und das weißt du woher?«, fragte ich ernüchtert. »Davon hab ich noch nie gehört.«

»Er kann das Blut an den Steinen noch riechen.« Der andere Druide hinter ihm grinste schadenfroh: »Vor allem das von Jungfrauen. Die nahmen in den Augen der Götter immer einen besonderen Stellenwert ein.«

»Äh, ja. Also, wenn dein Fetisch der Geruch von jungfräulichem Blut ist, ist der Marquis de Sade ein harmloses Licht gegen dich«, konterte ich in Gedanken an den Sadomaso-Bestseller.

»Lass uns gehen«, sagte ich nur und wandte mich ab. Wir hatten schon wieder den Weg zum Wald erreicht, als Parkins uns nachgelaufen kam.

»Hey, du! Warte mal.«

Ich blieb stehen und sah ihn fragend an.

»Es ist mein Ernst. Das Kennet-Tomb ist ein Angst einflößender Ort. Dort muss man vorsichtig sein. Böse Mächte walten dort.«

Parkins' Miene war ernst. Er wollte uns tatsächlich warnen.

Ich nickte ihm zu. »Danke. Wir werden nur etwas spazieren gehen.«

Er atmete erleichtert aus, was mich wiederum verwunderte. Vor kurzem hätte er mich garantiert freiwillig an einen verhexten Ort geschickt.

»Geht in die Ruine, die erst kürzlich entdeckt wurde. Dort wurde Liebe gepredigt. Das spürt man in jeder Mauerritze. Ich muss mit dem Vikar sprechen, damit das Sachsen-Festival ein Ende findet. Die ganzen Menschenmassen zerstören den Steinkreis. Das habe ich seit Jahren gepredigt und du hast mir den Beweis geliefert. Wusstest du, dass Lansbury der einzige Steinkreis ist, der noch nie gerichtet werden musste? In Stonehenge zum Beispiel gibt es keinen Stein, der nicht schon bewegt wurde, doch diese Megalithen hier«, er klopfte gegen den neben mir, »die stehen seit ihrer Errichtung genauso fest und stramm. Das muss der Vikar erfahren, dann wird er endlich einsehen, was für einen Schatz er hier hütet. Wir müssen ihn so abschirmen, wie der Kreis von Stonehenge seit 2013 geschützt wird. Kein Fremder darf das Gelände mehr betreten.«

Damit drehte er sich um und ging zu seinen beiden Kompagnons zurück.

Verflixt. *So* hatte ich das doch nicht gemeint!

Ich sah Brandon Hilfe suchend an. »Er darf das dem Vikar nicht sagen«, erklärte ich drängend. »Vikar Hensley hat mir gerade erst das Chaos beim Sachsen-Festival verziehen. Aber wenn er das hört, glaubt er, ich würde ihm in den Rücken fallen.« Parkins durfte das nicht publik machen.

Brandon öffnete den Mund, um etwas zu sagen, aber Parkins war zurückgekommen.

»Meredith, richtig? Meredith, mir ist gerade eingefallen, wenn der Steinkreis gesperrt wird, dürfen wir ihn auch nicht mehr betreten. Ich finde, wir sollten die Neigung der Steine vorerst für uns behalten. Kann ich mich auf deine Verschwiegenheit verlassen?«

Ich klappte meinen Mund ein paarmal auf und zu, ehe ich stotterte: »Klar. Kein Problem. Ich kann sehr verschwiegen sein.«

Parkins atmete erleichtert auf. »Gut. Dein Freund hoffentlich auch. Wir sehen uns dann am Lughnasadh-Fest wieder. Du bist doch häufig bei den Zuschauern auf dem Spielplatz, nicht wahr?«

Ich nickte. Bei schönem Wetter machten wir es uns oft auf dem Spielplatz bequem und sahen dem Spektakel der Neo-Druiden zu, wie sie in weißen Gewändern ihre Riten abhielten.

»Fein, das ist nämlich ein ganz besonderes Datum im keltischen Kalender. Vor allem in diesem Jahr. Das Sternbild des Großen Hundes ist so nah wie seit über tausend Jahren nicht mehr. Das müssen wir entsprechend würdigen. Es wird etwas ganz Großes geboten werden.«

Er lächelte mich freundlich an, nickte noch einmal und ging.

Ich starrte ihm hinterher und dachte, dass es kein Zufall sein konnte, dass genau dort vor wenigen Wochen noch Kornkreise in Form des Großen Hundes zu sehen waren. Und die Steine hatten sich wirklich noch nie bewegt? Gab es da einen Zusammenhang?

»Komm, wir gehen üben«, unterbrach Brandon meine Gedanken und ich bemerkte die Sorgenfalten auf seiner Stirn.

»Was ist?«, fragte ich irritiert. »Ist es wegen deren Ritual? Für Parkins ist jedes Datum ein ganz besonderes.«

»Nein. Aber wundert es dich nicht, dass er schlagartig seine Meinung ändert und sofort alles revidiert, was er zuvor so wichtig fand?«

Ich stutzte. »Ich glaube, mit dem Element Luft komme ich schon ganz gut klar.«

»Zumindest was die Manipulation betrifft«, bestätigte Brandon und klang dabei sehr nachdenklich.

Auf dem Weg zur Abtei zog Brandon etwas aus seiner Hosentasche.

»Was hast du da?«, fragte ich neugierig.

»Das? Das haben die drei Männer am Altarstein gesehen.« Er wickelte es zufrieden um zwei Finger und ich erkannte ein Band. Ein Band, das eine lange rote Haarsträhne umwickelt hielt.

Moment mal … das hatten Colin und ich schon einmal gefunden.

»Das ist kein Stringtanga«, rutschte es mir heraus.

Brandon schnaubte.

»Nein, das ist ein Haarband, mit dem Frauen ihre Flechtfrisuren befestigt haben.«

»Ich habe von Haargummis und Nadeln gehört«, sagte ich trocken. Mir fiel wieder ein, wie Colin und ich Brandon einmal frühmorgens beobachtet hatten, wie er am Steinkreis umherstrich. Anschließend hatten wir diese Strähne entdeckt.

»Aber nicht in der Tudorzeit«, widersprach er und sah dabei äußerst zufrieden aus. Dann fügte er hinzu: »Das hat Elizabeth bei ihrem Übertritt in diese Zeit verloren. Ich erkenne die Art, wie das Band verarbeitet ist. So was hat man heute nicht mehr, dafür gibt es ja Haargummis und Nadeln.«

Okay, ich hatte es kapiert. Aber etwas anderes kam mir in den Sinn.

»Wieso hast ausgerechnet du sie gefunden? Ich meine, sie hätte ja auch … Mr Sherman in die Arme fallen können oder Dr. Adams. Oder Theodor.«

Er warf mir einen Blick von oben herab zu, der mich minderbemittelt fühlen ließ.

»Das liegt am Gewitter. Ich fühle, welche Art Gewitter sich zusammenbraut, und wenn es eines ist wie im Mai, gehe ich anschließend an den Steinkreis, um zu sehen, ob jemand angekommen ist.«

»Das sind andere Gewitter?«, fragte ich überrascht. »Und du kannst den Unterschied fühlen?«

»Seit ich selber hier gelandet bin, schon. Sie sind …« Er überlegte kurz und sagte dann: »Sie sind intensiver, düsterer, lauter. Und die Blitze sind noch viel heller.«

»Wie viele Gewitter waren das bis jetzt?«

»Drei«, antwortete er.

»Und sind denn noch mehr hier gestrandet?«, fragte ich verblüfft.

»Ich habe bislang nur Elizabeth in Empfang genommen.«

»Wäre es schlimm, wenn jemand anders das Band fände?«

»Es ist auf alle Fälle seltsam. Sieh dir die Gewebestruktur mal genauer an.«

Ich schob meine verrutschte Brille zurück auf ihren Platz und wusste genau, was er meinte. Das war kein maschinell hergestelltes Band. Es war wunderschön filigran, aber nicht so gleichmäßig, mit winzigen Unregelmäßigkeiten.

Brandon nahm mir das Band wieder ab und steckte es in seine Hosentasche.

»Ich fürchte, ich muss dir was gestehen«, sagte ich ein wenig kleinlaut.

»Lass gut sein, Meredith«, winkte er ab. »Ich würde nie jemanden im Steinkreis verführen wollen. Der ist mir viel zu unheimlich. Es gibt andere Plätze in Lansbury, die wesentlich romantischer sind und versteckter liegen.«

Das beruhigte mich überhaupt nicht.

»Übrigens«, setzte er nach ein paar Metern wieder an, »habe ich zwar nur Elizabeth gefunden. Tatsächlich kam ich aber einmal zu spät.«

»Wie meinst du das?«

»Cromwell war einmal vor mir da. Ich habe gesehen, wie er einen Mann tötete, der sich während eines Gewitters in den Steinkreis geflüchtet hatte. Vermutlich nahm er an, es sei ein weiterer Platonid. Als die Leiche am nächsten Tag entdeckt wurde, hatte er es so hingedreht, als sei der arme Kerl vom Blitz getroffen worden.«

Mir lief ein Schauer über den Rücken. Ich erinnerte mich gut. Das war vor drei Jahren gewesen und sogar die Presse hatte von dem Todesfall berichtet.

Wir erreichten die Abtei und Brandon baute einen kleinen Parcours aus Stöcken und Steinen auf, die ich wahlweise zum Schweben, Brennen oder Schmelzen bringen sollte.

Doch schon nach einer halben Stunde schickte Chris eine SMS. Er und die anderen wollten heute den Gutschein für den Kletterpark einlösen.

»Ich hatte dir mein Handy gegeben, damit du mir Bescheid sagen kannst, falls Elizabeth etwas braucht oder ich dich erreiche, falls ich nicht fortkann.« Brandon war ein wenig mürrisch, als ich Chris antwortete, ich wäre in einer Stunde bereit.

Seine Laune ließ nicht nur deshalb zu wünschen übrig. Ich hatte es nicht geschafft auch nur ein Blatt zu bewegen. Dafür hatte er sein T-Shirt ausgezogen und mit freiem Oberkörper in der Sonne gesessen, um mir weiter zuzusehen. Eine Minute zuvor hatte ich wieder an unser Bad im Weiher gedacht. Das war ihm natürlich nicht entgangen, denn er streifte sein Shirt wieder über mit der Bemerkung, das schicke sich nicht in Gegenwart eines Mädchens.

»Möchtest du es wiederhaben?«, fragte ich unsicher.

»Nein, behalte das Handy. Aber wie schon gesagt: Gib meine Nummer nicht weiter«, winkte er ab und stand auf.

»Tu ich nicht«, versicherte ich schnell. »Ich wundere mich schon, warum überhaupt keine Anrufe von Verehrerinnen eingehen.«

»Das liegt daran, dass ich noch ein zweites Handy besitze«, erklärte er.

Oh.

Diese Information machte mich … stutzig und ein wenig traurig zugleich. Ich bekam zwar sein Handy, um Elizabeth zu helfen, aber nicht seine Nummer, die er für seine Freundinnen reserviert hatte.

»Lass uns noch einmal üben, ja?«, sagte er. Er nahm überhaupt nicht wahr, was er mir da gerade eröffnet hatte.

31. Kapitel

Ich war nicht die Einzige, die von den Renaissance-Menschen angenervt war.

Ich merkte, dass Chris Elizabeth auch langsam satthatte, denn es kümmerte ihn keineswegs, sie ein paar Stunden allein zu lassen. Ich hatte ihn nach ihrer Reaktion gefragt und er hatte gleichgültig die Schultern gezuckt. Sie sei groß, es ginge ihr wesentlich besser und sie wisse mittlerweile, wie man Raviolidosen öffnete.

Chris hatte uns alle mit seinem Auto eingesammelt, und als wir den Hochseilgarten erreichten, war es Shakti, Rebecca und mir ziemlich schlecht. Colin hatte vorn gesessen, obwohl Rebecca sonst immer darauf bestand. Aber aus irgendeinem Grund hatte sie ihm, ohne zu zögern, den Beifahrersitz überlassen.

Leider, denn ich hatte gehofft, ich könnte ihm in der Enge des Rücksitzes ein paar Antworten entlocken.

Wir wurden von einem Guide empfangen, der fast einen Kopf kleiner als ich war, aber seine Oberarme hatten nahezu denselben Umfang wie sein Bauch. Von dem wollte ich keine geschmiert kriegen, selbst Chris würde in hohem Bogen meterweit fliegen. Blöderweise lispelte er und tat so, als hätten wir mit unserer Tageskarte eine Position in der Downing Street erlangt.

Wir starrten alle gleichermaßen dämlich auf unseren Guide, der uns die Gurte angelegt hatte, und hörten nur halbherzig zu.

»… eine einzigartige Erfahrung. Es fördert das Vertrauen und das Selbstbewusstsein.«

»Und die Verdauung. Ich wette, unter mir fängt es spätestens dahinten an der Ecke an zu regnen«, murmelte neben mir Rebecca und warf einen schockierten Blick zu den Seilen weit, weit über uns.

Ich kicherte, wenn auch verkrampft. War ich überhaupt schwindelfrei? Das hatte ich noch nie getestet.

Vertrauen und Selbstbewusstsein in einem Satz mit der übersprudelnden Rebecca oder der bestätigungsheischenden Shakti war schon extrem … sonderbar.

Nicht dass ich ihnen nicht vertraute, aber mein Leben würde ich nicht wirklich in Rebeccas Hände legen wollen, wenn ich an einem Seil an einer Steilwand hing. Und das hier war doch so ähnlich, oder?

Von Selbstbewusstsein konnte man bei Shakti auch höchstens beim Küssen reden.

Apropos Küssen. Meine Gedanken schweiften ab, zurück zu heute Morgen. Ich hatte nichts zum Schweben gebracht, aber ich hatte wohl etwas erreicht.

Ich konnte immer kontrollierter manipulieren. Das hatte nicht nur das Gespräch mit Alex Parkins gezeigt.

Nachdem Brandon über eine Stunde lang versucht hatte mir die Materie von Wasser, Erde oder Feuer näherzubringen, war es eindeutig die Luft, die ich problemlos beeinflussen konnte. Oder eher gesagt, manipulieren.

Brandon hatte mir wieder und wieder gezeigt, wie er aus der Erde zu unseren Füßen Erdmänner (es war ja kein Schnee da),

Kristalle und Kohle formen konnte allein mit der Kraft seiner Gedanken. Ich bewegte nichts. Er ließ Steine durch die Luft tanzen, ich hatte nicht mal einen Wurm hervorlocken können.

Als er langsam die Geduld verlor, wünschte ich mir, er würde mich wieder küssen, statt mir eine Standpauke zu halten, und das tat er dann auch. Sofort, und ohne zu zögern, kaum dass ich den Gedanken zu Ende gedacht hatte.

Nach diesem Kuss – o Mann, er konnte nicht nur Steine erweichen, sondern auch meine Knie – dachte ich, es wäre schön, wenn er heute Nachmittag nicht arbeiten müsste, sondern stattdessen mit mir schwimmen gehen würde.

Prompt hatte er vorgeschlagen, meine Mutter anzurufen, damit sie die Schicht im Circlin' Stone übernahm. Kaum ausgesprochen, war ihm aufgegangen, dass etwas nicht stimmte.

Mit einem sehr hohlen Gefühl im Magen brachte ich Abstand zwischen uns und sagte, er solle Mum nicht anrufen, sondern arbeiten gehen.

Das hielt er – fünf Meter von mir entfernt – für eine sehr gute Idee.

Auf dem Rückweg hatte jeder von uns auf einen Meter Mindestabstand geachtet.

Und jetzt stand ich vor den beinahe kirchturmhohen Holzpfählen, bereit, mein Leben in die Hände meiner Freunde zu legen.

Einerseits war meine neu erworbene Kunst der Manipulation in dieser Situation vielleicht nicht die schlechteste. Allein durch Willenskraft konnte ich dafür sorgen, dass die anderen mein Seil festhielten, komme, was wolle.

Ich könnte auch Colin dazu bringen, endlich vernünftig mit mir zu reden.

Das juckte mich noch am allermeisten.

Er hatte mir – falls er mich überhaupt ansah – freundlich und unverbindlich zugelächelt, so wie er auch unseren Guide begrüßt hatte. Ich war noch immer sprachlos deswegen.

Chris war der Erste, der sich hinaufwagte. Mit angehaltenem Atem sahen wir ihm zu, wie er Schritt für Schritt über die Hängebrücke mit den weit gestreckten Streben ging. Man merkte sofort, wie sportlich und trainiert er war, denn er bewegte sich sehr sicher und strauchelte nicht einmal, bis er die andere Seite erreicht hatte.

Danach machte sich Shakti an den Aufstieg. Sie brauchte wesentlich länger und war viel vorsichtiger. Colin hielt sich dicht hinter ihr und gab ihr Hilfestellung. Er hatte sich nicht ein einziges Mal zu mir umgedreht. Ohne abzuwarten, war er hinaufgeklettert, um Shakti beizustehen. Und dann rief er auch noch, Rebecca solle ihm folgen, falls sie auch Hilfe bräuchte.

Das war ja wohl die Höhe.

Ich beobachtete, dass er ganz sorgsam Shakti Tipps gab, wie sie ihre kleine Höhenangst überwinden konnte, und gleichzeitig Rebecca Mut machte, die wackelige Hängebrücke zu betreten.

An mich verschwendete er keinen Blick. Nicht einen einzigen. Meine Empörung ließ mich beherzt die zehn Meter zu der Plattform emporsteigen.

Nein, ich würde jetzt nicht mehr nach unten sehen. Ich würde einfach meinen Freunden hinterherklettern und fest auf die Sicherheitsseile vertrauen.

Und außerdem würde ich Colin zeigen, was ich von seinem Verhalten hielt.

Bei der dritten Plattform hatte Rebecca ihre Unsicherheit überwunden, Colin und Shakti überholt und feuerte Chris an, der sich mit Hilfe eines Seilzuges bergab zur nächsten Herausforderung schwang, die man in Form eines Baumstammes überqueren musste.

Shakti dagegen konnte kaum das Gleichgewicht halten. Obwohl sie sich in ihrer Bauchtanzgruppe sehr grazil bewegte, machte ihr die Höhe ein wenig Angst. Colin war ständig an ihrer Seite, hielt ihr hilfreich eine Hand und sprach ihr Mut zu. Außerdem lobte er Rebecca, die sich vor ihnen an einzelnen Schaukeln entlanghangelte.

Rebecca drehte sich lachend zu Colin um. Ich hörte nicht zu, was die drei dort redeten, sie kicherten auf alle Fälle wie kleine Mädchen. Colin umfasste Shaktis Taille und bugsierte sie dicht vor sich her.

Ob sie auch noch so kichern würden, wenn Colin danebengriff?

In diesem Moment strauchelte Shakti und Colin machte aus Reflex einen Satz und umfasste mit der ganzen Hand ihre linke Brust.

Shakti schrie empört, Rebecca lachte schallend und Colin zog seine Hand so schnell zurück, als habe er sich verbrannt.

Ich grinste.

Jetzt fehlte nur noch, dass er Rebecca an den Hintern grapschen würde. Damit hätte er es für die nächsten Tage mit beiden verscherzt.

Kaum dass er und Shakti an der Plattform angekommen waren, wo Rebecca sich noch immer kringelte vor Lachen, kniff ihr Colin in den Po.

Das Lachen wich einem deutlich hörbaren Klatschen.

Rebecca hatte ihm ein paar auf die Finger gegeben und zischte, solle er das noch einmal wagen, hätte er zum letzten Mal auf sie herabgeschaut. Dann wäre er nämlich einen Kopf kürzer. Colins Gesicht war genauso rot wie seine Hand, die Rebecca getroffen hatte, und er entschuldigte sich tausend Mal bei ihr.

Chris hatte das Ganze auch von der nächsten Station aus mitbekommen und sein Grinsen verriet, wie sehr er sich amüsierte. Wenn Colin noch einmal danebengriff, wäre er gezwungen, mit mir zu reden. Denn außer Chris blieb ja niemand sonst übrig.

Also konzentrierte ich mich darauf, dass Colin noch einmal die Hand ausrutschte. Shakti hatte immerhin zwei Brüste.

Doch nichts geschah mehr. Zumindest nicht bei Colin. Rebecca dagegen fiel einmal der Länge nach gegen Chris, Shakti packte nicht das Seil, sondern Rebeccas Brust und Chris rutschte ganz untypisch auf dem gespannten Tau in die Grätsche aus. Er brauchte fünf Minuten, bis er wieder in der Lage war, aufzustehen.

Colin half Chris, als der endlich die Hände von seinem Schritt nehmen konnte, auf die Beine und war ganz Gentleman und auf Abstand zu Rebecca und Shakti bedacht.

Als wir zwei Stunden später wieder richtigen Boden unter den Füßen hatten, überlegte ich, dass es Zeit für einen krönenden Abschluss war.

Doch statt Colin war es wieder Chris, der stolperte und Rebecca dabei niedermähte.

Ich musste unbedingt noch etwas üben. Meine Manipulationsversuche waren noch nicht richtig konfiguriert. Trotzdem war es ein klein wenig amüsant gewesen.

Ehe wir wieder nach Hause fuhren, ging ich noch aufs Klo.

»Ich weiß, dass du dahintersteckst.«

»Colin!« Erschrocken stolperte ich rückwärts und die zugefallene Kabinentür knallte gegen die Wand. Er war mir auf die Mädchentoilette gefolgt.

»Was tust du hier? Das ist das Mädchenklo!«

Ich mied es, meine Hände an meine hochroten Wangen zu legen, und ging stattdessen zum Waschbecken.

Mein Gesicht brannte nicht nur vor Überraschung, ihn hier so unerwartet vorzufinden. Schlechtes Gewissen gehörte auch dazu.

Colin trat dicht neben mich.

»Du hast versucht mich zu manipulieren. Lass dir eines gesagt sein: Ich habe bereits bei Cromwell Logistics gespürt, dass Cromwell eine Macht besitzt, der es zu widerstehen gilt. Nur damit du es weißt, Meredith: Ich *kann* ihr widerstehen.«

»Großartig. Ich bin stolz auf dich«, sagte ich sarkastisch.

»Ich warne dich: Versuch das nie wieder.«

Er sah richtig wütend aus.

Ich schluckte und entschied mich für Angriff als die beste Verteidigung. »Sonst noch was, Colin? Wirst du mich verraten? Den anderen erzählen, was ich für ein Freak bin? Vergiss nicht, du bist dann auch einer.«

»Meredith, du weißt genau, dass ich nie ein Geheimnis weitersagen würde. Aber ich könnte auch nicht länger deine Nähe ertragen.«

Mit diesen Worten drehte er sich um und verließ das Klo.

Ich blieb stehen, und erst als ich kein Gefühl mehr in den Fingern hatte, ging mir auf, dass ich sie noch unter den laufenden Wasserhahn hielt.

32. Kapitel

Nach Colins Standpauke war mir schlecht. Ich wies alle Angebote, abends ins Circlin' Stone zu gehen, zurück und erklärte, ich wolle mich hinlegen. Vor allem wollte ich allein sein. Und ich hatte Glück: Auf dem Küchentisch lag ein Zettel mit der Nachricht, dass Mum arbeiten sei und heute Abend auch kellnern müsse.

Also setzte ich mich auf die Couch und zappte ein wenig durchs Programm. Als ich nichts Interessantes fand, ging ich in mein Zimmer und legte mich aufs Bett, um zu lesen. Doch ich konnte mich nicht auf die Seiten konzentrieren.

Mir war langweilig und ich fühlte mich nicht gut. Das hatte weniger mit Kopfschmerzen oder einem angehenden Infekt zu tun, als vielmehr mit dem reservierten Gesichtsausdruck von Colin, mit dem er sich nach dem Kletterpark von mir verabschiedet hatte. Er konnte doch nicht so nachtragend sein. Zumindest nicht mir gegenüber. Er verzieh sogar Theodor regelmäßig alles.

Madam Mim sorgte für ein wenig Ablenkung, indem ich mit ihr Sockenfangen spielte, bis sie erschöpft auf meinem Bett einschlief. Danach war es im Zimmer glühend heiß und die Geräusche von draußen nervten. Unsere Nachbarn hatten die Rasensprenger dreimal täglich laufen, seit die Sonne derart über unserem lieblichen Wiltshire brannte. Es war unnatürlich heiß für sieben Uhr abends.

Nur im Keller ließ es sich noch aushalten. Doch weil ich nicht den Rest des Tages zwischen den eingemachten Marmeladengläsern sitzen wollte, beschloss ich rauszugehen. Am liebsten in den Wald, wo es auch immer ein wenig kühler war.

Vielleicht würde ich doch noch eine Runde im Kennet-Weiher schwimmen. Ich konnte ja die Fische anschließend wieder ins Wasser werfen, sollte ich einen weiteren Tsunami auslösen.

Am liebsten wäre ich mit Colin gegangen.

Dem alten Colin, der mir immer zugehört hatte, mit dem ich auch schweigen und alles teilen konnte. Ich könnte mit ihm über den Mönch sprechen oder üben. Er machte mich lange nicht so nervös wie Brandon und er wäre geduldiger.

Zumindest der alte Colin. Der B.C.E.– Colin. Bevor-Cromwells-Entführung-Colin.

Brandons Handy summte. Eine SMS.

Sie war von *Colin.*

»Abteiruine in fünfzehn Minuten?«, las ich da.

Es war also doch nicht alles verloren. Denn da war sie wieder, die Bindung, die uns beide vereinte. Physikalisch unmöglich und nicht erklärbar, aber vorhanden.

Ich schnappte mir was zu trinken und machte mich auf den Weg.

Er wartete bereits beim Steinsarkophag und sah weiterhin stur auf die übrig geblieben Grabsteine des Mönchsfriedhofs, obwohl er meine knirschenden Sandalen von weitem hören musste. Er hatte die Arme vor der Brust verschränkt und einen Fuß auf die Steinbank gegenüber gestellt. Meine Bank, und die abweisendste Körperhaltung, die ich je an ihm gesehen hatte.

Ich setzte mich ihm gegenüber neben seinen Fuß, den er nicht einen Millimeter zur Seite nahm.

»Hey«, sagte ich lahm.

»Hey«, sagte er noch lahmer und sonst nichts mehr. Ich wartete genau vierunddreißig Sekunden.

»Du bist sauer auf etwas, das ich nicht beeinflussen konnte. Du hattest Stubenarrest und anfangs dachte ich noch, dein Dad sei wirklich der größte Miesepeter und despotischste Mensch in ganz England. Noch vor der Queen als Familienoberhaupt. Aber dann habe ich erfahren, dass du doch entkommen könntest, wenn du wolltest. Von Elizabeth musste ich mir einiges gefallen lassen, weil sie dachte, ich sei dein persönliches Schoßhündchen, dabei will sie, dass du ihr Schoßhündchen bist. Nebenbei soll ich die Welt retten, weil die Erdumdrehung langsam aufhört, und ich habe nicht den leisesten Schimmer, wo ich anfangen soll nach Hinweisen zu suchen. Diese Ferien sind die schlimmsten, die ich je erlebt habe. Du warst nicht erreichbar, Elizabeth braucht eine Rundumüberwachung, ich verbocke alles, mein Dad ist ausgezogen und hat uns verlassen, und dann bist du endlich deinem alten Herren entkommen und redest mit mir wie mit einer Fremden. Niemand käme auf die Idee, dass wir uns schon ewig kennen, so wie wir uns anschweigen«, versuchte ich ihn aus der Reserve zu locken.

»Ich glaube, wir kennen uns nicht sonderlich gut. Ich zumindest dich nicht«, sagte er und mit einem Mal war die aufgesetzte Höflichkeit ganz verschwunden.

»Gut. Du willst direkt das Feuer eröffnen? Ich entschuldige mich für meinen Manipulationsversuch beim Klettern heute. Es tut mir aufrichtig leid. Und ich werde dir jetzt alles erzählen, was ich weiß. Aber ich warne dich. Das ist nicht viel. Und ich konnte es dir nicht erzählen, nicht weil es mein Geheimnis war, sondern Mums traurigstes Kapitel in ihrem Leben. Wir haben nie über Oliver geredet. Wir fahren zwar regelmäßig an sein Grab, aber auch dann verliert Mum kaum ein Wort darüber. Ich weiß so gut wie nichts über ihn.«

Und ich berichtete Colin das wenige, das ich wusste.

Danach schwiegen wir beide wieder. Mir war klar, dass er sich noch immer fragte, warum ich das nie erwähnt hatte, wo er doch sonst alles von mir wusste. Sogar den meisten Mädchenkram.

Colin schwieg eisern. Ewig lang, wie mir schien.

Also fasste ich Mut. »Wenn wir schon alle Karten auf den Tisch legen: Ich habe letzte Woche bei Brandon geschlafen.«

Colins Kopf ruckte auf und seine Augen brannten sich in meine, also sagte ich schnell: »Ich habe *bei* ihm geschlafen, nicht *mit* ihm, nur um das klarzustellen.« In Erinnerung an diese furchtbare Nacht beugte ich mich vor und senkte betreten den Kopf. Spätestens jetzt musste er doch erkennen, dass ich ihm nicht freiwillig ein Geheimnis vorenthalten würde.

Endlich machte Colin den Mund auf.

»Und?«, sagte er nur.

Ich zuckte mit den Schultern und fixierte einen Stein am Boden. Ich schob ihn mit meiner Sandale ein wenig zur Seite. »Offensichtlich steht er nicht auf mich, denn er hat nichts unternommen, die Situation nicht ausgenutzt und sich köstlich über meine Tollpatschigkeit amüsiert. Dafür habe ich ihn beim Schwimmen am Kennet-Weiher aufs Trockene gesetzt.« Ich erzählte auch davon und riskierte einen Blick, als Colin wieder nichts sagte. Er starrte mich noch immer an, den Mund fest verkniffen, die Arme vor der Brust gekreuzt.

»Ihr scheint viel Zeit miteinander verbracht zu haben«, meinte er endlich.

Ich wiegte den Kopf unschlüssig.

»Du warst nicht da«, sagte ich und versuchte, den Vorwurf aus meinem Ton rauszuhalten. »Wir haben uns häufig wegen Elizabeth gesehen, und weil er mir beibringen wollte, meine Kräfte einzusetzen.« Die Erinnerung an den ersten Übungsversuch in unserer Küche und auch an heute Vormittag trieb mir wieder die Hitze ins Gesicht.

»Er hat mich geküsst«, gestand ich kleinlaut.

Ich hörte Colin scharf die Luft einziehen.

»Wir haben geübt und ich war so nervös, du weißt ja, wie ich dann bin, noch ungeschickter, und nichts hat geklappt und da … da … Er dachte, dadurch würde ich ein wenig lockerer werden.«

Als ich nicht weitersprach, fragte Colin: »Wurdest du lockerer?«

»Nein«, seufzte ich. Wie konnte man locker werden, wenn man so geküsst wurde? Mit dieser Leidenschaft und diesem …

»Okay, ich glaube, das reicht mir für heute mit Geständnissen«, sagte Colin und stand auf.

Ich sah hoch. Ich konnte deutlich an seinem verschlossenen Gesicht sehen, dass er meine Gedanken gelesen hatte. Schon wieder!

»Wohin willst du?«

Er sah mich noch immer an. »Am liebsten ins Circlin' Stone, Brandon wie-auch-immer-sein-Nachname-lautet eine …«

»Grey. Er heißt Grey«, sagte ich schnell. »Er ist mit Lady Jane Grey eng verwandt.«

Colin blinzelte verwirrt.

»Die Neun-Tage-Königin. Ich glaube, sie ist seine Cousine.«

Mein Ablenkungsmanöver war erfolgreich. Ich hatte Colin aus dem Konzept gebracht.

»Er kommt – wie du dir wahrscheinlich schon denken konntest – ebenfalls aus der Vergangenheit und ist genau wie du ein Platonid. Sein Element ist die Erde, so wie das von Elizabeth das Feuer ist. Sie vermutet, du kannst Wasser beeinflussen. Also alles, was Wasser enthält.«

Zeitlupengleich setzte sich Colin.

Und ich berichtete ihm von allem, was ich dank Cromwell und Brandon über Elementträger wusste.

Das war wesentlich mehr, als ich über meinen eigenen Bruder zu erzählen hatte, ging mir nach einer Weile auf.

Colin hörte aufmerksam zu und ich war so erleichtert, dass er seinen Frust aufgegeben hatte.

Zumindest bis er den Teil mit der Gaianidin erfuhr.

»Du bist *was*?«, fragte er verblüfft.

»Na ja, ich wollte es auch nicht glauben, aber als ich den Kennet-Weiher mit einer einzigen Handbewegung beinahe trockengelegt habe, konnte ich es nicht mehr ganz abstreiten.«

»Ich finde, es stellt sich eine ganz entscheidende Frage.« Colin sah mich an. »Woher wusste Cromwell, dass mehrere Elementträger am selben Ort gefährlich sind?«

Das war allerdings eine gute Frage.

»Brandon hat das nicht gewusst. Und Brandon konnte den Mönch auch nicht sehen. Obwohl … richtig sehen konnte Cromwell ihn wohl auch nicht.«

»Wie kommst du darauf?«

Ich berichtete von Cromwells Verhalten und erzählte noch einmal ganz genau, was vorgefallen war. Und dann fiel mir was ein.

»*Du* konntest ihn sehen!«

»Ich war gar nicht dabei«, korrigierte er mich.

»Nicht da im Wald, sondern beim Sachsen-Festival! Du hast gesagt, dass da ein Mann in Kapuze gestanden ist, der mich angestarrt hat. Das muss er gewesen sein!«

Ich war ganz aufgeregt. Denn ich hatte schon befürchtet, ich müsste da allein durch. Aber mit Colin, der den Mönch ebenfalls sehen und hören konnte, würde mir hoffentlich nichts entgehen.

Doch Colin war noch nicht ganz überzeugt von den letzten Erkenntnissen.

»Hattest du je Visionen, wenn du jemanden berührt hast?«, fragte er.

Ich schüttelte den Kopf. »Nein. Ich träume zwar oft den gleichen Traum, im Moment ganz besonders häufig, aber deine Visionen hatte ich nie. Ich glaube auch, jeder Elementträger hat eine andere Vision. Wenn Brandon mich berührt …« Ich stockte. Da war er wieder: der argwöhnische Ausdruck.

»Sprich nur weiter«, forderte Colin auf, obwohl sich seine Stimme ein wenig frostig anhörte.

»Er hat meine Hand gehalten, als wir Cromwell gefolgt sind. Eher gesagt, er hat mich mitgezerrt.«

»Und später geküsst«, fügte er hinzu.

Ja, das auch. Ich räusperte mich.

»Er lächelt immer ganz komisch, wenn er dich berührt. Er kann keinesfalls eine schreckliche Vision haben, wenn er so dreinschaut, als hätte er gerade einen Scone mit mächtig viel Clotted Cream und Erdbeermarmelade geschluckt«, fuhr Colin fort.

Ich traute mich nicht zu sagen, dass Brandon etwas fühlte, wenn er mich berührte. Nicht jetzt, da Colin schon so viel verdauen musste.

Colin sagte auch nichts mehr. Er sah aus dem Fenster und wir schwiegen wieder eine Zeit lang. Aber dieses Mal war es nicht mehr das bedrückende Schweigen wie zu Anfang. Ich sah auf dem Rasen eine Bewegung. Ein Eichhörnchen hüpfte schnell zu den Bäumen. Sekunden später sah ich, warum. Ein Eichelhäher kam näher und pickte etwas aus der Luft.

»Colin, weißt du, was du mir mal auf dem Spielplatz geschenkt hast?«

Er wusste sofort, was ich meinte, das sah ich an seinem Blick. An jenem Abend war es, als hätte er mir direkt in den Kopf geschaut. Er hatte mir versprochen, dass sich seine Eifersucht nie zwischen unsere Freundschaft drängen würde. Zur Erinnerung an dieses Versprechen hatte er mir eine Eichelhäherfeder geschenkt.

Der Vogel da draußen auf der Wiese *musste* ein Zeichen sein.

»Ich kann nicht glauben, dass du, ausgerechnet du, leere Versprechungen machst.«

»Komm mir nicht auf die Tour«, sagte Colin sofort. »Du weißt genau, dass ich mir bei keinem anderen überhaupt auch nur Gedanken darüber machen würde. Du hast mich verletzt. Erst die Sache mit dem Kuss, dann dein Bruder und jetzt auch noch Brandon.«

»Ich kann doch nichts dafür, wenn ich so empfinde«, sagte ich verzweifelt.

»Das ist mir klar. Aber ich habe dich einfach falsch eingeschätzt und all diese Dinge zusammen lassen mich daran zweifeln, ob ich dich überhaupt so gut kenne, wie ich immer gedacht habe. Auf der einen Seite fällst du auf diesen Blender rein wie jedes andere Mädchen, auf der anderen wagst du es, dich einem Stuart Cromwell in den Weg zu stellen. Und jetzt behauptest du auch noch, du könntest Dinge bewegen – was dein physikalisches Superhirn abstreiten würde, wenn es mich nicht gäbe. Nein, Mere, ich glaube, ich kenne dich überhaupt nicht.«

Ich starrte ihn an. Ich hatte wohl die Worte verstanden, die er da von sich gegeben hatte, aber trotzdem war ich froh. Er hatte mich *Mere* genannt! Das war sein Kosename für mich. Nur wenn er außer sich war, nannte er mich bei vollem Namen.

Und mir fiel wieder ein, dass er keine schrecklichen Visionen mehr hatte. Ich machte das, was ich schon in Chris' Salon hatte tun wollen: Ich warf mich in seine Arme und drückte ihn ganz fest an mich.

Er zögerte nur eine winzige Sekunde, dann erwiderte er die Umarmung – noch fester als ich.

33. Kapitel

Lange saßen wir so da, ich auf seinem Schoß, ihn umarmend, den Kopf auf seine Schulter gelegt. Ich hatte auch nach ein paar Sekunden die Augen wieder geöffnet und sah dem Eichelhäher zu, der über die Wiese hüpfte. Manche Menschen hatten ein gemeinsames Lied oder einen gemeinsamen Duft. Wir hatten einen gemeinsamen Vogel.

Was uns letztendlich aus dieser Umarmung herausriss, war eine Wolke, die sich unerwartet vor die Sonne schob und alles in ein düsteres Zwielicht verwandelte. Und vermutlich auch Colins eingeschlafener Oberschenkel, denn als ich aufstand, dehnte er ausgiebig das Bein.

»Es sieht nach einem Gewitter aus«, sagte er und blickte durch die Fensteröffnung gen Himmel. Mir wurde ganz mulmig. Bis vor kurzem hatten mir Gewitter nicht viel ausgemacht. Sie kamen häufig in Lansbury vor. Doch die letzten Gewitter hatten so viel verändert. Und vor allem wusste ich jetzt, dass währenddessen Menschen aus der Vergangenheit hier gelandet waren. Unter anderem Elizabeth. Und eine zweite Elizabeth oder einen weiteren Cromwell wollte ich keinesfalls mehr hier haben oder – noch schlimmer – direkt bei der Ankunft begegnen.

»Lass uns gehen. Ich mag nicht bei einem Gewitter im Wald sein.«

»Für meinen Geschmack gibt es zu viele Gewitter in Lansbury«, sagte auch Colin, nahm meinen Arm und führte mich aus der Abteiruine hinaus.

Wir hatten gerade den Wald betreten, als es zu regnen begann. Innerhalb von Sekunden war es beinahe stockdunkel und schwere Regentropfen prasselten hernieder. Die Bäume gaben ein wenig mehr Schutz, aber dennoch waren wir in kürzester Zeit patschnass.

Durch meine beschmierte Brille konnte ich kaum etwas sehen. Ich stolperte einige Male über Wurzeln im Laubwald, und als wir die Felsschlucht erreichten, rutschte ich auf einem glatten Stein aus. Colin half mir auf und hielt ab da weiterhin meine Hand fest.

Es war nicht mehr weit bis zum Waldrand.

»Ich will auch nicht während des Gewitters in der Nähe der Kifferbande sein«, rief ich über den ersten Donnerschlag hinweg.

»Dann gibt es nur zwei Möglichkeiten. Entweder wir suchen uns hier irgendwo einen Unterschlupf«, rief Colin über den aufbrausenden Wind hinweg mir zu.

Ein fetter kalter Tropfen schaffte es zielgenau in den kleinen Spalt zwischen T-Shirt und meinem Nacken. »Und die andere Möglichkeit?«, rief ich zurück.

»Wir rennen, was das Zeug hält.«

Eine Sekunde lang durchbrach ein greller Blitz die Dunkelheit. Dann krachte der Donner in einer Lautstärke, die mich furchtsam nach der dicken Eiche ein paar Meter links von uns blicken ließ. Nein, sie stand unverändert fest, wenngleich auch noch mehr Wind aufkam und ihre Äste sich ebenso hektisch bewegten wie die der anderen Bäume. Es krachte und ein schwerer Ast flog fort.

Es war unheimlich dunkel hier im Wald. Ich wunderte mich, wie Colin den Weg erkennen konnte, schob es auf meine verschmierte Brille und seine guten Augen.

Doch ganz unvermittelt blieb er stehen und ich prallte gegen seinen Rücken. Der war klatschnass.

»Mere, was ist das?«

Er deutete in eine Richtung und ich sah ein Licht, aber so undeutlich, dass ich meine Brille abnahm und sie zu trocknen versuchte. Umsonst.

Blätter boten keinen wirklichen Schutz vor Regen. Vor allem dann nicht, wenn er wie Taue vom Himmel kam – Bindfäden konnte man das wirklich nicht mehr nennen.

Ja, da war ein Licht. Das konnte ich auch ohne Brille erkennen. Ein Licht mitten im Wald?

»Das ist die Ruine«, sagte Colin und es klang, als würde er zu sich selbst sprechen.

Er hatte Recht. Das konnte nur die Ruine sein. Die seltsame Ruine, die sich erst beim letzten Gewitter entblößt hatte und seither peu à peu wiederaufbaute.

Aber weshalb sollte da Licht brennen?

»Wie kann da Licht brennen?«, wiederholte Colin meine Frage.

Der Donner krachte ohrenbetäubend.

»Mere, komm mit. Da ist ein Dach!«

Colin zog mich mit sich.

Nach nur wenigen Metern sah ich, dass er Recht hatte. Aus

dem milchigen Fenster glomm ein Licht – *und ein Schatten bewegte sich darin!*

»Sollen wir es wagen?«, fragte Colin und machte einen Schritt in den Bach.

»Bloß nicht!«, wollte ich rufen und ihn zurückziehen, als mehrere Blitze hintereinander erstrahlten.

Ich fühlte den Stromschlag in meiner Hand, mein Körper bekam einen Stoß, der mich von den Beinen riss, und ich verlor Colins Hand. Ich war mindestens zwei Meter weit geflogen.

Entsetzt richtete ich mich auf. Er hatte im Wasser gestanden! Colin hatte im Wasser gestanden! Wo war er? Hektisch suchte ich den Bach ab. Nichts. Ich atmete kurzzeitig auf. Wenigstens lag er nicht tot im Wasser.

Ich suchte das umliegende Gebüsch ab, ich sprang sogar während eines gewaltigen Donnerschlags in die meterhohen Brennnesseln auf der anderen Seite des Baches. Nichts. Colin war verschwunden. Weg. Er konnte sich doch nicht in Luft aufgelöst haben?

In Luft aufgelöst … Ein weiterer Blitz erhellte die Umgebung.

DA! Da lag etwas!

Ich war mit zwei Sätzen wieder inmitten der Brennnesseln. Ich spürte das Stechen kaum. Aber jetzt blieb mir die Luft weg.

Dort, inmitten des Gestrüpps, lagen Colins Kleider.

Das konnte ich deutlich in dem schalen Lichtschimmer erkennen, der aus der Ruine strahlte.

Es waren seine beigen Shorts und das T-Shirt. Das Display seines Handys spiegelte das Licht wider.

Ich griff danach, um mich zu vergewissern, dass es wirklich

nur die Kleidung war und nicht Colin selber. Panik machte sich in mir breit. Er hatte sich in Luft aufgelöst!

»COLIN!«, schrie ich jetzt mit aller Kraft. »COLIN!«

Ich hatte noch nie gehört, dass man von einem Blitzschlag in einen Haufen Asche verwandelt werden konnte. Das war nicht möglich. Das geschah nur Vampiren in der Sonne.

Aber Fakt war: Colin war spurlos verschwunden.

Dr. Adams würde mich umbringen.

34. Kapitel

Panisch rief ich nach Colin und mir war es mittlerweile gleich, wie gefährlich es war oder wie nass ich wurde. Meine Klamotten konnte man auswringen und meine Haut war so feucht wie nach einer Dusche.

Das einzig Gute an diesem Gewitter war: Es hagelte nicht. Und das Licht in der Ruine war erloschen. Hatten wir es uns eingebildet? Denn es herrschte wieder totale Finsternis, abgesehen von vereinzelten Blitzen.

Ich würde nicht nach Hause gehen ohne Colin. Ich *durfte* nicht nach Hause gehen ohne ihn.

Nicht jetzt, da ich ihn gerade erst wiedergefunden hatte.

Ich durchstreifte den Umkreis, stolperte in den Bach, fiel in die Brennnesseln und Brombeerhecken und knallte letztendlich gegen eine Mauer. Höchstwahrscheinlich die Mauer der Ruine.

Das tat weh. Die Steine waren grob behauen und der Mörtel bröselig.

Ich hangelte mich am Mauerwerk entlang, bis ich die Türöffnung erreichte. Wir mussten vorhin ein anderes Licht gesehen haben. Das hier war eine Ruine, wenn auch eine, die mir ein wenig Schutz bot. Ich ging nur so weit rein, dass der Regen mir nicht noch mehr zusetzte. Dann sank ich auf den Lehmboden.

Wo war Colin? Wie konnte er so einfach verschwinden? Ich

würde warten, bis das Gewitter sich verzogen hatte, und dann noch einmal alles nach ihm absuchen. Ich klammerte mich an seine Kleidung. Es roch so vertraut. Nach Colin eben. Ich vergrub meine Nase im T-Shirt und wartete. Plötzlich war ich mir sicher, nicht allein in der Hütte zu sein.

Da waren eindeutig Atemgeräusche hinter mir zu hören. Ich wollte bereits aufspringen und rausrennen, aber in diesem Moment blitzte es und auf der anderen Seite des Baches war die Silhouette eines Menschen zu erkennen. Also duckte ich mich wieder und verhielt mich still. Definitiv ein Mann. Allerdings nicht Colin, denn die Schultern waren breiter und die Gestalt gedrungener.

Ich kauerte mich zusammen. Noch nie in meinem Leben hatte ich so viel Angst gehabt. Nicht einmal als Cromwell die Pistole auf mich gerichtet hatte.

Die Silhouette des Mannes war noch einmal zu sehen. Oh, er hatte einen Hund dabei! Ein Gassigänger, der ins Unwetter geraten war, und ich hatte mir beinahe in die Hose gemacht.

Jetzt rächte es sich, all die Serien wie *Supernatural* und *The Walking Dead* angeschaut zu haben. Ich musste Mum Bescheid geben, wo ich war. Und wenn Colin nicht verschwunden wäre, hätte ich die Feuerwehr gerufen, damit sie mich hier abholte.

Ich warf einen Blick auf Colins Handy, das ich in der Hand hielt. Es funktionierte nicht. Kein Wunder, wenn er wirklich vom Blitz getroffen worden war. O Gott, hoffentlich nicht.

Mir wurde schlagartig schlecht. Also griff ich in meine Hosentasche, um nach Brandons Handy zu suchen. Meine Hände zitterten unkontrolliert und es dauerte eine Weile, bis ich es herausgefischt hatte. Und dann auch noch umsonst. Es war genauso tot.

Ich winkelte die Beine an, legte die Stirn auf die Knie, die Augen fest zugepresst, und drückte die Hände auf meine Ohren. Natürlich hielt das nicht den Donner fern, aber ich wollte keine Schritte oder Atemgeräusche hier hören – selbst wenn sie von einem Igel stammten –, und falls ein Dämon auftauchte, sollte er mir bitte den Kopf abhauen, ohne dass ich ihm zuvor ins Gesicht sehen musste.

Das hier war ein äußerst seltsames Gewitter. Es dauerte viel länger als sonst, eine gefühlte Ewigkeit.

Wie lange saß ich schon hier? Bestimmt seit über einer Stunde. Nicht mitgerechnet die Zeit, in der ich Colin direkt nach seinem Verschwinden gesucht hatte.

Langsam ließ der Regen nach. Der Bach hatte sich zeitweise in einen reißenden Strom verwandelt und nun wichen die Wassermassen wieder zurück in ihr Bett. Als nur noch die Blätter tropften, wagte ich es, meinen Unterschlupf zu verlassen. Doch augenblicklich kauerte ich mich wieder hinein.

Da stand jemand direkt vor der Hütte.

Ich riskierte einen Blick. Es war ein Mann. Und er war nackt. Splitterfasernackt.

Er war groß und schlank, nicht ganz so durchtrainiert wie Brandon, aber wer war das schon? Nicht einmal Chris.

Irgendetwas sagte mir, dass er nicht gefährlich war, denn er schien ein wenig orientierungslos. Jetzt drehte er sich um und ich konnte alles sehen. Blöderweise sah ich zuletzt in sein Gesicht.

Mein Magen sackte um einen Meter gen Boden.

Das war Colin.

»Colin!«, schrie ich und stürmte aus meinem Versteck. Colins Augen weiteten sich und er torkelte ein paar Schritte rückwärts, als ich ihm um den Hals fiel.

»Au. Au. Au.«

»O Gott, Colin, du hast mir solche Angst eingejagt«, überging ich seine Schmerzensrufe. »Wo warst du plötzlich hin? Wo kommst du jetzt auf einmal her? Wieso bist du nackt? Ich habe deine Klamotten hier in den Brennnesseln gefunden. Was sollte das? Wieso hast du auf meine Rufe nicht geantwortet? Weißt du, was für Angst ich hatte? Um dich?«

Colin tätschelte mir nur kurz den Rücken und schob mich dann entschieden von sich.

»Du hast meine Klamotten? Gib sie mir!«

»Keine Sorge, wir sind allein«, wollte ich ihn beruhigen.

»Das ist mir piepegal, ich stehe mit nackten Füßen in Brennnesseln und Dornen und es tut verflucht weh.« Er streckte die Hand nach seinen Klamotten aus und ich reichte sie ihm.

Dabei glitt mein Blick an ihm herunter und ich zog erschrocken die Luft an.

Ach herrje. Schnell drehte ich mich weg.

»Du kannst dich wieder umdrehen«, sagte er nach einer Minute Rascheln.

Puh. Er war wieder vollständig bekleidet, wenn auch wie ich völlig nass.

»Wo warst du? Ich bezweifle, dass du plötzlich exhibitionistische Anwandlungen hast«, schimpfte ich und meine ganze aufgestaute Angst verwandelte sich in Wut. »Wie konntest du mir einen solchen Schrecken einjagen? Weißt du, was dein Vater mit mir gemacht hätte, wenn ich nur mit deinen Klamotten zurückgekommen wäre? Verdammt noch mal, tu so was nie wieder!«

Ich boxte ihn am Oberarm. Nicht sanft. Den zweiten Boxhieb fing er ab und hielt meine beiden Arme fest, damit ich kein weiteres Mal zuschlagen konnte. Ich kam nicht gegen ihn an.

Er sah mir in die Augen. »Mere, beruhige dich. Ich sag dir ja alles, aber hör auf, mich zu schlagen.«

Ich hätte nicht aufgehört, aber ich hatte überhaupt keine Chance, mich gegen ihn zu wehren.

Also atmete ich ein paarmal tief durch und erst dann ließ er mich los.

Sofort verpasste ich ihm einen weiteren Boxhieb auf den Arm.

»Au! Ich dachte, du hättest dich beruhigt.«

»Hab ich auch. Jetzt. Aber der war noch nötig«, entgegnete ich und brachte ein wenig Abstand zwischen uns.

»Erzähl!«, forderte ich ihn auf.

»Ich bin mir nicht sicher, ob mich ein Blitz getroffen hat oder nicht«, setzte er an. »In der einen Sekunde hielt ich deine Hand, in der nächsten stand ich – genauso nackt wie vorhin – hier in diesem Bach, aber es regnete nicht, es blitzte und donnerte nicht. Stattdessen schien die Sonne, und diese Ruine«, er stutzte, als er sich umdrehte und fuhr dann ganz langsam fort, »die jetzt überraschenderweise ein ganzes Haus ist – war auch ein Haus. Aber es hatte einen kleinen Turm da rechts. Und hier stand ein so großes Holzkreuz.«

Er hob die Hand auf einen Meter Höhe, ging an die Giebelseite und suchte den Boden ab, als wäre das Kreuz vorhin umgefallen und läge im Gestrüpp.

»Der Wald sah anders aus als jetzt. Er war …« Colin überlegte einen Moment und ich wagte kaum zu atmen. »Er war urtümlicher. Die Bäume waren riesig und dafür wucherten weniger Brombeeren und Brennnesseln am Boden. Hier um den Bereich des Hauses herum sowieso nicht. Hier war alles ordentlich festgestampft, ein paar Hühner liefen frei umher und dann kam da diese Frau.«

Jetzt sah Colin mich wieder an.

»Mere, sie hatte deine Augen. Die gleichen grünen Augen, die du auch hast.« Ich schluckte. Was hatte das zu bedeuten?

»Hat sie dich gesehen?«, fragte ich atemlos.

Colin schnaubte. »Und ob. Sie hat sich bekreuzigt und dann geschrien. Ich stand immerhin nackt vor ihr. Dann kam jemand aus diesem Haus herausgerannt und du wirst nie erraten, wer es war.«

Ich hob warnend die Faust, als er nicht weitersprach.

»Es war dieser Mann mit der seltsamen Kapuze, der dich beim Sachsen-Festival beobachtet hat. Der Mönch, von dem du mir erzählt hast, der Cromwell gewarnt hat. Er konnte mich nicht sehen, aber er sah die Frau und versuchte sie zu beruhigen. Er führte sie schließlich ins Haus und ich folgte ihnen. Ich lauschte an der offenen Tür. Der Kapuzenmann nannte sie Schwester und fragte, was sie gesehen habe, und gab ihr zur Beruhigung einen Becher Met. Erst wollte er ihr nicht glauben, bis sie sagte, er solle auf die Hühner achten, die ungehindert in das Haus laufen durften. Weil ich im Weg stand, mussten die Hühner um meine Beine herumgehen. Er sah sich das eine Zeit lang an und dann schrieb er alles auf, während sie den Met trank. Ich hörte ihn sagen, die alten Druidenschriften seien somit wahr. Er habe sie gut versteckt, aber irgendjemand hätte sie wohl gefunden. Vermutlich jemand aus einer ›neuen Zeit‹. Genauso hat er sich ausgedrückt.« Colin machte eine Pause und fuhr sich durch die Haare. Ich sah seine Hände zittern, genau wie meine, wenn ich aufgeregt war.

»Mere, ich bin mir ganz sicher, ich war in einer anderen Zeit, einem anderen Jahrhundert, wenn nicht sogar in einem anderen Jahrtausend. Du weißt ja, wie der Kapuzenmann aussieht, aber die Frau war genauso einfach gekleidet. Noch einfacher als die Schausteller vom Sachsen-Festival.«

Colin war wieder ganz aufgeregt und ergriff meine Hände.

»Stell dir mal vor, das wären richtige Sachsen gewesen! Wie kann es sein, dass ich dort gelandet bin?«

»Wie kann es sein, dass Brandon, Cromwell und Elizabeth hier gelandet sind?«, entgegnete ich nüchtern, obwohl mir noch immer ganz zittrig zu Mute war.

»Auch wieder wahr«, murmelte er und dann begannen seine Augen zu leuchten. »Ich habe einen *Zeitsprung* gemacht! Und das Haus hier hatte einen Fußboden aus gestampfter Erde. Ein zweites, kleineres Holzkreuz hing über einem steinernen Tisch. Ich war hier in einer anderen Zeit! Ist das *irre*!«

Sein ganzer Körper zitterte jetzt vor Aufregung.

Ich sah seine blauen Lippen. Die Aufregung war offensichtlich nicht der einzige Grund für sein Zittern.

»Lass uns nach Hause gehen und uns umziehen«, schlug ich vor. Mir war genauso kalt, denn ich war noch immer klatschnass.

»Wie lange warst du denn da draußen im Regen?«, fragte er.

Ich warf einen Blick auf meine Armbanduhr und erschrak. »Vier Stunden!?«

»Dann wird es Zeit, dass wir uns was Trockenes anziehen«, sagte er, nahm meine Hand und half mir über die glitschigen Steine durch den Bach. »In vier Tagen ist meine Geburtstagsparty und da möchte ich nicht mit laufender Nase feiern.«

Ach ja, sein achtzehnter Geburtstag.

Und ich hatte mich vorhin davon überzeugen können, dass er tatsächlich überall erwachsen geworden war.

Er hatte das Hünengrab schon von weitem gesehen, denn hier gab es keine Hügel, keine Wälder, nur Wiesen und Bäche. Der künstlich aufgeschüttete Hügel, auf dem die Megalithen ein Dach bildeten, war somit meilenweit zu erkennen.

Das war es also, wovon die Aufzeichnungen sprachen. Er nahm noch einmal das brüchige, vergilbte Papier und den Kristall unter seinem Wams hervor. Die entscheidenden Worte stachen ihm sofort ins Auge.

Reichtum, Macht und ewiges Leben.

Hier würde er das gewiss nicht bekommen. Sein Vater hätte den König nicht hinrichten lassen sollen. Das Exil wäre gänzlich ausreichend gewesen. Seither war es um seine Gesundheit schlecht bestellt. England murrte gegen den Lordprotektor. Seine Herrschaft war zu streng, ähnlich wie unter der blutigen Königin Maria.

Wenn er allerdings die Nachfolge seines Vaters antreten könnte … Er würde anders regieren.

Doch zwei Brüder standen zwischen ihm. Das war ein Bruder zu viel und Vater würde ihn nie als seinen Nachfolger benennen. Er misstraute ihm. Er wusste zwar nichts von seinen Fähigkeiten. Er hatte sie ein paar wenige Male bei seinen Eltern eingesetzt, um etwas zu bekommen, das er wollte. Das hatte die Aufmerksamkeit seines Vaters auf sich gezogen. Leider war sein Vater Puritaner durch und durch. Wenn er von seinen Fähigkeiten wüsste, hätte er noch vor dem König seinen eigenen Sohn aufs Schafott geschickt.

Dabei könnte er seinem Vater so nützlich sein. Nur nicht indem er aufs Land verbannt wurde, um Statistiken zu erstellen. Wenn er regieren würde, könnte er England zu einer blühenden Wirtschaft verhelfen.

Andererseits … mit der Gaianidin an seiner Seite, die mit ihren vielseitigen Kräften ein langes, reiches und gesundes Leben garantierte, konnte er das Land erobern – und womöglich den Königsthron. Er würde ihr das Angebot ihres Lebens unterbreiten, wenn nötig sie umgarnen. Reichtum und Macht waren, was er wollte, was sie ihm dauerhaft geben konnte.

Ein Glück, dass er diese alte Schrift gefunden hatte. Sie führte ihn direkt zur Gaianidin. Da kamen die dämlichen Statistiken, die er im Auftrag seines Vaters durchführen musste, doch gerade recht, denn sie trieben ihn in diese Einöde von Warwickshire.

Er gab seinem Pferd die Sporen.

Wo sollte hier ein Mensch sein? Keine Hütte war weit und breit zu sehen. Kein Rauch, und dabei lag eine leichte Schneedecke auf den Wiesen.

Als er dem Hünengrab näher kam, warf er einen weiteren Blick auf das Papier in seiner Hand. Er war richtig.

Die Megalithen waren genauso aufgezeichnet.

Eben noch war der Himmel grau und wolkenverhangen gewesen, nun blitzte es grell. Sein Pferd scheute, machte einen Satz zur Seite und warf ihn ab. Es galoppierte davon und im selben Moment schlug ein Blitz ein. Sein Pferd fiel um wie ein gefällter Baum. Es war tot.

Panik überfiel ihn. So hatte das nicht in der alten Schrift gestanden. Er rannte, so schnell er konnte, zu den Steinen und suchte Schutz unter dem quer liegenden. Um ihn herum schlugen noch mehr Blitze ein. Es wurde taghell, heller, als jeder Lüster im Whitehall Palace leuchtete, sogar heller als bei Sonnenschein um die Mittagszeit.

Er schloss die Augen, um sie vor dem grellen Licht zu schützen.

Als er sie wieder öffnete, hockte vor ihm ein Junge.

Der Junge war etwa vierzehn Jahre alt. Er trug sonderbare Kleidung. In diesen Schuhen konnte man bestimmt keine zehn Meilen laufen.

Aber die Hosen sahen strapazierfähig aus, im Gegensatz zu seinem Oberteil. Und dann fiel ihm auf, dass er selber nackt war. Etwas Hartes traf ihn an der Schulter. Direkt darauf noch etwas. Hagel. Es hagelte Körner in der Größe von den Bällen, die seit dem Tudorkönig mit Schlägern zugespielt wurden.

Der Junge hatte seine Jacke ausgezogen und reichte sie ihm.

War das an dem Handgelenk des Jungen ein Uhrwerk?

Er war in der Zukunft. Und der Junge ihm gegenüber musste ein Hexer sein. Ein Hagelkorn traf ihn am Kopf. Der Hagel wurde immer schlimmer. Nein, er war kein Hexer. Dessen war er sich jetzt ganz sicher. Er war ein Elementträger und er hatte ihn gerufen.

Wusste der Junge denn nicht, dass es viel zu gefährlich war, wenn mehrere Elementträger sich in derselben Zeit befanden?

Und hier war ein Elementträger zu viel.

35. Kapitel

Er war zurück. Ich hatte endlich meinen besten Freund wieder. Das war der erste Gedanke, der mir in den Sinn kam, als ich am nächsten Morgen aufwachte.

Leider fühlte ich mich nicht leichter oder besser, denn ich hatte mal wieder Kopfschmerzen, die mich meinen Schädel am liebsten gegen die Wand schlagen ließen.

Der Druck in meinem Kopf war unerträglich. Ich hatte das Gefühl, sollte jemand mit einem spitzen Gegenstand gegen meine Schläfen tippen, würde mein Kopf zerplatzen wie eine Melone unter Beschuss.

Sogar Zähneputzen tat weh. Dafür musste das Gehirn meiner Hand Anweisung zum Handhaben der Zahnbürste geben. Und der Kopf musste sich auch bewegen.

»Liebes, du bist so blass.« Mum musterte besorgt mein Gesicht.

»Kopf«, murmelte ich.

»Ach je. Möchtest du nicht lieber zum Arzt gehen?«

Zu Dr. Adams? Auf keinen Fall.

»Ich kann ihn auch rufen. Er kommt bestimmt.«

Das bezweifelte ich. Auch wenn er einen hippokratischen Eid geschworen hatte – der schloss nicht unbedingt das Lindern von Leiden ein.

Bestimmt würde er mir nur Globuli oder Tee verschreiben. Dinge, an die er selber nicht glaubte, wie ich von Colin wusste.

»Leg dich wieder hin, Meredith, wenn du schon nicht zum Arzt gehen willst. Ich sage in der Drogerie Bescheid und bleibe zu Hause.«

»Geh nur, Mum.« Ich wollte nicht, dass sie ihren Job riskierte, nur um mir die Stirn zu kühlen. Wir brauchten das Geld.

»Ich kann dich doch so nicht allein lassen.«

»Doch. Ich leg mich gleich wieder ins Bett und versuche zu schlafen, bis alles vorbei ist.«

»Soll ich Colin anrufen?«

Obwohl es mir schwerfiel, hob ich die Augen und sah sie an. »Wozu?«

»Mir wäre es lieber, jemand würde nach dir sehen, wenn du solche Schmerzen hast«, gab sie zu. Typisch Mum. Immer auf andere bedacht.

Ich lächelte müde.

»Ich lege das Telefon neben mein Bett und du darfst mich jederzeit anrufen«, schlug ich vor.

Sie schien nicht überzeugt, nickte aber.

Ich schleifte mich zurück ins Bett, ließ mich langsam in die Kissen sinken und schloss die Augen.

Lieber Gott, lass meinen Kopf doch einfach platzen, dachte ich noch und hoffte, bald einzuschlafen. Einschlafen, damit ich keine Schmerzen mehr spürte.

Meine Augen wurden schwer und ich konzentrierte mich auf meine Atmung. Ein. Aus. Ein. Aus. Alles schwarz, alles ruhig. Alles gut. Der Schmerz ließ etwas nach und ich dämmerte weg.

Ich träumte …

Vor mir erstreckten sich drei wuchtige Megalithen gen Himmel und trugen auf ihren Spitzen einen vierten quer.

Es hatte angefangen zu regnen und der Himmel war so düster, es sah nach einem Gewitter aus.

Schöner Mist. Seit jeher hasste ich Gewitter. Man durfte nicht fernsehen, musste alle elektrischen Geräte vom Strom abziehen, und wenn man draußen war, wurde man meist nass bis auf die Knochen, denn es regnete viel stärker als bei einem normalen Schauer. Und wenn man Pech hatte, wie Colin neulich, lief man Gefahr, in einer anderen Zeit hängenzubleiben. Nackt. Die ersten Tropfen kamen schon herunter und leider, leider war ich, obwohl für andere Augen unsichtbar, nicht gegen die Witterung gefeit.

Ich stellte mich unter den Dolmen und bemerkte zu meiner Überraschung, dass ich nicht allein war.

Ein Junge von ungefähr vierzehn Jahren hielt ein kleines Mädchen in den Armen. Wahrscheinlich waren sie Geschwister, denn beide hatten die gleichen grünen Augen und dunklen Haare. Wobei die des Mädchens zu kleinen Rattenschwänzen zusammengebunden waren. Allerliebst.

Ich stellte mich an die von ihnen entfernteste Ecke.

»Wer die meisten Blitze sieht, hat gewonnen. Was meinst du, ist ein Eis als Gewinn okay?«

Das Mädchen kicherte. »Ich kann nur bis zwanzig zählen«, meinte sie.

»Ich doch auch«, log der Junge. Er setzte sich auf den Boden, lehnte seinen Rücken an einen Megalithen und hob seine kleine Schwester zu sich auf den Schoß.

»Sieh mal. Da ist ja eine Höhle«, sagte das Mädchen und deutete auf eine Stelle neben ihm.

Tatsächlich. Wahrscheinlich war es ein Fuchsbau oder etwas Ähnliches, denn für eine richtige Höhle war es viel zu klein.

»Es geht los«, sagte der Junge und zeigte auf den schwarzen Himmel in der Ferne. Die ersten Blitze erstrahlten. Und schon wenige Sekunden später donnerte es.

Der Regen wurde stärker und der Wind nahm zu. Es wurde unangenehm. Ich bewunderte den Jungen, denn er versuchte seine Schwester abzulenken, damit sie keine Angst bekam.

Sie zählten Blitze – immer nur bis zwanzig und fingen dann von vorn wieder an –, er sang mit ihr ein Kinderlied und sprach einen Reim. Das Mädchen schien sich wohlzufühlen. Das Gewitter machte ihr überhaupt nichts aus und sie hing geradezu an den Lippen ihres Bruders, während er erzählte.

Das kam mir vage vertraut vor. Genauso wie auch der Junge mir vertraut erschien.

Ich hatte sein Gesicht schon einmal gesehen.

Ein lauter Donnerhall unterbrach meine Gedanken. Es krachte, als wolle der Himmel die Erde spalten.

Jetzt regnete es noch stärker. Dicke, pralle Tropfen verwandelten sich nach und nach in Hagelkörner, die in unsere kleine Zuflucht hüpften. Das Mädchen hob eines auf.

»Da ist ja schon das Eis! Ich dachte, ich bekomme eins im Hörnchen!«, maulte sie enttäuscht.

Der Junge lachte. »Bekommst du auch. Sobald wir das hier hinter uns haben, hast du dir eine Waffel mit drei Bällchen verdient. Ehrlich.«

Die Kleine strahlte und kuschelte sich enger an seine Brust.

Ich fühlte meine Kinnlade herunterklappen, als wenig später ein paar der Hagelkörner sich vom Boden erhoben und anfingen, in der Luft zu kreisen. Sie tanzten passend zum Takt der Melodie, die der Junge wieder summte.

Beide, Bruder und Schwester, sahen den Hagelkörnern lächelnd zu. Elementträger! Einer der beiden war ein Elementträger. Die Eiskristalle tanzten so lange, bis der Wind weiter zunahm.

Jetzt wurde es noch ungemütlicher. Der quer liegende Dachstein bot nun überhaupt keinen Schutz mehr. Die Hagelkörner wurden vom Wind seitlich daruntergeschlagen. Ich hörte das Mädchen aufheulen.

»Krümelchen, krabbel da hinein. Da bist du ein bisschen sicherer«, sagte der Junge. Wollte er sie tatsächlich in den Fuchsbau klettern lassen? Sie mochte hineinpassen, aber was, wenn der Fuchs noch drin war? Hatte der Junge noch nie etwas von Tollwut gehört?

»Ich mag nicht.« Die Stimme des Mädchens klang weinerlich.

»Du blutest, Krümelchen, mach schon. Ich verspreche dir vier Bällchen Eis, wenn du da reingehst, ja?«

Er schaffte es, dass die Kleine rückwärts in das Loch krabbelte. Ihr Gesicht lugte ängstlich hervor.

»Kommst du nicht rein? Hier ist es groß genug für uns beide.«

»Ich passe da nicht durch.« Der Junge musste schreien, denn in diesem Moment donnerte es wieder ohrenbetäubend. Das Gewitter musste sich unmittelbar über uns befinden, denn Blitze und Donner folgten jetzt rasch aufeinander.

Fast fühlte es sich an, als spiele sich das ganze Gewitter nur noch über dem Dolmen ab.

Es war so hell wie auf einem Fußballplatz, der von Flutlichtern ausgeleuchtet wird.

Und dann erscholl ein Donnerschlag, der die Megalithen um uns herum zum Beben brachte. Ich war kurz davor hinauszurennen, denn ich befürchtete, der Dachstein würde herunterkrachen. Das Mädchen hatte sich weiter in die Höhle zurückgezogen. Ich konnte nichts mehr von ihr sehen. Der Junge hatte die Augen vor Angst weit aufgerissen. Aber sie sahen nicht zum Megalithen über uns, sondern stur geradeaus. Ich folgte seinem Blick und erstarrte.

Dort lag ein Mann, ein nackter Mann in Embryonalhaltung auf dem Boden.

Um ihn herum war das Gras kreisrund verbrannt.

Im grellen Licht der Blitze konnte ich weitere verbrannte Stellen in der Wiese erkennen.

Jetzt sah ich, wie der Mann den Kopf hob und sich langsam aufrichtete.

Es war Cromwell. Stuart Cromwell.

»Kommen Sie!«, rief jetzt der Junge und reflexartig wollte ich ihn zurückhalten. Nicht Cromwell. Bloß nicht Cromwell. Lieber Shelby als Cromwell. Lieber zwei Elizabeths anstatt Cromwell.

Doch Cromwell erhob sich und torkelte auf uns zu. Ich presste mich, so weit ich konnte, an den Stein in meinem Rücken. Jetzt wurde es eng.

All meine Nackenhaare stellten sich auf.

»Verschwinde«, zischte ich, wohl wissend, dass mich niemand hören konnte.

»Wo bin ich?«, fragte Cromwell. Seine Stimme klang ein wenig rau und heiser, als hätte er lange nicht mehr gesprochen.

Der Junge schälte sich aus seiner Jacke und reichte sie Cromwell.

Sie war viel zu klein und bot so gut wie keinen Schutz. Cromwell band sie sich um die Hüften, was mir die Sicht auf sein blankes Hinterteil endlich verbarg.

»Sie sind in Lower Millcombe. Wie sind Sie hierhergekommen?«, hörte ich den Jungen fragen.

»Das weiß ich nicht.« Cromwell griff nach dem linken Handgelenk des Jungen. Er betrachtete eingehend die Armbanduhr, dann sah er den Jungen an.

»Was haben wir heute für ein Datum?« Seine Stimme klang nun wieder normal, wenn auch scharf und fordernd.

»Dienstag, der dreißigste April zweitausendvier.«

Cromwell war offensichtlich fassungslos. Seine Augen weiteten sich und sein Mund sprang auf.

»Zweitausendvier?«, wiederholte er schließlich nach einer kleinen Ewigkeit.

Er bemerkte gar nicht, dass ihm die zugeknöpfte Jacke von den Hüften rutschte.

Das Mädchen war immer noch verborgen, doch ehe die Jacke komplett zu Boden rutschte, bewegte sie sich und schlang sich wie von Zauberhand fest um seine Hüften.

Das ließ Cromwell zu sich kommen.

Noch immer mit fassungslosem Gesicht sah er an sich hinab

auf das Kleidungsstück, dessen Ärmel sich gerade von selber um seine Mitte verknoteten.

»Du … Du hast mich gerufen«, sagte Cromwell zu dem Jungen.

Der wehrte ab und machte einen Schritt zurück. Anscheinend war Cromwells Gesicht Furcht einflößend, aber da er mir den Rücken zuwandte, konnte ich das nicht sehen. Ich bekam eine Gänsehaut.

»Nein, ich hab Sie nicht gerufen. Ehrenwort. Ich hab hier nur Unterschlupf gesucht …« Ich hörte die panische Stimme des Jungen und er war versucht an Cromwell vorbei ins Gewitter zu stürmen. Ich wusste, was ihn abhielt. Seine kleine Schwester in der Höhle hinter ihm.

»Dieses Gewitter … Es ist ein Vorbote«, sagte Cromwell, und obwohl er leise sprach, konnte ich alles verstehen. Und das während eines weiteren gewaltigen Donnerschlags. Das Gewitter nahm überhaupt kein Ende.

»Mehrere Elementträger am selben Ort sind gefährlich.«

Ich sah, wie Cromwell ausholte, und im Bruchteil einer Sekunde lag der Junge am Boden. Er wollte auf die Beine kommen, aber er torkelte zu stark und Cromwell war schon über ihm. Er schlug ihm erneut ins Gesicht. Wie schrecklich – ein erwachsener Mann gegen einen Halbwüchsigen. Entsetzt sah ich, wie Cromwell nach einem Stein griff. Ich konnte das nicht länger mitanschauen. Ich warf mich von hinten auf Cromwell und versuchte, ihm den Stein zu entwinden.

Doch ich hatte vergessen, dass ich unsichtbar war. Trotzdem stolperte Cromwell und er fiel der Länge nach auf den Jungen drauf.

Ich konnte nicht verhindern, dass er nach dem großen Stein griff. Ich konnte tun, was ich wollte, schreien, ihn schlagen, treten – er nahm mich nicht wahr. Ich musste mitansehen, wie er den Stein mit Gewalt auf den Kopf des Jungen niedersausen ließ.

Ein Schlag reichte. Dann donnerte es erneut und dieses Mal war ich mir sicher, die Erde würde sich spalten. Doch nichts dergleichen geschah. Cromwell rollte sich flugs zur Seite und sprang auf die Beine. Ich wollte ihn wieder zu Boden werfen, doch obwohl ich unsichtbar war und das hier träumte, riss mich etwas von den Füßen. Die Erde bebte, es krachte, doch nun war es nicht das Gewitter. Dort, wo der Junge war, lagen jetzt auch die Megalithen des Dolmen.

Das Hünengrab war umgekippt und hatte den Jungen unter sich begraben. Cromwell nahm die Beine in die Hand und rannte weg. Ich saß im strömenden Regen inmitten der Blitze und starrte entgeistert auf den umgekippten Dolmen. Neben mir bewegte sich etwas.

Der Mönch! Er war hier und er schüttelte bedauernd seinen rasierten Schädel.

Wo kam der auf einmal her?, schoss es mir durch den Kopf. Warum war er nicht früher da? Hätte er es nicht verhindern können?

»Ein Jammer. Welch tragischer Verlust. Aber noch schlimmer wäre es gewesen, wenn es dich getroffen hätte.« Und jetzt sah er mich an. MICH!

»Meredith, es hat angefangen. In Gegenwart der Gaianidin setzt allmählich die Schwerkraft aus, wie du wohl schon bemerkt hast. Du musst die Urkunden finden. Da du dich jetzt an alles erinnerst, kannst du vielleicht auch wieder deine Kräfte richtig einsetzen.«

»Erinnerst? Ich erinnere mich?«

»Aber natürlich. Das da bist du. Finde die Urkunden und verhindere den Stillstand der Erde.«

Er deutete auf die Höhle, und dann war er verschwunden. Ich starrte einige Sekunden blinzelnd auf die Stelle, wo er eben noch gestanden hatte.

Und dann blitzte ein Paar grüne Augen aus der Höhle. Sie sahen nicht dorthin, wo der tote Bruder lag.

Sie sahen mir direkt ins Gesicht.

36. Kapitel

»MUM!«

Panisch erwachte ich. Ich war schweißgebadet, mein Shirt klebte an meinem Körper und sogar die Bettdecke war feucht vom Schweiß.

»Mum! Mum, bist du da?« Niemand antwortete. Meine Mutter war wohl meinem Drängen gefolgt und doch arbeiten gegangen.

Mein Kopf schmerzte noch immer wahnsinnig und trotzdem konnte ich nicht länger im Bett liegen bleiben.

Ich sprang auf und rannte in Mums Schlafzimmer. Es war schon lange her, seit ich das letzte Mal auf das Foto geschaut hatte. Jahre vermutlich. Nicht mal nach meinem Friseurbesuch hatte ich es mir anschauen wollen. Aber jetzt brauchte ich Gewissheit.

Ich sah es, sobald ich die Schublade aufriss.

Es stimmte. Ich hatte soeben den Tod meines Bruders miterlebt. Zum zweiten Mal.

Ich brauchte Kopfschmerztabletten. Und ein Taschentuch. Ich fand nichts davon in meinem Zimmer. Ich schniefte und wischte mir die Nase mit dem Handrücken.

Cromwell hatte meinen Bruder ermordet.

Ich raffte mich wieder auf und ging ins Bad, um dort im Medizinschränkchen nach den Tabletten zu suchen.

Noch während ich Wasser in den Zahnputzbecher laufen ließ, klingelte es an der Haustür Sturm.

Ich spülte die Tablette mit dem Wasser runter und stolperte beinahe über Madam Mim, die vor der Haustür saß und mich mit zuckendem Schwanz erwartungsvoll ansah.

»Moment«, sagte ich zur Haustür und nahm das Kätzchen auf den Arm.

Erst dann öffnete ich.

Verblüfft starrte ich auf den Besucher. Es war Colin. Und er sah aus, als sei er den ganzen Weg hierher gerannt wie der Teufel.

»Mere, ist alles in Ordnung?«, fragte er besorgt.

Ich konnte nicht anders. Es war so gut, ihn zu sehen. Ich warf mich in seine Arme und brach in Tränen aus.

Ich konnte nicht mehr sagen, wie wir ins Wohnzimmer gekommen waren – vermutlich hatte er mich geschleift, aber nun saß ich dicht an ihn gekuschelt auf dem Sofa und erzählte ihm heulend von meinem Traum.

Ich spürte seine Arme um mich herum und er hörte aufmerksam meinem Geschluchze zu, während seine Finger meinen Nacken zart streichelten. Er sagte nichts außer: »Schh«, und: »Alles wird gut. Wein dich ruhig aus.«

Allmählich ließen meine Kopfschmerzen nach.

Und ich nahm wieder alles um mich herum wahr. Ich krabbelte von seinem Schoß, putzte mir ein letztes Mal trompetend die Nase und wischte mir die Tränen von den Wangen.

»Konntest du meinen Traum sehen?«

Colin nickte langsam. »Ja, Mere. Von Anfang bis Ende.«

Ich stand auf und ging die Treppe hoch. Als ich wieder herunterkam, war Colin in der Küche. Die Kaffeemaschine röchelte.

»Hier«, sagte ich und hielt ihm das gerahmte Foto von Oliver hin.

Er betrachtete es eine Weile stumm, während der Kaffeeduft den Raum erfüllte.

Als der Kaffee durchgelaufen war, legte er es auf den Tisch.

Dann erst sah er mich richtig an.

»Mere?«

»Mh«, machte ich und schenkte uns beiden mit zittrigen Händen ein. Natürlich kleckerte ich und musste einen Teil aufwischen.

»Oliver sieht mir sehr ähnlich«, sagte Colin.

»Ich weiß«, antwortete ich, nicht sicher, worauf er hinauswollte. Er sagte nichts, nahm mir beide Tassen ab und wir setzten uns an den Tisch. Sein Blick fiel erneut auf das Foto.

»Wir müssen Cromwell unbedingt das Handwerk legen. So schnell wie möglich.«

Ich nickte nur. Ich konnte nicht reden. Noch nicht. Meine Hände zitterten so stark. Ich musste die Tasse abstellen, weil das Porzellan gegen die Tischplatte klackerte. Ich verschränkte meine Arme fest vor der Brust.

Colin lächelte mich so liebevoll an. Er beugte sich vor und küsste mich zart auf die Wange.

»Du bist das tapferste Mädchen, das ich kenne«, sagte er.

Ich lächelte matt. Er war auf jeden Fall der beste Freund, den ich mir wünschen konnte.

Meine Kopfschmerzen waren zumindest etwas besser. Ein Glück, denn jetzt wollten wir endlich mehr über den Kapuzenmann erfahren. Vielleicht konnten wir ja wenigstens herausfinden, wann ungefähr der Mönch gelebt hatte. Da nun auch Colin die Gelegenheit hatte, ihn genauer zu betrachten, nahmen wir die Kutte als Anhaltspunkt. Also durchstöberten wir das Internet nach der Kleidung von Geistlichen.

Wir googelten uns durch mehrere Jahrhunderte und, ehrlich gesagt, vor dem fünfzehnten Jahrhundert war es verdammt schwierig.

Die sahen irgendwie alle gleich aus. Tonsur, Kittel, Stab, Sandalen.

Doch irgendwann, nach bestimmt einhundert verschiedenen Seiten, konnten wir Unterschiede feststellen. Bei dem einen waren die Sandalen anders. Der andere war noch einfacher gezeichnet oder gemeißelt als viele andere. Wieder ein anderer trug Tuniken wie die alten Römer.

Nach zwei Stunden waren wir so weit bewandert, dass wir alles nach dem dreizehnten Jahrhundert ausschließen konnten. Eine Pizza und zwei leere Colaflaschen später konnten wir sogar die aus der Zeit der frühen Kreuzzüge auf Anhieb erkennen.

»Halt, stopp!«, rief ich. Colin zuckte erschrocken zusammen.

»Da! Das ist es! Geh noch mal ein Bild zurück.«

Folgsam bediente er die Maus. Es öffnete sich eine Fotografie eines gemeißelten Steins mit dem Abbild eines angelsächsischen Mönchs. Leider ein wenig unscharf, denn es handelte sich um ein Foto aus einem Reise-Blog.

»Bist du sicher?«, fragte Colin skeptisch. »Der sieht so aus wie der vorhin in den St.-Gallen-Schriften.«

»Nein, der hier ist es. Die Sandalen. Sieh nur!«

Colin vergrößerte das Bild, bis die Pixelauflösung zu schlecht wurde.

»Ich weiß nicht, Mere … für mich …« Er stockte und brummte. »Schon gut. Behaupte nicht noch einmal, du hättest kein fotografisches Gedächtnis.«

Ich boxte ihn auf den Oberarm. »Nicht ganz, aber es ist nun mal besser als das der meisten.«

»Und unbescheidener als das der meisten. Kannst du die Buchstaben darunter entziffern?«, sagte Colin.

»Nein, die sind zu sehr verpixelt.«

Er öffnete die Webseite zu dem Bild. »Oh! Sieh nur, der Stein steht in Salisbury. In der Kathedrale.«

»Worauf warten wir noch? Ich hol schon mal den Wagen.«

37. Kapitel

Die Fahrt nach Salisbury hatte nichts gebracht, außer dass meine Kopfschmerzen zurück waren.

Dabei waren wir beide ganz aufgeregt gewesen, als wir die Stadt erreichten. Wir joggten sogar den Weg vom Parkplatz zur Kathedrale.

Wir hatten so sehr gehofft, einen entscheidenden Hinweis auf den Mönch und damit auch die Urkunden in Salisbury zu finden. Immerhin lag dort die Magna Carta. Das bedeutete, es gab eine Bibliothek und eine historische Schriftensammlung. Doch der Wächter hatte uns nichts sagen können. Er sei eine Aushilfe.

Auch von dem Stein wusste niemand etwas. Wir durchsuchten die ganze Kathedrale und fanden nichts. Dieses fruchtlose Gerenne war Gift für meinen Kopf.

Colin musste uns nach Hause kutschieren und ich legte mich wieder ins Bett.

Als ich erwachte, war es bereits der nächste Morgen, Mum hatte einen Zettel mit Besserungswünschen neben das Frühstück gelegt samt dem Hinweis, ich solle aus der Kaffeedose Geld für neue Tabletten entnehmen.

Also kramte ich nach ein paar Pfund und machte mich schwerfällig mit noch nüchternem Magen auf den Weg zur Apotheke.

Schon um diese Tageszeit war es unerträglich schwül, was den Druck in meinem Kopf nur noch verschlimmerte.

»Guten Morgen, Meredith«, sagte da eine samtige Stimme, die mir ins Rückenmark fuhr. Durch den Schmerz sah ich alles doppelt, deswegen versperrten mir auch zwei Stuart Cromwells den Weg.

Ich sah ihn nicht nur doppelt. Ich sah rot. Mit beiden Händen stieß ich ihn vor die Brust und traf ihn unvorbereitet. Er stolperte und fiel rücklings zu Boden.

Ehe ich mich auf ihn werfen und ihm einen verdienten Kinnhaken verpassen konnte, wurde ich von hinten umschlungen und festgehalten. Aus den Augenwinkeln konnte ich seinen Fahrer erkennen. Der, der ihm geholfen hatte, mich zu entführen. Cromwell war schneller auf seinen Beinen, als mir lieb war – und schneller, als man es von einem Mann im maßgeschneiderten Anzug erwarten konnte.

Ritter!, dachte ich und sofort fiel mir ein, was bei der letzten Zusammenkunft von uns dreien, Fahrer, Cromwell und mir, geschehen war. Ich dachte an all die Scherben, und schon knallte es. Und zwar so gewaltig wie das Gedonner beim letzten Gewitter im Wald.

Wir wurden alle mit kleinen Partikeln besprüht, ich drehte Schutz suchend meinen Kopf zur Seite. Tropfen fielen auf mein Gesicht. Ich konnte sie auch wieder wegwischen, denn mein Angreifer hatte mich losgelassen. Kein Wunder. Ich hatte Blut abgewischt. Cromwells Fahrer blutete aus mehreren kleinen Schnittwunden, die die berstenden Autoscheiben ihm zugefügt hatten.

Das verschaffte mir die Gelegenheit mich erneut auf Cromwell zu werfen. Leider war er vorbereitet und wehrte mich ab.

»Mörder!«, schrie ich.

Ich konnte nicht klar denken und in seiner Gegenwart war das mehr als problematisch. Ich wollte auch nicht denken. Ich wollte ihn vermöbeln. Grün und blau schlagen, ihm auch nur ansatzweise zeigen, was er meinem Bruder – und damit unserer ganzen Familie – angetan hatte.

»Bringen Sie sie zum Schweigen«, befahl er seinem Chauffeur und sofort umfingen mich wieder die Arme und eine Hand legte sich über meinen Mund. Doch ich wollte nicht zum Schweigen gebracht werden. Ich wollte, dass alle Welt erfuhr, wer Cromwell war. Dass er ein Mörder war, der skrupellos unschuldige Teenager umbrachte.

Cromwell klopfte den Staub von seinem Hinterteil. »Eigentlich wollte ich fragen, ob du schon herausgefunden hast, wer die anderen beiden Platoniden sind. Und ob du mittlerweile weißt, wo unsere bezaubernde Feuerteufelin sich aufhält. Aber ich sehe, du bist zu aufgebracht, Meredith. Ich komme ein anderes Mal wieder.«

Eine plötzliche Ruhe umfing mich, all meine Aggressionen verschwanden so abrupt, als hätte man ein Tuch darübergeworfen. Ein blickdichtes Tuch, und ich fragte mich unwillkürlich, warum man mich fest- und mir sogar den Mund zuhielt.

Cromwell, dieser attraktive, erfolgreiche Geschäftsmann beugte sich zu mir herunter und blickte mir ins Gesicht. Wow! Stuart Cromwell war um mich besorgt!

Dann nickte er jemandem hinter mir zu und sofort schoss mir

durch den Kopf, dass er nicht echt war, dass seine Aura nicht echt war.

Ich wurde losgelassen.

»Geht es dir wieder gut, Meredith?«

Weswegen hatte ich mich aufgeregt? Wegen Colin.

Colin war tot!

Der Gedanke war ein Faustschlag in meinen Magen und brachte mich augenblicklich wieder zu Verstand. Verstand, den Cromwell wieder kurzzeitig außer Kraft gesetzt hatte.

Nicht Colin wart tot, sondern Oliver. Und Cromwell hatte ihn umgebracht.

Ich holte aus und verpasste Stuart Cromwell eine Ohrfeige, deren Klatschen noch zwei Straßen weiter zu hören sein musste.

Sofort wurde ich wieder von hinten festgehalten.

»Mörder«, wiederholte ich, doch dieses Mal zischte ich es, statt zu schreien.

»Sie erwarten von mir Kooperation? Sie haben ...«

»Gut, du erinnerst dich. Kommen wir zu den relevanten Fragen, deretwegen ich hier bin.« Cromwell tat das Ganze so ab, als sei er beim Klauen von Bonbons erwischt worden.

»Angeblich lassen Sie mich beschatten, also haben Sie doch alle Informationen, die Sie brauchen, oder?«

»Das Gesülze über den hübschen Barkeeper interessiert mich herzlich wenig«, gestand er achselzuckend. Ich warf ihm einen müden Blick zu. Mit einem Mal fühlte ich mich ausgelaugt. Meine Kopfschmerzen machten sich wieder in voller Breite bemerkbar, als wäre eine Bowlingkugel hineingerollt. Mir wurde schlagartig so übel, dass ich mich sehr zusammenreißen musste, um ihm nicht vor die Füße zu kübeln.

»Aber deinen Freund finde ich ganz interessant. Den Sohn von Dean Harris. Ihr beide verbringt auffallend viel Zeit zusammen.«

Er verdächtigte Chris. O mein Gott! Ich versuchte, die Bowlingkugel in meinem Kopf so weit zu ignorieren, bis ich einigermaßen denken konnte. Und was ich dachte, ließ mir den Schweiß ausbrechen. Sollte Cromwell davon überzeugt sein, in Chris einen Elementträger zu finden, schwebte Chris in Lebensgefahr. Und damit würde ihm auch Elizabeth in die Hände fallen.

Ich war kurz davor tief Luft zu holen, um mich zu beruhigen. Aber das wäre grundverkehrt gewesen. Hier musste ich schauspielern. Die Rolle meines Lebens. Oder eher gesagt, die Rolle für Chris' Leben. Ich hob den Kopf und sah Cromwell fest in die Augen.

»Wir sind seit der Secondary School miteinander befreundet. Wollen Sie jeden aus dem Weg räumen, der mit mir bekannt ist? Dann wird aber garantiert die Regierung auf Lansbury aufmerksam, denn Sie müssten die ganze Stadt eliminieren«, sagte ich, riss mich von dem Fahrer los und ging einfach um ihn herum. Ich wollte in die Apotheke und ich wollte von ihm fort.

»Du hast wieder mal Kopfschmerzen, nicht wahr? Es quälen dich Träume und anschließend erwachst du mit diesem Druck im Kopf, der dich nicht richtig denken lässt.«

»Haben Sie meine Gedanken gelesen oder manipuliert?«, fragte ich zittrig. »Habe ich Ihnen diese Kopfschmerzen zu verdanken? Hängen Sie nachts über meinem Bett wie eine Fledermaus und sorgen für Migräneattacken?«

»Aber nicht doch, Meredith«, sagte er freundlich. »Das ist nur ein weiteres Zeichen dafür, dass der Mönch Recht hatte. In den alten Schriften sind derartige Symptome als Kennzeichen der Gaianidin beschrieben.«

»Sehr schön, dann verrate mir doch, wo die Unterlagen sind, damit ich dort nach einem Gegenmittel forschen kann. Es sei denn, du sagst es mir einfach gleich. Und wer weiß? Vielleicht helfe ich dir dann, die anderen Platoniden zu finden.«

Das war vielleicht nicht die beste Art, um ihm beizukommen, aber ich konnte nicht klar genug denken, um ein wenig subtiler zu sein.

»Meredith, mein Kind, dagegen gibt es kein Mittel. Das musst du ertragen, weil es dich zu dem Schlüssel führt, der die Erde vor ihrem Untergang bewahrt.«

Jetzt nannte er mich schon *mein Kind*?! Das reichte endgültig.

»Stuart, mein Großer, ich glaube dir kein Wort. Du lügst, sobald du den Mund aufmachst, und wenn du nicht willst, dass ich mich wegen dieser Kopfschmerzen bald ertränke, solltest du ein wenig kooperativer sein.«

Dass ich ihn duzte, passte ihm überhaupt nicht. Die Fassade des sauberen Stuart Cromwell bröckelte. »Auch wenn ich eine von deinen Fragen beantworten könnte, würde ich es nicht tun. Der Gedanke, dass du Schmerzen hast, wo wir kurz vor einem Weltuntergang stehen, juckt mich so viel wie eine Fliege im Spinnennetz. Wenn du die Gefahr nicht erkennen willst, werde ich dir nicht helfen.«

Er blieb stehen und hielt mich am Oberarm fest. Ich wollte mich losreißen. Vom Mörder meines Bruders berührt zu werden war ekelerregend. Doch er hielt mich fest und ich konnte auch doppelt sehend erkennen, dass er gerade eine Vision hatte. Er lächelte so … besserwisserisch. Wie Theodor, wenn der wieder den hiesigen Kaffee mit dem Superduperkaffee aus Oxford verglich.

Dennoch schoss mir durch den Kopf, wie seltsam das war.

Colin hatte keine Visionen mehr. Er hatte mich gestern umarmt und meine Hand gehalten, ohne zurückzuzucken. Und das war so gut gewesen. Wobei Brandon und auch Cromwell noch etwas *sahen*.

»Überleg dir gut, ob du wirklich alles riskieren willst wegen dieser Elizabeth, die dir doch nur Unbehagen bereitet.«

Seine Vision hatte was mit Elizabeth zu tun?

»Diese Hitze ist nicht normal. Ist dir das noch nicht aufgefallen? Es war noch nie so heiß in Wiltshire, zumindest nicht über so viele Wochen hinweg. Und die Temperaturen steigen weiter. Die anderen Platoniden müssen fort, und zwar schnell. Wenn wir nichts unternehmen, wird dein hübscher blonder Harris-Freund bald nicht mehr da sein. Genauso wenig wie deine Mutter. Oder deine beiden Freundinnen, die Inderin und die Tochter des Vikars. Alle werden sterben. Auch der Sohn des Arztes. Tot. Es bleibt nicht mehr viel Zeit.« Er machte noch einen Schritt auf mich zu. Ich konnte sein exklusives Männerparfüm und einen Hauch Pfefferminz riechen.

Irish Moos war mir viel lieber, stellte ich fest.

Obwohl es mindestens achtundzwanzig Grad sein mussten, fröstelte es mich. Seine grauen Augen musterten mich durchdringend. Ich wollte soeben antworten, dass er doch keine Skrupel hatte, sie alle tot zu sehen, als er auch schon weitersprach.

»Ich weiß, wie wir die anderen Platoniden zurückschicken können. Ich konnte die Dokumente entziffern. Nur muss ich wissen, wo die Platoniden sich aufhalten. Du könntest mir helfen, wir können uns gegenseitig behilflich sein. Du kennst die Menschen hier, du weißt, bei wem etwas seltsam ist, wer sich zurückhält und auf Unauffälligkeit drängt.«

Einen Moment lang wurde ich von seiner Aura eingenebelt. Einen winzigen Moment lang wollte ich den Namen meines besten Freundes preisgeben, als Paradebeispiel für Unauffälligkeit und Zurückhaltung. Aber es war Colin, über den wir sprachen.

Ich würde ihn nie verraten.

Niemals.

»Glückwunsch, Stuart, du hast gerade die unauffälligste Person von Lansbury gefunden«, sagte ich daher. »Und wenn du mir weder die Unterlagen geben willst noch ein Schmerzmittel, kotze ich dir gleich auf die Füße, so übel ist mir mittlerweile. Obwohl das auch an deinem aufdringlichen Parfüm liegen könnte.«

Er ließ mich los und trat einen Schritt zurück. Seine Wange schimmerte rot.

»In Salisbury wirst du kein Gegenmittel finden, so viel kann ich dir versprechen.«

»Lansbury. Der Ort hier heißt Lansbury«, korrigierte ich matt und bereute zutiefst, noch nichts gegessen zu haben.

»Natürlich. Lansbury«, sagte Cromwell und wollte sich schon entfernen, als er sich ein letztes Mal umdrehte: »Trink einen Kaffee mit Zitrone.«

Dann stieg er in die scheibenlose Limousine. Das demolierte Auto fuhr fort und ich hatte die Apotheke endlich erreicht.

Wie hatte er Salisbury mit Lansbury verwechseln können?, dachte ich, als ich noch an der Theke zwei Tabletten mit einem Glas Wasser runterspülte, das mir die mitfühlende Mrs Philips nach einem Blick in mein Gesicht sofort gereicht hatte.

»Weißt du, Meredith, bei Migräne hilft manchmal Akkupunktur und auch Hypnose oder progressive Muskelentspannung«, sagte sie, als ich ihr dankte.

»Im Queensway, drei Straßen weiter, wohnt eine Frau, die kann dir in null Komma nichts per Hypnose die Schmerzen nehmen.« Sie beugte sich beschwörend über die Theke. »Das darf ich ja eigentlich nicht sagen, weil wir sonst keine Schmerzmittel mehr verkaufen, aber Mrs Hensley hat das mal angedeutet. Sie schwört darauf, so oft, wie sie dort anzutreffen ist.«

Und ich dachte, Mrs Hensley wäre oft bei Mum, um sich die Karten legen zu lassen.

Ich dankte Mrs Philips erneut und machte mich auf den Heimweg.

Als ich ins Bett fiel, um die größten Schmerzen zu verschlafen, ließ ich noch einmal die Begegnung mit Cromwell Revue passieren. Mit Genugtuung dachte ich daran, wie er zu Boden gegangen war, und an die Ohrfeige, die gesessen hatte. Doch ein Gedanke ließ mir keine Ruhe.

Salisbury? Aber wir waren doch in Salisbury gewesen! Hatte Cromwell sich nicht versprochen? Was hatten wir dort übersehen? Mit Salisbury verband man eigentlich nur eines: die Kathedrale. Na ja, zwei Dinge: die Kathedrale und die Magna Carta. Und Colin und ich hatten uns beides angesehen.

Aber ansonsten …?

Nein, der Schlüssel musste hier in Lansbury liegen. Und er hatte irgendwas mit dem Namen Willmær zu tun.

Blöderweise hatte ich noch nicht mal ein Schloss zu diesem Schlüssel gefunden. Wir suchten die Nadel im Heuhaufen, dabei wussten wir noch nicht einmal, wo der Heuhaufen lag.

38. Kapitel

Als ich am nächsten Morgen erwachte, waren die Kopfschmerzen zum Glück weg. Madam Mim lag neben mir auf dem Kissen und schnurrte zufrieden.

Süße kleine Katze. Ich hätte so gern mit ihr getauscht. Vor allem weil mir siedend heiß einfiel, dass ich noch kein Geschenk für Colin hatte. Und noch schlimmer: Ich wusste nicht, was ich ihm schenken sollte. Irgendein Gutschein war ja wohl absolut unpersönlich. Leider würde er – im Gegensatz zu Chris – auch kein Auto bekommen, zu dem ich ihm irgendeinen Schnickschnack hätte besorgen können.

Natürlich hatten wir zusammengelegt und ihm einen neuen Notenständer besorgt. Die Proben mit der Brassband würden nächste Woche wieder beginnen und sein neuer Notenständer war sehr stabil, hatte eine kleine Lampe, um die Notenblätter anzustrahlen, und einen Flaschenhalter.

Doch ich wollte ihm noch etwas von mir schenken, etwas ganz Besonderes, etwas Persönliches, etwas, das uns verband. Ich blieb im Bett liegen, Madam Mim schmiegte sich an meine Brust und so schmusten wir eine Weile, während ich weitergrübelte.

Plötzlich fiel mir etwas ein, das sowohl wertvoll als auch eine Verbindung für uns wäre.

Madam Mim schien meine Zufriedenheit zu spüren, denn sie

kuschelte sich noch enger an mich und begann richtig laut zu schnurren.

Ich blieb noch ein wenig im Bett liegen und hoffte, bald ein Smartphone zu bekommen, um wieder per WhatsApp kommunizieren zu können. Ich würde gern mit Colin unser Spielchen wiederaufnehmen.

Ich freute mich auf den Nachmittag, wenn wir uns wiedersehen würden.

Leider blieb der restliche Tag nicht so beschaulich, wie der Vormittag gewesen war. Ich hatte spät gefrühstückt – Lunchzeit war schon vorbei –, als ich die Haustür hörte. Mum hatte ihre Schicht in der Drogerie für heute bereits beendet. Ich war gerade beim Abräumen des Tisches, als sie in die Küche kam. Ein Blick in ihr Gesicht verriet mir sofort, was sie wollte.

»Meredith, würdest du heute mit mir fahren? Es ist der einzige freie Nachmittag für die nächsten vier Wochen.«

Mum stand in der Küchentür, als müsse sie mich um Erlaubnis bitten, weil sie länger ausgehen wolle. Vielleicht war es ihr auch einfach nur unangenehm, weil die Fahrt beim letzten Mal so desaströs verlaufen war. Aber ich wusste auch, dass Mum es zu dem Grab zog wie eine Biene zum Stock. Und durch ihre neuen Arbeitszeiten waren wir länger als üblich nicht mehr am Grab von Oliver gewesen. Dieses Mal war ich begierig dahin zu fahren.

»Ich hätte eine Bitte, Mum«, sagte ich leise.

Sie sah mich an und ich konnte erkennen, wie schwer ihr die Fahrt auf der Seele lag. Wie immer.

»Ich möchte Colin mitnehmen. Er soll erfahren, wo wir hinfahren und warum. Ich habe nie mit ihm über Oliver geredet und er wusste bis vor kurzem nicht, dass es ihn gab, aber …«

»Du hast ihm davon erzählt?«, unterbrach sie mich fassungslos.

Nicht freiwillig, aber wie sollte ich das meiner Mutter erklären? Zögernd nickte ich unter ihrem vorwurfsvollen Blick.

»Meredith, ich hatte dir ausdrücklich verboten, mit irgendjemandem darüber zu sprechen.« Sie begann ihre zittrigen Finger zu kneten und ich fühlte mich wie ein Judas. »Habe ich das nicht wieder und wieder betont? Ich möchte hier nicht an ihn erinnert werden. Vor allem nicht durch mitleidige Blicke von Kunden oder Nachbarn. Ich möchte dem Ganzen aus dem Weg gehen, es sei denn, wir fahren dorthin. Ich dachte, das hätte ich dir von klein auf deutlich gemacht.«

»Warum nicht, Mum?«, fragte ich, weil ich mich schon mies genug fühlte. »Ich meine, denkst du nicht, es würde dir helfen Olivers Tod zu verarbeiten? Wir reden nie über ihn. Ich weiß nichts von meinem Bruder, außer dass ich ihm ähnlich sehe. Und du hast alles immer nur verdrängt. Denkst du nicht, es wäre besser sich endlich dieser Tragödie zu stellen? Glaubst du nicht, es würde danach leichter?«

Mum sah mich an. Sie musterte mein Gesicht ein oder zwei endlose Minuten lang schweigend, ehe sie ganz ruhig und ohne das geringste Zittern sagte: »Nein, Meredith. Der Tod eines Kindes wird nie leichter. Ich hoffe, dass du diese Erfahrung niemals zu machen brauchst, aber ich wünsche mir, dass du meine Art der Trauer so akzeptierst. Olivers Tod hat mich viel Kraft gekostet und der Besuch an seinem Grab raubt mir jedes Mal wieder Energie. Ich möchte nicht noch bei der Arbeit oder egal wohin ich gehe, auf ihn angesprochen werden. Das würde ich nicht ertragen. Es ist so schon anstrengend genug. Die Menschen in Lansbury sind freundlich zu mir, weil ich freundlich bin, weil ich mich bemühe hilfsbereit zu sein. Die Menschen in Lower Millcombe waren nur noch freundlich, weil sie Mitleid hatten. Es verging kein Tag, an dem nicht jemand vor der Haustür stand und mich zum Tee einlud oder mir mit hohlen Phrasen Mut zusprechen wollte.

Ich habe es gehasst. Ich habe sie alle dort oben hassen gelernt und konnte ihnen nicht mehr ins Gesicht sehen. Alle wollten mir versichern, was für ein feiner Junge er gewesen war und dass ich in dir ja Trost finden würde. Natürlich warst und bist du mein Trost und noch mehr. Das weißt du genau. Aber trotzdem wurde mir ein Stück meines Herzens herausgerissen. Und jeder in Lower Millcombe hat genau in dieser Wunde immer und immer wieder gebohrt. Deinem Vater erging es ähnlich. Deswegen haben wir uns zum Umzug entschlossen und uns geschworen, nie mit jemandem darüber zu reden.«

Ich starrte Mum an. Das hatte sie nie erzählt. Sie redete ja nie über Oliver und seinen Tod. Und ich begann Elizabeth zu hassen, die es überhaupt erst zur Sprache gebracht hatte vor meinen Freunden. Ihretwegen hatte ich meine Mum verraten und ihretwegen war Colin auf mich sauer gewesen.

»Es tut mir leid, Mum«, sagte ich kleinlaut. »Ich … Ich wollte es Colin nicht sagen, aber er … wir sind …«

Mums Blick wurde stechend.

»Meredith, was willst du mir sagen? Bist du schwanger?«

»O Gott, nein!«, rief ich ehrlich entsetzt. »Nein, nein, nein. *So* sind wir nicht befreundet.«

»Gut«, sagte sie erleichtert und fügte ernst hinzu: »Ich möchte, dass du deinen Abschluss machst, nicht nur am College, sondern auch an der Universität. Wenn jemand etwas aus seinem Leben machen kann und sollte, dann du.«

Ich nickte. »Keine Sorge, das habe ich auch vor. Es ist nur – Colins und meine Freundschaft ist schon sehr intensiv. Nicht so, wie du angenommen hast, aber seit kurzem kann er … nun, er hat meine Gedanken gelesen. Er war sauer, weil ich ihm meinen Bruder verschwiegen habe über all die Jahre hinweg, und das hat zu einem kleinen Knacks geführt, den ich gern kitten würde.«

Mums Blick wurde noch stechender, falls das überhaupt möglich war.

»Liest er deine Gedanken oder hast du sie ihn lesen lassen?«

Ich schluckte. »Mum! Wie könnte ich …«

Was war denn das für eine Frage? Als ob ich irgendjemanden freiwillig in meinen Kopf schauen ließ. Sogar Colin nicht. Ganz bestimmt nicht. Ich würde jetzt noch gern ungeschehen machen, dass er auf diese Weise Details von Brandons Kuss erfahren hatte. Aber noch ehe ich weiterbohren konnte, was genau sie damit meinte, seufzte sie, zog den Küchenstuhl hervor und ließ sich schwerfällig darauf nieder.

»Setz dich, Meredith. Ich glaube, ich muss dir etwas erzählen, an das du dich nicht mehr erinnern kannst.«

Mit zittriger Hand griff ich nach dem Stuhl und warf ihn versehentlich um. Schnell stellte ich ihn wieder aufrecht und setzte mich.

»Weißt du, dass dein Zittern erst nach Olivers Tod begonnen hat?«, sagte Mum unerwartet.

Ihr Blick schweifte ab und blieb an dem noch schmutzigen Set auf dem Tisch hängen. Meine benutzte Kaffeetasse stand dort und drum herum waren lauter Krümel, die sie nervös zwischen ihren Fingern zerrieb.

»Oliver konnte Dinge mit der Kraft seiner Gedanken bewegen«, sagte sie unvermittelt. »Dein Vater hat ihn mal überrascht, wie er Stofftiere durch die Luft kreisen ließ. Du warst dabei aber noch sehr klein. Ich weiß, wie sehr du meine Tarotkarten belächelst, aber die Karten sind etwas ganz Besonderes. Wenn ich sie in die Hand nehme, spüre ich ihre Magie, ihre Kraft. Ich habe das Talent von meiner Großmutter geerbt. Manchmal überspringt es eine Generation. Manchmal auch zwei. Wer weiß, ob nicht auch in dir etwas steckt, so rational du auch denken magst mit all deinem Wissen über Mathematik und Physik. Aber wer sagt, dass das nicht einfach nur eine andere Form dieser Gabe ist?«

Ich starrte Mum verblüfft an. Sie hatte davon gewusst? Mir fielen die tanzenden Hagelkörner aus meiner Traumerinnerung ein. Hatte Cromwell etwa Recht gehabt mit ihm? War Oliver ein Platonid gewesen?

»Konnte Oliver das schon immer? Wenn nicht, wie alt war er, als es angefangen hat?«

Mum zuckte ahnungslos die Schultern.

»Er hat es lange verborgen, auch nachdem Michael … ich meine, dein Vater ihn erwischt hatte. Oliver hat es nie wieder in unserer Gegenwart getan. Michael sagte, du hättest gekichert, und er war fest davon überzeugt, Olli wollte dich damit zum Lachen bringen.«

Ich wollte ihr von Cromwell erzählen, aber als ich den Mund öffnete, unterbrach sie mich.

»Das reicht jetzt. Ich möchte das nicht mehr durchkauen. Es tut mir weh, verstehst du? Es brennt mir noch immer ein Loch ins Herz, sobald ich darüber rede oder auch nur nachdenke.«

Sie stand auf und fegte alle Krümel entschlossen in die Hand.

»Ich möchte nicht, dass Colin mitfährt. Ich kann notfalls auch alleine fahren. Das ist mein letztes Wort in dieser Angelegenheit.« Sie warf die Krümel ins Waschbecken und verließ die Küche.

Natürlich würde ich sie nicht allein fahren lassen. Aber ich war mehr denn je der Meinung, dass es absolut unnormal war, wenn man ein Kind so komplett verdrängte. Auch wenn es tot war.

Colin hatte sich gemeldet, kaum dass wir im Auto saßen.

Er erzählte, dass Chris ihn gebeten habe, eine Weile auf Elizabeth aufzupassen. Nach dem Telefonat wurde im Auto kein Wort mehr gesprochen.

Es war eine der trübsinnigsten Fahrten, die Mum und ich je dorthin gemacht hatten. Schon die zweite dieser Art, und ich nahm mir fest vor, mit Colin das nächste Mal hinzufahren und Mum einfach nichts davon zu sagen.

Doch kaum am Ziel angekommen klingelte Mums Handy.

Sie warf einen Blick aufs Display und reichte es mir, ohne dranzugehen.

»Es ist dein Dad«, sagte sie nur, nahm die Blumen, die wir unterwegs gekauft hatten, und ging schon auf den Friedhof, ohne auf mich zu warten.

»Hey, Dad«, sagte ich, als ich den grünen Hörer drückte.

»Hey, Meredith«, sagte mein Vater und er klang überraschend fröhlich. »Wo bist du die ganze Zeit? Ich kann dich nie erreichen.«

»Ich bin viel bei Chris gewesen«, erklärte ich.

»Meine neue Wohnung, sie hat ein extra Zimmer. Meredith, ich hatte gehofft, du könntest mich noch in den Ferien in Manchester besuchen kommen. Bis Mitte August sollte ich alles fertig tapeziert haben. Was meinst du? Magst du dann für ein paar Tage kommen?« Dad klang nervös. Es war ungewohnt, dass er so viel redete.

»Dad, ich würde gerne kommen. Lass uns die nächste Zeit einen genauen Termin vereinbaren, ja?«, wich ich einer direkten Zusage aus.

»Warum nicht sofort?«, fragte mein Vater beflissen.

Er wollte es so, sagte ich mir. »Weil wir gerade in Lower Millcombe auf dem Friedhof stehen.«

Danach schwieg er. Hatte er aufgelegt?

»Dad?«, fragte ich. »Du könntest mir ein paar Fragen beantworten. Zu Oliver und seinen besonderen Fähigkeiten.«

Normalerweise würde ich so was nie am Telefon besprechen wollen, aber Dad hatte ja entschlossen, zwischen sich und seine Familie dreihundert Kilometer zu legen.

»Meredith, wenn du nicht kommen möchtest, kannst du das ruhig laut sagen«, entgegnete mein Vater barsch. »Ich verstehe schon, dass du lieber bei deinen Freunden bleiben willst.«

Jetzt hatte er wirklich aufgelegt.

Ich starrte ein paar Sekunden auf das Handy in meiner Hand und ging dann zu Mum. Es war furchtbar ermüdend mit den beiden und trotz ihrer Trennung waren sie sich dennoch einig. Einig im Bezug darauf, ihre Tochter im Unklaren zu lassen.

Mum hatte bereits den Stein sauber gewischt, rundherum das Unkraut entfernt und die frischen Blumen davorgelegt.

Sie nahm das Handy entgegen, ohne sich nach Dad zu erkundigen. Anscheinend sagte mein steinernes Gesicht genug.

»Ich bin fertig. Wir können fahren«, meinte sie, kaum dass ich die Inschrift gelesen hatte.

»Geh schon vor. Ich komme gleich«, sagte ich.

Sie sah mich verunsichert an, ließ mich aber allein.

Ich hockte mich vor den Grabstein und fuhr mit dem Finger die gravierten Buchstaben entlang.

»Ach, Oliver. Ich wünschte, ich könnte mich an dich erinnern. Ich hätte so viele Fragen an dich. Ich wollte, du könntest mir erzählen, was sonst alles geschehen ist und ob du Fähigkeiten hattest«, sagte ich ehrlich. »Ich habe mir niemals mehr einen großen Bruder gewünscht als jetzt.«

Aus den Augenwinkeln nahm ich eine Bewegung wahr. Olivers Grab war direkt an der Mauer zum uralten Friedhof mit Gräbern und Grüften aus vergangenen Jahrhunderten. Auf der Mauer saß ein Eichelhäher. Er sah mich an, dann putzte er sich sein Gefieder und verlor dabei eine Feder. Ich rührte mich nicht.

Der Eichelhäher blinzelte zwei-, dreimal, sah von mir zu der verlorenen Feder am Boden, dann wieder zu mir und schließlich flog er fort.

Ich hob die Feder auf. Es war genauso eine, wie Colin sie mir in der Nacht auf dem Spielplatz geschenkt hatte. In der Nacht, in der er zum ersten Mal meine Gedanken über eine große Entfernung hinweg hatte lesen können.

Ich blickte zurück zum Grabstein.

»Danke, Olli«, sagte ich leise und ging dann wieder zum Auto.

»Was hast du da, Liebes?«, fragte Mum.

Ich zeigte ihr die Feder und sie wurde blass.

»Eichelhäher«, flüsterte sie gebrochen.

»Mum? Was ist damit?«

Sie schüttelte den Kopf.

»Mum! Es reicht! Wenn du mir jetzt nicht sagst, was los ist, fahre ich nicht mit dir zurück.«

»Keine leeren Drohungen, Meredith, wie willst du sonst nach Lansbury kommen?«

»Gar nicht. Ich hab's satt.«

»Aber ich habe dir doch von ihm erzählt!«, widersprach sie empört.

»Was hat es mit dieser Feder auf sich?«, rief ich ungehalten.

»Schrei nicht so. Das ist ein Friedhof.«

Ich drehte mich um und ging zur Hauptstraße. Dort stellte ich mich an den Rand und hielt den Daumen in die Höhe.

Ich erkannte das Rattern unseres Auspuffs sofort.

»Meredith, das ist doch kindisch«, sagte Mum streng durch die heruntergekurbelte Scheibe. »Steig ein, wir fahren nach Hause und unterwegs finden wir bestimmt noch ein schönes Café. Ich spendiere uns ein Eis.«

Ich sah sie groß an. »Sag mal, merkst du nicht, wie krank das ist? Glaubst du wirklich, Oliver wäre gern in der Versenkung verschwunden? Meinst du nicht, für ihn wäre es viel schöner, wir würden seiner ein wenig anders gedenken als mit diesen Besuchen alle paar Wochen? Ich weiß nicht einmal, wann er Geburtstag hatte. Dabei würde ich den gern feiern. Ich würde gern sagen können, das war Olivers Lieblingsgericht, das haben wir gemeinsam, oder so was Ähnliches. Ich weiß nichts über meinen Bruder. Und das nur, weil du ihn verstoßen hast. Eine kleine Feder haut dich fast um, und ich hab keinen Schimmer, wieso.«

Mum rang die Hände. »Er hat einen Anhänger in Form einer Feder auf einem Flohmarkt gekauft, als du gerade auf der Welt warst. Er hat ihn für dich gekauft. Er war aus Aquamarin, Onyx und Mondstein und wunderschön. Oliver war fest davon überzeugt, Eichelhäher seien ganz besondere Vögel. Du hast den Anhänger an deinem ersten Schultag verloren. Aber jedes Mal wenn ich Eichelhäher sehe, muss ich an Olivers Gesicht denken und wie sehr er sich darauf gefreut hat, dir den Anhänger zu schenken. Ich habe ihn davon abgehalten, weil du noch zu klein warst. *Wenn sie in die Schule geht,* habe ich ihm gesagt. Aber da war er schon tot. Ich hab ihn dir an seiner statt überreicht.«

Ich starrte Mum an. Mein Bruder hatte seiner kleinen Schwester ein Schmuckstück gekauft. Ein ganz besonderes Schmuckstück. Er musste mich wirklich sehr gerngehabt haben.

Ich schluckte, weil ich merkte, wie sich mein Hals zuschnürte und meine Augen zu brennen anfingen.

Wortlos stieg ich ins Auto und Mum fuhr nach Hause. Wir sprachen auf der Rückfahrt kein Wort. Aber unser Schweigen war ein einvernehmliches, kein angespanntes. Ich wusste, sie dachte an Oliver, und ich dachte ebenfalls an ihn. Außerdem fiel mir die Nacht auf dem Spielplatz ein. Colin hatte zuerst meine Gedanken gelesen bei unserem Einschlafspielchen. Ich hatte es bereits als Assoziation abgetan, weil wir uns so gut kannten, denn bei weiteren Versuchen hatte ich an den blauen Anhänger gedacht und

Colin hatte eine Feder genannt. Er hatte Recht gehabt. Er *konnte* meine Gedanken lesen. Sogar die unbewussten, wie es schien.

Mich fröstelte und ich wünschte mir mehr denn je, Oliver wäre noch am Leben.

Dann wäre das alles hier vermutlich nie passiert. Andererseits wären wir auch nie aus Lower Millcombe weggezogen und ich hätte Colin nie getroffen. Ein furchtbarer Gedanke.

ERINNERUNGEN

Sein Pferd war nicht aufzuhalten. Das Wetter schien es nervös zu machen.

»Das Gewitter ist noch weit weg«, versuchte er den Hengst zu beruhigen. Sollte das Tier jetzt weiter durchgehen und sich womöglich ein Bein brechen, müsste es getötet werden. Dabei hatte er sich so sehr über dieses Geschenk gefreut. Ein Rappe von edlem Geblüt. Normalerweise standen solche Geschenke nur seinem Bruder, dem Erstgeborenen und Erben des Grafentitels, zu. Sein Vater hatte ihm das Pferd geschenkt, weil er im Turnier alle anderen besiegt hatte. Und er liebte es, auf ihm auszureiten.

Doch im Moment wollte er nur nach Hause.

Das nahende Gewitter war zwar noch fern, doch das Tier war bereits jetzt zu unruhig. Zu schnell. Zu stur.

Es donnerte und das Pferd stieg wiehernd mit den Vorderfüßen in die Luft. Sein Schwert, das am Sattel befestigt war, fiel herunter.

Darauf war er vorbereitet. Nicht vorbereitet war er jedoch auf die Bocksprünge, die sein Hengst anschließend vollführte, um dann in einem atemberaubenden Tempo loszugaloppieren.

Er hing nur noch im Sattel und versuchte, sich gerade in den richtigen Sitz zu ziehen, als der Hengst abrupt bremste.

Er hatte keine Chance und flog über den Kopf des Tieres hinweg. Er konnte nicht einmal die Zügel halten. Der Hengst stieg erneut auf die Hinterhufe, drehte sich und galoppierte in dem gleichen Tempo den Weg zurück, den sie gekommen waren.

Es begann zu regnen, dicke, schwere Tropfen. Er war vor dem Steinkreis abgeworfen worden. Unmittelbar neben ihm schlug ein Blitz ein.

Ein Kreis bildete sich und die Grashalme, die vorhin noch kniehoch gewesen waren, knickten um.

Er musste Schutz suchen!

Unter dem Altarstein in der Mitte des Steinkreises war eine kleine Kuhle. Dorthin rannte er, nachdem er sein Schwert aufgerafft hatte, und kauerte sich zusammen. Direkt vor den Megalithen schlugen weitere Blitze ein. Er warf sein Schwert in hohem Bogen von sich. Es war zu gefährlich. Jeder Blitz hinterließ einen Kreis aus umgeknickten Grashalmen und zog einen Donnerschlag nach sich, der den Stein über ihm zum Erbeben brachte. Er duckte sich noch tiefer in die Kuhle. Der Regen wandelte sich in Hagel, der Stein über ihm bot keinen Schutz mehr vor dem Wetter. Er dachte an seine Schwester. Wer würde ihr künftig helfen? Ihr und ihrem Kind Essen, Kleidung und Geld in die armselige Hütte im Wald bringen? Er wollte nicht sterben. In seiner Panik hatte er seine Gabe ganz vergessen. Er konzentrierte sich und der Stein rundum begann zu bröckeln. Nicht viel, aber ein wenig vom Rand, so dass die Kuhle größer wurde. Er rückte weiter hinein.

Die Blitze kamen immer schneller, immer dichter. Und dann wurde es gleißend weiß …

39. Kapitel

Ich ging zu Chris, um Colin Beistand zu leisten. Außerdem war ich viel zu glücklich darüber, dass er wieder normal mit mir sprach, um ihn länger entbehren zu können. Und weil ich E ein paar Tage erfolgreich gemieden hatte, würde ich sie wohl heute ertragen können. Immerhin war Colin da. Sie würde ihm ihre ganze Aufmerksamkeit widmen – auch wenn mir das noch immer einen seltsamen Stich versetzte. Musste ich mir Gedanken darüber machen, dass ich Colin keinem anderen Mädchen gönnte? Nein, bei Rebecca oder Shakti wäre mir das ganz gleich. Oder sagen wir mal, beinahe gleich. Es lag an Elizabeth. Sie war einfach … nicht mein Fall.

Zu meiner Überraschung öffnete mir Brandon Chris' Haustür.

Wie groß die Überraschung war, konnte er unschwer daran erkennen, dass ich erschrocken einen Schritt rückwärtsstolperte, dabei die Stufe vergaß, ins Taumeln geriet und mich fast auf den Rücken gelegt hätte. Aber zum Glück nur fast, denn Brandon hatte unglaubliche Reflexe. Er umfasste meinen Arm und zog mich in die Eingangshalle.

Mit diesem lieblichen Lächeln im Gesicht.

»Hi, Meredith«, sagte er und seine Hand verweilte noch immer auf meinem nackten Unterarm.

»Hi, Brandon«, quiekte ich, wobei mein Magen Saltos schlug,

als befände ich mich auf einer Achterbahn. Wir hatten uns ein paar Tage nicht gesehen und ich wusste nicht, ob er noch sauer auf mich war wegen meiner ungewollten Kussmanipulation.

»Geht's dir gut?«, fragte er und sein Lächeln vertiefte sich. Hundertprozentig wusste er, welche Wirkung er auf mich hatte. Es war allerdings auch ganz leicht an meiner Stimme zu hören. Ich räusperte mich.

»Ähm, unterhalten wir uns als Nächstes über das Wetter?«, fragte ich, so cool es mir möglich war.

Ohne den Blick von meinem Gesicht zu lösen, sagte Brandon: »Sehr sonnig ab sofort.«

Ich konnte nicht anders. Ich lächelte genauso sonnig zurück, wie er es prophezeit hatte.

Er blinzelte ein wenig, dann ließ er mich los.

»Wartet unsere Prinzessin noch immer auf den Butler, der die Tür öffnet?«, fragte ich auf dem Weg ins Wohnzimmer. Keine Frage, in den letzten Wochen hatten wir alle uns sehr gut mit Chris' Heim vertraut gemacht.

»Es wäre wohl äußerst unklug, wenn Elizabeth die Haustür öffnen würde, sobald es klingelt«, antwortete Brandon ruhig.

Ach ja. Sinn und Zweck war es schließlich, sie hier zu verstecken.

»Aber sie wird immer ungeduldiger. Seit einigen Wochen hängt sie jetzt hier fest und ich glaube, so langsam besiegt sie Chris in jedem *Fifa*-Spiel. Messi ist nichts gegen sie.«

Ich grinste.

Doch gerade jetzt saß sie nicht vor dem Fernseher, sondern am Fenster, sehr, sehr dicht bei Colin, dessen Hand sie festhielt und ihm dabei tief in die Augen sah.

Und Colin erwiderte ihren Blick.

Brandon klopfte an den Türrahmen und beide schraken auf.

Colin lächelte mich an, Elizabeth rollte die Augen.

»Ich finde, es reicht *ein* Babysitter«, sagte sie genervt. »Hast du es dabei?«, fragte sie und sah mich an.

Ratlos blickte ich zu Brandon.

»Ich habe ihr noch nichts gesagt«, erklärte er ruhig.

»Wieso nicht?« E lehnte sich empört zurück. »Ich dachte, nur deswegen ist sie hier?«

»Nicht nur«, widersprach Colin beruhigend. »Es trifft sich sehr gut, dass wir vier noch einmal alleine sind, dann können wir endlich die nächsten Schritte besprechen.«

»Was für Schritte?«, fragte ich wachsam und setzte mich auf den Platz auf der Couch, der am weitesten von E entfernt war.

Ich konnte sehen, dass das Colin irritierte. Aber noch mehr irritierte es ihn, als sich Brandon genauso dicht neben mich setzte, wie Elizabeth neben ihm saß.

»Fassen wir doch mal kurz alle Punkte zusammen«, sagte Brandon pragmatisch und hob den Daumen. »Vier Platoniden befinden sich im Moment zur selben Zeit am selben Ort.«

Ich unterbrach ihn, indem ich die Hand hob wie in der Schule. »Was genau ist mit demselben *Ort* gemeint? Lansbury? Wiltshire? England?«

»Gutes Argument. Ich glaube, ich sollte mitschreiben«, sagte Colin, stand auf und holte Block und Stift, die neben dem Fernseher lagen. Im Vorbeigehen konnte ich darauf Spielstände für E und C erkennen.

Colin riss die Seite ab und schrieb auf.

»Punkt zwei«, Brandon hob zusätzlich den Zeigefinger, »Meredith ist die Gaianidin. Nur sie kann das Unglück aufhalten.«

Bei seinen Worten wurde mir wieder ganz warm. Allerdings vor Verlegenheit.

»Punkt drei: Es gibt wohl einen Ritus, um die Platoniden in ihre Zeit zurückzuschicken. Punkt vier: Der Ritus wurde auf bestimmten Unterlagen festgehalten, die Cromwell angeblich gelesen hat.«

Brandon hielt seinen Ringfinger mit der anderen Hand fest. Elizabeth runzelte die Stirn.

»Irgendwie ist das noch nicht wirklich viel«, sagte sie. »Glaubt ihr, Cromwell sagt die Wahrheit? Und wenn ja, wie und wo können wir diese Unterlagen einsehen?«

Ich schnaubte abfällig.

»Was? Fällt dir was Besseres ein? Ich bin der Meinung, wir gehen zu ihm, holen die Dokumente und können endlich mal was Sinnvolles tun. Bislang hast du ja nichts in Erfahrung gebracht.«

Ich wusste schon, weshalb ich sie nicht mochte. »Du kennst doch mittlerweile diese Villa hier, oder?«, fragte ich und machte eine ausladende Handbewegung. E nickte. »Natürlich. Besser als du.«

»Dann hast du auch schon die Alarmanlage gesehen, ja?«

E nickte erneut.

»Jetzt stell dir diese Anlage zehnmal sicherer vor und das Haus zehnmal größer, und dann weißt du, wo Stuart Cromwell lebt. Und er lebt nicht allein, er hat Familie. Willst du immer noch bei ihm einbrechen?« Ich sah sie herausfordernd an.

Elizabeth zuckte mit den Schultern. »Warum nicht? Man muss

nur wissen, wie man die Alarmanlage umgeht. Könnte man da nicht diesen Mann fragen? Er heißt James und er kennt sich mit so was aus.«

Wir konnten alle drei nicht anders. Wir lachten aus vollem Hals.

»Elizabeth, du solltest noch hierbleiben«, sagte Brandon wenig später, als wir uns wieder beruhigt hatten.

E stampfte enttäuscht mit dem Fuß auf wie ein fünfjähriges Mädchen.

»Ich will nicht mehr! Ich kann mittlerweile sogar schon dem deutschen BVB zum Sieg in der Champions League verhelfen. Ich will mir auch nicht noch eine Kochsendung ansehen müssen oder diesen dämlich Doktor, der in einem Klo durch die Zeit reist.«

»Hey!«, rief ich empört. »Das ist eine Notrufzelle und der ist cool!«

»E, wir wissen, wie trostlos es hier für dich ist. Aber du musst doch einsehen, dass es zu gefährlich ist das Haus zu verlassen, bis wir eine Lösung gefunden haben. Vor allem, da Cromwell Chris im Verdacht hat.«

Colin versuchte, an ihren gesunden Menschenverstand zu appellieren. E?! Er jetzt auch? Wo waren wir hier? Bei *Gossip Girl*?

»Trostlos?«, rief ich konsterniert. »Sie sitzt in einer Millionenvilla und hat dank dem Satellitenfernsehen mehr Ablenkung als in einer Burg, die seit Monaten vom Feind belagert wird. Und wenn wir schon beim Thema sind: Was hättest du zu Hause geboten bekommen? Stickrahmen und Rosenzüchten, oder was?«

Brandon legte eine Hand zur Beruhigung auf mein Bein. »Meredith hat nicht Unrecht, und trotzdem kann ich dich verstehen. Wir müssen endlich den Mönch finden, damit er uns sagt, wonach wir suchen müssen.«

Jetzt sah er mich wieder an. »Meredith, hast du zwischenzeitlich irgendwas Neues herausfinden können?«

»So wie er sich kleidet, lebte er auf alle Fälle vor dem dreizehnten Jahrhundert«, war das Einzige, was ich mit Sicherheit sagen konnte.

»Ich will ihn auch mal sehen«, maulte Elizabeth.

»Er ist nicht wirklich attraktiv«, erklärte ich ihr, fühlte aber doch eine gewisse Genugtuung. Ich sah etwas, das sie nicht wahrnehmen konnte. Elizabeth funkelte mich wütend an.

»Und davon abgesehen ist es schon eine Weile her, seit du ihn zuletzt gesehen hast«, fügte Colin beschwichtigend hinzu.

Ich bedachte ihn mit einem Verräterblick.

»Wir können auch kein Gewitter herbeirufen, damit du wieder zu ihm kannst. Denn in seiner Zeit kann er dich nicht sehen«, konterte ich verdrossen. Weder Brandon noch E waren überrascht. Colin hatte demnach den beiden von seinem Zeitsprung erzählt.

»Aber vielleicht können wir dem nachhelfen«, meinte Brandon nachdenklich und sah mich wieder so durchdringend an, dass mir ganz warm wurde.

»Wie?«, fragte ich deswegen ein wenig barscher als gewollt.

»Hast du mal versucht ihn zu rufen?«, fragte er.

»Ja, hab ich! Ich hatte mich so lange auf dem Gästeklo hier eingeschlossen und alles Mögliche versucht, bis Chris glaubte, er müsse einen Arzt rufen wegen meiner Verstopfung.«

»Ruf ihn noch mal. Du hast es garantiert nicht richtig gemacht.«

Jetzt funkelte ich sie an.

»Wir könnten es mit einem Jungfrauenopfer versuchen«, schlug ich gehässig vor.

»Es wäre unklug, wenn du dich selber opferst. Du sollst immerhin helfen«, pampte Elizabeth.

»Wer sagt denn, dass ich noch Jungfrau bin«, zischte ich, ohne nachzudenken.

Ich erntete von Brandon einen interessierten Blick.

Aber natürlich machte Colin wieder alles zunichte. »Mere, erstens bezweifle ich, dass wir überhaupt ein Opfer bringen müssen, und zweitens: Lass diese Kabbeleien. Sie führen zu nichts.«

Elizabeth sah mich so triumphierend an, als habe sie einen Wettbewerb gewonnen.

Ich war kurz davor, ihr meine Zunge rauszustrecken. Nur Brandons amüsiertes Gesicht hielt mich davon ab.

Und das brachte mich auch wieder zur Besinnung.

Was tat ich hier? Mich von einem Mädchen provozieren lassen, das zu einer Zeit geboren worden war, in der man noch an die Erde als eine Scheibe glaubte? Wie kindisch von mir.

»Der Name ist ein guter Anhaltspunkt«, sagte Brandon gedankenverloren. »Ob es irgendwie möglich ist, den Namen des Mönchs herauszufinden?«

»Und dann? Stell ich mich dann vor den Spiegel und ruf ihn drei Mal?«, sagte ich noch immer fuchsig. »Du weißt, was dann geschieht, oder?«

Brandon schüttelte ratlos den Kopf und Colin sagte belustigt:

»Das war bei Goethe, Mere.«

Oh. Ja. Himmel. So kamen wir nicht weiter. Ich seufzte laut. Vor allem weil auch der Druck in meinem Kopf wieder zunahm. Wie beinahe jedes Mal, wenn ich mit Elizabeth zusammen war.

»Mal eine andere Frage. Beim Gläserrücken ist der Name Willmær erschienen. Ich weiß genau, dass ich diesen Namen irgendwo schon mal gesehen habe. Ich kann mich nur nicht mehr erinnern, wo«, überlegte ich und rieb meine Schläfen. Ausgerechnet hier ließ mich mein sonst so gutes Gedächtnis im Stich. »Er muss irgendeine Bedeutung haben. Könnte es der Name des Geistermönchs sein?«

»Das ist nicht ausgeschlossen. Wir wissen leider noch immer nicht, wann der Mönch konkret lebte und was er mit den Platoniden und der Gaianidin zu tun hat. Wir wissen nur, dass er mit ihnen zu tun hat«, stimmte Brandon mir zu. »Und wir wissen auch nicht, warum du ihn sehen und hören kannst, Cromwell ihn nur hört und Colin ihn sehen kann. Was wir brauchen, ist einen entscheidenden Hinweis, wann er auftaucht und wieso. Erinnere dich doch noch mal genau.«

Witzbold. Was glaubte er, was ich die ganze Zeit über getan hatte? *Top of the Pops* geschaut?

»Wann war die erste Begegnung? Wo? Wie hat er ausgesehen?«

Ich schloss die Augen und versuchte, mich zu erinnern. Auf dem College Campus war er mir zum ersten Mal aufgefallen. Ich hatte Chris mit Jensen Ackles verglichen und er hatte sich in dieser Rolle gefallen. Jensen Ackles war auch hübsch mit seinen blonden Haaren. Nur: Brandon war hübscher.

O Mann, ich konnte nicht entspannen, wenn mich alle so erwartungsvoll anstarrten. Und E begann Colin was ins Ohr zu wispern. Sie kicherte dabei leise. Wahrscheinlich lästerte sie über mich. Das Flüstern wurde lauter, trotzdem verstand ich kein Wort. Wie sollte ich mich da konzentrieren?

Colin spürte mein Dilemma. »Entspann dich, Mere. Wir werden uns alle bemühen, leiser zu sein.«

Pah! Wusste er immer noch nicht, wer da neben ihm saß?

Ich schloss die Augen, rieb meine Schläfen und atmete tief durch. »Ich sollte auch mal die Hypnotiseurin im Queensway aufsuchen. Angeblich kann die Schmerzen per Aura beseitigen.«

Weil ein paar Sekunden lang keiner ein Wort sagte, öffnete ich meine Augen wieder und sah das leuchtende Funkeln in den Augen von Brandon und Colin.

Beide tauschten einen Blick und sahen dann Elizabeth erwartungsvoll an.

40. Kapitel

»Was? Nein!« Ich starrte Brandon entgeistert an.

»Wenn sie in mein Bewusstsein dringt, lässt sie mich nachher vielleicht noch wie ein Huhn gackern, sobald ich das Wort Popcorn höre. Ich könnte nie wieder ins Kino gehen.«

Brandon hustete und für mich hörte sich das an, als würde er versuchen ein Lachen zu überspielen.

Das war mir egal. Ich wandte mich Hilfe suchend an Colin. Er würde das doch wohl nicht zulassen?! Ich sah Colins nachdenklichen Blick unter seinen langen Ponyfransen.

»Mere, ich würde das nicht zulassen.«

»So? Bis jetzt habe ich noch nicht feststellen können, dass auch nur einer von euch ihr irgendwas abschlagen kann.«

Jetzt wirkte Brandon beleidigt. Gut so.

»Meredith, sollte sie etwas versuchen, was nichts mit dem Mönch zu tun hat, werde ich ihr persönlich den Champagnerkübel über den Kopf kippen.« Brandon kreuzte entschlossen die Arme vor der Brust und sah Elizabeth drohend an.

»Welchen Champagnerkübel?«, fragte ich und sah mich in dem piekfeinen Wohnzimmer um.

»Diesen hier.« Er deutete auf die Blumenvase neben sich.

Langstielige rote Rosen in einer randvollen dickbauchigen Kristallvase.

Er machte einen sehr entschlossenen Eindruck und ich glaubte wirklich, dass er es ernst meinte. Auch wenn ich keinesfalls gackern wollte, der Anblick einer triefenden Elizabeth wäre es wohl wert. Anscheinend nahm sie Brandons Drohung sehr ernst, denn sie blinzelte unsicher.

»Okay«, sagte ich gedehnt. »Ich kann mich drauf verlassen, dass du handelst?«

Brandon nickte. Colin sah ein wenig frustriert aus, weil ich ihm nicht so viel Durchsetzungsvermögen zutraute.

»Aber es ist nicht gesagt, dass es auch bei mir funktioniert«, wandte ich ein.

»Also darf ich?«, fragte Elizabeth und klang dabei unheilvoll aufgeregt.

»Zuerst muss ich wissen, woher du das kannst und an wem du es schon alles getestet hast.« So schnell würde ich mich noch nicht ergeben.

»Meine alte Kinderfrau hat das mit uns gemacht, als wir klein waren«, erklärte sie. »Ich hab es an meiner Kammerdienerin ausprobiert und seither hat sie keine Schmerzen mehr an ihren … ihren …« Elizabeth blinzelte verschämt und fügte dann im Flüsterton hinzu: »Bauchschmerzen.«

Colin und ich grinsten uns an. Elizabeth blies daraufhin frustriert eine Strähne aus ihrem Gesicht.

»Leg dich dahin und versuch dich zu entspannen.«

»Ich soll mich vor der Hexe von Eastwick entspannen können? Leicht gesagt«, murmelte ich und legte mich zögernd auf die Couch, die Brandon bereitwillig räumte.

»Ich komme aus Monkton Farley«, erklärte Elizabeth.

Brandon legte mir fürsorglich ein Kissen in den Nacken.

»Ich pass auf. Versprochen«, sagte er leise zu mir.

»Wenn nicht, verfluche ich sie«, raunte ich ihm zu. »Anscheinend hat mein Wort ja auch ein wenig Gewicht. Sie wird dann ihr Leben lang mit Akne und Haarausfall zu kämpfen haben. Und Fußpilz.«

Brandon grinste und zwinkerte mir aufmunternd zu. Elizabeth setzte sich auf einen Schemel neben mich. Für meinen Geschmack sah sie viel zu zufrieden aus.

»Schließ deine Augen und versuche an nichts mehr zu denken. Lass all deine Gedanken vorüberziehen wie Rauch aus dem Kamin.«

Rauch aus dem Kamin? Was für ein blöder Vergleich. Und wieso sollte ich Gedanken ziehen lassen? Ich wollte doch den Mönch wiederfinden. Sollte ich meine Gedanken nicht auf ihn fokussieren? An was erinnerte ich mich im Detail? Die Kapuze. Die grobe Kutte, die sich beim Sachsen-Festival zwischen den bunten Zelten durchschlängelte.

Genau. Und seine Augen. Grüne Augen, die meinen bestürzend ähnlich sahen.

Und ich erinnerte mich an das Haarband, das Colin und ich im Steinkreis gefunden hatten, und Brandons verträumtes Lächeln, mit dem er mich ansah, wenn ich ihn berührte.

Warum hatte Colin nicht auch solche angenehmen Visionen gehabt? Ihm wäre so viel erspart geblieben. Und Colin hatte so schöne Hände. Ich würde gern öfter seine Hand halten. Seine Finger waren so lang und grazil. Aber halt: Ich konnte ihn jetzt berühren. Die Zeit der Schreckensbilder war vorüber.

Brandons Hände waren auch angenehm. Breiter zwar, die Finger etwas dicker. Man konnte ihnen den Schwertkampf ansehen, außerdem auch das Spülen, und … trotzdem fühlten sie sich sehr gut in meinem Nacken an.

»Mere, du musst dich entspannen«, sagte Colin.

Ich seufzte. Ja, entspannen. Und konzentrieren auf eine grobe Wollkapuze und ein Paar grüner Augen.

Grüne Augen und rote Haare tauchten in meinem Blickfeld auf. Aber sie gehörten zu einem kleinen Mädchen.

Und das Mädchen saß vor einem riesigen verschnörkelten Kamin. Die Flammen im Kamin züngelten mal hoch, dann wieder niedrig.

Das Mädchen hob eine Hand und die Flammen schossen in die Höhe. Dann ließ es die Hand sinken und es war nur noch Glut im Kamin.

Jetzt malte sie mit dem Zeigefinger einen Kreis in die Luft und Funken wirbelten umher.

»Elizabeth! Was habe ich dir gesagt.«

Wir zuckten beide erschrocken zusammen, das Mädchen und ich.

Hinter mir in der Tür stand ein Mann mit braunen Haaren und in Pluderhosen über einer … Strumpfhose?

»Bei Gott! Was, wenn dich jemand sieht?« Der Mann schloss hastig die Tür und trat auf die Kleine zu. Sie war nicht älter als acht.

»Wer sollte mich hier sehen, Vater?«, fragte das Mädchen unschuldig und erhob sich.

Ich sah den trotzigen Blick und die gespielte Unschuld und

wusste, dass ich hier einer jüngeren Ausgabe von Elizabeth gegenüberstand. Nur schienen sie und ihr Vater mich nicht wahrzunehmen. Beide starrten sich an. Endlich seufzte der Vater laut vernehmlich und hockte sich zu ihr auf Augenhöhe.

»Elizabeth, was habe ich dir immer und immer wieder erklärt?«, sagte er leise und eindringlich. Jetzt senkte sie den Blick.

»Dass ich nicht mit dem Feuer spielen darf«, sagte sie etwas demütiger.

»Sehr weise«, murmelte ich.

»Was geschieht, wenn dich jemand so sieht?«, fragte der Vater wieder. Sein Ton war zwar noch immer mahnend, aber man konnte spüren, wie sehr er um seine Tochter besorgt war.

»Ich werde als Hexe angeklagt werden.« Jetzt sah sie auf, und in dem Blick, mit dem sie ihren Vater betrachtete, lag Schmerz. »Aber ich kann doch nichts dafür. Ich wollte das nicht, es war einfach immer da! Ich könnte so viel Nützliches damit tun.«

»Daran darfst du niemals denken«, sagte er bestimmt. »Du hast eine Gabe, aber du weißt, was mit Menschen wie dir passiert, nicht wahr?«

»Sie enden wie John Stinger«, murmelte Elizabeth.

John Stinger? Wer war das und was war mit ihm geschehen?

»Ganz genau. Du möchtest doch deiner Mutter nicht zumuten, dich wie diesen Hexer bei lebendigem Leib verbrennen zu sehen, oder, Elizabeth?«

»Nein, Vater.« Zum ersten Mal, seit ich sie kannte, wirkte sie reuig.

»Und du willst doch auch, dass die Verbindung zum Duke of Suffington zu Stande kommt. Überleg nur: Lady Elizabeth Dorring, Duchess of Suffington. Der Duke ist ein sehr korrekter Mann, das weißt du doch, nicht wahr?«

Elizabeths Augen begannen zu leuchten. »Ja, Vater. Ich werde mich so vorbildlich benehmen, dass der Sohn des Dukes gar nicht anders kann, als dich um meine Hand zu bitten.«

Der Vater lächelte und kniff ihr zärtlich in die Wange. »Das ist mein Mädchen. Nun komm, du musst noch viel lernen, wenn du eine echte Duchess werden willst.«

Die beiden verließen den Raum und ich blieb zurück.

Und jetzt? Sollte ich mich nicht in Luft auflösen und wieder auf der Couch in Chris' Wohnzimmer aufwachen?

Doch nichts dergleichen geschah. Ich war allein in einem düster getäfelten Raum mit tellerverziertem Büfettschrank und einem Kamin, in dem die Glut langsam erlosch. Deswegen wurde es auch kühler.

»Elizabeth?«, rief ich leise. »Du kannst mich jetzt aufwecken.«

Ich wartete. Nichts. Nur der Typ mit Halskrause auf dem Gemälde sah mich leicht schielend an.

Bewegten sich seine Augen? Wie in einem dieser alten Gruselschinken? Ich trat näher an das Bild heran. Nein. Ich musste mich zusammenreißen.

Was also sollte ich jetzt tun? Hier warten, bis die künftige Duchess of Suffer sich endlich bequemte mich aufzuwecken? Oder sollte ich einen Haushalt im sechzehnten Jahrhundert erkunden, wo mich ohnehin niemand sehen konnte?

Die Entscheidung fiel mir nicht schwer. Ich ging zur Tür. Ob ich wie ein Geist hindurchschweben konnte? Wie cool wäre es, durch Mauern zu gehen! Vielleicht entdeckte ich einen Geheimgang! In diesem Jahrhundert wurden doch all die Verstecke für katholische Priester gebaut.

Voller Motivation machte ich einen Schritt und die Tür schwang auf. Huch!

Herein traten zwei Mädchen, einfach gekleidet mit Schürzen und Hauben, die einen Stapel Wäsche auf den Armen trugen.

»Hast du den Jungen gesehen? Der ist so süß«, kicherte die eine.

»Süß ist Honig«, wies die andere sie zurecht. Sie gingen zur Wandtäfelung und öffneten sie. Dahinter befand sich ein Schrank. Sie legten die Stapel ab und ich hörte die eine noch sagen: »Aber ich versichere dir, wenn der mal älter ist, ist vor ihm kein Rock sicher.«

Für deren Augen war ich offensichtlich unsichtbar.

Na dann …

Ich trat in den Korridor und folgte ihm bis zu einer schmalen Stiege. Die führte in die Küchen. Mehrzahl. Im ersten Raum schlug mir dichter feuchter Dunst entgegen. Auf den Feuern hingen große Kessel, aus denen zwei Mägde ein weißes Laken mit mistgabelähnlichen Stöcken entnahmen. Jetzt machte der Begriff *Waschküche* erst richtig Sinn. Die Mägde fassten mit rissigen roten Händen in das heiße Leinen und begannen es so gut wie möglich über dem Kessel auszuwringen. Die Jüngere der beiden machte währenddessen: »Au, au, au. Das ist so verflucht heiß!«

Meine Güte. Was für eine Arbeit. Ich sah ihnen ein paar Minuten lang zu und dachte, dass der Erfinder der Waschmaschine mit Schleudergang einen Nobelpreis verdient hätte.

In den anderen Räumen war ein ähnliches Schauspiel mitanzusehen. Hier waren unzählige Frauen und Männer zugange, die schnippelten, Holz hackten und das Feuer schürten, Teig kneteten, Spieße drehten und in Kesseln rührten.

So viel Aufwand, um ein Essen zuzubereiten? Als ich die unzähligen Kräutertöpfe auf einer Fensterbank entdeckte, erinnerte ich mich an die Steaks, die Brandon zubereitet hatte.

Ich war beeindruckt und beobachtete das rege Treiben staunend. Vor allem weil die fleißigen Bediensteten dabei munter schwatzten, ein Lied summten oder lachten. Keiner beschwerte sich über die harte Arbeit oder darüber, dass der andere nicht schnell genug war.

Bei *Downton Abbey* hatte das immer ganz anders ausgesehen. Aber vielleicht brachten dreihundert Jahre Zeitunterschied auch Unzufriedenheit und das Streben nach Perfektion mit sich. Obwohl … der frisch gebackene Kuchen sah vorbildlich aus.

Konnte man als Geist auch essen?

Leider nicht.

Stattdessen knibbelte ein Junge ein Krümelchen ab. Sein Gesicht verzog sich zu einem Lächeln, das dem von Brandon ähnlich sah, wenn er mich berührte. Ich wurde ein wenig neidisch.

Obwohl ich offenbar ein Geist war, wollte ich nicht wissen, wie es war, durch jemanden hindurchzuschreiten. Ich mochte keine Gehirnmasse pulsieren sehen und schlängelte mich deswegen vorsichtig durch die Räume an den Menschen vorbei.

Niemand sah mich und ich erreichte ungehindert den Flur.

An mir lief der Junge vorbei. Ich ging davon aus, dass es ein Page war, denn er jonglierte flink und geschickt ein Tablett voller

Schüsseln und einen Krug und trug eine bessere Kleidung als die Leute in der Küche. Er mochte etwa zwölf Jahre alt sein.

Ich folgte ihm. Der Duft, der dem Krug entströmte, war betörend. Es roch nach Schokolade. Aber nicht die billige aus dem Discounter, sondern eine, die man nur in dem Delikatessenladen in der Mall in Swindon bekam. Die herb und voll zugleich schmeckte. Colin und ich hatten einmal eine Kostprobe geschenkt bekommen.

Er bog ein paarmal ab. Getäfelte Korridore, verputzte und mit Teppichen behangene Flure, Türen mit unterschiedlichen Schnitzereien. Das Haus war riesig. Mir schwante langsam, warum Elizabeth so hochnäsig war.

Wenn ich im Buckingham Palace als Mitglied der königlichen Familie aufgewachsen wäre, hätte ich eine Anstellung als Kellnerin im Circlin' Stone auch wie einen Sturz vom Big Ben empfunden.

Jetzt öffnete der Junge eine dunkle Flügeltür. Ich schlüpfte an ihm vorbei, damit er mich nicht bemerkte. Erst nachdem ich ein paar Meter Abstand zwischen uns gebracht hatte, sah ich mich um.

Wir befanden uns augenscheinlich in einem Salon. Sehr prächtig eingerichtet mit aufwendigen bunten Teppichen und Ölgemälden in schweren Goldrahmen. Ein riesiger Kamin mit Wappen dominierte das Zimmer und davor standen reich verschnörkelte dunkle Polsterstühle. Insgesamt acht, und alle waren besetzt. Elizabeth saß auf einem von ihnen. Ein älterer Junge, der ebenso rote Haare hatte wie sie, saß neben ihr. Definitiv ihr Bruder. Und dann erkannte ich ihren Vater. Die Haare hatte sie von ihrer Mutter. Obwohl Elizabeth schon sehr schön war, wirkte sie neben ihrer Mutter … plump. Ich hatte selten eine Frau mit solcher Ausstrahlung und Grazie gesehen. Sie erinnerte mich ein wenig an Lady Diana, von der noch ständig Fotos in der Klatschpresse abgebildet wurden. Der leicht geneigte Kopf, der schüchterne und zugleich klare Blick, die zarte Figur.

Den vier Ashtons gegenüber saßen ein Mann und seine drei Söhne, deren Alter ich von sieben bis zwölf schätzte – unverkennbar, denn alle hatten die gleichen zusammengewachsenen Augenbrauen, wenn auch die vom Jüngsten noch nicht ganz so buschig waren.

»Euer Angebot ehrt Euch, Euer Gnaden«, sagte Lord Ashton. »Da wir uns nun in allen Punkten einig sind, kann mein Sekretär den Ehevertrag aufsetzen«, sagte der andere Mann.

»Dann lasst uns feiern«, sagte Lord Ashton und griff nach einem Kelch, der vor ihm auf dem Tisch stand.

»Auf meinen zukünftigen Schwiegersohn und die zukünftige Duchess of Suffington.«

Er hob den Kelch und alle machten es nach. Die achtjährige Elizabeth wurde vor Freude rot und der älteste Junge neben dem Herzog zog eine Grimasse.

Das Nächste, was ich sah, war die siebzehnjährige Elizabeth, die mit gerunzelter Stirn kopfüber auf mich herabblickte.

»Endlich ausgeschlafen?«, fragte sie. »Du schnarchst und aus deinem Mund läuft ein Sabberfaden.«

Schneller und bitterer konnte man überhaupt nicht zu sich kommen. Ich rappelte mich umständlich hoch. Alle drei sahen mich erwartungsvoll an.

»Und? Hat es was genutzt? Hast du ihn gesehen?«, fragte Brandon.

»Jein«, sagte ich und wischte mir schnell die Mundwinkel ab. Sie waren trocken. »Dem Mönch bin ich nicht begegnet, aber der Druck in meinem Kopf ist tatsächlich weg.«

Ich betrachtete Elizabeth, die enttäuscht aufseufzte.

Sie war *verlobt*.

Wenn es sie nicht hierher verschlagen hätte, wäre sie womöglich schon verheiratet. Ob sie in ihn verliebt gewesen war? Vermisste sie ihn?

»Vielleicht sollten wir es noch mal mit Gläserrücken versuchen«, schlug sie vor.

Zum Glück ging in diesem Moment mein Handy.

Brandon sah mich hellhörig an.

»Hast du etwa meine Nummer rausgegeben?«, fragte er mit einem warnenden Ton in der Stimme.

»Nur an Chris«, antwortete ich und vergaß absichtlich, Rebecca und Shakti zu erwähnen, sondern las auf dem Display: *Treffen uns gleich, um Colins Geburtstagsfete zu planen. Sind bei Rebecca.*

»Läuft es nicht gut bei seinem Stelldichein?«, wollte Elizabeth wissen und klang erstaunlich zufrieden.

»Doch, doch. Er will nur wissen, ob du mir schon den Kopf abgerissen hast oder sein Wohnzimmer in Flammen steht.«

Brandon sah Elizabeth alarmiert an.

»Du hast ihm von deiner …?«

Doch Colin unterbrach ihn. »Das hat sie garantiert nicht«, sagte er entschieden. »Meredith nimmt sie nur auf den Arm. Stimmt doch, Meredith, oder?«

Ich stand entschlossen auf. Ich könnte ja jetzt so viel sagen und ein einfaches »Aber klar, *Lady Suffington*« würde schon reichen. Ich verkniff es mir.

»Ich muss gehen. Mum braucht mich.«

Es war Colin, der mich zur Tür brachte, nicht Brandon.

»Sei ehrlich, Mere, was war gerade los?«

Ich wippte vor Aufregung auf den Zehenspitzen. »Ich war da, Colin! Ich war in Elizabeths Haus und habe alles gesehen: ihre Eltern, einen Dinnerabend mit Gästen, ihren *Verlobten*!«

Leider machte das Wort *Verlobter* auf ihn nicht den gewünschten Eindruck – das andere schon.

»Du konntest in ihre Zeit?«

Ich nickte heftig. »Ja! Und es ist unglaublich im sechzehnten Jahrhundert. Ich erzähl dir bald mehr davon. Nur so viel: Das war wesentlich aufregender als *Die Tribute von Panem* in 3D.«

»Aber du hast die ganze Zeit auf der Couch gelegen!«, widersprach Colin erstaunt.

»Vermutlich war ich mehr ein Geist. Niemand konnte mich sehen, aber ich hab alles mitbekommen. Sogar die Gerüche. Wir müssen uns unbedingt mal wieder richtige Schokolade gönnen.« Ich war noch immer begeistert.

»Und weswegen musst du jetzt unbedingt weg? Um Schokolade zu besorgen?«

»Quatsch. Ich muss weg, weil jemand Bestimmtes bald Geburtstag hat und geheime Vorbereitungen getroffen werden müssen.«

Ich zwinkerte ihm noch einmal zu und sah sein breites Grinsen.

Und wenn Colin weiterhin aufpasste, dass Elizabeth keine Dummheiten mit mir machte, durfte sie diese Art von Hypnose gern mehrmals wiederholen.

Nur dem Mönch waren wir bei dieser Aktion noch immer nicht nähergekommen.

41. Kapitel

»Rot«, sagte Rebecca und kreuzte die Arme vor ihrer Brust, als müsse sie sich wappnen. Wir waren alle im Pfarrhaus in Rebeccas Zimmer versammelt.

»Was ist rot?«, fragte ich verwirrt.

»Colins Überraschungsparty bekommt ein Motto. Und das lautet Rot. Alle müssen sich komplett in rote Klamotten schmeißen, das Essen wird rot sein und ich werde eine Erdbeerbowle ansetzen.«

Ich blinzelte ein paarmal, doch nicht nur Rebecca schien entschlossen, auch Chris und Shakti nickten zustimmend.

»Das habt ihr über meinen Kopf hinweg entschieden«, sagte ich empört.

»Ja sicher. Wenn wir uns nach deiner Lieblingsfarbe richten würden, sähe es wie bei einer Beerdigung aus.«

»Stattdessen imitieren wir ein Schlachthaus?«

»Komm in Rot, oder wir uniformieren dich zwangsweise«, sagte Shakti überraschend energisch.

»Stell dich nicht so an, Meredith. Rot ist die Farbe der Liebe«, sagte Chris und fügte lasziv hinzu: »Und der Lust.«

»Oh, ich verstehe. Das war *deine* Idee. Du elender Lustmolch«, zischte ich. »Gib es zu: Du hattest überhaupt kein Date heute.«

»Ich gebe es zu«, gestand er unbekümmert.

»Rot«, forderte auch Rebecca.

»Dann braucht Elizabeth sich schon mal nicht zu verkleiden. Und ihr habt schwarze Seelen«, sagte ich.

Doch ich hatte meine Freunde in dieser Sache unterschätzt. Sie sahen mich alle genervt an und riefen unisono: »ROT!«

Ich beugte mich, wenn auch nicht gern. »Schon gut. Dann ziehe ich halt noch mein altes rotes Shirt an.«

»Vergiss nicht das Unterteil! Hose oder Rock, alles muss rot sein. Wenn du keine roten Schuhe hast, lackiere dir die Zehennägel«, erklärte Rebecca. »Die Luftballons, Luftschlangen und Girlanden haben wir schon besorgt. Wir waren nämlich Chris' Date und haben heute Nachmittag in Swindon eingekauft. Kannst du einen Salat machen? Bitte mit roten Paprika und Tomaten.«

Ich nahm mir vor, ich würde ihn mit Chili würzen, bis nicht nur das Dressing rot war, sondern auch jedes Gesicht von denen, die auch nur einen Bissen probierten.

»Ein abgekartetes Spiel. Wie hinterhältig«, grummelte ich.

»Und es wird noch fieser, wir sind gezwungen, auch Theo einzuladen«, sagte Chris fröhlich.

»Aber den kann niemand ausstehen! Der kommt sich doch bestimmt total einsam vor, weil kein Mensch mit ihm spricht.« Jetzt war sogar Shakti entsetzt.

»Du bauchst nicht mit ihm zu sprechen. Du musst ihn nur reden lassen«, wandte ich erfahrungsgemäß ein.

»Er ist nun mal Colins Bruder. Man kann sich seine Verwandtschaft leider nicht aussuchen«, sagte Chris mit Trauermiene. »Apropos. Mein Dad kommt ausgerechnet am Tag der Party zurück.«

Wir blickten bestürzt zu Chris. Er winkte beruhigend ab: »Ich hab ihm erklärt, wir würden gern bei uns zu Hause feiern, weil wir mehr Platz hätten. Außerdem wären wir nur zu zehnt.«

»Heißt das im Klartext, dein Vater ist nicht verschollen?«, fragte Rebecca ironisch.

Chris sah sie indigniert an.

»Nein. Er schickt mir regelmäßig Nachrichten und ruft ab und zu mal an. Ich glaube, beim letzten Mal hat er auch ein Bild geschickt.« Chris suchte auf seinem Handy und hielt es uns dann vor die Nase.

Ein Panoramafoto des Hotels *Burj Al Arab* vor der Skyline Dubais prangte darauf.

»Wo ist dein Dad?«, wollte Shakti wissen.

»Er hat doch das Foto gemacht«, erklärte Chris. »Hier«, er deutete auf den Absender: Dad.

»Das heißt nichts. Dann hat er es von einem Reiseprospekt abfotografiert.« Shakti schüttelte den Kopf. »Ich glaube, wir müssen uns irgendwann auf die Suche nach deinem Vater machen.«

»Oh, das wäre doch was!«, rief Rebecca begeistert. »Ein Roadtrip!«

»Für mich klingt das mehr nach Enid Blyton«, sagte ich grinsend. *»Die fünf Freunde auf der Suche nach Chris' Dad.«*

Wir lachten.

»Denkt an unser Abkommen«, sagte Rebecca fröhlich. »Derjenige, der ein aktuelles Foto von deinem Vater schießt, wird einen ganzen Abend lang von den anderen ausgehalten.«

»Aber wenn ich gewinne, wird der Abend nicht rot«, warnte ich sie mit erhobenem Zeigefinger.

Sie hatten alle das gleiche breite Grinsen im Gesicht. Das war durchaus ansteckend.

Chris stand auf und kramte seinen Autoschlüssel hervor: »Dann wäre ja alles geklärt. Magst du wieder mit zu mir kommen?«

Ich glaubte ein Flehen in seinem Blick zu erkennen und seufzte. Nein, eigentlich hatte ich für heute das erträgliche Maß an Elizabeth voll gehabt – egal wie interessant der Hypnosetrip in ihre Vergangenheit auch gewesen sein mochte.

Aber Chris war so bemüht sie zu schützen, ohne zu wissen, was noch alles passieren könnte. Und das bei ihren Launen und Stimmungsschwankungen.

»Wie wäre es, wenn wir sie mal für einen Tag aus dem Gefängnis entführen?«, fragte Shakti, die mein Dilemma erkannte.

»Sie darf das Haus nicht verlassen«, erinnerte ich sie.

Sie wussten natürlich von Cromwells Überraschungsbesuchen bei mir. Und auch, dass ich seinen Spitzel in Shelbys Schlepptau gesehen hatte.

»Zu blöd«, murmelte Rebecca. »Wenn ihre roten Haare nicht wären, könnten wir sie vielleicht …«

»Tönen!«, rief Shakti und schlug Rebecca gegen den Oberarm. »Komm mit. Wir gehen in die Drogerie und kommen nachher zu dir, Chris.«

Sie fasste Rebeccas Hand und zog sie entschlossen zur Haustür.

Chris lächelte. »Was würde ich nur ohne euch tun? Das Leben wäre so langweilig.«

Ich traute mich nicht, zu sagen, dass er dann keine Elizabeth hüten müsste und weiter mit hübschen Mädchen vom College ausgehen könnte – wann, wohin und wie oft er wollte.

Ich lächelte einfach, so gut ich konnte, zurück.

Elizabeths Haare waren nach einer Stunde brünett und mindestens fünfzehn Zentimeter kürzer.

Shakti hatte extremes Geschick, was Styling anbelangte. Außerdem war sie eine Meisterin am Glätteisen. Als Elizabeth sich zu uns umdrehte, hielten wir alle die Luft an.

»Du meine Güte«, sagte Chris.

»Scheiße«, war Rebeccas Kommentar.

Ich wusste, was sie alle meinten.

Ihre Haare waren nicht ganz so dunkel, aber durch das Glätteisen fiel die Ähnlichkeit zu mir mit meiner alten Frisur extrem auf. Nur ihre Augen leuchteten heller und intensiver als meine, aber ansonsten war es … erschreckend.

»Mir gefällt's nicht«, sagte Elizabeth auch prompt und warf mir einen wütenden Blick zu.

»Ich finde es sehr schön«, sagte Colin und lächelte sie aufrichtig an.

Typisch. Er versuchte wieder mal zu schlichten.

Doch dieses Mal konnte er damit nicht punkten. Ihre Miene verfinsterte sich noch mehr. »Ich werde auf keinen Fall schwarze Klamotten tragen«, stellte sie klar.

»Das macht nichts. Wir ziehen Meredith einfach ein paar bunte an und färben ihr die Haare rot«, sagte Chris schelmisch. Dann rieb er sich die Hände. »Ich mach euch einen Vorschlag! Wer will alles mit nach Bath? Wir fahren ein Eis essen und machen eine kleine Ruderpartie auf dem Avon von der Pultney Bridge zur Bathampton Mill.«

Rebecca und Shaktis Arme waren schneller in der Höhe als jemals in unserer gemeinsamen Schulzeit.

Elizabeth himmelte Colin an, bis auch der zustimmend nickte. Doch dann warf er mir einen nachdenklichen Blick zu.

»Wir passen nicht alle ins Auto«, wandte er ein. »Meredith, glaubst du …?«

»Meredith und ich müssen noch was besprechen«, sagte Brandon ruhig und nahm meine Hand.

»Müssen wir?«, fragte ich überrascht.

Er lächelte mich so liebevoll an wie Elizabeth Colin. »Unbedingt. Das trifft sich ausgezeichnet«, sagte er so selbstverständlich, als wäre es wahr. »Ja, ich wollte dir noch ein paar Unterlagen für deine Mutter mitgeben. Viel Spaß euch allen.«

Damit legte er einen Arm um meine Taille und zog mich mit sich. An der Tür drehte ich mich noch einmal kurz um und winkte allen zu. Colin sah aus, als wäre sein Boot schon jetzt gekentert.

42. Kapitel

Das ist die ideale Gelegenheit, um wieder einmal mit dir zu üben. Die Zeit drängt, wie du wohl weißt«, sagte Brandon, kaum dass wir auf der Straße standen und Colin und allen anderen im Auto nachwinkten.

Brandon und ich gingen zur Abteiruine. Er legte ein paar Stöckchen auf einen der übrigen aufgerichteten Grabsteine. Ich sollte versuchen sie zum Fliegen zu bringen. Stöckchen seien schließlich ganz leicht. Das sollte einfach sein. Aber das Einzige, das ich zum Schweben brachte, war ein Käfer, der sich ins Gebüsch flüchtete.

Brandon war nicht der geduldigste Lehrmeister. Wahrscheinlich machte er sich auch Sorgen – was seine Nerven zusätzlich strapazierte. Nach ein paar Fehlversuchen atmete er stets heftig aus, dann fuhr er sich genervt durch die Haare und schließlich wurde auch sein Ton immer strenger.

»Du musst dich besser konzentrieren«, sagte er durch zusammengebissene Zähne.

»Was glaubst du, was ich hier tue? Ich denke die ganze Zeit an alles, was fliegt. Käfer, Vögel, Flugzeuge. Inklusive Superman.«

Brandon rollte die Augen. Er machte sich nicht mal die Mühe, seine Ungeduld zu verbergen. Also versuchte ich mich an der Fähigkeit, die ich bislang am besten beherrschte.

»Stimmt, du bist außergewöhnlich«, sagte er ein paar Sekunden später.

Ich lehnte mich zufrieden an den Grabstein hinter mir und wartete.

Brandons Gesichtsausdruck war wirklich sehenswert. Vor allem als ihm endlich dämmerte, was ich getan hatte.

»Lass das«, sagte er barsch.

Ich zuckte die Achseln. »Zumindest das kann ich schon mal. Ganz nützlich, wie ich finde.«

»Finde ich nicht.«

Ich zählte bis zwanzig.

»Oder doch. Sehr praktisch«, räumte er schließlich ein. Wenn auch nicht aus freiem Willen.

»Hör auf damit«, sagte er, als die Wirkung nachließ.

»Aber ich bringe dich nicht dazu aus dem Fenster zu springen oder wildfremden Menschen dein größtes Geheimnis anzuvertrauen«, scherzte ich.

Das fand er nicht lustig.

Im Gegenteil, er war entsetzt. Er starrte mich total geschockt an. So als würde mir auf einmal eine Warze auf der Nase wachsen. Erschrocken tastete ich mein Gesicht ab. Keine Warze, keine krumme Nase. Nichts außer …

Was waren das für lange schwarze Fransen an meinen Armen? Ich hob die Arme, bewegte sie auf und ab und *stieg in die Luft*!

Ich *flog*!

Brandon murmelte einen Fluch, drehte sich um und rannte davon. Ich wollte ihm hinterher und spürte dabei keinen Boden mehr unter den Füßen. Als ich an mir herabblickte, flatterten dort Lumpen, zerfledderte schwarz-graue Lumpen.

Der Fleck! Der Schatten, von dem ich genau hier einmal geträumt hatte. *ICH* war der schwarze Fleck!

Ich schrie!

Und hörte keinen Schrei. Ich hatte keine Stimme mehr. Brandon rannte wie der Teufel in den Wald, ich könnte ihn einholen, ich war erstaunlich schnell als fliegender Schatten. Doch ich war zu geschockt. Deshalb sah ich auch die Wand der Abtei zu spät und – Schatten hin oder her – knallte voller Wucht dagegen.

»Meredith? *Meredith*!«

Ich blinzelte ein paarmal. Das klang ganz und gar nicht nach Brandon. Es war Colins Stimme, die mich weckte.

»Colin?« Er war's, eindeutig.

Und ich lag verschwitzt in meinem Zimmer in meinem Bett. Mein Shirt klebte an meinem Körper.

Was tat Colin hier? Sollte er nicht mit Chris und den anderen Elizabeth bei einer Bootstour bespaßen?

»Meredith, wir sind schon seit Stunden zurück und du bist anscheinend unmittelbar nach unserer Abfahrt ohnmächtig geworden.«

»Nein, ich war mit Brandon bei der Abtei. Üben«, widersprach ich.

Colin runzelte die Stirn. »Nein, Brandon musste doch ins Circlin' Stone, um zu arbeiten.«

Jetzt fühlte ich mit einem Schlag die Kopfschmerzen. Sie waren stärker denn je und mir war augenblicklich dermaßen übel, ich konnte es nicht zurückhalten. Ich übergab mich auf meine Bettdecke.

Ich würgte und würgte, obwohl nichts mehr herauskam. Als sich mein Magen endlich beruhigte, war ich noch verschwitzter und fühlte mich unendlich matt.

»Kannst du aufstehen? Ich mach das sauber«, sagte Colin ruhig und ich spürte, wie er mir sanft über den Rücken strich. Ich traute mich gar nicht, ihn anzusehen. Er musste auch was abbekommen haben.

Er half mir aufzustehen und reichte mir aus meinem Kleiderschrank frische Klamotten. Ich torkelte ins Bad, und weil alles an mir klebte – sogar meine Haare –, stieg ich direkt unter die Dusche.

Als ich sauber und einigermaßen klar (doch noch immer mit dröhnendem Kopf) in mein Zimmer kam, war das Bett schon frisch bezogen und das Fenster stand sperrangelweit offen. Wenigstens nachts kühlte es etwas ab und ein frischer Wind wehte herein. Colin hatte bis auf meine Nachttischlampe alle Lichter ausgeschaltet, damit nicht so viele Mücken angelockt wurden. Das schmutzige Bettzeug lag auf einem Haufen vor dem Fenster.

Colin saß auf meinem Bett, ans Kopfteil gelehnt, und las in meiner aktuellen Lektüre. (*Shades of Grey*. Ich hatte es unbedingt noch mal lesen wollen, seit ich Brandons Nachnamen kannte.) Er sah erleichtert aus, als ich mich zu ihm setzte.

»Colin?« Ich nahm ihm das Buch ab und stopfte es peinlich berührt unter die Matratze. »Was tust du hier?«

»Mich weiterbilden«, wich er mit einem anzüglichen Lächeln aus.

»Du kannst es dir gerne ausleihen, aber du weißt, was ich meine.«

Er holte tief Luft. »Mere, erinnerst du dich an den Abend, als wir das letzte Mal unser kleines Einschlafspiel abgehalten haben? Oder an den Nachmittag, als du vom Tod deines Bruders geträumt hast?«

Ich dachte nur: *Wie gut, dass uns niemand zuhört.*

Natürlich erinnerte ich mich. Colin hatte meine Gedanken gelesen, auf eine Meile Entfernung hin.

»Ich erinnere mich«, sagte ich schaudernd.

»Nun, das hier war ähnlich«, sagte Colin und betrachtete mich jetzt wieder besorgt. »Ich sah dich und Brandon auf der Lichtung der Abtei, als ein dunkler Schatten auf einmal auftauchte und dich verschlang. Ich wusste sofort, dass was nicht stimmte, und bin hierher. Anscheinend kam ich gerade rechtzeitig. Du hast geschrien wie am Spieß, als ich das Haus betrat.«

Mich schauderte und ich kuschelte mich an Colin. Wie gut, dass er da war. Was, wenn ich nicht aufgewacht wäre?

»Brandon und ich wollten zur Abtei, um zu üben«, erzählte ich ihm. »Er ist der Meinung, ich müsse meine Kräfte beherrschen lernen. Aber ich bin so lausig darin. Außer in Manipulation.«

Colin legte einen Arm um meine Schultern und strich mir beruhigend über den Oberarm.

»Du musstest nie großartig lernen. Du konntest ja immer alles«, sagte er leise.

Das stimmte. Die Schule war für mich nie ein Problem gewesen.

»Fakt ist, du bist zusammengebrochen. Brandon hat meinen

Vater alarmiert und man hat dich nach Hause gebracht. Dad meinte, du seist nur erschöpft. Er hat deine Mutter beruhigt, dir eine Spritze gegeben und gesagt, sie solle sich keine Sorgen machen.« Er runzelte die Stirn. »Ehrlich gesagt glaube ich nicht, dass Dad dich richtig untersucht hat. In der Spritze wird eine Kochsalzlösung gewesen sein. Er ist so schlecht gelaunt seit ein paar Wochen.«

»Seit dem Sachsen-Festival?«, mutmaßte ich.

»Seit letzter Woche ist es noch schlimmer«, bekräftigte er. Letzte Woche?

»Stuart Cromwell hatte sich nach dir erkundigt.«

Was?! Ich starrte Colin entsetzt an. »Dad war außer sich, weil man mich nach dir befragt hat. Natürlich war nicht Cromwell selbst bei uns, sondern seine Sekretärin. Sie wollte wissen, wo du bist, du hättest doch einen Job dort annehmen sollen und wärst nicht erschienen.«

Das war ein Desaster gewesen. Ich war zu dem Vorstellungsgespräch gegangen, ehe ich wusste, was für ein hinterlistiger Schuft und Mörder Cromwell tatsächlich war. Die Arbeitsbedingungen waren sklavisch und ich hatte einfach das Gelände verlassen und mich nicht mehr gemeldet.

»Warum ruft er bei euch an? Wieso fragt er nicht Mum nach mir? Oder Dad?«

Es tat weh, an Dad zu denken. Auch wenn er jetzt in Manchester lebte, sollte es jemandem wie Cromwell keine Probleme bereiten, ihn ausfindig zu machen.

»Das ist eine gute Frage, die ich mir auch schon ein paarmal gestellt habe«, sagte Colin. »Fakt ist, Dad konnte deine Unvernunft nicht nachvollziehen. Es wäre ein Beweis dafür, wie unzurechnungsfähig du seist und dass du nicht vorausschauend denken könntest.«

»Und warum bist du jetzt hier? Um mir von Cromwell zu erzählen? Wo ist Mum?«

Er schüttelte den Kopf.

»Deine Mum wollte bei dir zu Hause bleiben, doch Dad meinte, sie solle sich nicht anstellen, du seist erwachsen. Brandon ist bis zu seiner Schicht geblieben. Er hat mir euren Haustürschlüssel vorbeigebracht für den Fall, dass du irgendwas brauchst. Ich stand gerade unter der Dusche, als ich deinen Traum miterlebte. Geht es dir jetzt etwas besser? Möchtest du was essen?«

Ich hatte einen Bärenhunger und meine Kopfschmerzen waren zum Glück besser.

»Komm, wir bestellen uns eine Pizza.«

Ich wollte gerade vorausgehen, als mir etwas ins Auge stach. Die Feder!

Die Eichelhäherfeder, die Colin mir geschenkt hatte, als er meine Gedanken zum ersten Mal lesen konnte. Sie flog. Aber ich hatte sie doch mit dem Bergkristall befestigt! Wo war der hin?

Ich brauchte keinen zweiten Blick auf den Schreibtisch zu werfen, um zu wissen, dass er nicht da war. Mein Gedächtnis registrierte sofort, dass alles andere an seinem Platz lag. Also bückte ich mich. Auch auf dem Boden war nichts zu finden.

»Was ist? Was suchst du?«, fragte Colin, aber er betrachtete interessiert die schwebende Feder.

»Der Briefbeschwerer, den du mir auf dem Sachsen-Festival

gekauft hast. Erinnerst du dich? Er ist weg«, erklärte ich leicht panisch. »Das heißt, jemand war in meinem Zimmer!«

Und viel wichtiger: Lag das ähnliche Artefakt, das ich bei der Ruine gefunden hatte, noch in seinem Versteck? Schnell räumte ich meine Lieblingsbücher aus dem Regal und klappte *Krieg und Frieden* von Tolstoi auf. Es war eine alte Ausgabe vom Flohmarkt und ich hatte erst zu Hause bemerkt, dass einige Seiten darin fehlten. Wegen des hübschen Einbands brachte ich es aber nicht übers Herz, es wegzuwerfen. Also hatte ich in die Seiten eine passende Aussparung geschnitten und den Bergkristall darin versteckt.

Erleichtert atmete ich auf. Der Kristall lag noch an seinem Platz. Neugierig trat Colin näher.

»Wieso glaubst du, er könnte weg sein?«, fragte er und strich mit dem Finger über das milchige Kristall. Ich nahm ihn heraus.

»Der wiegt ganz schon viel für so ein kleines Artefakt«, sagte ich.

Beinahe hätte ich ihn fallen lassen. Colins Hand schoss hervor und legte sich unter meine, der Kristall war sicher in unser beider Hände. Colin betrachtete ihn fasziniert und ich fühlte seine Finger darüberstreichen.

»Danke. Ich hab ihn jetzt«, sagte ich. Doch Colin zog seine Hand nicht weg. Als ich aufsah, merkte ich, dass Colin den Kristall nicht länger beachtete. Er sah mich an. Mit einem seltsam dunklen Blick verflocht er unsere Finger miteinander. Den Kristall in der Mitte eingeschlossen.

»Weißt du, wie schön es ist, dass ich dich nicht mehr als weißhaarige alte Frau sehe?«

Das brachte mich auf einen anderen Gedanken, der mir schon länger im Kopf herumschwirrte. »Wie genau siehst du mich jetzt? So, wie ich in diesem Moment vor dir stehe? In diesen Klamotten mit nassen Haaren? Oder trage ich etwas anderes?«

Colin schüttelte den Kopf und sein dunkler Blick wurde wieder klar. »Dich sehe ich genauso, wie du jetzt bist. Wenn ich meine Mutter berühre oder Theo, sehe ich tatsächlich etwas anderes. Nicht mehr altersschwach im Bett oder mit entstelltem Gesicht, aber wie du schon sagtest, sie tragen immer andere Klamotten und ihre Haare sind etwas anders. Woher wusstest du das?«

»Brandon hat mich darauf gebracht«, sagte ich tonlos. »Colin, ich glaube, deine Visionen vom Tod haben nicht aufgehört. Ich glaube vielmehr, dass etwas Schreckliches geschehen wird, und das in naher Zukunft.«

Colin ließ meine Hand los, als habe sie die gleiche Wirkung auf ihn wie der Kristall.

»Mere, du musst dich irren. Das wäre … Das kann … Überleg nur, was du da sagst! Das würde bedeuten, sie würden alle … auch Shakti, Rebecca und Chris! Meine Tante und deren Mann, quasi jeder, den wir kennen.«

Jetzt sah er so aus, als sei ihm speiübel. Ich konnte es ihm nicht verdenken.

»Überleg doch mal, Colin. Seit Elizabeth in diese Zeit gekommen ist, ist alles aus dem Ruder gelaufen. Cromwell hat das prophezeit und will deswegen alle Platoniden aus dem Weg schaffen. Ich bin mir sicher, wenn auch nur einer von ihnen in seine Zeit zurückkehren würde, hättest du wieder andere Bilder vor Augen.«

»Mere, was du sagst, ist schrecklich.«

Das wusste ich sehr wohl. Mir wurde auch wieder übel, wenn ich darüber nachdachte.

»Ich glaube, ich brauche jetzt wirklich was zu essen«, sagte ich, und ohne ihn dieses Mal zu fragen, ergriff ich seine Hände und zog ihn mit mir hinunter in die Küche.

Den antiken Kristall verstaute ich vorsichtshalber in meiner Hosentasche.

43. Kapitel

Meine Theorie ließ uns beide nicht los. Wir backten eine Tiefkühlpizza auf und machten es uns in der Küche gemütlich. Ich erzählte ihm haarklein von meinem Hypnoseerlebnis und Colin drängte mich, Elizabeths Hypnosekünste ein weiteres Mal in Anspruch zu nehmen. Das wies ich nicht von mir, solange er darauf aufpasste, dass ich nicht anfing zu gackern oder in der Nase zu bohren.

Nach der Pizza setzten wir uns mit einem Dessert aus Kartoffelchips und Eiscreme ins Wohnzimmer und gingen alle möglichen Varianten durch. Es kam nur ein Verdächtiger für den Diebstahl in meinem Zimmer in Frage: Cromwell. Wer sonst sollte bei mir eingebrochen sein? Cromwell wollte Elizabeth. Er kannte die Unterlagen, den Mönch, die Prophezeiung. Es sollte niemanden wundern, wenn er auch von dem Bergkristall wusste. Für den antiken Kristall würde ich wohl ein neues Versteck suchen müssen. Vorläufig würde ich ihn vorsichtshalber bei mir behalten.

Mum kam gegen zwölf Uhr aus dem Circlin' Stone.

Sie setzte sich noch eine halbe Stunde zu uns, bediente sich an den Resten unserer Pizzen und ging dann ins Bett. Colin und ich sahen uns den Film zu Ende an, und erst als ich schlafen ging, fiel mir ein, dass ich vergessen hatte, Mum nach dem Bergkristall zu fragen. Das musste ich morgen nachholen.

Colin saß schon morgens wieder am Frühstückstisch, als ich herunterkam. Er hatte eine dampfende Tasse vor sich und war gerade dabei einen Toast zu schmieren.

»Warst du die ganze Nacht hier?«, fragte ich erstaunt. »Ich dachte, ich hätte hinter dir die Haustür abgeschlossen.«

»Hast du auch«, grinste er. »Ich wollte dich abholen. Chris hat Elizabeth zu Brandon gebracht, um für morgen das vorzubereiten, von dem ich nichts wissen darf. Brandon braucht unsere Unterstützung. Und weil sich alle einig sind, dass du nur hinderlich wärst bei handwerklichen Arbeiten, darfst du mit mir gemeinsam Elizabeth unterhalten.«

Das *Darf* klang genauso ironisch, wie er es meinte. Und ich wusste genau, warum ausgerechnet ich durfte.

Er hatte bereits alles für eine weitere Hypnosesitzung vorbereitet.

Mum trat ein und lächelte Colin warm an. »Ich hoffe, ich sehe dich morgen auch, um dir zu gratulieren.«

»Ach, Mum, hast du zufällig den Bergkristall auf meinem Schreibtisch gesehen?«, fragte ich und schob Toast in den Toaster. Erstaunt sah ich ihr zerknirschtes Gesicht.

»Das hab ich ganz vergessen. Der ist mir runtergefallen und in zwei Hälften zersprungen. Tut mir leid.«

»Oh, na dann. Ich hatte schon Angst, jemand hätte ihn gestohlen«, sagte ich ein wenig erleichtert. Puh, es hatte niemand eingebrochen.

»Wer sollte denn so was stehlen? Und überhaupt, wer sollte hier einbrechen? Ich vergesse sogar oft, die Haustür abzuschließen, aber es gibt hier ja absolut nichts zu holen.«

Sie erhob sich, hauchte mir einen Kuss auf die Wange und verabschiedete sich, um in den Garten zu gehen – ihre zweite Leidenschaft neben den Tarotkarten.

»Ein abgekartetes Spiel«, seufzte ich mürrisch.

»Jep«, sagte Colin fröhlich und verschlang den Toast. »Und du kannst nichts dagegen tun. Deine Mum hat es in ihren Karten vorausgesehen.«

Ich vertraute Elizabeth keineswegs, um mich so ohne Weiteres erneut in Trance versetzen zu lassen. Aber ich vertraute Colin und er würde alles daransetzen, damit sie keine Spielchen mit mir trieb. Elizabeth betete Colin an und, egal was er auch sagte, sobald er den Mund öffnete, hörte sie ihm mit voller Aufmerksamkeit zu. Ich wusste noch nicht, was ich davon halten sollte.

»Gut, leg dich hin, denk an Rauch, der entschwindet, und entspann dich«, waren dann auch ihre knappen Anweisungen. Zur Wellnesstherapeutin eignete sie sich wahrhaftig nicht.

Aber ich tat, was sie sagte, legte mich so bequem wie möglich auf Brandons Couch, schloss meine Augen und versuchte, mich auf den Mönch und die Kutte zu konzentrieren. Mittelalterliche Kleider, Überwürfe, Strumpfhosen. Die hatten Brandon bestimmt gut gestanden. Hatte man im sechzehnten Jahrhundert nicht immer viel wert auf hübsche Beine gelegt? Männerbeine wohlgemerkt, denn die Damen hatten ihre ja hinter bodenlangen, schweren Röcken versteckt. Brandon in Leggins und Pluderhosen. Ich konnte mir schon vorstellen, dass er damit so sexy war wie Henry Cavill. Und der hatte sogar heiß in dem hautengen Supermankostüm ausgesehen. Brandon in einem Supermananzug –

ach ja. Und Superman stand auf Brünette. Ich ließ mich treiben, flog in seinen starken Armen in die kühle, klare Nachtluft. Über mir strahlten die Sterne und der Mond erhellte den Himmel.

Unglaublich.

So klar. Und dann war ich allein und schwebte weiter.

Ich konnte alles am Boden erkennen, obwohl ich bestimmt einen Kilometer darüber schwebte. Wiesen, Felder, Wälder, und dahinten war eine Ortschaft mit einem Herrenhaus. Nicht so groß wie das von Elizabeth, aber hinter den Fenstern war es hell erleuchtet. Ich flog darauf zu. Ein Fenster stand weit offen und ich schwebte in den Raum. Das Zimmer war leer, doch hier im Haus schien mächtig etwas los zu sein, denn ich hörte ein Gewirr von Stimmen durch die Tür hindurch und leise Musik. Die Tür stand offen.

Der Korridor, der vor dem Zimmer abging, war allerdings leer. Er ähnelte dem in Elizabeths Elternhaus. Dunkle Holztäfelung und ein passender Dielenboden. Allerdings fehlten hier die aufwendigen Schnitzereien und Wandteppiche. Das Haus war schlichter. Ich folgte den Stimmen. Bei einer kleinen Stiege am Ende des Korridors wurde es lauter. Ich ging die wenigen Stufen hoch und wartete, bis sich die Tür öffnete. Sie führte auf eine Empore mit Blick in einen Saal. Die Empore war allerdings nicht leer. Sieben Musiker saßen dort und waren im vollen Spiel, während sie zeitgleich das Treiben unten im Saal beobachteten. Von hier hinten konnte ich nichts sehen. Also zwängte ich mich an einem Typ mit Glatze vorbei, der auf einer Laute zupfte, und einem anderen, dessen Instrument wie eine Doppelflöte aussah. Überhaupt unterschieden sie sich sehr von denen, die ich kannte. Aber die Musik war lieblich, fröhlich und erheiternd zugleich.

Endlich war ich am Geländer. Aber das war schon besetzt. Ein blonder Junge von ungefähr fünf Jahren kniete hinter der Balustrade und verfolgte das Geschehen im Saal mit großen Augen. Es wurde getanzt. Genau wie in der Serie *Die Tudors* waren Reihen mit Männlein und Weiblein aufgestellt, die sich kunstvoll zu verschiedenen Figuren mischten, sich die Hände reichten und sehr elegant wirkten. Aber lange nicht so steif wie die Debütanten beim Wiener Opernball. Mit etwas Glück würde ich tatsächlich Brandon in Strumpfhosen zu Gesicht bekommen!

Ich konnte die Faszination des Jungen neben mir durchaus nachvollziehen. Ich war hingerissen.

Zum ersten Mal in meinem Leben wünschte ich, ich könnte auch in einem solchen Kleid so tanzen. Ich konnte mir Brandon sehr gut in diesen aufwendig gearbeiteten Anzügen vorstellen. Egal ob die Männer darunter Strumpfhosen trugen: Sie sahen toll aus.

»Master Brandon, es wird Zeit fürs Bett«, sagte hinter uns eine weibliche Stimme.

Ohne dass ich es bemerkt hatte, war eine hübsche blonde Frau hinter uns getreten. Sie lächelte den Jungen an und streckte ihm auffordernd die Hand hin.

»Nur noch fünf Minuten, Anne, bitte!«, sagte der Kleine und ich blickte ihn erstaunt an. *Das* war Brandon?

Ach herrje, von wegen heiße Beine.

Meine erste Enttäuschung wich, als ich mir den Jungen genauer besah.

Er war so niedlich. Die blauen Augen über den Pausbäckchen, die blonden Haare heller als ohnehin schon und er sah aus wie das Kind von der Kinderschokoladenpackung. Noch war keine Spur von dem verwegenen Kellner mit ritterlicher Vergangenheit in ihm zu entdecken.

Anne hockte sich zu ihm und sah mit uns zu den tanzenden Paaren hinab.

»Warum tanzt du nicht mit?«, fragte der süße kleine Brandon. »Du bist alt und hübsch genug. Wesentlich hübscher als Lady Winthrop dahinten.« Ich folgte seinem ausgestreckten Zeigefinger zu einer Frau in einem kanariengelben und goldverzierten Kleid. Ich fand, sie sah atemberaubend aus.

Anne lachte. »Das sagt Ihr nur, weil sie brünett ist. Sie ist nämlich sehr schön.«

»Finde ich nicht«, sagte Klein Brandon mit dem Brustton der Überzeugung.

Mir versetzte es einen Stich. Er stand wirklich auf Blondinen. Seit jeher.

»Master Brandon, Ihr müsst jetzt wirklich ins Bett«, sagte die blonde Anne auf einmal aufgeregt. »Eure Mutter hat uns erspäht.«

Ich sah hinunter und entdeckte auf einem Podest am gegenüberliegenden Teil des Saales eine dunkelhaarige Frau, die mit strengem Gesicht zu uns emporblickte.

Auch wenn die Haarfarbe sich unterschied, sogar von hier aus konnte man die gleichen leuchtend blauen Augen erkennen und auch das markant geschnittene Gesicht.

Brandon seufzte, ergriff Annes Hand und sagte dann: »Seid Ihr sicher, dass sie mich gesehen hat und nicht die Fremde, die sich einfach reingeschlichen hat?«

Ich erstarrte und sah den kleinen Jungen an, der mir jetzt direkt in die Augen schaute.

Sein Kindermädchen blickte sich suchend um. »Was meint Ihr, Master Brandon?«

»Oh. Nichts«, sagte er leichthin, sah mich aber weiterhin unverwandt an. Mir lief ein eiskalter Schauer über den Rücken. Das sollte was heißen, denn immerhin war ich hier der Geist.

»Na, dann los. Ihr durftet die Verlobungsfeier Eurer Schwester jetzt ein wenig miterleben. Und wenn Ihr nicht morgen eine Tracht Prügel von Eurer Mutter beziehen wollt, geht Ihr jetzt brav ins Bett.«

Anne war es offensichtlich mulmig.

»Erzählst du mir noch eine Geschichte?«, fragte Brandon und nickte mir im Vorübergehen zu. »Am liebsten die von dem Geistermönch und dem Untergang der Welt.«

»Nein. Ihr sollt schlafen. Nach dieser Geschichte schlaft Ihr nie.«

»Du könntest bei mir bleiben«, bat er mit zuckersüßem Lächeln. »Dann schlafe ich immer.«

Ich folgte den beiden zurück in den Flur. Eine Geschichte vom Geistermönch klang spannend.

Wir gingen den getäfelten Gang entlang bis zu einer anderen Treppe. Der Flur, den wir daraufhin betraten, war noch einfacher gehalten als der untere. Es gab keine Täfelung, nur nackte Wände und knorrige Holzdielen ohne Teppich. Licht spendete allein die Laterne, die Anne in der Hand hielt. Sonst brannten hier keine Fackeln.

Anne öffnete eine Tür in der Mitte des Flures und ich schlüpfte ebenfalls schnell hindurch, ehe sie sie wieder schloss.

Klein Brandon krabbelte ins Bett und Anne legte sich neben den Jungen unter die Decke, nachdem sie die Laterne auf den Nachttisch gestellt und ihre Schuhe ausgezogen hatte.

»Vor vielen Hundert Jahren kam ein Missionar in unser Land. Dieser Mann war ein Heiliger. Er hat sich den Wikingern ganz allein in den Weg gestellt und den Menschen von Frieden gepredigt und half den Einwohnern, ihre Felder zu bestellen, so dass sie eine reichere Ernte einfuhren. Er konnte Wunder vollbringen und in die Zukunft schauen. Er hat zum Beispiel vorausgesehen, dass aus dir ein hübscher junger Mann wird, dem alle Frauenherzen zu Füßen liegen und der der edelste und tapferste Ritter von allen werden wird.«

Der kleine Brandon kicherte. Wenn sich die gute Anne das ausgedacht hatte, besaß sie eine sehr große Weitsicht, dachte ich und machte es mir auf einer gepolsterten Fensterbank bequem.

»Erzähl mir, wie der Mann ein Geist wurde«, forderte Brandon.

»Das war eine üble Sache.« Anne war die geborene Geschichtenerzählerin. Sie senkte die Stimme und achtete trotzdem darauf, dass es nicht zu gruselig wurde. »Der Mönch geriet eines Tages in ein Gewitter. Und er landete in einer Zeit, in der Kutschen ohne Pferde fuhren und Stimmen und Musik aus kleinen Kästchen kamen, die in jeden Säckel passen. Als er zurückwollte, konnte er das nicht. Er war gezwungen viele Jahre in einer anderen Zeit zu leben. Einer Zeit, in der metallene Vögel am Himmel kreisten. Er bereiste viele Orte. Erst hier in Lansbury erwischte er ein Gewitter, das ihn zurück in seine Zeit brachte. Fast ein Jahr, und erst an der heiligen Stätte in … Was ist da los?«

Anne richtete sich im Bett auf.

In was? Hör nicht auf, war ich versucht zu rufen, doch ich hatte auch etwas gehört. Unmittelbar vor der Tür war jemand. Gedämpftes Stöhnen war zu hören und Geächze. Außerdem riss ein Stoff und es knallte von außen gegen die Tür.

Anne nahm die Laterne vom Nachttisch und schlich leise zur Tür. »Ihr bleibt im Bett, Master Brandon. Das ist ein Befehl.«

Sie öffnete die Tür einen Spalt. Ich hielt mich neugierig hinter ihr. Im Flur war dieses Mal Licht. Eine Laterne mit vier Kerzen brannte zwei Meter neben uns und beleuchtete eine widerliche Szene. Eine junge Frau lag auf dem Boden. Ihr wunderschönes mintgrün schimmerndes Kleid war zerrissen, ihre geflochtenen Haare hatten sich gelöst und sie weinte. Ein Mann stand über ihr und verschloss gerade seine Hose.

»Brigid!«, rief Anne und ich hätte ihr am liebsten den Mund zugehalten.

Der Mann drehte sich erschrocken zu uns um.

»Was habt Ihr getan, Sir?«, fragte Anne entsetzt, den Blick unverwandt auf das weinende Mädchen gerichtet.

»Das, was mir zusteht«, sagte der Mann, der sehr edel gekleidet war und einen Vollbart hatte. Ich schätzte ihn auf Anfang zwanzig.

»Nein, das tut es nicht! Erst nach der Hochzeit«, widersprach Anne heftig.

»Sie wollte es auch. Sie hat den ganzen Abend anderen Männern schöne Augen gemacht. Nur mir nicht. Sie brauchte eine

Lektion«, tat er sein Vergehen achselzuckend ab. »Aber wenn ich es recht bedenke, ist sie mir als Eheweib zu schäbig. Sie ist weit unter meinem Stand und ich brauche keine Metze.«

Anne starrte ihn entgeistert an. »Ihr müsst sie heiraten. Sofort! Das könnte Folgen haben, die nicht das eine Jahr bis zur Vermählung warten können.«

»Ich hab's mir aber gerade anders überlegt. Ich will sie nicht mehr.«

Brandons Schwester Brigid schluchzte nach wie vor haltlos. Würde der Kerl es merken, wenn ich ihm einen Fausthieb in seine Kronjuwelen verpasste?

Das hätte Chris mit mir üben sollen: aufdringliche Kerle auf Abstand halten.

Die Aufzeichnungen beim Vikar hatten also nicht getrogen: *Die* Familie Grey war gemeint. Man hatte Brandons Schwester exkommuniziert, weil sie unverheiratet schwanger geworden war und den Sohn und Erben des Earl of Lorring als Vater genannt hatte. Sir Nicolas, der Beschuldigte, habe auf die Bibel geschworen, er hätte sie nie zuvor angefasst. Dieser elende Mistkerl.

»Ihr werdet sie heiraten, Sir Nicolas.«

Aha. Das war tatsächlich der Lügner! Vergewaltigung und Meineid, konnte es was Schlimmeres geben?

»Ich werde sagen, was geschehen ist«, sagte Anne und ich bewunderte sie für ihren Mut. Der Typ sah nämlich sehr einschüchternd aus.

»Dann werde ich dafür sorgen, dass Ihr den Mund haltet«, sagte der Bräutigam nur noch, und ehe ich auch nur blinzeln konnte, hatte er Anne einen Schlag verpasst, der sie meterweit durch den Flur segeln ließ.

Entsetzt sah ich Anne mit dieser unnatürlichen Kopfneigung daliegen und sich nicht mehr rühren.

Brigid begann zu schreien.

»Sei still, oder ich mache das Gleiche mit dir«, sagte der Fiesling. Brigid presste sich die ganze Faust in den Mund, um ihre Schreie zu unterdrücken. War denn in diesem Haus – diesem riesigen Haus voller Menschen – niemand in der Nähe, der ihr helfen konnte?

Und dann spürte ich eine Bewegung hinter mir. Ich drehte mich um und sah Klein Brandon dastehen.

Er starrte auf Brigid, auf den Mann, der seine Manschette richtete, und dann sah er zu Anne.

Ich musste was tun. Geist hin oder her, ich musste handeln. Ohne weiter zu überlegen, warf ich mich auf Sir Nicolas.

»Das«, sagte ich und trat ihm kräftig gegen das linke Schienbein, »wird dich«, ich trat gegen das andere, »lehren«, jetzt boxte ich ihn in den Magen, »so mit«, ein festerer Magenhieb, »Frauen umzugehen.«

Ich wollte ihm gerade meine Hand ins Gesicht schlagen, als ich abgelenkt wurde. Der Mönch! Da war er! Am Ende des Ganges, und er sah mich an. Er sah mir direkt in die Augen!

Ich hob ein letztes Mal das Knie und ließ es vorwärtsschnellen. Nicht dass der Typ es gemerkt hätte, aber falls doch …

Nur ein Moment der Ablenkung, und der Mönch war fort, die kahlen Wände, die groben Dielen, das Schluchzen von Brigid, alles verschwand, die Wandtäfelung und die Holzdielen verwischten zu dem Flokatiteppich, der dieselbe Farbe hatte wie der in Brandons Wohnzimmer. Der niedrige Couchtisch lag umgeworfen vor mir. Ich kniete auf dem Teppich und merkte, dass mein Knie schmerzte. Brandon sackte neben mir zu Boden. Die Hände im Schritt und mit schmerzverzerrtem Gesicht.

44. Kapitel

Ich blinzelte ein paarmal, ehe mir bewusst wurde, dass ich wieder in der Gegenwart angekommen war.

Brandon krümmte sich wimmernd auf dem Teppich und es dauerte eine Weile, bis er wieder in der Lage war zu sprechen und aufrecht zu sitzen. Ich konnte mich noch so viel entschuldigen, ich hätte ja nicht ihn treffen wollen – er bekam es gar nicht richtig mit.

Wir hatten ihm Eis aus der Kühltheke des Circlin' Stone holen müssen und er erholte sich langsam, während ich von meiner Zeitreise berichtete.

Elizabeth war richtig wütend. Sie saß an Brandons Kopf und streichelte ihm ständig den Kopf und die Haare und führte sich auf wie Mutter Teresa. Ich hätte kotzen können und fühlte mich elend und … war eifersüchtig. Außerdem hatte ich Mitleid. Natürlich verlor ich kein Wort über das, was auf der Verlobungsfeier passiert war. Der arme Brandon. Wie furchtbar.

Nach zehn Minuten intensiven Kraulens durch seine Mähne beschimpfte Elizabeth mich erneut. Dieses Mal konterte ich.

Colin war es, der wieder einmal die Gemüter beruhigen musste.

Wenigstens konnte ich berichten, dass die »Geschichtsreise« nicht völlig umsonst gewesen war. Nur leider zu kurz. Wir beschlossen, es bei der nächstbesten Gelegenheit zu wiederholen. Hoffentlich zeigte der Mönch sich nicht nur in brenzligen Situationen.

Es klingelte überraschend an der Haustür.

»Wir klären das morgen«, zischte Brandon und sah dabei Colin an, als Elizabeth schon die Tür öffnete und Chris, Rebecca und Shakti hereinließ. Ich ahnte, dass alle drei furchtbar neugierig darauf waren, wie der heiße Barkeeper lebte.

Elizabeth war der Besuch hochwillkommen. Der Ausflug nach Bath hatte ihr so gut gefallen. Sie wollte wieder raus. Etwas unternehmen. Spazieren oder shoppen.

»Wohin?«, fragte ich wachsam. »Swindon fällt aus offensichtlichen Gründen aus. Nach Bath?«

»Bath, hör bloß auf.« Chris tippte mit dem Zeigefinger an die Stirn. »Das ist nur was für Touristen und Jane-Austen-Pilger.«

Augenscheinlich hatte ihm der Trip nicht halb so gut gefallen wie Elizabeth.

»Obwohl ich die Gruppe von Asiaten in den Regency-Kostümen echt lustig fand«, sagte Shakti kichernd.

»Garantiert weil die Kostüme aus quietschgelbem Taft geschneidert waren. Die Zylinder der Herren inklusive.« Rebecca rollte die Augen.

»Wir können Elizabeth ja noch mal zwischen ihnen fotografieren. Die waren von deinen Augen extrem angetan.« Jetzt kicherten alle drei. Bath hatte ihnen anscheinend viel Spaß gemacht, auch wenn Chris und Colin die Augen rollten. Die Stadt war eben doch eher was für Mädchen. Zumindest tagsüber mit seinen Jane-Austen-Darstellern und den vielen Shops.

»Wir können uns aufteilen. Ihr fahrt nach Bath und ich frage die hübsche Friseurin aus Salisbury, ob sie mit mir einen Kaffee trinken geht«, schlug Chris vor.

»Wo könnten wir denn stattdessen gemeinsam hinfahren?«, fragte Rebecca mit vor der Brust gekreuzten Armen. »Jetzt sag bitte nicht Stonehenge.«

Elizabeth sah ihre in Reichweite gerückte Freiheit schon schwinden.

»Ich könnte euch zu meinem Übungsplatz mitnehmen«, sagte Brandon. »Habt ihr schon einmal mit Pfeil und Bogen geschossen?«

Die anderen sahen sich erfreut an. Ich wollte mich abseilen, doch dann spürte ich Colins beruhigende Hand im Rücken.

»Das wird lustig, Mere«, sagte er.

Rebecca verstand das falsch. »Keine Sorge, auch wenn du zitterst. Keiner von uns stellt sich neben die Zielscheibe. Oder brauchst du eine neue Brille, weil du durch die nicht mehr gut siehst?«

Ich schüttelte den Kopf und warf einen vorsichtigen Blick auf Brandon. Nach dem, was ich ihm vorhin angetan hatte, zweifelte ich, dass er mich heute noch ertragen konnte.

Er lächelte, wenn auch zögerlich. »Komm mit. Es ist wirklich ein schöner Sport.«

»Ich kann ja nur zusehen«, sagte ich und sofort sprangen alle auf und stürmten zur Tür hinaus.

Colin klopfte mir aufmunternd auf die Schulter.

»Keine Sorge, Mere. Er wird durch die Aktion noch ein paar Tage an dich denken und dafür kein anderes Mädchen an sich heranlassen.«

Er klang sehr zufrieden bei dem Gedanken.

Ich fühlte mich schlecht.

»Das ist amüsant«, sagte Rebecca und lehnte sich zurück.

»Was?«, fragte Shakti verwundert.

»Vor unseren Augen spielt sich eine wunderbare Mischung aus Jane-Austen-Geschichten ab.«

Ich kniff ein wenig die Augen zusammen. »Und wer ist Mr Darcy?«

Rebecca schnaubte. »Wenn du das nicht weißt, werde ich es dir auch nicht verraten. Das ist so offensichtlich.«

»Ich verstehe überhaupt nicht, was du meinst«, gab Shakti irritiert zu. »Was für Jane-Austen-Geschichten?«

»*Stolz und Vorurteil* und *Emma*«, erklärte ich ihr.

»Also weißt du doch, wer Mr Darcy ist.« Rebecca knuffte mich mit ihrem Ellbogen zufrieden in die Seite.

»Ich kapier überhaupt nix.« Shakti knuffte Rebecca, aber nicht ganz so sanft.

Wir sahen zu den Jungs und Elizabeth, die alle vier vor einer Zielscheibe standen. Ich war zum ersten Mal auf diesem Bogenschieß-Übungsplatz. Hier war es ruhig und Shakti, Rebecca und ich hatten uns nach ein paar wenigen – und in Rebeccas und Shaktis Fall sehr kläglichen – Schüssen einen Platz im Schatten gesucht. Mit bestem Blick auf die Szene, die sich uns bot.

Dabei sagte Colin gerade etwas, das Elizabeth zum Lachen brachte. Sofort sprang Chris hinter sie, nahm ihre Arme und half ihr zur richtigen Haltung und Spannung des Bogens, während Brandon Anweisungen erteilte.

Ich wusste noch immer nicht, was ich davon halten sollte. Einerseits hatte Rebecca Recht. Es *war* amüsant. Zumindest was Brandons und Chris' Reaktionen anbelangte. Beide waren nicht gewohnt, ein weibliches Wesen nicht ihrem Charme erliegen zu sehen. Entsprechend sonderbar verhielten sie sich. Während Chris alle Flirtregister zog, war Brandon in die Rolle des mürrischen Aufpassers geschlüpft, eine Art großer Bruder.

»Chris ist auf alle Fälle ein Mr Collins«, sagte ich zu Shakti.

»Lass ihn das bloß nicht hören«, mahnte Rebecca kichernd.

»Nun ja, ohne das schleimige Gestrunze und mit dem vagen Aussehen eines Jensen Ackles«, gab ich zu. Shakti kicherte jetzt auch.

»Brandon ist eher ein Mr Nightly. Der strenge ältere, aber fürsorgliche Lehrer, bei dem sich aus Freundschaft mehr entwickeln könnte«, stimmte Rebecca jetzt zu. Das versetzte mir einen Stich und ich dachte unwillkürlich an das Zitat aus *Emma*, als sie ganz am Schluss ihre Gefühle endlich erkannte: *Mein* Mr Nightly.

»Und Colin ist eurer Meinung nach Mr Darcy? Die Figur passt doch überhaupt nicht zu ihm«, widersprach Shakti vehement. »Denkt doch mal bitte an Colin Firth und dann stellt euch unseren Colin daneben vor. Dazwischen liegen *Welten*!«

Ich betrachtete Colin genauer.

Der Wind blies ihm seine zu langen Haare wieder einmal in die Stirn und er strich sie geduldig zurück. Er war nur schmaler als Brandon, aber nicht weniger männlich.

»Ich weiß nicht …«, sagte Rebecca gedehnt und lehnte sich auf ihre Ellbogen zurück. »Für meinen Geschmack teilen die beiden mittlerweile ein bisschen mehr als nur den Vornamen.«

Damit sprach sie das aus, was ich gerade gedacht hatte.

Ich spürte Shaktis skeptischen Blick. »Da stehen Chris und vor allem Brandon neben ihm. Für mich sieht er aus dieser Perspektive noch immer wie Goofy aus.«

Ich sah sie fassungslos an. »Colin hat noch nie wie Goofy ausgesehen!«

»War klar, dass du ihn wieder mal verteidigst. Colin hatte *immer* etwas von Goofy an sich«, grinste Rebecca träge. Doch dann fügte sie hinzu: »Aber jetzt nicht mehr.«

Wir beobachteten, wie Chris die Arme um Elizabeth schlang und mit ihr gemeinsam den Bogen spannte. Man konnte von hier aus erkennen, dass es ihr nicht unangenehm war. Doch der Blick, den sie – obwohl sie zielen sollte – Colin zuwarf, zeigte eindeutig, von wem sie lieber Nachhilfe bekommen hätte.

Der Pfeil verfehlte sein Ziel um mindestens einen Meter.

»Gut, dass dort niemand stand«, sagte hinter uns eine bekannte Stimme.

Schade, dass du dort nicht standest, dachte ich und sagte nur: »Hallo, Theodor. Mal wieder auf Urlaub?«

Theodor blieb neben uns stehen und betrachtete das Schauspiel vor uns.

»Das ist kein Urlaub, Meredith, das ist Wochenende.«

»Wir haben Donnerstag«, erklärte ich ihm.

»Donnerstagnachmittag, und ich habe freitags keine Vorlesung«, widersprach er mit seiner üblich monotonen Langweilerstimme.

»Colin Firth, dass ich nicht lache«, sagte er jetzt genauso monoton.

»Wie lange stehst du schon hinter uns?«, fragte ich frostig.

»Lange genug, um die ehemals rothaarige Schönheit und ihre Umgarnungsversuche bewundern zu können. Meredith, ich fürchte, du hast eine ernst zu nehmende Kontrahentin gewonnen.«

Jetzt endlich sah er zu mir herunter – mit einem gehässigen Lächeln in den Mundwinkeln.

»Nicht doch, Theodor, du schließt von dir auf andere. Du hast gerade festgestellt, dass du keine Chance bei ihr hast, denn egal wen von den dreien sie erhört, keiner von ihnen hat eine Speckrolle über dem Hosenbund hängen oder benutzt ranziges Old-Spice, weil seine Tante es im Friseursalon nicht losbekommt.«

Sofort zog er den Bauch ein und seine Augen verengten sich.

»Mag sein, dass ich mich in Oxford ein bisschen habe gehenlassen. Du könntest diese Pfunde allerdings sehr gut brauchen. Du bist noch immer flach wie Schneewittchen.«

Rebecca warf eine filzige Locke aus ihrem Gesicht und setzte sich aufrecht hin. »Weißt du, Theo, wir wollten dich eigentlich morgen bei Colins Geburtstagsfete dabeihaben. Aber jetzt gerade hast du es wieder mal verbockt.«

»Das ist mein Bruder. Für seinen Geburtstag brauche ich keine Einladung.« Theodor setzte sich ungefragt – noch immer mit eingezogenem Bauch. Das sah sehr unbequem aus.

»Machst du dir damit nicht deine guten Jeans schmutzig?«, fragte ich, so ernsthaft ich konnte. »Der Rasen hier ist nicht so gut wie der in Oxford. Hier bekommt man grüne Streifen in die Klamotten.«

»In Oxford ebenso.« Hatte ich schon erwähnt, dass Ironie an Theodor verschwendet war? Wenn ja, konnte man es nicht oft genug sagen.

»Meredith, bist du betrunken?«

»Was ist das für eine dämliche Frage?«, wollte Rebecca wissen. »Wir haben vier Uhr nachmittags. Ist man da in Oxford schon voll?«

»Ich glaube, da wird man dann gerade erst wieder nüchtern«, sagte ich in verschwörerischem Ton zu Rebecca.

Shakti kicherte. »Und sauber. Wer vor vier Uhr Grasflecken an den Klamotten hat, fällt durchs Examen.«

Wir grinsten breit, nur Theodor beachtete uns nicht.

»Was findet ihr alle an dem Kerl?«, fragte er stattdessen.

»Lass mal überlegen«, sagte Rebecca sinnend. »Er ist nett, ihm sind Grasflecken egal und er ist kein bisschen hochnäsig, obwohl er ein Adams ist.«

Jetzt hatte sie seine Aufmerksamkeit.

»Ich meine nicht Colin. Ich meine den Barkeeper. Er hat nichts. Kein Auto, keine richtige Ausbildung, nur eine billige Absteige ...«

»Woher weißt du das?«, unterbrach ich ihn.

»Er würde wohl kaum ständig in diesem Pub arbeiten, wenn er was Vernünftiges gelernt hätte«, stellte er klar. »Wer nichts wird, wird Wirt. Ein uralter Spruch und immer noch zutreffend.«

»Und ist ihm dieses nicht gelungen, macht er in Versicherungen«, ergänzte Shakti abfällig. »Wolltest du nicht Anwalt für Wirtschaftsrecht und dergleichen werden?«

Theodor musterte sie.

»Übrigens lautet das Motto der Geburtstagsfete Rot«, sagte Rebecca.

»Wie, rot? Was ist das denn für ein bescheuertes Thema.«

»Es gibt einen Dresscode. Wenn du nichts Rotes anhast, kommst du nicht rein«, klärte sie ihn auf.

»Meredith …« Er deutete auf meine dunklen Kleider.

»Zieht sich auch was Rotes an«, unterbrach ich ihn.

Er lächelte. Das war kein fröhliches Lächeln. Eher ein Wer's-glaubt-wird-selig-Lächeln.

»Da bin ich ja mal gespannt. Hey, Colin!«

Wir drehten uns alle zu dem Jane-Austen-Remake um und sahen gerade noch, wie Colin und Elizabeth mit roten Gesichtern zusammenzuckten.

Was hatten wir verpasst? Etwa einen Kuss?

Colin beugte sich zu Elizabeth, flüsterte ihr etwas ins Ohr und streifte dann sanft, aber bestimmt die Arme ab.

Dann kam er zu uns.

»Hi, Teddy«, begrüßte er seinen Bruder. Ich bemerkte einen rosafarbenen Hauch auf seinen Wangen.

Rebecca sah das wohl auch, wir grinsten uns beide an.

»Du weißt, was morgen Abend für deinen Geburtstag geplant ist, ja? Aber ich sehe schon, du hast dir das richtige Rot geangelt.«

Colin sah uns fragend an, doch wir wichen seinem Blick aus. Theodor erhob sich.

»Ich bin noch mit Darran und Beau verabredet. Übrigens, Meredith, ich muss mal kurz mit dir sprechen.«

Er klopfte sich seinen Hintern ab und zog mich unsanft auf die Beine und ein paar Meter von den anderen weg.

»Was schenkst du meinem Bruder?«, wollte er wissen.

Ernsthaft?

»Wir haben zusammengelegt«, wich ich aus. »Sag nur, du hast nichts.«

»Ich hab nichts. Also, wie viel bekommt ihr anteilsmäßig für das Geschenk?«

»Nichts. Du kannst nicht mitmachen«, erklärte ich perplex.

»Ich gebe dir jetzt fünf Pfund und dafür setzt du meinen Namen auf eure Karte mit drauf.« Er griff in seine Hemdtasche und hielt mir den Geldschein hin.

Ich vergrub meine Hände in meinen Hosentaschen.

»Theodor, du kannst nicht mitmachen. Mal davon abgesehen, dass fünf Pfund für den eigenen Bruder lächerlich sind. Von uns hat jeder das Dreifache für das Geschenk bezahlt. Und wir gehen noch mit ihm zu einem Ed-Sheeran-Konzert in Swindon.«

Theodor steckte das Geld zurück in seine Hosentasche. »Nun gut, dann nimmst du das Geld eben nicht. Du schreibst trotzdem meinen Namen auf eure Karte. Beim Konzert könnt ihr mich außen vorlassen. Ich mag Ed Sheeran nicht.«

Ich tippte mit dem Finger an meine Stirn. »Hast du sie noch alle? Wieso sollte ich das tun?«

Er grinste überheblich. »Weil ich ansonsten Shelby Miller sage, wo die einst rothaarige und jetzt brünette Elizabeth wohnt. Dann kann sie es an ihre Verfolger weitergeben und wir werden sehen, was dann passiert.«

Ich starrte ihn an. »Wieso sollte das Shelby Miller interessieren?«

»Sie wird seit geraumer Zeit von Männern beschattet, die für

Stuart Cromwell arbeiten. Ich könnte denen auch selbst einen Tipp geben.«

Mir wurde kalt.

Ohne ein weiteres Wort wandte er sich ab und ging.

»Tschüss, Teddy«, rief ihm Rebecca hinterher. »Wenn du dabei sein willst, hast du morgen was Rotes an.«

Ohne sich umzudrehen, machte er eine obszöne Geste.

»Teddy«, kicherte Shakti, als er außer Sicht war. »Viel zu niedlich für ihn. Gremlin würde wesentlich besser passen.«

»Nicht wenn du die Geschichte zu seinem Spitznamen kennst«, erklärte ich trocken, warf allerdings einen Blick zu Colin, um mich zu überzeugen, dass er weit genug weg war, ehe ich fortfuhr. »Er hatte immer dieses Stofftier, eine Ratte, aber weil er sich einen Bären gewünscht hatte, nannte er die Ratte Teddy. Das hat Mrs Adams aufgegriffen und seither heißen alle Ratten im Hause Adams Teddy.«

Rebecca und Shakti lachten herzhaft.

»Okay, wir brauchen noch ein paar rote Ratten für morgen Abend«, sagte Rebecca.

45. Kapitel

Sie hatten es wahr gemacht. Alles war rot.

Luftschlangen, Luftballons, Konfetti. Sogar rotes Kreppband hing in Bahnen an der Wand und eine rote Glühbirne strahlte eine Discokugel an, die rote Glitzersprenkel an die Wände warf.

Als ich meine Schüssel Salat zu dem Büfett stellte, sah ich, dass auch hier alles rot war. In den Frikadellen waren Paprikawürfelchen, es gab Rote-Bete-Salat, Shrimps, Lachs in dunkelrosa, Carpaccio und einen Nudelsalat mit roten Nudeln in höchst obszönen Formen, die Chris garantiert in dem Sexshop in Swindon besorgt hatte. (Haha. Besorgt hatte!)

Sogar die Getränke waren rot. Eine rote Bowle und sämtliche rote Saftsorten (zum Mischen mit etwas Stärkerem) standen ebenfalls bereit.

»Ist das nicht cool geworden?«, fragte Chris begeistert.

»Kennst du *Blade*? Die Anfangsszene im Schlachthaus?«, fragte ich zurück.

Chris grinste breit. »Ja! Genauso haben wir es uns gedacht. Genial, oder?«

»Äh … ja.« *Erschreckend* hatte mir eher auf der Zunge gelegen. Alle anderen waren auch rot gekleidet. Chris zum Beispiel trug Klamotten wie John Travolta aus *Saturday Night Fever* an einem Valentinstag. Er hatte ein rotes Hemd an mit einem riesigen Kragen, das garantiert aus den Siebzigerjahren stammte. Genau wie seine Hose, die in der Taille sehr schmal war und dafür an den Beinen einen gewaltigen Schlag hatte.

Rebecca ebenfalls. Deren Schlag spiegelte sich allerdings in einem Outfit wider, das dem Kissenbezug von Dobby dem Hauselfen glich. Halt nur in Rot.

Shakti trug ein Kleid wie Marylin Monroe und ich war mir sicher, wir würden zu späterer Stunde noch *Diamands are a Girl's Best Friend* zu hören bekommen.

Sie hing an Ethan, ihrem heutigen Begleiter. Elizabeth stand bei den beiden, trug eine Bluse und einen engen Rock, natürlich auch in Rot. Sie hatte sogar die Tönung aus ihren Haaren herausgewaschen und die roten Locken fielen glänzend über ihren Rücken.

Brandon musste arbeiten und konnte daher nicht kommen.

Auf den zweiten Blick (okay, den vierten oder fünften meinerseits) musste ich einräumen, dass die »Rot«-Party doch nicht so übel war.

Colin als Geburtstagskind war der Einzige, der nichts Rotes trug, weswegen er auffiel wie ein schwarzes Schaf in der weißen Herde. Aber er fand's toll und hatte nach unserem lautstarken und sehr schrägen Happy-Birthday-Ständchen geklatscht und gejohlt und sogar »Zugabe« gerufen. Die Party war im vollen Gange, die Musik super und sogar Elizabeth war gut gelaunt und zur Abwechslung mal überhaupt nicht zickig. (Das konnte auch an dem Sekt liegen, den sie wie Limonade in sich kippte).

»Wo ist dein Dad, Chris?«, fragte Rebecca.

»Der ist mit Geschäftspartnern ins *De Vere Hotel* nach Swindon essen gefahren.«

»Wäre ja auch zu schön gewesen, wir hätten ihn noch mal gesehen«, raunte mir Rebecca zu.

»Der Abend ist noch jung. Wer weiß, wer noch alles durch diese Tür tritt«, gab ich zurück.

Dieselbe Tür ging auf und Theodor kam herein. Sofort verstummten alle Gespräche abrupt, als wir sahen, wer ihn begleitete.

Shelby!

Shelby?

Wir schluckten. Ausgerechnet Shelby? Die noch zickiger sein konnte als Elizabeth und vor allem wesentlich schriller war? Shelby sah mit einem so düsteren Blick in die Runde, da hätte sich Morgan Freeman eine Scheibe von abschneiden können.

»Na, jetzt übertreibt er's aber«, murmelte Chris an meiner Seite.

Theodor trug ein rosafarbenes Hemd und normale Bluejeans. Wahrscheinlich waren solche Motto-Partys in Oxford verpönt.

Shelby hatte natürlich nichts Rotes an. Das war auch nicht nötig, denn ich sah trotzdem alles rot.

Fuchsteufelsrot, um genau zu sein.

Wie konnte er es wagen?

Wie konnte er es nur wagen!

Und dann brachte er sie ausgerechnet hierher, wo Elizabeth war. Elizabeth, nach der Shelby mich gefragt hatte, weil sie wegen ihr verfolgt wurde. Von Cromwell.

Argh!

Ich könnte Theodor umbringen! Nein, das würde ich subtiler angehen. Ich nahm mir vor, mit Chris' Handy ein Foto von ihm in seinem rosafarbenen Hemd zu schießen und es auf Facebook zu posten. Aber zuvor musste ich ihm noch Saft übers Hemd kippen oder – noch besser – den Rote-Bete-Salat, dann sah es so aus, als hätte er sich übergeben. Das würde das Bild des Jahres werden.

Vor allem mit dem Schreckgespenst an seiner Seite.

Colin war der Erste, der sich sammelte und Shelby ein Glas Bowle reichte. Sie sah aus, als würde sie sich äußerst unwohl fühlen. Hoffentlich enthielt die Bowle Chili. Colin hätte ihr besser einen Teller mit meinem Salat überreicht. Dann wäre sie freiwillig gegangen, ohne E überhaupt zu bemerken. Doch kaum nippte sie an der Bowle, fiel ihr Blick auf Elizabeth. Ihre Augen wurden groß wie Tennisbälle. Das würde ja ein heiterer Abend werden.

Chris reagierte geistesgegenwärtig und drehte die Musik auf.

»O Mann, ist Shelbys Rock aufgemalt? Der ist ja winzig«, flüsterte mir Rebecca zu.

Ich konnte nicht antworten. Ich überlegte fieberhaft, wie ich das Desaster noch abwenden konnte.

»Sie ist hier?«

Shelby machte sich nicht mal die Mühe, zu verbergen, wen sie mit »sie« meinte. Sie deutete mit ausgestrecktem Finger auf Elizabeth.

»Du hast mich angelogen, beschatten lassen und mich in diese Geschichte mit reingezogen. Und dann hältst du sie direkt vor meiner Nase versteckt?« Sie war ganz aufgebracht.

»Als ›Vor deiner Nase‹ kann man es nicht gerade bezeichnen«, sagte Theodor ganz lässig. »Immerhin wohnst du am anderen

Ende von Lansbury in einer Sozialwohnung. Das hier ist eine Villa, die mindestens eine Million Pfund gekostet hat.«

Kurzerhand kippte ihm Shelby das Bowleglas ins Gesicht.

Ich hatte Theodor noch nie so wütend gesehen. Und ich kannte ihn genauso lange wie Colin.

Er holte aus und verpasste Shelby eine schallende Ohrfeige.

»Das wirst du noch bereuen«, sagte er ruhig und begann sich die Bowle mit einer Serviette abzuwischen.

Colin ging sofort dazwischen. »Theodor, beruhig dich. Man schlägt keine Mädchen«, sagte er mahnend. »Das ist sogar für deine Verhältnisse weit unter der Gürtellinie.« Doch Theodor wollte ihn von sich stoßen. Colin hielt ihn mit beiden Händen zurück. Theo hatte keine Chance gegen seinen »kleinen« Bruder. Doch sofort zog Colin seine Hände erschrocken zurück.

Colin war kreidebleich und warf mir einen verstörten Blick zu.

Ehe ich reagieren oder etwas sagen konnte, fing Shelbys Glas an zu brennen. Ganz ohne Inhalt. Eine Flamme züngelte in die Luft, so hoch, dass sie Shelbys Augenbrauen ansengte.

Entsetzt ließ die das Glas fallen, Scherben sprangen klirrend durch die Gegend und die Flamme brannte munter weiter an genau der Stelle, wo das Glas zu Boden gegangen war.

»Verflucht, was geht denn hier ab?«, schrie Shelby aufgebracht. »Ich verschwinde.«

»O nein, nicht bevor du deinem Wachhund Bescheid gegeben hast«, sagte Theodor und stellte sich ihr in den Weg. Er beachtete das Feuerspektakel zu ihren Füßen überhaupt nicht.

Shelby wollte ihn zur Seite stoßen, aber dafür war er zu kräftig. »Was wollen die Typen, die dir ständig folgen, von Elizabeth?«

»Das reicht jetzt, Theodor«, sagte ich, so fest ich konnte. Dabei war mir hundeelend.

»Du willst doch sonst immer alles wissen. Interessiert es dich etwa nicht?«, fauchte er.

»Du vergisst etwas«, sagte ich kühl. »Meistens weiß ich schon alles.«

»Klugscheißer kann niemand ausstehen«, konterte Theodor und musterte mich verächtlich.

»Und das sagst ausgerechnet du?«, brauste Rebecca auf. »Dem das Gras in Lansbury nicht grün genug ist. Oder die Gesellschaft gut genug? Halt's …«

Doch bevor sie den Satz beenden konnte, loderte die missachtete Flamme hoch auf.

»Verdammt«, murmelte jetzt auch Chris und stürmte aus dem Raum. Garantiert, um einen Feuerlöscher zu holen.

Ich sah zu Elizabeth, mein Blick dabei streifte Colin, der noch immer kreidebleich war. Ich zog mit meiner flachen Hand an meinem Hals entlang und sofort erlosch die Flamme.

»Was für Zauberkräfte hast du?«, fragte Shelby. Dabei sah sie nicht Elizabeth, sondern mich an.

Aber sie wartete die Antwort überhaupt nicht ab, sondern rannte ebenfalls zur Tür hinaus.

Sie durfte nicht das Haus verlassen! Nicht so!

Ich wollte ihr nach, doch Theodor stellte sich jetzt mir in den Weg.

Mit einer einzigen Handbewegung hielt ich ihn zurück.

»Untersteh dich«, fauchte ich. »Wag es ja nicht, mich aufzuhalten. Geh zur Seite.«

Folgsam machte er einen Seitwärtsschritt. Ich hechtete Shelby hinterher und erwischte sie gerade in dem Moment, in dem sie die Haustürklinke umfasste.

»Warte!«, rief ich und sofort zog Shelby die Hand zurück.

»Was?«, fragte sie pampig. »Erzähl mir jetzt bloß keinen Scheiß über Naturphänomene oder versteckte Bunsenbrennner, um dieses Sackgesicht zu beeindrucken.«

Das wäre äußerst unklug. Shelby war nun mal hochintelligent, egal wie doof sie charakterlich sein mochte.

»Nein, keine Bange, das war außergewöhnlich«, sagte ich und trat näher zu ihr. »Elizabeth ist außergewöhnlich und deswegen verstecken wir sie hier. Du darfst niemandem davon erzählen. Hast du verstanden?«

Höhnisch sah sie mich an. »Wisdom, ich kann endlich die Verfolger loswerden und dann befiehlst du mir, es weiter zu ertragen?«

»Ich befehle es nicht, sondern ich bitte dich darum«, korrigierte ich, um Geduld bemüht.

»Gequirlte Scheiße, du befiehlst, weil du überhaupt nicht bitten kannst«, sagte sie barsch. »Du verwöhntes kleines Mamaliebchen hast doch noch immer alles bekommen, was du wolltest, aber dieses Mal muss ich dich enttäuschen. Ich bin die Typen so was von leid. Sie verpfuschen die Geschäfte meiner Geschwister, haben dafür gesorgt, dass Mum in eine Entzugsklinik eingewiesen und meine kleine Schwester in ein Pflegeheim gesteckt wurde. Nur weil die mir die ganze Zeit nachrennen.«

»Weshalb sollten sie deine Mutter in eine Entzugsklinik stecken?«, fragte ich überrascht.

»Weil sie nicht nur mir aufgefallen sind, sondern auch unseren Nachbarn, und die haben die Polizei gerufen. Die hat sich dann die Zustände der Gegend angesehen und das Jugendamt gerufen und daraufhin wurde eine Kettenreaktion ausgelöst, die mein ganzes Leben durcheinandergeworfen hat. Und das alles, weil ihr diese kleine Schlampe hier versteckt haltet.«

Ich hätte ihr jetzt begreiflich machen können, dass ihre Mutter schon lange in eine Entzugsklinik gehörte, doch das war im Moment unwichtig. Elizabeths Leben stand auf dem Spiel. Shelbys Mutter konnte die Entzugsklinik wieder verlassen. Doch wenn wir jetzt nicht handelten, würde sie darin sterben. Zusammen mit allen anderen Menschen auf der Welt.

Also sah ich Shelby jetzt fest an und versuchte mit aller Gewalt meine neu entdeckte Kraft umzusetzen.

»Shelby, du wirst kein Wort über Elizabeth verlieren«, sagte ich streng. »Du wirst nicht erzählen, dass du sie gesehen hast, und du wirst niemandem verraten, wo sie wohnt.«

Sie sah mich an. Ihre Augen waren halb geschlossen und abschätzend.

Sie sagte nichts, sah mich nur an. Ewig, wie es mir vorkam. Ich hatte versagt. Ich konnte doch nicht so gut manipulieren, wie ich es gehofft hatte.

Endlich streckte Shelby die Hand wieder aus und öffnete die Haustür.

»Lass mich ein für alle Mal in Frieden, Wisdom. Geh, hau ab auf irgendeine Uni, oder noch besser, schaufel dir ein Loch. Ich werde den Teufel tun und sagen, wo Elizabeth ist. So weit käme es noch.«

Sie streckte mir – wie ein kleines Kind – die Zunge heraus und zog die Tür hinter sich ins Schloss.

Ich atmete erleichtert auf.

Puh. Das war knapp gewesen.

Jetzt konnten wir nur hoffen, dass die Manipulation nicht schwächer wurde, so wie die Wirkung einer Tablette.

Gerade als ich zurück ins Wohnzimmer beziehungsweise den Salon gehen wollte, kam Theodor heraus – Chris hatte ihm die Tür aufgehalten, in der Hand den Feuerlöscher, wie ich vermutet hatte.

»Wohin?«, fragte ich nur knapp.

»Heim. Mich umziehen.«

»Kommst du dann noch mal wieder?«, wollte ich wissen.

»Nein. Das hier ist mir zu affig«, antwortete er und war schon draußen.

»Du wirst nichts sagen, nicht wahr, Theodor? Du wirst sie nicht verraten!«, rief ich ihm nach und dachte wie bei einem Mantra: *Elizabeth ist nicht hier. Du hast sie nicht gesehen. Elizabeth ist nicht hier. Du hast sie nicht gesehen.*

Im Vorgarten blieb Theodor noch einmal stehen und sah mich an. Dann schüttelte er den Kopf und verschwand. Anscheinend hatte es gewirkt.

Nicht schlecht. Ich wurde immer besser.

Jetzt konnte die Party endlich richtig losgehen.

Ich betrat den Salon und ein Lied dröhnte mir entgegen: *Lady in Red*. Chris hatte echt Humor. Und genau jetzt schnappte er sich das Mikrofon der Anlage.

»Okay, Elizabeth, du kleines Luder hast uns wieder einmal mit deinen Feuerkünsten beeindruckt. Irgendwann musst du uns diesen genialen Trick verraten.«

Kein Wunder, dass meine Freunde nicht übermäßig erstaunt waren. Elizabeth hatte nicht nur in der Johannisnacht mit ihren Feuerkünsten überrascht, sondern auch auf dem Sachsen-Festival eine filmreife Show hingelegt. Weswegen sie Cromwell überhaupt erst aufgefallen war.

Sie lernt es nie, dachte ich säuerlich.

»Jetzt kann die Party richtig steigen«, rief Chris ins Mikrofon. »Los, schwingt das Tanzbein, Leute.« Er brachte den Übergang zu Pharell Williams *Happy* und wackelte mit den Hüften im Takt. »Shakti, das ist kein Klammerblues. Äh … Rebecca, was tust du da?«

Wir drehten uns alle zu Rebecca, die gerade zwischen Colins Beinen hing und bei Chris' Ausruf auf den Rücken klatschte, wo sie wie ein Maikäfer liegen blieb. Colin packte ihre Arme und hob sie mit einem Schwung hoch, der Zac Efron alle Ehre machte. Allerdings fiel mir auf, dass er dabei nicht ihre Haut berührte. So wie früher. Er war auch noch immer ein wenig blass um die Nase, obwohl er sich alle Mühe gab, das zu überspielen.

»Limbo«, rief Rebecca, ohne auch nur im Mindesten peinlich berührt zu sein.

»Limbo?«

»Bei Colins Größe kann man gar nicht normal tanzen«, erklärte sie fröhlich. »Ich wollte nur gerade die These untermauern, dass Colin als Limbostange die perfekte Größe aufweist.«

Colin grinste und Shakti und Ethan kicherten.

»Hier, siehst du?« Rebecca lehnte sich zurück wie ein Schilfrohr im Wind und schob sich Schritt für Schritt durch Colins gespreizte Beine.

»Oh! Das will ich auch probieren«, sagte ich und rief Chris zu: »Mach mal die Beine auseinander.«

»Dass ich das mal aus deinem Mund zu hören bekomme«, sagte Chris und grinste anzüglich.

Das Limbotanzen war herrlich albern.

Chris besorgte einen Besen und wir machten einen regelrechten Wettbewerb daraus, wer am tiefsten durchkam. Shakti gewann, die dank ihrer Bauchtanzgruppe sämtliche Verrenkungen super hinbekam.

Wir hüpften über die Stange, sprangen wie beim Gummitwist, schoben uns auf dem Bauch durch und jeder erfand eine andere Art, drüber oder drunter durchzukommen.

Keine Frage: Das war eine megacoole Party und wir hatten einen Abend lang vergessen, wie gefährlich es stand. Um uns alle.

46. Kapitel

Auch den ganzen nächsten Tag über war Colins Geburtstag immer noch unser Gesprächsthema Nummer eins. Den Limbo konnte nichts toppen.

Sogar jetzt, am späten Nachmittag, entdeckte ich auf der Klotür des Circlin' Stone einen Pfeil kurz vor der Kante am Boden, über dem stand: *Vorsicht: Limbotänzer*. Eindeutig Shaktis geschnörkelte Handschrift.

Brandon selbst war etwas kurz angebunden. Ich würde mir ja wünschen, er wäre ein wenig eifersüchtig, weil ich so viel Spaß gestern gehabt hatte – immerhin wusste er von seinem Besuch heute Morgen bei Elizabeth schon alle Einzelheiten.

Aber andererseits ahnte ich, dass seine schlechte Laune eher weniger mit mir zu tun hatte, als vielmehr mit der verrinnenden Zeit, denn wir waren heute Morgen nicht allein bei Chris gewesen. Wir hatten gemeinsam alle Reste der Party beseitigt und es hatte keine Möglichkeit für ein vertrauliches Gespräch gegeben.

Als ich vom Klo kam, fiel mein Blick auf die neue Barhockerbesetzung, die verblüffende Ähnlichkeit mit Keira Knightley hatte und leider auch noch genauso sympathisch über eine Bemerkung von ihm lachte. Nein, Brandon wollte sich nicht binden. Er hatte mich vermutlich nur aus Mitleid geküsst.

Das tat weh. Vor allem dämpfte es das Hochgefühl, das ich

bis jetzt gehabt hatte. Ich konnte noch nicht mal mit jemandem darüber sprechen.

Dabei hatte ich gehofft, er würde mich auf den Barhocker bitten, und sei es nur, um mich weiter über den Mönch oder den nächsten Hypnosetermin zu befragen. Doch bei dem Betrieb, der hier herrschte, war nicht daran zu denken.

Das war auch der Grund gewesen, weshalb Colin und ich ins Circlin' Stone gegangen waren. Ansonsten hätte ich ihm mein Geschenk lieber in der Abtei überreicht.

Er sah auf sein Handy, als ich an den Tisch zurückkam.

»Chris hat gerade geschrieben«, sagte er, als ich mich setzte. »Er ist in der Drogerie, um E eine neue Tönung zu kaufen. Deine Mum sei nicht da, um ihn zu beraten, deswegen braucht er deine Hilfe.«

»Er weiß aber schon, dass du nicht mit Shakti hier bist, ja?«, fragte ich entgeistert. Ich und Tönungen? Das war, als würde man Paris Hilton bitten, die Relativitätstheorie zu beweisen.

»Er erreicht sie nicht. Rebecca auch nicht, die ist wohl mit ihrem Pferd unterwegs.«

»Ich habe keine Ahnung. Er soll einfach irgendeine Farbe holen. Egal was.«

Colin tippte eine Antwort und steckte dann das Handy weg.

In der Zwischenzeit hatte ich mein Geschenk vor ihn auf den Tisch gelegt.

Er lächelte überrascht.

»Du brauchst mir nichts zu schenken, Mere. Du hast doch schon bei den anderen mitgemacht.«

»Ich weiß. Aber das hier ist mir wichtig.«

»Na dann.« Er begann das Papier zu entfernen, und als er sah, was darin eingewickelt war, veränderte sich sein Gesichtsausdruck.

»Gefällt es dir nicht?«, fragte ich betroffen.

»Mere, das ist viel zu wertvoll. Du hast dieses Teil gefunden und es muss richtig alt sein, wenn ich diese Prägung am Rand betrachte.«

Er nahm den geschliffenen Bergkristall hoch und studierte noch einmal das Goldband. Die Schrift konnte man kaum noch entziffern, nur die aneinander klebenden A und E waren noch auszumachen.

Ich starrte auf den Goldrand. A und E ohne Lücke. Wie bei dem Namen Willmær. Das konnte doch kein Zufall sein! Genauso wenig wie Cromwells Versprecher mit Salisbury.

Ich sah auf die Uhr. Drei Uhr, Zeit genug.

»Colin, lass uns noch einmal nach Salisbury fahren. Ich glaube wirklich, wir haben da was übersehen.«

»Äh … okay«, sagte er verblüfft und erhob sich. Das liebte ich so an Colin. Ich brauchte ihm nie viel zu erklären, er war sofort bereit.

»Und auf der Fahrt kannst du mir erzählen, was du gesehen hast, als du Teddy gestern Abend berührt hast.«

Ich zog ihn hinter mir her zum Tresen.

»Ich würde das allerdings gern vergessen«, hörte ich ihn noch murmeln, als ich bereits nach Geld kramte, um Brandon die beiden Cappuccino zu bezahlen.

»Ihr wollt schon gehen?«, fragte Brandon überrascht.

»Ja. Du bist ja zu sehr beschäftigt«, erklärte ich mit Blick auf die Brünette auf dem Barhocker.

»Eifersüchtig?«, fragte er neckend.

»Eher nicht. Wir haben etwas herausgefunden, und wenn du mal deine Hormone unter Kontrolle hast, kannst du mich anrufen. Ich hab noch immer dein Handy.« Ich wollte gerade das Geld auf die Theke legen, als mir etwas einfiel. Ich lächelte die hübsche Frau an und legte Brandon das Geld in die Hand. Sofort schlich sich wieder dieses selige Lächeln auf sein Gesicht, bei dem mein Herz jedes Mal einen kleinen Hopser machte.

Das Mädchen war irritiert, das konnte man deutlich sehen.

Colin nahm meine andere Hand und entzog mich Brandons Griff.

»Ich melde mich«, rief Brandon uns nach.

»Okay«, sagte Colin ernst, sobald wir draußen waren. Die Sonne schien noch immer unerbittlich warm und auch die Tische vor dem Pub waren alle besetzt. »Was sieht er, wenn er dich berührt?«

»Er sieht nichts«, sagte ich und fühlte mich ein bisschen besser, sobald ich an das betroffene Gesicht der hübschen Brünetten dachte.

»Theo lag in diesem rosa Hemd in einer Blutlache. In *seiner* Blutlache, und sein Schädel war gespalten«, sagte Colin ohne Vorwarnung und mir wurde schlagartig elend.

Egal was für ein Fiesling Theodor war, seinen Bruder so zu sehen, war untragbar.

»Wann? Ich meine … das Hemd könnte ihm auch in fünf …«

»Nein. Er lag an einem Bahnhof und auf den Plakaten war die aktuelle Kinowerbung. Wenn wir nicht bald etwas unternehmen, geschieht etwas Furchtbares.« Colin holte mit seinen langen Beinen enorm aus. Ich hatte Mühe, mit ihm Schritt zu halten.

»Glaubst du, wir können das verhindern?«, fragte ich unsicher.

»Das habe ich fest vor«, sagte er entschlossen. »Also?«

»Brandon sieht nichts, sondern er fühlt etwas, wenn er jemanden berührt«, erklärte ich ohne Umschweife.

»Und bei dir fühlt er Liebe?« Ich hörte den sarkastischen Unterton, aber es klang auch ein wenig bitter.

»Er fühlt, was die Menschen ausmacht«, erklärte ich. »Das sind nicht seine Gefühle für jemand anders, sondern deren Gefühle. Die, die sie beherrschen. So hab ich es zumindest verstanden.«

Colin strauchelte und blieb einen Moment lang stehen, um mich anzusehen. »Wow«, sagte er erstaunt.

»Tja, ich bin auch gespannt, was da noch kommt«, sagte ich und lächelte unsicher. »Oder was schon da ist, denn die Zeit rennt uns davon und möglicherweise kommt da nicht mehr viel.«

Das war ein Stichwort, das uns beide wieder antrieb.

47. Kapitel

Wir fuhren mit Mums Auto nach Salisbury. Besser gesagt, Colin fuhr, während ich ein wenig übte, einen Kugelschreiber auf dem Amaturenbrett schweben zu lassen. Er hopste ein paarmal hoch, aber ich war mir nicht ganz sicher, ob es nicht mit den Schlaglöchern der Straße zu tun hatte. Zum Glück waren in Salisbury um diese Uhrzeit kaum noch Touristen unterwegs. Die meisten Gruppen waren vormittags hier und um fünfzehn Uhr leerte sich das Gelände der Kathedrale bereits. Außer einer Kellnerin, die einen Tisch vom *Refektorium* abräumte, war niemand im Kreuzgang.

»Wo könnte der Stein mit dem Mönch in Verbindung stehen?«, fragte Colin.

»Woher soll ich das wissen?«, gab ich erstaunt zur Antwort. »Du bist die mit dem fotografischen Gedächtnis. Und dieses Mal hast du keine Schmerzen und kannst klar denken. Also, wo könnte er deiner Meinung nach sein?«, konterte er grinsend.

Ich versuchte, mich an das Bild zu erinnern. Der Stein hatte an einer Wand gestanden. Halb eingemauert. So wie manche der Platten an den Wänden des Kreuzgangs. Nur waren die nicht annähernd so alt.

Wir studierten ganz genau jedes Relief und umrundeten so den Kreuzgang. Wir ließen uns dieses Mal viel mehr Zeit. Ohne

Kopfschmerzen war das wesentlich besser und ich hatte mehr Geduld. Trotzdem blieb der Erfolg aus. Also betraten wir den Innenraum der Kathedrale.

Wir umrundeten den Altar, das nördliche und südliche Querschiff und betraten das riesige Seitenschiff. Nichts. Es war frustrierend. Der Stein musste hier doch irgendwo stehen!

Stattdessen befand sich in der Mitte ein Taufbecken, das moderner nicht hätte sein können. Am liebsten hätte ich dagegengetreten. Bis auf die eine Wand hinter der mittelalterlichen Uhr hatten wir alles abgesucht. Vor der Uhr hingen ein paar Fahnen. Sehr alte, fadenscheinige Fahnen.

Als ich unter ihnen durchging, flatterte es leise, ich fühlte etwas auf meinen Kopf rieseln, und als ich nach oben blickte, konnte ich nur noch sehen, wie sich eine in all ihre Einzelteile auflöste.

»O mein Gott!«, schrie jemand hinter mir. Es war eine der Wächterinnen in langer, dunkler Robe, die händeringend herbeieilte. Ehrlich, es war das erste Mal, dass ich jemanden die Hände in der Luft herumwirbeln sah vor Entsetzen.

»Mere, komm da weg«, zischte Colin und zog mich von den anderen Fahnen fort. Zu spät. Eine ging in Flammen auf.

»O mein Gott! O mein Gott!«, wiederholte die Wächterin.

Andere Wächter kamen herbei und einer war geistesgegenwärtig genug und zielte mit einem Feuerlöscher auf die brennende Fahne. Neben Stofffetzen schneite es jetzt auch noch weißen Schaum. Eine weitere Fahne, die ebenfalls nur noch aus einem Geflecht bestand, löste sich durch den Druck des Löschschaums in Wohlgefallen auf.

»Wie konnte das passieren? Wie konnte das nur geschehen?«, fragte einer der Wächter und drehte sich mit düsterem Gesicht zu uns um.

»Ich weiß es nicht, ehrlich!«, sagte Colin an meiner statt. Mein Herz schlug mir bis zum Hals.

»Nein, nein, ich habe sie beobachtet, sie sind nur darunter langgelaufen«, nahm die händeringende Wächterin uns in Schutz. Jetzt raufte sie sich allerdings ihre Haare.

Die paar Touristen, die noch in der Kathedrale unterwegs gewesen waren, eilten herbei, um sich das Desaster anzusehen.

Wir starrten alle wieder nach oben. Da, wo noch zuvor zehn Fahnen gehangen hatte, fehlten jetzt vier in der Mitte. Colin nahm meine Hand und ich wusste, wieso.

»Oh! Seht mal!«, rief eine Touristin und ihre Handykamera machte wilde Klickgeräusche.

Jetzt, da die Stoffe fort waren, konnte man den Stein darüber deutlich erkennen. Da war es: Das Relief des Mönchs.

Und es war auch ganz deutlich die Schrift darunter zu lesen. In krakeligen Buchstaben stand unter den seltsamen Sandalen:

WILLMÆR
890.

Wir hatten ihn gefunden. Endlich!

Und schlagartig wusste ich wieder, wo ich den Namen schon gelesen hatte.

48. Kapitel

Vikar Hensley war überrascht, als er uns sah.

»Oh, Rebecca ist noch im Stall. Sie wollte ausreiten, aber ich werde ihr ausrichten …«

»Wir wollten zu Ihnen, Herr Vikar«, unterbrach ich ihn schnell. »Sie hatten mir doch vor kurzem ein paar Unterlagen gezeigt, von der Abtei. Und ich würde mir sehr gern noch einmal die alte Handschrift anschauen.«

Der Vikar strahlte und öffnete die Tür ganz weit, um uns einzulassen.

Er brauchte mir den Weg in sein Arbeitszimmer nicht zu weisen, ich wusste ihn noch gut.

Da hing sie: die gerahmte Handschrift.

Ich fand den Namen auf Anhieb. Nur leider verstand ich sonst kein Wort. Die Schrift war – abgesehen von dem einen oder anderen M oder N mit Zeichen wie æ, œ oder ∂ gespickt.

»Können Sie den Text lesen, Herr Vikar?«, fragte ich und hoffte, er würde jetzt nicht erst mit einer Geschichtsstunde über altenglische Schriften beginnen.

Zum Glück nicht.

»Nun ja, wie bereits gesagt handelt es sich um einen Psalm. Wir konnten hier diesen Teil entziffern«, er deutete mit seinen abgekauten Nägeln auf die ersten beiden Zeilen. »Es bedeutet:

›Gottes Hand wacht über die Erde. Sie sorgt für den Sonnenaufgang am Morgen und den Regen.‹ Und dieses Wort hier ist ein sogenanntes *Kenning*. Es handelt sich um ein Wort, das sich aus einfachen Wörtern zusammensetzt, damit es einen Stabreim bildet. Dabei gibt es eine Grundform und das Bestimmungswort. Im Beowulf zum Beispiel ist es die Walstraße, die für das Meer steht.«

»Aha«, machte Colin und ich hörte ihm an, dass er kein Wort verstanden hatte.

Ich schon. Obwohl sich der Vikar in diesem Fall irrte.

Das war kein Kenning.

YÆNIDIN

Könnte das …? Könnte es das bedeuten, was ich vermutete?

»Wer hat diesen Text verfasst?«, fragte ich und trat näher, um ihn noch deutlicher lesen zu können. Meine Brille war ein wenig beschmiert. Durch die sommerliche Hitze hatten die Gläser ständig Schlieren. Ich nahm sie ab und wischte sie an meinem T-Shirt sauber.

»Früher hat man Bergkristalle zum Lesen benutzt, wusstest du das?«, sagte Rebeccas Vater lächelnd. »Aber um auf deine Frage zurückzukommen: Den Autor heute noch zu ermitteln ist sehr schwer, wenn er nicht ein Kürzel hinterlassen hat. Sogar zu jener Zeit legten sich die Autoren Künstlernamen zu. Noch heute nehmen Mönche einen anderen Namen an, wenn sie ins Kloster eintreten. Daran hat sich in den letzten eintausendfünfhundert Jahren nichts geändert. Diesen Text hier hat auf alle Fälle ein

Mönch verfasst, denn nur die Kirchenmänner hatten zu der Zeit das Wissen und die verfügbaren Mittel.«

»Herr Vikar, wann wurde die Abtei gegründet? Könnte diese Schrift vielleicht in der Abtei von Lansbury entstanden sein?«

Vikar Hensley schüttelte nachsichtig lächelnd den Kopf.

»Das würde ich gern glauben, aber das ist doch mehr als unwahrscheinlich. Die Abteiruine wurde im vierzehnten Jahrhundert errichtet. Obwohl es schon zuvor eine kleinere gegeben haben soll. Oder eher gesagt war von einem Einsiedlermönch die Rede. Ein Benediktiner und ich sind mal auf was gestoßen …«

Er ging zu seinem Schreibtisch und holte wieder die Kopien der Unterlagen aus dem sechzehnten Jahrhundert hervor, die ich bereits durchgesehen hatte.

Er wühlte und wühlte, bis ich ihm anbot, bei der Suche zu helfen. Colin und ich bekamen jeweils einen Stapel und arbeiteten uns durch die Kopien – sofern wir den Text lesen konnten. Oft waren nur einzelne Wörter zu erkennen.

Während wir akribisch alles durchsahen, bemerkte ich plötzlich aus den Augenwinkeln, wie Colin erstarrte. Ein Blick auf die Unterlagen vor ihm, und ich wusste, was er da gerade las. Beziehungsweise über welchen Namen er gestolpert war. Er sah zu mir und ich beugte mich schnell über die Blätter vor mir.

»Ah, hier ist es!«, rief der Vikar genau im richtigen Moment. »Ein Schreiber der Abtei hat die Sage festgehalten – komisch, dass sie nicht bekannter ist …«, wunderte er sich.

Zumindest heutzutage war sie nicht bekannter, dachte ich und erinnerte mich an die Sage, die das Kindermädchen Anne über den Geistermönch erzählt hatte.

»Hier steht es: Ein Geist in Gestalt eines Mönchs in seltsamem Habit sei oft kurz vor einem Gewitter erschienen. Gewitter scheint es in Lansbury schon immer sehr viele gegeben zu haben«, überlegte er laut und las weiter. »Also, man vermutet, es handelte sich um den Gründer der Abtei, einen Eremiten, der das erste christliche Gebäude in dieser Gegend erbaut habe. In kürzester Zeit habe er viele Anhänger gefunden. Dieser Mönch sei nur ganz wenigen Personen erschienen. Und manche, die ihn gesehen haben, sind auf immer verschwunden. Ein Gerücht besagt, er sei von Wikingern damals getötet worden. Er habe oft eine Kapuze übergezogen und unter der Kapuze fehle der Kopf.

Na, das war auf alle Fälle ein Märchen.

»Steht da auch, wer verschwunden ist? Wurden Namen genannt?«, fragte Colin, ehe der Vikar weiter ausholen konnte.

»Ja, tatsächlich!«, sagte Rebeccas Vater erstaunt. »Und stellt euch vor, der junge Mann hieß genauso wie der Barkeeper des Circlin' Stone: Brandon Grey. Vielleicht ein Vorfahr.«

Das überraschte weder Colin noch mich. Trotzdem mussten wir ein wenig flunkern. Einem Vikar etwas vorspielen. Wie weit mussten wir noch sinken, bis wir endlich am Ziel anlangten?

»Wisst ihr, was? Hier steht noch ein wenig mehr. Ich mache uns einen Kaffee und dann lesen wir das alles mal gemeinsam.« Er sprang auf und strahlte uns an. »Ist das schön, dass sich jemand so sehr dafür interessiert.« Dann verschwand er. Colin schnappte sich sofort die Unterlagen, die der Vikar auf den Tisch gelegt hatte.

Ich ging wieder zu der gerahmten Handschrift.

»Colin, komm doch mal her.«

»Du, hier steht, Brandon sei während eines Gewitters verschwunden. Und nach dem Gewitter hätten Kornkreise den Steinkreis umringt«, las Colin.

Das wunderte mich ebenfalls nicht. Nicht nachdem meine Erinnerung an den Tod meines Bruders zurückgekehrt war.

»Colin, bitte sieh dir das hier mal an«, sagte ich und wurde allmählich ungeduldig.

»Findest du es nicht merkwürdig, dass Brandons Name auch in Verbindung mit einem Mädchen genannt wird, das …«

»Colin, bitte schnell, bevor der Vikar zurückkommt«, drängelte ich, denn die Geschichte wollte ich wenn möglich genauso wenig wiederholen wie den Tod meines Bruders. Zumindest nicht jetzt, da ich doch was gefunden hatte.

Endlich stand er auf und trat zu mir.

»Kannst du das Wort da lesen?«

Ich deutete auf YÆNIÐIN.

Er schüttelte den Kopf. »Nein. Das sind für mich Hieroglyphen. Aber da, daneben ist noch was.«

Er trat ganz dicht davor. Gleich würde sein Atem die Glasscheibe beschlagen. »Siehst du? Da unten. Als wäre es weggeschabt worden.«

Er griff in seine Hosentasche, zog den Bergkristall hervor, den ich ihm geschenkt hatte, und hielt ihn wie eine Lupe über das Glas des Rahmens.

»Der Vikar hat Recht!«, rief er erfreut. »Man kann wirklich alles viel besser lesen.«

Ich sah hin. Und glaubte meinen Augen nicht zu trauen.

»Colin!«

»Meredith!«, meinte er leicht spöttisch und sah mich an. Und dann wurde ihm klar, dass ich mich gerade fühlte, als hätte ich eine Stufe verfehlt.

»Meredith?«, hakte er jetzt ernster nach.

»Lies!«, befahl ich ihm.

Er blinzelte und sah dann wieder zu dem Text.

»Die Hand des Allmächtigen wacht über die Erde. Sie sorgt für den Sonnenaufgang am Morgen und den Regen. Die Gaianidin wird dafür verantwortlich sein, dass dieser Rhythmus wiederhergestellt wird. Denn es wird einst der Tag kommen, an dem vier Platoniden sich zur selben Zeit am selben Ort einfinden und die Erde aus ihrem natürlichen Gleichgewicht bringen. Die Platoniden müssen die Meridiane, die Pforten der Zeit, aufsuchen und die Gaianidin muss an der letzten, bedeutsamsten Pforte das Ritual vollziehen. Ansonsten wird eine Seite der Erde verbrennen, während die andere gefriert.«

Colin stockte.

Ihm ging gerade auf, DASS ER ES GELESEN HATTE!

Er sah mich an und seine Augen waren so groß wie Zinnteller.

»Meredith?«, wiederholte er meinen Namen zum dritten Mal und jetzt klang es verstört.

»Ich kann es lesen«, sagte er baff. Ich war genauso baff, doch ich hatte jedes Wort mitlesen können. Klar und deutlich in lateinischer Schrift und normaler englischer Sprache, dank dem Bergkristall.

»Verdammt«, murmelte Colin.

»Nein!«, sagte ich aufgeregt. »Das ist großartig! Wir haben endlich eine Urkunde. Davon hat der Mönch gesprochen!«

»Und was nutzt uns die? Nichts. Da steht weder, wie man das Ritual abhält, noch, wo die Meridiane sich befinden.«

»Einer ist ja wohl in Greenwich und jeder, der Dan Brown gelesen hat, weiß, dass ein weiterer sich in Paris befindet.«

»Stimmt«, gab er mir Recht.

In dem Moment betrat Rebeccas Vater wieder das Zimmer und stellte ein voll beladenes Tablett auf dem Schreibtisch ab. »Ach, wie schön. Und ich habe immer gedacht, du interessierst dich nur für Physik und Mathe, Meredith. So, hier. Ich hab uns auch noch ein paar Kekse dazugelegt. Ich finde so selten jemanden, dem ich davon erzählen kann. Bei meinem nächsten Ausflug nehme ich euch mit in die British Library nach London.«

»Herr Vikar, gibt es noch weitere Handschriften dieser Art?«, fragte ich aufgeregt und deutete auf die Urkunde.

»Aber ja. Die gibt es tatsächlich«, sagte er fröhlich und Colin und ich hielten die Luft an. »Allerdings werdet ihr da nicht so einfach drankommen. Die befinden sich in Privatbesitz und der Eigentümer hat noch nie jemandem gestattet, einen Blick daraufzuwerfen. Glaubt mir, ich habe viele Petitionen eingereicht, um sie mir mal ansehen zu dürfen.«

»Sie wissen, wer der Eigentümer ist?«, fragte ich verblüfft.

Er kicherte ein wenig und reichte Colin eine Tasse Kaffee.

»Er wollte anonym bleiben, wie so viele, die derart wertvolle Kunstschätze besitzen. Doch sein Name ist bei der Auktion damals durchgesickert.«

Ich traute mich nicht, die Tasse anzunehmen, die er mir hinhielt. Meine Hände hatten stark zu zittern begonnen vor lauter Aufregung.

»Kein Geringerer als der Logistik-Magnat Stuart Cromwell besitzt noch mindestens vier weitere dieser Handschriften.«

Es schepperte und meine Füße wurden mit heißer Brühe bedeckt. Colin hatte seine Tasse fallen lassen.

49. Kapitel

Brandon hatte Mum angerufen, damit sie ihn im Circlin' Stone vertrat. Dadurch hatten wir mein Zuhause für uns und waren völlig ungestört. Schon per Handy hatte ich Brandon über alles in Kenntnis gesetzt und er hatte unsere Informationen an Elizabeth weitergegeben. So konnte sie sich auch schon mal ein paar Gedanken machen, was jetzt zu unternehmen war.

Elizabeth wurde von Chris gebracht, der – wie in letzter Zeit immer öfter – sehr froh über den babysitterfreien Nachmittag zu sein schien. Er stieg auch nicht aus dem Auto, sondern brauste sofort weiter.

Als wir Elizabeth sahen, erstarrten wir. Chris hatte augenscheinlich eine Tönung gekauft. Allerdings die falsche.

Elizabeths Haare waren so auffällig rot wie eine Ketchupflasche.

»O mein Gott«, sagte Brandon. »So kann sie auf keinen Fall mit.«

»Mit? Wohin?«, fragte Elizabeth und strich unwillkürlich über ihre Locken.

»Was hast du gemacht? Die sollten doch braun werden!« Brandon war regelrecht erbost.

»Auf der Packung stand was von Mahagoni, aber ich glaube, da hab ich was falsch gemischt und es dann nicht lange genug einwirken lassen. Ach, das ist alles so verwirrend. Und Shakti war nicht zu erreichen. Man kann schwerlich von mir verlangen, dass ich auch noch meine Haare frisiere.«

»Keine Sorge, das wirst du mit ein wenig Glück nicht mehr lange zu machen brauchen«, sagte Colin und lächelte sie aufmunternd an.

»Ich glaube, ich habe noch eine Perücke auf dem Dachboden von irgendeinem Kostümball«, sagte ich und wollte schon aufspringen.

»Ich werde keinesfalls Falschhaar tragen«, fauchte Elizabeth.

»Okay, dann rasieren wir dir eine Glatze«, sagte ich unumwunden und sofort flammte die Kerze auf dem Wohnzimmertisch vor uns auf.

»Hör auf damit.« Jetzt war es an mir zu fauchen.

»Es reicht!«, rief Brandon entnervt. »Wir müssen uns jetzt gut überlegen, wie wir in die Villa kommen und wo die Urkunden versteckt sein könnten. Das Grundstück ist ungefähr vier Hektar groß, rundherum abgesichert durch eine Mauer mit Videoüberwachung an sämtlichen einsehbaren Stellen und das Tor reagiert nur auf Sprachsteuerung.«

Ich sah Brandon groß an.

»Donnerwetter, du weißt aber gut Bescheid«, sagte auch Colin verblüfft.

Brandon wischte die Bewunderung weg. »Ich wollte wissen, wer der Typ ist, der mindestens einen Menschen, wenn nicht noch mehr, auf dem Gewissen hat.«

»Also fassen wir noch mal zusammen«, sagte ich pragmatisch, obwohl es mir eiskalt den Rücken runterlief. Immerhin hatte

Brandon einen Mord beobachtet. Ich einen weiteren. »Erstens: Sprachsteuerung am Tor, für uns also nicht möglich. Zweitens: Videoüberwachung an der Mauer. Das ist die einzige Chance. Wir müssen einen toten Winkel finden.«

»Du weißt nicht zufällig, was für eine Alarmanlage er installiert hat?«, fragte Colin und ich hörte den sarkastischsten Unterton ganz deutlich heraus. Keine Frage, er mochte Brandon nicht.

»Rein zufällig weiß ich es doch. Es handelt sich um das gleiche Alarmsystem, das den MI 6 schützt.« Brandon kreuzte die Arme vor der Brust.

»Du verarschst uns«, sagte Colin unbeeindruckt.

»Leider nicht. Der Anbieter hat beide als Referenz auf seiner Website«, gab Brandon zurück.

»Oje«, sagte ich. »Damit scheidet die zweite Möglichkeit aus. Dann also doch die Sprachsteuerung.«

»Woher weißt du das?«, fragte Colin überrascht.

»Wir haben in Physik mal diese neuen Anlagen durchgenommen. Die James-Bond-Filme, in denen man mit einem kleinen Virus solche Anlagen plattmacht, sind Mist. Das ist unmöglich. Man könnte sie nur manipulieren, wenn sie ausgeschaltet sind. Und das können wir bei einem Stuart Cromwell vergessen. Jemand, der innerhalb von neun Jahren zum Multimillionär in einer fremden Welt wird, weiß, wie man sich schützt.«

Betreten starrten wir alle auf die brennende Kerze auf dem Couchtisch.

»Heißt das jetzt, das war's? Wir wissen endlich, wo wir die nötigen Urkunden finden, und kommen nicht dran?«, sagte Elizabeth auf einmal in die Stille.

»So sieht es aus, E«, sagte Colin und lächelte müde.

»Meine Güte, sie ist doch angeblich die Gaianidin! Und wir sind Platoniden. Wir müssen mit unseren Kräften doch irgendwie dort hineinkommen.«

Da hatte sie nicht Unrecht. Das Problem lag wohl eher bei mir.

»Ich kann meine Kräfte noch nicht kontrollieren. Außer der Manipulation bekomme ich noch nichts richtig gut hin«, gab ich gepresst zu.

Sie lächelte katzenhaft.

»Dann kannst du ja von Glück reden, dass ich Feuer entfachen kann.«

50. Kapitel

Wir standen beeindruckt vor dem Tor der Villa. Meine Güte, die hatte garantiert über zehn Millionen Pfund gekostet. Eine breite Einfahrt, kiesgestreut, riesige Vasen links und rechts neben dem Hausportal und die Villa an sich dreistöckig mit gut und gerne dreißig Zimmern. Und in einem davon – vermutlich auch noch in einem Tresor verborgen – lagen die Schriftstücke. Brandon hatte sehr gut recherchiert.

Das Reinkommen würde sich als sehr schwierig erweisen und dann wäre da noch die Suche nach den Urkunden. Schließlich mussten wir auch wieder rauskommen, nach Möglichkeit bitte in einem Stück und vollzählig. Sowohl Urkunden als auch Einbrecher.

»Erst belügen wir einen Vikar und jetzt mutieren wir zu Dieben. Was kommt als Nächstes?«, raunte mir Colin zu.

»Erpressung, falls da drin was schiefgeht«, raunte ich zurück.

»Seid ihr so weit?«, fragte Brandon ungehalten.

Wir nickten alle drei brav. Elizabeth hatte ihre Haare zu einem Knoten gebunden und unter einem Kopftuch versteckt. Ich hätte ihr so gern eine Burka besorgt, aber leider hatte uns dafür die Zeit gefehlt. Andererseits, ich war furchtbar nervös. Von dieser Aktion hing alles ab und das Herz schlug mir schon jetzt bis zum Hals, obwohl wir noch gar nicht richtig angefangen hatten. Meine Hände hatte ich tief in den Hosentaschen vergraben. Wenn ich der Typ für Ringe wäre, würden die vor lauter Zittern jetzt klackern.

»Na, dann wollen wir mal.«

Es ging los. Wir schlichen hinter Brandon her, die Mauer entlang.

Die erinnerte nach ein paar Minuten an die chinesische.

»Wie viele Morgen hat das Grundstück?«, fragte Elizabeth nach einer Weile ungehalten. Sie klang, als sei sie außer Puste. Kein Wunder, wenn man bedachte, wie lange sie bei Chris festgesessen hatte – und nur Ravioli zu essen bekommen hatte.

Endlich hatten wir eine Ecke erreicht. Doch der Weg, den wir jetzt entlanggingen, war noch wesentlich länger.

Brandon kannte keine Gnade.

Dummerweise war das Anwesen mitten in die Landschaft gebaut. Wir gingen über unebene Wiesen, krochen durch Hecken und kämpften uns durch meterhohe Brennnesseln.

Elizabeth fluchte und hüpfte mehr hindurch, die Arme über den Kopf gehoben. Zumindest bremste das ein wenig meine Aufregung.

»Hier«, sagte Brandon auf einmal und blieb unverhofft stehen. Colin prallte gegen ihn und überrascht stellte ich fest, dass Brandons Gesicht denselben Ausdruck annahm, wie wenn er mich berührte.

Ich konnte sehen, wie peinlich das Colin war und er sofort auf Abstand ging.

Brandon räusperte sich verlegen. »Äh, dann … Also hier ist ein Meter mehr Abstand zwischen den Kameras als sonst überall.«

»Alarmsystem?«, fragte ich.

»Am oberen Mauerfirst«, antwortete er prompt.

»Dann mal los. Zeig uns, was du sonst noch alles kannst außer Gläser zum Schmelzen bringen«, sagte ich und machte eine auffordernde Geste.

Brandon lächelte überheblich und starrte dann konzentriert auf die Ziegelsteine vor ihm.

Es dauerte nicht lange, da begannen sie zu bröckeln. Nur die unteren über dem Boden. Allerdings arbeiteten sie sich weiter empor. So lange, bis ein Durchbruch entstand, durch den wir bequem kriechen konnten.

»Ich würde ja gern sagen: ›Ladies first‹, aber in diesem Fall gehe ich besser vor«, sagte Brandon und kroch hindurch. Elizabeth folgte ihm und dann war ich dran.

Hinter der Mauer sah es zuerst einmal nicht viel anders aus als davor. Brennnesseln. Und Elizabeth fluchte schon wieder.

»Da und da sind Kameras«, sagte Brandon, als Colin ebenfalls auf dieser Seite der Mauer war, und deutete in die entsprechende Richtung.

»Und sie reagieren ebenfalls auf Wärme, wie schon gesagt.«

Jetzt war ich gefragt. Sofort war das Flattern in voller Kraft zurück. Wind. Kalt. Kameras mit Hilfe von Wind in andere Richtung schieben. Das hatte ich schon mal geschafft. Ich hatte es sogar regnen lassen. *Los, Meredith. Los, denk an ein Lüftchen, ein laues Lüftchen, das den Schwenkarm der nächsten Kameras auf die Brennnesseln richtet, damit wir freie Fahrt zum Haus haben.* O Gott, war das weit entfernt. Und da waren noch mindestens achtzehn Kameras …

»Meredith, was tust du?«, fragte Brandon scharf.

Ups! Der Wind wurde immer stärker und hatte Elizabeth das Tuch vom Kopf gefegt.

»Das hebe ich nicht auf«, sagte sie und deutete auf das schwarze Tuch inmitten von Brennnesseln, Kletten und Brombeerhecken.

»Lass es liegen. Das ist jetzt eh egal«, sagte Brandon und dann meinte er: »In Ordnung, Meredith. Das reicht.«

Ich ließ den Wind verklingen. Hurra! Es hatte funktioniert. Colin zwinkerte mir aufmunternd zu.

»Weiter. Nachher ist immer noch Zeit, sich zu beglückwünschen«, sagte Brandon und lief los in den Schutz der nächsten Hecken und Bäume.

Colin rollte die Augen. »Der labert zu viel.«

Wir folgten Brandon, blieben stehen, wenn er stehen blieb, duckten uns, wenn er sich duckte, und legten uns einmal sogar flach auf den Boden, als er es machte.

Dummerweise begann es zu regnen.

»Mist«, murmelte Elizabeth.

»Ja. Jetzt könnte es sein, dass man unsere Fußspuren im Haus sieht«, stimmte Brandon ihr zu.

»Das meine ich nicht. Mein T-Shirt ist schon jetzt durch und durch nass.«

Und man konnte auch deutlich sehen, dass ihr kalt war.

»Weiter«, fauchte Brandon und robbte vorwärts.

Als wir die Hecken hinter uns gelassen hatten, gelangten wir in einen Bereich des Parks, der wesentlich gepflegter war. Exakt geschnittener Rasen, kniehohe, säuberlich gestutzte Buchshecken, Blumenbeete, eine Bank.

Das Haus war nicht mehr weit und ich ließ wieder ein wenig

Wind aufkommen, um die nächsten Kameras, die jetzt dichter standen, wieder zu drehen.

Brandon deutete nur mit dem Finger in die Richtung, der wir folgen mussten. Er traute sich nicht mehr zu sprechen und im nächsten Moment warf er sich flach unter die Bank, während Colin Elizabeth und mich gleichzeitig zurück in die Hecke zog.

Ein Mann lief über den Rasen, in seiner Hand eine Schaufel und eine Harke. Der Gärtner. Er machte ein recht miesepetriges Gesicht und stapfte mit schweren Schritten.

Nicht hierher sehen, dachte ich. *Nicht hierher sehen. Geh weiter. Geh … äh … das Gemüsebeet umgraben.*

Wie auf Kommando blieb er stehen und schüttelte leicht benommen den Kopf.

»Philip?«, rief er in die Richtung, aus der er gekommen war.

Ein zweiter Mann tauchte auf. »Ja?«

Du meine Güte, dem wären wir direkt in die Arme gelaufen, wenn wir weitergegangen wären.

»Philip, soll ich ein Gemüsebeet anlegen?«, fragte der Gärtner.

»Hä?«, machte der andere verdutzt.

»Ich weiß nicht, das kam mir gerade so in den Sinn. Ein Gemüsebeet. Wäre doch nett, oder nicht?« Der Gärtner schien allerdings über seine eigenen Worte verwundert.

»Paul, warst du wieder heimlich am Gin?«, fragte der Philip-Gerufene. »Wenn du noch einmal Alkohol während der Arbeitszeit trinkst, verpfeif ich dich, ist das klar?«

»Ich hab nichts getrunken. Ich dachte nur.«

»Du kannst nicht denken«, rief Philip. »Bring die Geräte weg und dann fahr endlich los und hol die bestellten Blumen ab.«

Der Gärtner schüttelte noch einmal den Kopf und ging dann weiter.

Wir warteten, bis beide außer Sicht waren.

»Was war das?«, fragte Brandon und sah mich an.

»Geh weiter«, sagte ich nur und Brandon stand auf und ging weiter.

O Mist. Ich hatte es übertrieben. Wieder einmal. Doch dann fiel mir auf, dass Brandon nicht einfach so draufloslief, sondern sich genau umsah.

Wir folgten ihm.

Wir folgten ihm genau bis zu der Stelle, an der vorhin noch die Petze Philip gestanden hatte. Hier war eine kleine Tür.

»Meredith, lass diesen Typ verschwinden«, flüsterte Brandon.

Also hockte ich mich dicht neben Brandon, eine Wange am Holz der Tür, und horchte.

Da war jemand, der summend auf und ab ging und mit irgendetwas hantierte. Es klang nach Metall. Es wäre einfacher, wenn ich sehen könnte, was er tat.

So musste ich … tja, was? Ah ja! Ich ließ ihn den Drang verspüren, das Klo aufsuchen zu müssen.

Es polterte drin, ich hörte eilige Schritte und dann war es still.

Brandon, der ebenfalls gelauscht hatte, sah mich groß an.

»Was hast du gemacht?«

»Ich hab ihn aufs Klo geschickt«, sagte ich, woraufhin er anerkennend grinste. »Erinnere mich daran, dass ich weiterhin nett zu dir bin.« Und weil wir so nah beieinander waren, konnte ich seine niedlichen Lachfältchen genau erkennen.

»Nun dann, ab sofort sind wir in der Höhle des Löwen.« Brandon stieß die Tür auf. Mein warmes Gefühl verflüchtigte sich so schlagartig wie mein künstlich herbeigeführter Wind.

Die Tür führte in eine kleine Werkstatt. Hämmer, Zangen, Sägen hingen ordentlich an der Wand, während auf den Regalen Bohrmaschinen und elektrische Handkreissägen lagen.

Es gab nur eine weitere Tür.

Dahinter lag ein Flur. Wir durchquerten ungehindert einen Vorratsraum für Haushaltssachen, die Küche und einen weiteren Eingangsbereich, der zum Hof führte.

Der lag verlassen, wie bei unserer Ankunft.

Ich betete, Cromwell und seine Familie mögen außer Haus sein. Das würde es so viel einfacher machen.

Würde, hätte, könnte.

Wir hörten in diesem Augenblick leichte, kurze Schritte und nur Sekunden später hart klackernde Absätze.

»Oliver, nicht so schnell. Dein Schuh ist noch nicht gebunden.«

Oliver?

Ich sah zu Colin und er blickte mich genauso überrascht an.

Stuart Cromwell hatte seinen Sohn Oliver genannt? Mir stockte der Atem. Wirklich, ich hielt den Atem an und mir wurde flau.

Weil es in meinen Ohren so rauschte, hörte ich nur dumpf, wie die Haustür zufiel und die Schritte im Kies verklangen. Ein Auto fuhr vor und dann davon.

»Er hat ihn nach seinem Vater benannt«, sagte Brandon. Ich verstand ihn kaum. Es war, als würde er durch eine Wand sprechen.

»Meredith, hörst du? Der Junge ist nicht nach deinem Bruder

benannt, sondern nach seinem Vater. Oliver Cromwell. Der Lordprotektor.«

Moment, da klingelte etwas.

Lordprotektor. Richtig.

»Atme dreimal tief durch, dann wird es wieder«, sagte jetzt auch Colin. Ich tat wie geheißen und nickte Brandon zu, um ihm zu signalisieren, dass ich wieder bei mir war.

Er lächelte aufmunternd und dann schlich er weiter.

Wir schafften es ohne weitere Zwischenfälle durch die Halle bis in den ersten Stock, wo Brandon das Arbeitszimmer vermutete. Irgendwas war seltsam vertraut. Eine Art Déjà-vu überkam mich. Ich war noch nie hier gewesen und doch wusste ich, dass der Flur weiter vorn nicht endete, sondern nur eine Sackgasse vortäuschte.

»In einem Raum, der am weitesten von den meist belebten Räumen entfernt, aber von den Überwachungskameras voll geschützt liegt«, erklärte er.

»Das kann nur diesen Flügel hinunter sein«, sagte Colin und deutete nach links.

»Nein, da lang«, sagte ich. Alle sahen mich erstaunt an. »Nur so ein Gefühl«, sagte ich achselzuckend.

Brandon übernahm wieder die Führung.

»Was, wenn Cromwell da ist?«, fragte Elizabeth in die Stille hinein.

Ach du meine Güte. Darüber hatte ich mir noch gar keine Gedanken gemacht. Wir hatten nicht wirklich viel Zeit gehabt, um diesen Einbruch zu planen, weil uns ja die Zeit davonlief. Wir hatten einfach den nächsten Tag zu einer Uhrzeit angesetzt, in der er in seinem Konzern sein sollte und die meisten Angestellten weg sein dürften: Der frühe Nachmittag eignete sich dafür am besten.

Aber was, wenn er außerplanmäßig zu Hause war? Vielleicht empfing er ausländische Firmenbosse, um mit ihnen bei Tee und Scones neue Verträge auszuhandeln.

Der Gedanke war schrecklich. Doch das Haus war ruhig. Sehr ruhig. Nur eine Klospülung war mal entfernt zu hören gewesen.

»Seht nur!«, zischte Elizabeth auf einmal. Wir blieben erstaunt stehen und folgten ihrem ausgestreckten Finger.

Sie deutete auf ein Gemälde, das die Heilige Familie darstellte.

»Was ist damit, E?«, fragte Colin. Wie konnte er nur so ruhig bleiben? Ich hätte sie am liebsten angefahren, sie solle uns nicht mit solchen Nichtigkeiten aufhalten.

»Das gehörte uns, meinen Eltern. Es war Teil der Mitgift meiner Mutter. Mein Bruder hat es geliebt und ich sollte es auch einmal bekommen.«

»Wenn du die Duchess of Suffington wirst?«, rutschte es mir unüberlegt heraus.

Elizabeth drehte den Kopf so schnell zu mir um, dass wir ein Knacken hörten.

»Woher weißt du davon?«, fauchte sie und vergaß, ihre Stimme ruhig zu halten. Doch kaum hatte sie die Frage laut ausgesprochen, fiel ihr die Antwort darauf selber ein. »Die Hypnose. Ich hatte an zu Hause gedacht und mir gewünscht … Und du hast das gesehen!«

Vorwurfsvoll bohrte sie den Finger, der vorhin noch auf das Gemälde gezeigt hatte, in meine Brust.

»Beruhige dich, E«, ging Colin sofort dazwischen. Auch Brandon hatte sich in unsere Mitte gestellt. »Für so was haben wir jetzt keine Zeit. Du weißt, weshalb wir hier sind, und mit ein wenig Glück kannst du bald zu deiner Familie zurück. Also, beherrsch dich.«

»Wenn sie meinen schwachen Moment gesehen hat, dann wüsste ich zu gern, was sie bei der zweiten Hypnose erlebte«, sagte Elizabeth zornig.

»Ich war nicht mehr bei dir zu Hause«, sagte ich schnell.

Doch Brandon hatte sich schon zu mir umgedreht und sein Blick durchbohrte mich.

»Wo warst du dann?«

»Äh …«

»Gerade eben ist Cromwell in die Auffahrt gefahren. Wir haben keine Zeit mehr für Geplänkel«, sprang mir Colin zu Hilfe, nahm Elizabeths Hand, die sofort glückselig lächelte, und ging voraus.

Sie hatte auch angenehme Visionen, wenn sie jemanden berührte. Ich hätte mir das so sehr für Colin gewünscht.

Vielleicht war in den Dokumenten auch eine Möglichkeit beschrieben, wie man diesen Fluch, oder was es auch war, auflösen konnte.

»Lass uns gehen«, murmelte ich und folgte den beiden. Brandon war dicht hinter mir.

»Darüber unterhalten wir uns noch«, hörte ich ihn murmeln.

Cromwell war zu Hause. Jetzt hieß es, sich zu beeilen und gleichzeitig so leise wie möglich zu sein.

Wir öffneten jede Tür in diesem Trakt, die nicht sowieso schon offen stand. Es gab drei Salons, ein Esszimmer, zwei große Wohnräume, ein Fernsehzimmer, eine Bibliothek. Das Haus war riesig, innen noch größer, als es schon von außen aussah.

Einmal hörten wir Schritte näher kommen. Und dann erklang Cromwells Stimme. Er rief jemanden. »Paul!«, schallte es durchs Haus. Cromwell war sauer, das konnte man deutlich hören.

Wir hielten alle den Atem an. Ich konnte sogar von zwei Metern Entfernung Elizabeths Puls am Hals klopfen sehen.

»Verdammtes Dienstgesindel«, hörten wir Cromwell fluchen.

Dann entfernten sich die Schritte wieder.

Wir atmeten alle gemeinsam, aber lautlos auf. Ich musste grinsen bei dem Anblick der drei anderen, denen die Erleichterung so deutlich ins Gesicht geschrieben stand und die dennoch keinen Laut von sich gaben.

Wir warteten noch zwei Minuten – ich zählte die Sekunden, ehe Brandon entschied, wir könnten weiter. Noch leiser als zuvor öffneten wir die restlichen Türen.

»Hier ist es!«, flüsterte Brandon endlich.

Wir vergewisserten uns, dass der Raum leer war, auf die gleiche Art, wie wir es bei allen Räumen bislang getan hatten. Brandon und ich gingen vorweg, horchten, ich versuchte, jemanden dazu zu bringen, sich bemerkbar zu machen, und wenn alles ruhig blieb, öffneten wir die Tür.

Nun betraten wir ein Arbeitszimmer, das wie der Rest des Hauses klassisch elegant eingerichtet war. Mahagonimöbel, ein riesiger Empire-Schreibtisch mit Kronleuchter und dahinter ein Gemälde von dem Lordprotektor Oliver Cromwell als siegreichem Feldherrn.

»Er bildet sich doch was auf seinen Vater ein«, konnte ich mir zu sagen nicht verkneifen. »Sieh nach, ob hinter dem Gemälde der Tresor ist, dann können wir abhauen.«

Ich gab Brandon einen leichten Schubs.

Er zog den Rahmen vorsichtig von der Wand.

»Nichts. Da ist kein Tresor.«

Verdammt.

Ratlos sahen wir uns im Arbeitszimmer um.

»Der Globus?«, schlug Colin vor und ging zu dem kugelrunden Gestell, das allerdings keinen geschlossenen Hohlraum bot, sondern allein aus Eisenbändern bestand.

»Wohl eher nicht«, sagte Brandon trocken.

»Vater hatte in seinem Arbeitszimmer einen versteckten Raum in der Wandtäfelung«, sagte Elizabeth und begann sich die hüfthohe Täfelung anzusehen, während Brandon niederkniete und die Dielenbretter vorsichtig abklopfte.

Du meine Güte. Was, wenn die Schriften nicht in diesem Raum versteckt waren? Mussten wir dann jedes Zimmer des Hauses auf diese Weise untersuchen? Dann wären wir an Weihnachten noch hier.

Colin schien das Gleiche zu denken, denn er zuckte mit den Achseln in meine Richtung und kniete sich ans andere Ende des Bodens, um dort die Dielen abzuklopfen.

Ich übernahm das Bücherregal.

»Was ist das?«, fragte Elizabeth nach ungefähr zehn Minuten überrascht.

»Was? Wo?« Sofort waren wir alle wieder aufmerksam.

»Na, das da!« Sie deutete auf die Sprinkleranlage an der Decke.

»Das ist ein automatischer Feuerlöscher«, erklärte Brandon

und er klang gereizt. »So einen haben wir im Circlin' Stone auch.« Er klopfte weiter.

»Wenn wir den betätigen, müsste dann nicht der Tresor automatisch geöffnet werden, damit die Urkunden in Sicherheit gebracht werden?«, überlegte Elizabeth weiter.

»Nein«, sagte Brandon rigoros. »Der Tresor ist mit Sicherheit nach modernen Maßstäben wasserdicht und feuerfest. Und wenn nicht, hätten wir ein großes Problem.«

»Aber das hier führt zu nichts«, sagte E und da war sie wieder, die ungeduldige Zicke, die ihren Willen durchdrücken wollte.

»Eine andere Möglichkeit gibt es nicht«, erklärte Brandon gereizt.

»Gibt es doch. Ich werde es auch beweisen.«

Bevor wir sie zurückhalten konnten, brannte der Schreibtisch.

»Was tust du da?«, rief Brandon entgeistert. »Hör sofort auf damit!«

»Nein. Versteck dich. Ich habe einen Plan. Versteckt euch alle. Meredith, du kommst zu mir.«

Sie zog mich energisch zu sich hinter die Tür. Tolles Versteck. Als würde man hier nicht zuallererst nachsehen.

»Sobald Cromwell durch die Tür kommt, manipulierst du ihn, er öffnet den Tresor und wir können abhauen.«

»Du hast einen Knall«, sagte ich und drückte mich flach an die Wand hinter der Tür. Die Sprinkleranlage ging an und gleichzeitig heulte eine Sirene laut auf. Extrem laut. Elizabeth und ich zuckten beide ganz gehörig zusammen.

Rufe hallten durch das Haus, Schritte eilten die Treppe empor und kamen näher.

»Denk dran. Manipuliere ihn«, befahl mir Elizabeth.

Ich sollte ihn manipulieren? Ich musste mich gerade so konzentrieren, um nicht in die Hose zu machen, denn mein Herz drückte ganz gewaltig auf die Blase.

Ein leicht wuschiges Gefühl beschlich mich, und ehe ich *Öffne den Tresor* denken konnte, traten Brandon und Colin mit erhobenen Händen aus ihren Verstecken.

Elizabeth wollte es ihnen nachmachen, doch ich fasste sie an der Hand und hielt sie zurück. Die Berührung ließ sie zwar wieder lächeln wie ein kleines Kätzchen, aber zumindest blieb sie stehen und rührte sich nicht mehr.

»Das hatte ich nicht erwartet«, hörte ich die Stimme von Stuart Cromwell.

Er musste im Türrahmen stehen, denn ich konnte ihn nicht sehen.

Doch ich spürte seine Nähe, hörte ihn atmen und roch sein teures Aftershave.

»Wo ist Miss Wisdom?«, fragte Cromwell und prompt zeigten beide, Colin und Brandon, auf mich. Diese Verräter.

Wie konnte man sich so leicht beeinflussen lassen?

Ich trat hinter der Tür hervor, Elizabeth folgte mir auf den Fuß.

Mein Herz hatte sich wieder umentschieden und wollte lieber zum Hals rausspringen, als zwischen die Knie zu rutschen.

»Natürlich, die kleine Feuerteufelin darf auch nicht fehlen. Jetzt ahne ich auch, warum der Barkeeper dabei ist. Er ist doch ihr Freund und Beschützer, richtig?« Er fixierte uns beide wie ein Raubtier seine Beute. Ich fühlte mich auch genauso. In diesem Moment hätte ich nicht weglaufen können, selbst wenn ich es gewollt hätte und allein gewesen wäre. Meine Knie waren so weich und ich verstand zum ersten Mal den Begriff *Gummiknochen*.

»Mach das Feuer aus«, befahl er jetzt Elizabeth. Ich brauchte mich nicht umzudrehen, um zu wissen, dass sie sofort folgte. Ich fühlte, wie die Hitze augenblicklich nachließ. Allerdings wurden wir jetzt alle nass.

»Ich kann mir denken, weswegen ihr hier seid«, sagte Cromwell und ging zu dem Bücherregal, das ich vor wenigen Augenblicken noch inspiziert hatte.

Er nahm fünf Bücher aus einem unteren Fach heraus und betätigte dahinter einen Riegel.

»Was ich mir allerdings nicht erklären kann, ist, warum diese beiden hier sind, auch wenn er immer in deiner Nähe zu sein scheint«, sagte er mit Blick zu Brandon. Er sprach nur mit mir und mir war klar, dass meine drei Mitstreiter von ihm ruhiggestellt worden waren.

Wacht auf, dachte ich und bemühte mich mein Zittern und meine Konzentration in den Griff zu bekommen.

Cromwell zog eine in Folie gewickelte Mappe aus dem Geheimfach.

»Diese dämliche Sprinkleranlage«, schimpfte er und sah zur Decke. »Das muss aufhören!«

Und schon war die Anlage außer Gefecht gesetzt. Einen kleinen – einen winzig kleinen – Augenblick dachte ich, sogar das Element Wasser ließe sich von ihm kontrollieren, bis mir Colins Hand auffiel, die sich wieder senkte.

Cromwell war die Bewegung ebenfalls nicht entgangen. Sein Gesicht wandelte sich von Verblüffung zu Erkenntnis.

»Jetzt wird mir einiges klar«, murmelte er. Und dann blickte er zum Schreibtisch. Dort bewegte sich etwas. Nicht nur Wasser, das zu Boden tropfte, sondern etwas anderes. Ein Füller stieg in die Luft, dicht gefolgt von einem Briefbeschwerer aus – ich traute meinen Augen kaum – Bergkristall.

Cromwell wurde blass.

»O mein Gott«, murmelte er. »Drei Platoniden. Es ist so weit. Das Unheil nimmt seinen Lauf. Das ist der Anfang vom Ende. Du bist die Gaianidin. Tu was dagegen.«

Ich starrte die Gegenstände an, die vom Schreibtisch aus zu schweben begannen. Doch das Wort Gaianidin brachte mich wieder halbwegs zum Denken.

»Du musst uns die Urkunden geben«, sagte ich und ärgerte mich sofort über meine zittrige Stimme. »Nur mit den Urkunden und dem darin beschriebenen Ritual können wir es aufhalten.«

Cromwell sah mich an. »Dafür ist es zu spät. Wir brauchen eine schnellere Lösung.«

Er warf die Mappe achtlos beiseite, ich bückte mich rasch und hob sie auf. Wir hatten sie! Wir hatten die Urkunden! Und Stuart Cromwell hatte uns, aber das konnte ich jetzt … Als ich mich aufrichtete, stand Cromwell hinter seinem Schreibtisch.

In der Hand hielt er eine Pistole.

Nein, *die* Pistole! Die mit dem Schalldämpfer.

Ich konnte nicht anders. Ich wusste, ich war keine Heldin.

Deswegen schrie ich aus Leibeskräften.

51. Kapitel

Damit hatte ich Cromwell definitiv überrascht, denn er zuckte zusammen. Dummerweise zuckte auch sein Finger. Es *pfffte* und neben mir splitterte Holz aus der Tür.

»Du dummes Mädchen!«, rief Cromwell entsetzt. »Sieh nur, was ich beinahe getan hätte!«

»Selber schuld«, geiferte ich zurück. Ich war zu erschrocken, um wirklich denken zu können. »Du hättest keine Pistole in die Hand nehmen sollen.«

»Aber ich brauche sie.« Er hatte sich wieder unter Kontrolle. Verflixt. Warum war ich nicht so kaltblütig? *Denk nach, Meredith, denk nach!*

Doch das Einzige, das mir einfiel, war der Mönch. Warum war er nicht hier?

Jetzt wäre ein verdammt guter Zeitpunkt, um uns Hilfe zu leisten. Vier Platoniden in einem Raum und ich.

Denk nach, Meredith!

Aber alles, woran ich denken konnte, war, dass wir gleich sterben würden.

»Na los, Meredith, geh vor.« Stuart Cromwell wedelte mit der Pistole.

»Wohin?«, fragte ich erstaunt. Ich kannte mich doch in diesem Haus überhaupt nicht aus. Wo wollte er hin?

»Wir machen jetzt einen Ausflug. Am besten zum Kennet-Tomb, da hatten wir es beim letzten Mal schon so nett, nicht wahr? Um diese Uhrzeit werden wir dort wohl ungestört sein.«

»Noch einmal glaubt dir niemand die Geschichte des Helden, der die arme Drogensüchtige rettet«, sagte ich spontan.

Er lächelte ironisch. »Das wird nicht nötig sein. Sie wird dieses Mal nicht gerettet werden.«

Ich schluckte.

Wacht auf, dachte ich. *Wacht auf, kommt zu euch.*

»Du kannst mich nicht manipulieren, Meredith. Ich beherrsche diese Fähigkeit wesentlich besser und viel länger als du. Ich habe mich gegen deine Versuche gewappnet. Daran hätte die feurige Elizabeth denken müssen bei ihrem bescheidenen Plan. Und nun geh endlich!«

Ich umklammerte die Mappe und trat in den Flur.

»Folgt ihr!«

Hinter mir hörte ich die Schritte meiner Freunde, die sich langsam in Bewegung setzten. Sie waren noch nicht ganz wach. Ich musste Zeit gewinnen, damit sie zu sich kamen. Zeit. Wie?

»Der Mönch!«, rief ich und blieb unmittelbar stehen. Brandon rannte in mich. Ich umfasste sein Handgelenk. Das dümmliche Lächeln erschien sofort auf seinen Lippen. Zum Glück konnte Cromwell es nicht sehen, denn er starrte entsetzt an mir vorbei. Doch im nächsten Augenblick zogen sich seine Brauen wieder zusammen.

»Der ist nicht da. Geh!«

»Das meine ich auch nicht«, log ich schnell und dachte: *Brandon, wach auf! Komm zu dir!*

»Ich meine«, sagte ich laut, »wer ist er genau? Oder war er genau? Der Abt? Der erste Abt des Klosters in Lansbury?«

»Das war er«, gab Cromwell zu.

»Willmär, so wird es doch ausgesprochen, ist das korrekt? Dieses A und E zusammen wird doch zum Ä.« Ich improvisierte. Und was für einen Mist.

Dabei hielt ich noch immer Brandons Hand. *Wach auf!*

Und jetzt fühlte ich endlich ein leichtes Drücken. Er reagierte auf mein Händedrücken. Ich wagte es nicht, ihn anzusehen, aus Angst, er würde blinzeln und Cromwell bekäme etwas mit. Er würde Brandon, ohne zu zögern, abknallen.

Ich hatte mit eigenen Augen gesehen, wie kaltblütig er war.

»Nein«, sagte Cromwell genervt. »Dieses A und E wird wie ein E wie zum Beispiel bei Estrich ausgesprochen. Nicht ganz so langgezogen, wie die meisten das Ä betonen.«

»Aha. Willmär.« Ich betonte das Ä extra. Als wäre noch ein H dahinter.

Cromwell stöhnte entnervt und Brandon neben mir warf sich voller Wucht zurück gegen ihn. Die Pistole war noch einmal losgegangen und hatte ein Loch in der Gipsdecke verursacht, aus dem es leicht bröselte.

Ich berührte Colin und Elizabeth, während Brandon und Cromwell sich auf dem Boden wälzten.

Ein Déjà-vu, so kam es mir vor. Nur waren wir in keinem Wald und keinem Hain, sondern in einer eleganten Millionenvilla.

»Wacht auf!«, rief ich wieder, und als Elizabeth verschlafen blinzelte, ohrfeigte ich sie kurzerhand. Das machte sie wach. Bei Colin war ich ein wenig sanfter, aber er war auch schon bei sich.

Cromwell und Brandon prügelten brutal aufeinander ein. Ich wusste, dass Brandon da wenig Hemmungen hatte. Bei ihrer letzten Begegnung hatte er Cromwell schließlich die Nase gebrochen.

Auf dieselbe schien er auch wieder zu zielen. Cromwell seinerseits schützte sie und ich sah entsetzt, wie Brandons Kräfte wieder schwanden.

Cromwell manipulierte ihn erneut.

Außerdem hörte man weitere Schritte und Rufe. Sie kamen die Treppe hoch.

»Elizabeth! Eine Feuerwand! Schnell!«, rief ich.

Die Hitze sagte mir, dass sie gehorchte. Die Sprinkleranlage im Flur setzte ein, doch gegen Elizabeths befohlenes Feuer waren diese paar Tropfen machtlos. Colin seinerseits hüpfte ein wenig hilflos neben Cromwell und Brandon auf und ab. Er wollte – genau wie ich – eingreifen und Cromwell übermannen, doch die beiden waren so ineinander verkeilt, es bestand überhaupt keine Möglichkeit, sich dazwischenzudrängen.

Lass ab, dachte ich jetzt und wollte allerdings Cromwell damit beeinflussen. Doch es war Brandon, der schwächer wurde. Auch Colins Gehüpfe wurde fahriger und die Hitze in meinem Rücken ließ nach.

»Ich werde dir jetzt ein für alle Mal das Handwerk legen«, brummte Cromwell und umfasste Brandons Hals. »Zweimal bist du mir schon in die Quere gekommen. Du musst sehr verliebt sein.«

Verliebt? Er wusste noch immer nichts von Brandons Kräften und glaubte, er wäre verliebt? Oha. Und Cromwell gewann wieder die Überhand. Ich musste etwas tun. Irgendwas! Wo war der verflixte Mönch, wenn man ihn brauchte? Beim letzten Mal hatte er Cromwell in seine Schranken verwiesen.

Andererseits bezweifelte ich, dass er es dieses Mal tun würde. Cromwell würde höchstens mich am Leben lassen. Die anderen würde er umbringen. Er drückte seine Daumen gewaltsam in Brandons Kehle.

Brandons Hände umklammerten Cromwells Fäuste und dabei fiel Cromwells Blick auf Brandons Ring, den er stets am Zeigefinger trug. Seine Augen weiteten sich.

»Der Ring!«, zischte er erstaunt.

Brandons Gesicht lief bereits blau an. Seine Lider schwollen.

Ich musste was tun! Ich sah mich um. Da! Dort auf der Konsole stand eine silberne Vase! Ich musste die Urkunden ablegen, um die Vase zu packen. Aber wer sollte sie jetzt schon nehmen? Doch ehe ich die Schriftstücke aus der Hand legte, begann die Vase zu schweben. Sie flog immer schneller quer durch den Raum – ich konnte im letzten Moment Colin aus der Flugbahn ziehen – und knallte Stuart Cromwell gegen den Hinterkopf. Es blutete sofort, so als hätte ein Indianer seinen Skalp nehmen wollen. Cromwell krachte unmittelbar nach dem Scheppern der Silbervase neben ebenjener zu Boden.

Colin blinzelte zweimal, dann sprang er auf und zog ihn von Brandon.

Brandon blieb liegen. Er umkrallte seinen Hals und atmete heftig.

Die Hitze im Rücken nahm wieder zu.

»Ich hab alles unter Kontrolle«, rief Elizabeth just in diesem Moment.

Na bravo. Wenigstens eine.

Colin packte Brandon an den Schultern und half ihm auf die Beine.

Er wollte ihn zur Treppe ziehen, doch Elizabeth scheuchte ihn zurück: »Nein, dahinten gibt es eine zweite Treppe.«

»Woher weißt du das?«, fragte Colin überrascht.

»Das ist mein Elternhaus. Es ist zwar gänzlich umgebaut, aber da, hinter der Wand, sollte sich eine zweite Treppe zu den Dienstbotenräumen befinden.«

Und ich erinnerte mich daran, wie ich dem Lakaien über diese Stiege gefolgt war. Deshalb war der Flur mir so vertraut vorgekommen.

Schwerfällig schleifte Colin Brandon zu der zugewiesenen Stelle. Elizabeth schob einen Vorhang beiseite, und tatsächlich: Dort war eine Treppe, die sowohl hoch- als auch hinunterführte.

Sie ging vor, Colin folgte ihr und ich wollte Brandon auf der anderen Seite stützen, als der zu röcheln begann.

»Er will was sagen«, erkannte Colin.

»Blut«, verstand ich endlich.

Ich schüttelte den Kopf. »Nein, du blutest nicht. Wir versorgen dich, sobald du in Sicherheit bist.«

Er schüttelte den Kopf und deutete zu Cromwell.

»Sein Blut. Ritual«, krächzte er.

»Woher weißt du das?«, fragte ich erstaunt.

»Kennet-Tomb«, lautete die heisere Antwort.

Ich erinnerte mich, dass Cromwell Elizabeth zum Kennet-Tomb geschleppt hatte, um sie zu töten. Und Alex Parkins hatte mal von Blutritualen gesprochen, die einst dort vollzogen wurden.

Ach herrje. Musste ich jetzt wirklich Cromwells Blut auffangen und mitnehmen?

Angeekelt sah ich mich nach einem Behältnis um.

Zum Glück – zumindest für uns – blutete die Wunde am Hinterkopf noch immer sehr stark.

Ich wickelte kurzerhand die Mappe aus der Folie und fing damit einiges Blut auf.

Und weil ich irgendwo doch ein weiches Herz hatte, presste ich das verrutschte Strunztuch aus seinem Jackett auf die Wunde. Sie würde eh genäht werden müssen, aber … o Gott. Mir fiel gerade ein, dass ich gar kein Blut sehen konnte.

Jetzt wurde mir schlecht und ich beeilte mich meinen Freunden zu folgen. Zumal das Feuer im Treppenhaus ohne Elizabeths Kontrolle immer stärker und höher loderte. Auf der anderen Seite der Wand hörte ich mindestens drei Menschen entsetzt schreien und rufen und das Rauschen eines Feuerlöschers. Doch gegen das kleine Inferno waren die noch machtlos. Wir mussten hier weg, ehe Feuerwehr und Polizei eintrafen.

Ausgerechnet jetzt erreichte mich eine SMS.

Meine Güte! Ich hatte mein Handy nicht mal auf lautlos gestellt.

Die Nachricht kam von Chris.

Angestellte von Cromwell hatten ihn verhört. Sie seien einem Tipp gefolgt, dem zufolge Elizabeth bei Chris wohnen würde.

Shelby hatte doch gepfiffen. Meine Manipulation war leider noch nicht so ausgefeilt wie erhofft.

Und dennoch versuchte ich es erneut.

Ich wollte, dass alle Angestellten, die noch in der Villa und außerhalb waren, sich allein auf das Feuer konzentrierten. Niemand sollte auf die Idee kommen, in die Hofeinfahrt zu schauen.

52. Kapitel

Ich holte Colin, Brandon und Elizabeth ein und gemeinsam verfrachteten wir Brandon in Mums Auto, das wir etwa einen Kilometer entfernt geparkt hatten. Brandon ging es von Schritt zu Schritt ein wenig besser.

»Du bist genial, Meredith«, röchelte Brandon und klopfte mir anerkennend auf die Schulter.

»Ich weiß«, sagte ich unbescheiden. »Ich bin so froh, dass ich die Vase bewegen konnte.«

»Ups. Du auch?«, sagte Colin. »Ich habe sie durch die Luft fliegen lassen.« Das erklärte den harten Aufprall. Wir hatten beide das Gleiche gewollt.

Ich drückte Colin den Autoschlüssel in die Hand. »Bitte fahr du, ich bekomme keinen Gang rein momentan.« Er drückte kurz meine zitternden Hände und schloss auf. Ich kletterte auf den Beifahrersitz, während Elizabeth und Brandon sich auf dem Rücksitz niederließen.

»Wir müssen sofort handeln, denn Elizabeth kann nicht zu Chris zurück und muss augenblicklich verschwinden.«

Colin kramte in seiner Hosentasche nach dem Kristall und gab ihn mir. Ich öffnete die Mappe mit spitzen Fingern.

Da lagen sie: uralte Urkunden.

»Die kann ich nicht lesen«, sagte Elizabeth.

»Ich auch nicht. Dafür brauche ich das hier«, erklärte ich und legte den Kristall auf die oberste Zeile. Allerdings zitterte ich zu sehr, alles verschwamm.

»Brandon, lies du, bitte.« Ich reichte ihm die Urkunden, die er begierig ergriff.

»Das ist Pergament«, krächzte er begeistert und las dann abgehackt: »Drei heilige Orte, Blut eines jeden Platoniden, am wichtigsten Meridian das Ritual beenden.«

»Wo steht das denn?«, fragte ich verblüfft und drehte mich nach hinten.

Brandon beugte sich vor und deutete auf drei verschiedene Textstellen, wo ich zu erkennen geglaubt hatte: Stätte, Kirche und Materie.

»Aber ich lese da was anderes«, widersprach ich und zog das Pergament näher. Brandon wiederholte seine Worte und las heiser einen Text, der zwar Ähnlichkeiten aufwies, aber wesentlich ausführlicher war als der, den ich erkennen konnte. Was war das für ein seltsames Schriftstück?

»Meridiane, die sind wichtig und werden ständig wiederholt«, sagte Brandon.

»Was sind Meridiane?«, wollte Elizabeth wissen.

»Die begrenzen die Zeitzonen und stellen Längengrade dar, in die die Erde unterteilt ist«, erklärte ich und konnte sehen, dass Elizabeth nichts davon verstanden hatte. Nun ja, Galileo war zu ihrer Zeit noch nicht geboren.

»Colin, darf ich dein Smartphone benutzen?«, fragte ich. Im Spiegel der Sonnenblende konnte ich sehen, wie Brandon schon weiterlas.

Colin deutete auf das Ablagefach unter dem Kassettendeck.

Ah, das Handy.

»Nullmeridiane«, tippte ich im Internetbrowser ein.

»Ich kenne nur Greenwich«, sagte Colin.

»Ich auch. Aber es gibt tatsächlich drei: Greenwich, Paris und Ferro«, las ich auf dem Display. »Und rate mal, wie alt der älteste ist.«

»Elfhundert Jahre, wie die gestohlene Ziegenhaut auf dem Rücksitz?«, antwortete Colin trocken. Er hatte seinen Humor wiedergefunden.

»Vorsicht, mein Freund«, sagte Brandon.

»Na ja, nicht ganz. Er ist sogar noch älter. Aus dem Jahr 150 nach Christus«, erklärte ich.

»Nie gehört«, sagten sowohl Colin als auch Brandon unisono. Elizabeth gab ein lautes Schnarchgeräusch von sich.

»Ferro liegt auf den Kanaren. Eine kleine Insel neben Gran Canaria«, las ich von der abgebildeten Karte ab.

»Elizabeth muss nach Gran Canaria auf die Insel Ferro.«

»Wieso Elizabeth? Sie kann sich doch noch nicht mal allein die Schuhe binden.« Ich sah auf.

»Aber sie muss so weit von Cromwell weg wie nur möglich«, erklärte Colin ruhig. Das leuchtete mir ein.

»Was glaubt ihr, wie sieht so ein Blutopfer aus?«

»Das steht irgendwo hier im Text«, sagte Brandon. »Die Rückseite war auch benutzt und wurde gelöscht. Aber dank deinem wundersamen Kristall kann man sie noch lesen.«

»Steht irgendetwas über die Gaianidin drin?«, wollte Colin weiter wissen.

»Nein«, sagte Brandon, der mitlas, »aber wo genau am Pariser Meridian man sich befinden muss, um das Blutritual zu vollziehen. Das bekommt Elizabeth nie im Leben alleine hin. Das ist viel zu kompliziert und sie ist noch mit dieser Autobahn überfordert.«

»Dein Ring ist auch erwähnt? Cromwell hat …«, setzte Colin wieder an.

»Seid mal still! Alle beide!«, rief ich laut. Die beiden verstummten und Elizabeth schnarchte wieder.

»Elizabeth muss weg«, sagte ich ruhiger, obwohl meine Hände wieder zitterten. Heute war zu viel geschehen. Viel zu viel.

»Sie *muss* gehen, Colin.«

»Wieso Elizabeth?«, fragte Colin.

»Weil Cromwell jetzt erst recht nach ihr sucht. Sie muss weg«, erklärte ich so fest wie möglich. Das schien allen einzuleuchten.

»Dann gehe ich mit ihr«, sagte er ruhig und steuerte die Abfahrt an. Vor uns lag Swindon und dann wären es nur noch wenige Kilometer bis Lansbury.

Ich wollte das nicht. Alles in mir sträubte sich dagegen, wieder von Colin getrennt zu werden. Alles bis auf meinen gesunden Menschenverstand.

»Wieso nicht ich? Ich kann auch mit ihr gehen«, sagte Brandon.

»Nein, du musst bleiben. Du bist der Einzige, der das Pergament vernünftig lesen kann«, erklärte Colin an meiner Stelle und ich war ihm dankbar, denn meine Kehle schnürte sich gerade zu. »Außerdem weiß Cromwell jetzt, dass ich ebenfalls ein Platonid bin.«

»Da hast du wohl Recht«, sagte Brandon.

»Ich habe meinen Ausweis und meine EC-Karte bei mir«, sagte Colin und fuhr Richtung Swindon, statt nach Lansbury abzubiegen. Er zog seinen Geldbeutel aus der Gesäßtasche und reichte ihn nach hinten zu Brandon.

»Da ist meine EC-Karte drin. Schreib die Kontonummer und die Bankleitzahl ab. Meredith, du musst mir noch Geld überweisen, denn das, was auf dem Konto ist, wird nicht ausreichen. Hast du verstanden?«

Ich nickte.

Das hatte er nicht gesehen. »Verstanden, Mere?«

»Ja.«

Jetzt sah er im Rückspiegel zu mir und sein Blick wurde ganz sanft.

Er parkte das Auto vorm Bahnhof.

»Ich besorge euch Tickets«, sagte Brandon, öffnete die Tür und verschwand.

Wir stiegen ebenfalls aus.

Das Warten war zermürbend. Ich rechnete einerseits damit, dass jeden Moment ein Polizeiaufgebot mit gezückten Waffen uns umzingelte. Andererseits, wenn Brandon zurückkäme, wäre Colin fort. Auf unbestimmte Zeit. Und das, wenn wir Glück hatten. Wenn wir Pech hatten …

»Hier sind die Tickets«, sagte Brandon neben uns. Erschrocken zuckte ich zusammen.

Colin nahm die Tickets.

»Portsmouth?«, fragte er mit einem Blick darauf.

»Von Portsmouth aus müsst ihr eine Fähre nehmen. Elizabeth kann schwerlich fliegen, da sie keinen Ausweis hat.«

»O nein, würde dann nicht besser ich …«, begann ich, hielt dann aber inne. Das war Wunschdenken. Elizabeth musste in Sicherheit gebracht werden. Dringend. Brandon hatte das besser überlegt.

Wir gingen zum Gleis.

Der Zug kam zehn Minuten später und Brandon geleitete Elizabeth in den Zug und suchte ein freies Abteil. Die Fahrt würde knapp drei Stunden dauern. Für sie würde das ein Erlebnis werden.

»Also dann …«, sagte ich und streckte ihr eine Hand hin. »Alles Gute.«

Sie sah zuerst auf meine Hand, dann auf mich, und erst jetzt schien ihr aufzugehen, dass wir uns wahrscheinlich nicht mehr wiedersehen würden. Sie ergriff meine Hand und ein feines Lächeln legte sich in ihre Mundwinkel.

»Ich hoffe, jemand kann dir eines Tages Oliver ersetzen«, sagte sie. Ich ließ ihre Hand fallen. Wie kam sie darauf? *Weil sie meine Haut berührt hatte*, schoss es mir im gleichen Moment durch den Kopf. Sie hatte also noch immer Visionen. Wenn ich wissen wollte, was sie bei mir sah, wäre jetzt die letzte Gelegenheit.

»Was siehst du, wenn du mich berührst?«, fragte ich rundheraus.

»Was hast du während der Hypnose gesehen?«, konterte sie.

»Genug, um zu wissen, dass du keinen anderen jungen Mann ansehen darfst«, entgegnete ich.

»Genau das sehe ich auch, wenn ich dich berühre«, log sie. »Du brauchst keinen anderen Mann. Du hast die Erinnerung an Oliver.«

Blöde Kuh. Ich wünschte mir, sie wäre bereits im Zug und für immer fort.

Ich sah Hilfe suchend zu Colin. Er stand noch unschlüssig auf dem Bahnsteig vor der offenen Tür. Elizabeth wurde unruhig.

»Kommst du, Colin?«, rief sie.

Er beachtete sie gar nicht.

»Mere, kann ich dich kurz unter vier Augen sprechen?«

Brandon trat rücksichtsvoll ein paar Schritte zur Seite.

»Colin, bitte pass gut auf dich auf, ja?«, sagte ich mit belegter Stimme.

»Du auch auf dich, Mere. Du weißt, du bist unsere Heldin.«

Colin nahm meine Hände.

»Was siehst du?«, fragte ich leise und strich mit meinen Daumen über seine Handrücken.

»Dich. Aber ich vermisse die Strähne, die sich sonst nach außen kräuselt. Die Haare sind zu kurz.« Er ließ eine Hand los und strich mit den Fingern über die Stelle, wo sonst die unbeugsame Strähne war.

Seine Finger berührten die Haut an meinem Hals, krochen in den Nacken und ein leichtes Kribbeln machte sich überall dort breit, wo ich seine Finger fühlte.

»Mere …« Ich hatte überhaupt nicht bemerkt, dass ich meine Augen geschlossen hatte, denn jetzt musste ich sie aufmachen und sah in Colins blaue Augen. »Ich liebe dich. Ich weiß, dass du nicht auf diese Weise für mich empfindest. Doch egal was geschieht und wie das Ganze ausgeht, das musste ich dir unbedingt sagen.«

Und dann beugte er sich zu mir herunter und berührte mit seinen Lippen ganz sanft die meinen.

Ich hielt still und wartete. Ich wartete darauf, dass er mich an sich presste und so leidenschaftlich küsste, wie Brandon es getan hatte.

Stattdessen entfernte er sich wieder.

Das Signal zur Abfahrt ertönte. Ich schrak zusammen und mein Blick fiel auf das Paar sechs Meter neben uns. Brandon stand Elizabeth gegenüber und sah ihr tief in die Augen. Er sagte etwas leise zu ihr, was sie zum Lächeln brachte, und dann beugte er sich vor und hauchte ihr einen Kuss auf die Wange. Elizabeths Augen weiteten sich und ihre Hand tastete zu der Stelle, wo seine Lippen ihre Haut berührt hatten. Doch Brandon nahm das nicht wahr. Er schob sie energisch durch die offene Zugtür, so als müsse er Tränen zurückdrängen. Er hatte ein entsprechend finsteres Gesicht, als er zu uns trat.

»Du musst einsteigen«, befahl er Colin.

»Gib auf dich acht, Mere. Du bist wichtig. Du bist für mich wichtig.«

Colin ließ mich nur ungern los. Er tat es auch nicht hektisch, so als seien wir bei etwas Verbotenem erwischt worden, sondern er ließ ihn deutlich spüren, dass er störte.

»Steig ein. Du hast dein Handy und ich überweise dir so viel Geld, wie ich kann, ja?« Ich versuchte aufmunternd zu lächeln, obwohl ich am liebsten geheult hätte. Was, wenn er ebenfalls in eine andere Zeit sprang?

Was, wenn Cromwell ihn erwischte?

Was, wenn das hier ein Abschied für immer war?

Er hat gesagt, dass er mich liebt. Der Gedanke an seine Worte verursachte ein seltsames Kribbeln.

Colin stieg in den Zug und schon schlossen sich die Türen hinter ihm.

Mein Herz wurde ganz schwer.

Der Zug rollte langsam an und ich sah nur noch Colins Hand an der verdunkelten Scheibe.

53. Kapitel

Es war sehr schwer gewesen, Chris, Shakti und Rebecca eine halb fertige Wahrheit aufzutischen. Natürlich verstanden sie nicht, warum Colin mit Elizabeth verreist war und warum ich deswegen ein Gesicht machte, als seien beide gestorben. Ich konnte ihnen schlecht von meinen Sorgen erzählen. Nur mit Brandon konnte ich darüber sprechen.

Aber der arbeitete leider sehr viel, weil die Bar im Moment durch den Tourismusstrom boomte.

Ich hatte auch keine Lust vor die Tür zu gehen, denn ich fürchtete Theodor, Mrs Adams oder Cromwell in die Arme zu laufen.

Cromwell hatte auch am Tag nach unserem Einbruch bei ihm unerwartet vor der Tür gestanden. Ich hatte zum Glück von meinem Fenster aus die schwarze Limousine erkannt und nicht aufgemacht. Es dauerte lange, bis er endlich einstieg und wegfuhr. Seither war ich noch unruhiger. Zum Glück hatte Colin abends angerufen. Elizabeth ging es gut. Sie hatte regelrecht am Fenster geklebt und die Landschaft bewundert. So weit sei sie noch nie rumgekommen.

Sie hatten Glück gehabt und noch am selben Abend eine von drei wöchentlichen Fähren nach Spanien erwischt. Nun befanden sie sich in Santander und würden von dort bis Cadiz trampen, um eine weitere Fähre zu den Kanaren zu nehmen.

Ich verschwieg ihm den Auftritt seines Vaters, der gestern hier aufgetaucht war. Er wollte Colins Aufenthaltsort wissen. Ich hatte Dr. Adams zum ersten Mal schreien hören. Seine Worte waren allerdings für den Hochstudierten eher aus der Gosse gewesen. Das Vokabular, mit dem er mich bedacht hatte, kannte ich sonst nur von Shelby. Und ich hatte geschwiegen und kein Wort gesagt. Auch Cromwells Besuch hatte ich Colin gegenüber nicht erwähnt. Es war so seltsam mit ihm zu sprechen, als wäre nichts vorgefallen, als wäre alles wie immer. Als wäre er »nur« mein bester Freund. Doch er hatte mir zum zweiten Mal seine Liebe gestanden. Natürlich erwähnte er das am Telefon mit keinem Wort. Das war beinahe genauso verwirrend wie Brandons Küsse.

Ich erzählte Colin nur, dass das Geld bereits überwiesen sei, und riet ihm, nicht Chris' Beispiel zu folgen, wenn er mit Elizabeth shoppen ging. Sie waren schließlich ohne Gepäck aufgebrochen und ein Playboy-Bademantel gehörte meiner Meinung nach nicht in den Notfallkoffer.

Colin lachte noch, als wir auflegten.

Mit diesem Lachen im Ohr schlief ich ein.

Der Horror schlechthin traf mich am nächsten Tag.

Colin und Elizabeth waren seit vier Tagen fort, als der Anruf kam.

»Meredith?« Ich hatte das Gespräch noch auf halber Treppe angenommen. Brandon war dran.

»Meredith, ich sitze gerade über du weißt schon was … und bin da auf etwas gestoßen.«

»Was? Was ist los?« Ich knallte die Tür heftiger zu als beabsichtigt. Aber seine Worte hatten mich aus der Fassung gebracht.

»Ich habe die Hinweise falsch gelesen. Die Gaianidin muss ebenfalls zu den Meridianen beziehungsweise zu den Ritualplätzen reisen«, sagte er aufgeregt. »Meredith, du musst sofort zu mir kommen. Ich lese in der Zwischenzeit noch einmal alles gründlich durch.«

Er hatte schon aufgelegt.

Als ich bei Brandon eintraf, hatte er bereits seine Tasche gepackt.

»Wir haben einen Riesenfehler gemacht, Meredith«, begrüßte er mich. »Ich habe einen Fehler gemacht. Ich habe da was falsch interpretiert.«

»Was war denn da falsch zu interpretieren? Nullmeridiane, die ein Opfer von Platoniden verlangen. So schwierig war das doch nicht«, versuchte ich ihn zu beruhigen. Er war ganz aufgelöst und seine Haare machten den Eindruck, als würde er sie sich seit zwei Tagen raufen. Jetzt sah er mich sie seit Stunden raufen.

»Doch, wenn es nicht die Nullmeridiane sind, die die Seefahrt vorschreibt«, erklärte er in einem bedeutungsschwangeren Ton.

»Brandon?«, sagte ich und spürte meine Aufregung zurückkehren. »Was meinst du damit?«

Er umfasste meine Schultern und drückte sie eindringlich. »Wir haben einfach nach dem nächstbesten Nullmeridian gesucht. Wir haben nicht bedacht, dass es bei der Aufstellung der heiligen Stätten um die Meridiane der Druiden ging.«

Oh. Mein. Gott.

»Mein Gott«, wiederholte ich atemlos. »Heißt das …«

»Dass Colin und Elizabeth auf dem falschen Weg sind. Sie müssen sofort nach England zurück. Die heiligen Stätten sind hier. Und dreimal darfst du raten, wo sich eine von ihnen befindet.«

»Lower Millcombe«, stöhnte ich. Brandon sah mich überrascht an. »Ja, genau. Da auch. Aber die wichtigste ist hier in Lansbury.«

Ich ließ mich rückwärts auf Brandons Sofa plumpsen.

»Und jetzt?«, fragte ich ihn.

»Jetzt pfeifen wir die beiden zurück und machen uns schon mal auf den Weg zur ersten heiligen Stätte. Es steht nämlich darin verzeichnet, nicht nur vier Platoniden müssten dort ihr Blut hinterlegen. Die Gaianidin muss das Ritual vollziehen.«

Aha. Also ich für alle. Keiner für mich. Na toll. Und das, obwohl ich noch immer nicht in der Lage war auch nur einen Käfer zum Fliegen zu bewegen.

»Wo und wann müssen wir hin?«, fragte ich nur und vergrub meinen Kopf in meinen Händen.

»Ich habe im Internet nachgeschaut. Heute Abend um elf fährt ein Bus nach Swindon, dort könnten wir einen Nachtzug nach Schottland nehmen, wo der erste Nullmeridian steht. Ich schlage vor, du buchst die Tickets übers Internet, packst eine Tasche und versuchst ein wenig zu schlafen. Ich rufe Erica und deine Mum an. Erica kann mich um zehn Uhr bei meiner Schicht ablösen und die nächsten Tage müssen die beiden übernehmen.«

So verblieben wir und ich eilte nach Hause. Die Tickets waren schnell gebucht und ausgedruckt. Ich holte meine große Schwimmtasche aus dem Schrank und begann das Nötigste einzupacken. Inklusive Cromwells Blut. Igitt. Musste ich das wirklich … Lieber nicht drüber nachdenken und schnell in einem eingewickelten Handtuch ganz unten verstauen.

Ich beschränkte mich wirklich mehr auf Wäsche zum Wechseln und saubere Handtücher als Haute Couture.

In einer Viertelstunde war ich fertig. Sollte ich oder sollte ich nicht … kostbaren Platz verschwenden? Kurzerhand packte ich meine Nachtlektüre ebenfalls ein. Wir konnten ja nicht ständig reden auf der Reise und ich wäre das Anschmachten doch bestimmt irgendwann leid. Vermutlich nicht, aber dennoch.

An Schlaf war nicht zu denken. Nachdem die letzte Tarotkundin gegangen war, setzte ich mich zu meiner Mutter in die Küche und wir aßen gemeinsam. Danach sahen wir uns, wie früher so oft, eine Serie *Doctor Who* an und anschließend ging Mum ins Bett. Sie hatte von Brandons Anruf erzählt und gemeint, die nächsten Tage würden anstrengend werden. Wie wahr.

Ich hinterließ meiner Mutter eine Nachricht, ich hätte Colin zu Hilfe eilen müssen. Sie solle sich nicht sorgen, es wären nur ein paar Tage. Vielleicht würde ich auf dem Rückweg auch Dad besuchen. Damit konnte sie annehmen, wir wären Richtung Norden in England unterwegs. Eine Reise zum Kontinent würde sie genauso wenig gutheißen wie Dr. Adams. Madam Mim sprang zu mir auf meinen Schoß. Ich streichelte sie ausgiebig und sie schien etwas zu spüren, denn sie wollte mich nicht loslassen und krallte sich in meine Jeans, als ich aufstand, um die gepackte Tasche zu holen. Ich musste sie ins Wohnzimmer sperren, sonst wäre sie mir nachgekommen.

Ehe ich die Küchentür schloss, fiel mein Blick auf die Tarotkarten. Kurzerhand zog ich drei. Irgendwie war ich nicht überrascht, dass es sich wieder um den Tod, die sieben Schwerter und die zehn Stäbe handelte.

Entschlossen zog ich eine weitere.

Die konnte schwerlich noch mal der Tod sein.

Es war das Rad des Schicksals.

54. Kapitel

Zu dumm, dass ich Mum nicht nach der Bedeutung der letzten Karte hatte Fragen können. Aber wenn ich sie deuten sollte, würde sie für glücklichen Zufall stehen. Denn der jetzige Teil unseres Plans war einfach. Ein starker Wind wehte, als ich das Haus verließ. Es sah wieder nach einem Gewitter aus und deswegen waren die Straßen von Lansbury so gut wie leer. In der Ferne hörte ich ein Auto, aber kein Mensch war mehr zu Fuß unterwegs und es brannten nur noch vereinzelt Lichter. Das Gewitter kam mir dieses Mal zugute.

Die Bushaltestelle war an dem kleinen Marktplatz, geschützt hinter dem Rathaus. Der Wind hatte zugenommen. Zum Glück regnete es noch nicht. Nur noch ein weiteres Auto war mir auf dem Weg zur Bushaltestelle begegnet. Ich hatte einen Kapuzenpulli an und die Kapuze weit ins Gesicht gezogen.

So sollte mich niemand erkennen, denn sogar meine Brille war dadurch halbwegs verdeckt. Ich bog voller Elan und mit klopfendem Herzen um die Ecke der Bushaltestelle. Da stand schon jemand. Doch dieser Jemand war nicht Brandon.

Es war Theodor.

»Ich hab's geahnt«, sagte der, sobald er mich erkannte. »Ich wollte Dad nicht glauben, dass du mit Colin durchbrennst, aber ich habe mich geirrt.«

Ich war so perplex, ich starrte ihn nur an. In diesem Augenblick kam allerdings tatsächlich Brandon um die Ecke. Er blieb wie angewurzelt stehen, als er Theodor sah.

»Was tut er hier?«, fragte Brandon mich.

»Ich hole meinen Bruder zurück«, antwortete Theodor, nicht im Mindesten eingeschüchtert.

»Du kannst nicht mit uns mitkommen.« Jetzt wandte sich Brandon direkt an Theodor und funkelte ihn an. »Wir müssen etwas Wichtiges erledigen und dabei darf uns niemand begleiten.«

»Das ist dein Problem«, entgegnete Theodor kühl in seiner monotonen Stimme. »Ich werde euch begleiten, weil ich meinen Bruder zurückholen muss. Finde dich damit ab, Gigolo.«

Gigolos Gesicht verfinsterte sich zunehmend.

»Verschwinde«, zischte er leise und bedrohlich. »Ich tu dir ungern weh, aber ich tu's.«

Ich hatte keinen Zweifel daran, und weil ich wusste, wozu Brandon fähig sein konnte, hätte ich spätestens jetzt nachgegeben.

»Nein«, sagte Theodor schlicht und wich keinen Schritt zurück. »Und wenn du mir noch einmal drohst, werde ich dafür sorgen, dass Mr Godfyn dich entlässt und du in dieser Gegend keinen Job mehr bekommst.«

»Du drohst mir?« Brandon trat dicht vor ihn. Er und Theodor waren gleich groß, nur war Brandon geballte Muskelmasse, während Theo mehr Speckmasse hatte.

Es sah aus, als würde sich Chris Hemsworth mit Jack Black anlegen.

Aber Theodor wich keinen Zentimeter zurück.

»Du hast mir zuerst gedroht«, erinnerte er ihn. Wie schaffte er es, diesen langweiligen Tonfall in dieser Situation beizubehalten?

»Und glaub mir, mein Vater ist einflussreich genug, um das durchzusetzen. Vor allem mit meiner Hilfe. Ich weiß durch mein Studium, wie man bei jedem Menschen den Dreck unterm Teppich wieder hervorkehrt. Sogar wenn da bislang noch keiner war.«

Dummerweise gab es bei Brandon Dreck. Und sehr ungewöhnlichen, den er keinesfalls öffentlich machen konnte.

»Versteckst du dich immer hinter dem Rücken deines Vaters? Ist das dein Drohmittel? Daddy wird's richten?«, fragte Brandon, der noch nicht aufgab.

»So versucht er auch Frauen zu umgarnen«, sprang ich ihm zu Hilfe. »Theodor, verschwinde. Wir bringen dir Colin zurück.«

»Dir glaube ich nichts mehr.« Ich war ihm noch nicht mal eines Blickes wert. »Entweder willst du mit dem Gigolo hier abhauen oder er hilft dir dabei mit meinem Bruder durchzubrennen.«

Ich griff zu dem letzten Mittel, das mir blieb. Ich sah Theodor an und versuchte mit aller Gewalt – aber vor allem der Kraft meiner Gedanken – ihn dazu zu bewegen, den grandiosen Einfall zu haben, sein Bett wieder aufzusuchen und uns von zu Hause aus zu unterstützen. Und wenn wir schon dabei waren, sollte er auch seinem Vater direkt mitteilen, dass er uns in Ruhe gewähren lassen sollte, und ihm versichern, wir würden Colin gesund und munter nach Hause bringen.

Ich stand da, lächelte Theodor an und er lächelte mit dem gleichbleibenden wölfischen Lächeln zurück, das ich so sehr an ihm hasste.

Es dauerte wirklich lange, bis ich begriff, dass er nicht reagierte.

Mein Lächeln verblasste ein wenig, Theodors dagegen nahm zu. Er trat einen Schritt näher an mich heran.

»Meredith, meine Liebe«, sagte er und ich konnte riechen, dass er an diesem Abend wieder rohe Zwiebeln gegessen hatte. »Du kannst noch sooft versuchen, mich zu manipulieren. Ich bin immun gegen diese parapsychologischen Fähigkeiten.«

Ich konnte nicht anders. Mir klappte der Kiefer herunter. »Aber weshalb … Wie …? Woher weißt du das?«, stotterte ich endlich.

Theodor sah regelrecht beleidigt aus. »Ich bin mit Colin aufgewachsen. Hast du ernsthaft geglaubt, ich wüsste nichts von seinen Kräften? Für wie beschränkt hältst du mich? Ich habe schon vor Jahren gelernt damit umzugehen. Und du hast schon mehrmals dieses warme Gefühl in mir ausgelöst, das mich dazu brachte Dinge zu tun, die ich normalerweise nie täte. Zum Beispiel, dich mit meinem Bruder allein zu lassen oder zuzulassen, dass Saft über mich geschüttet wurde. Ich weiß seit geraumer Zeit, wie du manipulierst, und kann mich dagegen wappnen. Mit eisernem Willen kann man dem entgehen. Und ich habe einen eisernen Willen.«

Meine Güte. Nicht Shelby hatte Elizabeth verpfiffen, ging mir auf. Theodor war es gewesen.

In diesem Moment hielt der Bus an der Haltestelle.

»Steig ein«, sagte Theodor und gab mir einen Schubs zu der geöffneten Bustür. »Ich begleite euch.«

Ich warf einen letzten Blick auf Brandon, der sich nur halbwegs von den neuesten Entwicklungen erholt hatte. Dann stiegen wir alle drei in den Bus.

Theodor würde uns begleiten.

Nun waren wir also gezwungen, mit diesem dämlichen Klugscheißer im Schlepptau die Welt zu retten.

Das konnte heiter werden.

Oder katastrophal enden.

Ende von Band 2